열린 어둠

열린 어둠

렌조 미키히코
단편집

양윤옥
옮김

YORUYO NEZUMITACHI NO TAMENI
by Mikihiko Renjo

목차

두 개의 얼굴
07

과거에서 온 목소리
57

화석의 열쇠
95

기묘한 의뢰
129

밤이여, 쥐들을 위해
175

이중생활
231

대역
273

베이 시티에서 죽다
321

열린 어둠
359

일러두기

본문 괄호 안의 설명은 옮긴이 주입니다.
외래어 표기는 국립국어원 외래어 표기법을 따랐습니다.
다만 어감상 부자연스러운 경우 예외를 두었습니다.

두 개의 얼굴

二つの顔

전화벨 소리가 울리는 듯한 느낌이 들었다.

수도꼭지를 잠가 물소리를 끊고 귀를 기울였다. 욕실 문이 닫혀 있어 소리는 작았지만 분명 전화벨이 울리고 있었다.

한밤중, 2시가 넘었다. 이런 시간에 누가….

고요히 가라앉은 심야의 한 귀퉁이에서 그 금속음은 낯선 생물의 힘겨운 호흡처럼 들렸다.

젖은 손을 수건에 닦고 욕실을 나섰다. 거실 문 너머로 벨 소리가 어두운 복도에 울렸다. 이 집에는 2층 침실과 1층 거실, 양쪽에 전화를 달았다. 침실 쪽 전화는 남동생이나 극히 친밀한 지인들에게만 번호를 알려준 완전히 사적인 용도지만, 거실 쪽 전화라면 누구에게서 온 것인지 짐작도 가지 않는다.

전화는 집요하게 콜을 이어갔다. 잠시 망설이다가 수화기를 들었다. 갑작스럽게 멈춰버린 벨 소리 대신 나지막한 남자 목소리가 귓속으로 뛰어들었다.

"마사키 선생님 댁입니까? 화가 마사키 유스케 선생님."

귀에 익지 않은 목소리였다.

"여기는 신주쿠 S경찰서입니다. 마사키 선생님이시지요?"

"그렇습니다만…."

"밤늦은 시간에 갑작스럽게 연락드려 죄송하지만, 실은 부인께서…. 부인 성함이 게이코, 맞습니까?"

"맞아요. 그런데 무슨 일로…."

이런 한밤중에 경찰이 게이코 일로 전화를 걸어온 것이다. 좀 더 크게 놀랐어야 할 텐데 의외로 냉정하게 대꾸했다. 마음이 밤공기에 파먹혀 차가워져 있었다.

"부인은 지금 댁에 안 계시지요?"

어떻게 대답해야 할지 알 수 없어서 "예?"라고 되묻는 식으로 애매한 대답을 했다.

"어디 갔는지 아십니까?"

"아뇨, 어디 가는지는 얘기를 못 들었는데?"

형사의 목소리가 잠깐 동안 수화기 너머에서 침묵했다.

"실은 신주쿠 3번지 호텔에서 살인사건이 일어났습니다. 지금 그 현장에서 연락드리는 건데요, 아무래도 살해된 여성이 선생님의 부인인 것 같습니다."

"게이코가 살해되었다고? 아니, 그럴 리가 없어!"

나도 모르게 고함을 지르듯이 거친 목소리를 내뱉었다.

"살해된 여성이 선생님께 보내는 편지를 갖고 있었습니다. 내용을 읽어봤는데 부인이 쓴 것으로 보여서…. 부인이 외출하실 때 짙은 감색 기모노를 입고 나가지 않았나요? 허리끈은 회색이고 검은 네잎 클로버 무늬가 있습니다. 잎사귀 한 개만 핑크색으로 찍힌…."

"확실하게 생각나지는 않아요. 분명 그런 무늬의 허리끈이 있긴 했는데, 그래도…."

수화기 너머에서 남자 목소리가 끄응 신음 소리를 올렸다.

"틀림없이 선생님 부인인 것 같습니다. 죄송하지만 지금 즉시 이쪽으로 와주실 수 있을까요?"

언제 전화를 끊었는지 기억나지 않는다. 문득 깨닫고 보니 남자 목소리의 여운을 두려워하듯이 떨리는 손으로 수화기를 꾹 누르고 있었다. 크게 놀라 의식이 어둠 속에 빨려 들어 가물가물하고 생각이 자꾸만 헛돌았다. 경찰이라고 밝힌 남자가 마지막에 다급하게 한 얘기 중에서 기억나는 것은 '신주쿠교엔 문 앞에서 세 번째 길'이라는 말과 'PADO'라는 생경한 느낌의 호텔 이름뿐이었다. 나는 그 영어를 얼른 알아듣지 못해 몇 번이나 되물었던 것이다.

장난 전화일지도 모른다고 생각했지만, 남자 목소리의 배후에서 순찰차 사이렌이며 다급하게 움직이는 사람들 소리가 살인 현장인 듯한 분위기로 또렷하게 전해져왔다.

하지만 있을 수 없는 일이다. 게이코가 신주쿠의 호텔에서 살해되다니, 뭔가 잘못 안 것이다. 어쨌든 현장에 빨리 가보는 게 좋을지 모른다. 그러면 어이없는 오해라는 게 금세 밝혀질 것이다.

하지만 생각은 그렇게 하면서도 몸이 움직여지지 않았다. 소파에 주저앉은 채 그저 멍하니 벽의 그림만 쳐다보았다. 한 여자를 그린 초상화다. 아내 게이코, 형사 목소리가 살해되었다고 알려온 그 여자의 얼굴이 옅은 어둠 속에 환영처럼 떠 있었다. 그것은 얼굴이라기보다 벽을 파먹은 얼룩처럼 보였다. 온몸이 바들바들 떨렸다. 손의 떨림을 가라앉히듯이 꽃병을 움켜쥐고 초상화를 향해 힘껏 내던졌다. 꽃병은 그림 속 여자의 얼굴을 정통으로 때리고 바닥에 떨어져 깨졌다.

그 소리로 겨우 제정신이 돌아왔다. 유리 꽃병은 산산이 조각났지만 그림 속 여자의 얼굴은 꿈쩍도 하지 않았다. 단지 물을 뒤집어쓰고 머리칼이 살아 있는 여자의 것처럼 넘실거렸을 뿐, 얼굴은 조금도 동요하지 않고 있었다.

그렇다, 이 여자는 결코 죽지 않는다….

갑작스러운 충격으로 모든 게 다시 생각난 기억상실증 환자처럼 텅 빈 머릿속에 명료한 의식이 돌아왔다. 나는 그림 속 여자에게서 얼굴을 돌리고 복도로 나갔다.

복도 맨 끝의 욕실 등이 켜져 있었다. 한순간 욕실로 향할지 2층으로 올라갈지 망설였지만 발이 제멋대로 계단을 선택했다.

오늘 밤, 이 계단을 오르는 게 벌써 네 번째다. 계단 끝에서 보이는 첫 번째 문이 침실이다. 그 문을 여는 것도 네 번째다.

침실 안은 어두웠다. 문 옆의 스위치가 일주일 전부터 고장이 났다. 바지 주머니에서 성냥을 꺼내 그었다. 손끝에서 밤이 허옇게 벗겨졌다. 약한 불꽃이 침대의 어지럽혀진 잠자리와 서랍장 아래부터 깔린 카펫의 눈에 익은 기하학무늬를 띄워 올렸다. 이미 눈에 익었는데도 언제 봐도 몇 각형인지 알 수 없는 신기한 모양이다.

"말도 안 돼…."

내 것이라고 생각되지 않는 목소리가 중얼거렸다.

절대로 있을 수 없는 일인 것이다. 게이코가 신주쿠에 있는 이름도 들어본 적 없는 호텔에서 살해되었다니…. 게이코라면 바로 방금 전까지 이 카펫 위에 쓰러져 있었다. 내가 죽였다. 이 손으로, 이 침실에서 내가 죽였다. 그리고 전화벨이 울렸을 때는 그 사체를 뒷마당에 파묻고 흙 범벅이 된 손을 욕실에서 씻는 참이었다.

성냥불이 꺼져 다시 어둠에 녹아든 이 손에는 목을 조를 때 느꼈던 아내 게이코의 마지막 체온이 아직도 남아 있다.

1

네 시간 뒤.

한겨울 새벽녘에 하얗게 얼어붙은 고속도로를 내처 달렸다. 신주쿠 사건 현장에서 또 하나의 사건 현장, 즉 구니타치 시의 내 집으로 돌아가는 중이다. 어슴푸레한 새벽빛이 주위 풍경의 윤곽을 서서히 드러냈지만, 거꾸로 머릿속에는 점점 더 컴컴한 혼란의 암흑이 덮쳐들었다.

분명 같은 이름의 다른 사람이거나 혹은 아내가 내게 보낸 편지를 우연히 갖고 있었던 어떤 여자가 살해됐을 것이라고 낙관적으로 생각하며 나는 네 시간 전에 집을 나섰다.

신주쿠에 도착한 것은 오전 3시가 넘은 시각이었다. 과잉한 색채로 오히려 전체적인 인상이 흐릿해진 호텔 현관에 'PADO'라는 빨간색의 알파벳 네온사인이 걸려 있었다. 싸구려 러브호텔이라는 것을 한눈에 알았다.

순찰차가 서 있고 현관 앞에는 언론사 기자들이 밀치락달치락 웅성거렸다. 12년 전 화단畵壇에 등장한 이후, 전후 미술사를 독특한 색채로 다시 칠했다고 일컬어질 만큼 이름이 팔린 화가의 아내가 이런 변두리의 저속한 호텔에서 살해되었다면 분명 큰 스캔들이기는 했다. 나를 겨누어 연달아 플래시가 터지고 마이크가 쇄도했다.

전화 목소리의 주인인 듯한 형사가 그 난리통에서 나를 구해 내 사건 현장으로 안내했다.

사건 현장은 그 호텔 4층, 402호실이었다.

방에 한 걸음 발을 들였을 때부터 나는 기묘한 혼란에 빠졌다. 방의 인상이 우리 집 침실, 즉 내가 실제로 아내를 살해한 현장과 흡사했던 것이다. 서랍장은 없지만 침대 위치나 방의 넓이, 창문 크기, 커튼이며 카펫의 색감까지…. 세세한 부분은 다른데도 처음 안을 들여다본 순간 든 느낌이 내가 아내를 살해한 침실을 그대로 신주쿠 뒷골목 호텔의 한 방에 베껴놓았다고 생각될 만큼 비슷했다.

하긴 그런 느낌은 침대 위에 하얗게 벗은 몸으로 쓰러진 여자의 사체 때문인지도 모른다. 목에는 허리끈이 감겨 있었다. 침대 아래 바닥에는 아직 핏자국이 생생한 스패너가 떨어져 있었다. 범인은 허리끈으로 여자의 목을 졸라 죽인 뒤에 그 스패너로 얼굴을 내리친 것 같다, 라고 형사가 설명했다.

사체의 얼굴에서 흰 천을 벗겨냈을 때, 나도 모르게 구토가 몰려와 손바닥으로 입을 틀어막았다.

흙덩어리처럼 변한 얼굴이 오싹했기 때문이 아니었다. 너무도 흡사한 탓에 현기증이 났던 것이다. 모든 것이 그날 밤 내가 저지른 짓의 흔적이었다. 바로 한 시간 전, 내가 뒷마당의 흙 속에 파묻어 은폐했을 터인 범죄가 그대로 내 눈앞에 재현되었다. 나도 게이코를 허리끈으로 목 졸라 죽인 뒤에 스패너로 얼굴을 내리쳤던 것이다.

"얼굴은 이렇습니다만… 다른 부분으로 판단해주실 수 있을까요?"

내 아내, 라고 대답할 수밖에 없었다. 몸매의 느낌도, 머리칼 길이도 게이코를 닮았다. 침대 아래 벗어던진 기모노도, 에나멜 핸드백도 확실하게 기억에 있었다.

"이 반지는?"

사체의 왼손 약지에 비취반지가 끼워져 있었다. 비취 받침이 십자 모양의 희귀한 디자인이라서 형사의 눈길을 끈 모양이었다.

"사 년 전 결혼 때, 내가 사준 거예요. 내가 디자인하고 특별

주문으로 만들었어요."

형사가 빼보려고 했지만 반지는 살을 단단히 파고들어 약간 빗겨날 뿐이었다. 빗겨난 자리에 반지 흔적이 선명했다. 사체의 여자가 이미 상당 기간 그 반지를 끼고 있었다는 증거였다.

그렇다면 이 여자는 꼼짝없이 게이코다.

뭐가 어떻게 된 건지 알 수가 없었다. 집을 나와 심야의 고속도로를 질주해 여기까지 왔는데 어느새 내가 범죄를 저지른 현장으로 다시 돌아온 것만 같았다. 뇌리에 생생히 남아 있는 몇 시간 전의 범죄를 신기한 한 장의 거울에 비춰낸 듯 나는 또 다른 살인 현장에 우두커니 서 있었다.

"이 편지입니다."

형사가 흰 장갑을 낀 손으로 한 통의 편지를 건넸다. 앞면에는 구니타치 시의 우리 집 주소와 내 이름이 적혔고, 뒷면에는 게이코라는 이름만 있었다. 그 필적에서 다시금 게이코의 얼굴이 보였다.

나는 이제 당신이라는 사람을 알 수가 없어요. 나를 사랑하지 않는다면 왜 반년 전 신주쿠에서 우연히 재회했을 때, 나를 모르는 척 외면하지 않았지요? 동정심이었나요? 하지만 이제 두 번 다시 만날 일도 없겠네요. 이 년 전 당신 입에서 별거라는 말이 나왔을 때, 모든 게 끝났다는 것을 알았어야 했어요. 이혼서류는 이삼일 안에 보낼게요.

봉투에는 우표가 붙어 있었다. 우체통에 넣으려고 핸드백에 넣고 다닌 모양이었다.

"이 편지 글을 보면 부인께서는 선생님과 헤어질 생각이었던 것 같은데…."

형사가 물었다. 나는 지금까지의 게이코와의 부부 관계를 간단히 설명했다.

나는 게이코와 사 년 전에 결혼했다. 게이코는 나보다 여섯 살 연하로, 당시 스물일곱 살이었다. 열렬한 연애결혼이었지만, 이 년 만에 첫 파국을 맞아 별거에 들어갔다. 냉각기를 갖자는 마음이었을 뿐 이혼할 의사는 없었다. 일 년 반 뒤, 우연히 신주쿠 번화가에서 재회했고 다시 한번 함께 살아보기로 서로 합의했다. 양쪽 모두 별거 기간 중에 상대에 대한 신뢰를 회복했다고 생각했지만, 다시 생활을 함께하고 보니 역시 잘 풀리지 않았다. 한 달 전부터 어느 쪽이랄 것도 없이 이혼이라는 말이 나오게 되었다. 한집에 살면서도 서로 간에 작은 관심조차 갖지 못했다.

어제도 나는 오전부터 이즈에 여행을 갔었다. 하지만 이즈의 호텔에 도착하자마자 중요한 물건을 깜빡 잊고 온 게 생각나서 다시 집으로 돌아왔다.

"그게 저녁 8시였고, 그때 아내는 이미 집에 없었어요."

나는 그렇게 거짓말을 했다. 실제로는 저녁 8시에 아내는 집에 있었다. 그리고 내가 죽였다. 내 이 두 손으로….

"부인의 남자관계에 대해 혹시 뭔가 아시는 게 있습니까?"

"아뇨, 전혀 모릅니다. 나와 일 년 반을 별거했을 때, 게이코는 바에서 일했어요. 남자관계도 약간은 있었을 텐데…. 어쩌면 내 동생 신지가 뭔가 알고 있을지도 모르겠네요."

"동생분이?"

"동생은 증권회사에 다니고 있어요. 수더분한 성격이라 게이코도 나보다 동생 쪽을 더 편하게 생각해서 나와 관계되는 일도 이래저래 상의했을 거예요."

형사는 동생 신지의 주소를 묻고 메모했다.

범인으로 보이는 남자가 이 호텔에 온 것은 정확히 오전 0시경이었다고 한다. 헌팅캡을 깊숙이 눌러 썼고 선글라스에 코트 깃으로 입가를 가려 인상은 거의 알아볼 수 없었다. "잠시 뒤에 여자가 올 테니까 안내해달라"고 얘기하고 현장인 402호실로 들어간 남자는 삼십 분쯤 지나서 혼자 나왔다. 그러고는 "여자가 못 올 것 같아 그만 돌아가겠다"고 말하고 규정 요금만 낸 후에 호텔을 나갔다.

뭔가 수상쩍다는 생각에 프런트 담당 직원이 4층에 올라가 방 안을 들여다봤을 때, 이미 여자는 사체가 되어 있었다.

그 여자는 프런트를 통해 들어오지 않았다. 4층 복도 끝이 비상구였다. 여자는 비상계단으로 그 방에 들어간 것으로 추측되었다. 불과 삼십 분이었다. 여자가 방에 들어와 옷을 벗어던지는 것과 동시에 남자는 범행을 시작한 게 틀림없었다.

"숙박 카드의 주소도 이름도 다 가짜였어요. 이건 혹시나 해서 여쭤보는 건데, 마사키 선생님은 0시경에 어디에 계셨습니까?"

"집에서 자고 있었어요. 8시에 집에 도착했는데 그 시각에 다시 이즈까지 가기는 힘들 것 같아 다음 날 아침에 출발하려고…. 나도 용의자 중 한 사람인가요?"

"아뇨, 아뇨. 혹시나 해서 여쭤본 것뿐입니다. 그렇지만 자택에 계셨다는 증거 같은 게 있으면 좋을 텐데 말이에요."

"출판사에서 전화가 왔었어요. 출판사 주최로 다음 주에 개인전을 열기로 했는데 뭔가 착오가 생겨서 갑작스럽게 전시장이 바뀌었다고 알려주는 전화였습니다. 그게 0시 전후였어요. 출판사 담당자에게 확인해보면 알 겁니다."

출판사 직원은 "이렇게 밤늦은 시간에 죄송합니다"라고 말했었다. 틀림없이 전화한 시각을 기억하고 있을 것이다. 그렇다면 이 신주쿠 살인에 대해서는 나는 확실한 알리바이가 성립되는 것이다.

그렇게 생각한 순간부터 나는 사체가 된 이 여자를 게이코로 만들어버리자고 마음먹었다. 이 범죄가 내 실제 범죄의 방패막이가 되어줄지도 모른다고 생각한 것이다. 게다가 만일 이 사체는 내 아내가 아니라고 부정한다면 경찰에서 게이코의 행방을 찾으려 할 것이다. 그렇게 되면 내가 뒷마당에 파묻은 진짜 게이코의 사체가 발견될 위험성이 있다.

"다시 한번 확인하겠는데요, 이 여성은 부인이 틀림없지요?"

"네, 분명히 아내 게이코예요. 얼굴은 저렇지만… 아무래도 부부니까요, 몸의 느낌 같은 게 틀림없습니다."

그렇게 대답했다. 실제로는 재결합했던 반년 전부터 나는 한 번도 아내의 몸에 손을 댄 적이 없다. 마지막으로 게이코를 품에 안았던 게 벌써 이 년도 더 된 옛날이다. 이 년이라는 시간의 흐름 속에서 게이코 몸의 세세한 부분에 대한 기억 따위는 매몰되어버렸다.

다만 지금 게이코라고 인정한다고 해도 그게 위증이 될 리는 없다. 분명 이 여자도 게이코인 것이다. 반지, 기모노, 편지의 필적, 게다가 막연한 몸의 느낌까지…. 하지만 게이코라면 우리 집 뒷마당에 묻혀 있어야 한다. 거의 똑같이 얼굴이 내리쳐진 사체로 흙 속에 묻혀 있는 것이다.

"그나저나 범인은 왜 얼굴을 내리치는 잔인한 짓을 했는지 모르겠네."

형사가 혼잣말처럼 중얼거렸다. 그 말이 내 가슴을 쿡 찔렀다. 나한테 하는 말인 것만 같았다.

하지만 지금은 어떤 생각도 해서는 안 된다, 집에 돌아가 찬찬히 정리해보자. 분명 뭔가 어이없는 오해가 있는 게 틀림없다…. 그렇게 생각한 나는 형사에게서 풀려나자마자 그 기묘한 살인 현장을 빠져나와 액셀을 힘껏 밟으며 새벽녘의 고속도로를 내달려 집에 돌아온 것이다.

거실 문을 열자마자 맨틀피스(벽난로의 윗면에 설치한 장식용 선반) 위에 놓인 게이코의 초상화를 바라보았다. 선 채로 한참을 그 그림 속 얼굴에서 눈을 떼지 못했다.

"게이코…."

나는 그림을 향해 그렇게 불러보았다. 오직 이 그림만이 게이코다. 불빛을 받으며 진홍의 석양에 물든 채 얼굴을 살짝 옆으로 돌리고 시선을 닫고 있는 저 한 여인의 얼굴만이 유일하고도 확실한 진짜 게이코다. 나와 함께 사 년간을 살았던 현실의 게이코는 진짜 게이코가 아니다. 그래서 죽였다.

몸이 소파에 무너졌다. 위스키 병을 들고 유리잔에 술을 따르려다가 손이 미끄러졌다. 바닥에 떨어진 술병에서 탁한 액체가 흘렀다. 나가는 길에 그림을 향해 내던진 꽃병의 파편이 아침 햇살에 작은 빛을 되쏘고 있었다. 그 빛을 받아 마시며 다갈색 액체는 퍼져갔다.

그때 불쑥 그 생각이 떠올랐다. 신주쿠의 낯선 호텔에서 살해된 여자가 그토록 게이코와 닮았던 이유는 딱 한 가지뿐이다.

그 여자가 바로 게이코였던 것이다. 싸구려 호텔 방에서 한 남자를 위해 옷을 벗어던진 채 벌거벗은 피투성이의 몸을 침대에 고스란히 드러낸 그 여자가 바로 게이코다. 그렇게 생각하면 그 사체가 게이코와 붕어빵처럼 똑같았던 이유가 설명이 된다.

하지만…. 그렇다면 나는 대체 누구를 죽인 것인가.

2

"당신 마음속에는 항상 다른 여자의 기척이 있어. 내가 이렇게 버림받는 건 그것 때문이야."

이 년 전, 내가 갑작스럽게 별거 얘기를 꺼냈을 때, 게이코는 맨 처음 그 얼굴을 봤을 때와 똑같이 시선을 약간 옆으로 돌린 채 그렇게 말했다. 기가 센 게이코가 "잠시 혼자서 일하고 싶다"라는 내 말을 자신에 대한 애정이 식었기 때문이라고 곡해한 건 당연한 일이었는지도 모른다. 그날 게이코는 내가 내민 돈다발을 떨리는 손으로 뿌리치고 말없이 집을 나갔다.

결혼 초부터 게이코는 내 안에 다른 여자가 자리 잡고 있다고 의심했다. 내가 게이코가 아닌 다른 여자의 그림자를 끊임없이 쫓고 있다고. 그건 어떤 의미에서는 사실이었다. 내 안에는 분명한 여인의 모습이 둥지를 틀고 있었다. 그런 탓에 게이코를 사랑할 수 없었다. 다만 게이코는 그게 게이코 자신의 모습이라는 것을 깨닫지 못했을 뿐이다.

우리가 처음 만났을 때, 게이코는 작은 갤러리에서 사무 보조 업무를 하고 있었다. 유난히 크고 검은 눈과 두툼한 윗입술은 아름답다는 말과는 동떨어진, 오히려 조화를 잃은 얼굴 생김새였다. 하지만 석양의 어둠침침한 골동품 가게처럼 초라한 갤러리에서 처음 그녀를 보았을 때, 나는 너무도 음울한 그 얼굴에서 내가 오랜 동안 찾아 헤매던 하나의 미를 발견했다. 영국 화가 윌리엄 터너의 〈노예선〉에 있을 법한 여인, 검붉게 타오르는 바다를 배경으로 그 불길에 태워지는 것처럼 존재하는 한 여인의 얼굴은 내가 무의식중에 찾아 헤매던 심상 세계이기도 했다. 나는 그저 멍해진 채 아무 생각도 없이, 바로 이게 감동이라는 생생한 실감에 빠져들었다. 저 얼굴을 내 손으로 그리고 싶다는 충동이 일종의 의무감으로 나를 꽁꽁 옭아매는 바람에 감탄의 소리조차 미처 내지 못했다.

그러니까 나는 한 여자가 아니라 하나의 화재畫材와 결혼했던 것이다. 그리고 그 결혼이 큰 실수였다는 사실을 겨우 한 달 만에 깨달아야 했다.

막상 함께 살아보니 게이코는 내 상상과는 전혀 다른 여자였다. 아내로서는 오히려 이상적이라고 해야 할 것이다. 항상 명랑하고 줏대가 강한 면도 있어서 집안일을 도맡아 처리하는 등, 딱히 불만을 토로할 것이 없었다. 하지만 그건 내가 찾아 헤매던 게이코는 아니었다. 내가 사랑하는 게이코는 미쳐 날뛰는 불길의 바다에 먹혀버린, 어둡고 절망적인 눈빛과 음울한 그림자를 가진 여자가 아니면 안 되었다.

캔버스를 마주해도 나는 아무것도 그릴 수 없었다. 어떻게든 그려보고 싶기는 했다. 하지만 그런 의욕은 현실의 게이코의 얼굴을 마주하면 흔적도 없이 사라져버렸다. 현실의 그 얼굴이 눈에 익숙해질수록 그토록 큰 감동으로 나를 때려눕혔던 그 한순간의 얼굴은 자꾸만 희미해져갔다.

잠시 헤어지기로 마음먹은 것은 게이코의 얼굴이 눈앞에서 사라지면 오히려 기억 속의 그 저녁, 어스름한 화랑에서 마주한 한 여인의 어두운 눈빛이 선명하게 되살아날지 모른다고 생각했기 때문이었다. 어차피 게이코의 얼굴 자체에 대한 화가로서의 나의 열정은 처음 본 그 순간에 이미 다 타버리고 없었다.

별거의 결단은 옳았다. 아내와 헤어진 지 반년 만에 나는 여인의 초상화를 완성했다. 최고 걸작이라는 평가가 속속 이어지고 그림을 사려는 자들이 쇄도했다. 하지만 내 모든 것을 쏟아부은 그림을 팔아치울 생각은 없어서 한동안 집 안 거실에 걸어두기로 했던 것이다.

처음에는 초상화를 완성한 뒤에 다시 게이코를 불러들일 생각이었다. 하지만 그림이 완성되자 게이코에게는 더 이상 아무런 흥미도 가질 수 없었다. 그림이 완성되면 그 소재는 아무 의미도 없게 된다.

프랑스 유학 시절, 파리의 골동품 시장에서 로제 갈라스라는 화가가 정물화의 소재로 사용했다는 유명한 접시를 직접 볼 기회가 있었다. 그 접시를 처음 접한 나는 등줄기가 서늘해지는 것을 느꼈다. 갈라스의 영혼이 접시 자체의 존재감까지 앗아간 것처럼 그것은 금이 가고 낡고 무의미한 물건으로 변해 있었다. 접시에 붙은 265프랑이라는 어이없는 가격이 갈라스의 그림을 모독하는 것 같아 나는 분노마저 느꼈다. 게이코의 존재도 그 접시처럼 초상화를 완성한 시점에는 더 이상 아무런 의미가 없었다.

그런데 반년 전, 사람들로 붐비는 신주쿠 거리에서 우연히 그녀와 마주쳤다. 인파 속에 우두커니 서버린 그 한순간의 충격을 나는 아직도 잊을 수가 없다. 내가 놀란 것은 예상치 못한 재회 때문이 아니었다. 일 년 반 만에 보는 아내의 얼굴이 너무도 변해버렸기 때문이다. 사람들의 어깨 너머로 얼핏 보인 얼굴이었다. 동행한 여자와 깔깔거리며 웃던 게이코는 나를 알아본 순간 놀라서 표정이 굳어버렸다. 그 얼굴에는 아직 방금 전의 천박한 웃음이 얼룩처럼 남아 있었다.

일 년 반 동안 게이코는 두세 군데의 바를 전전한 모양이었다. 그녀의 변모는 밤의 세계의 탁한 빛깔이 온몸에 배어버렸기 때문인 것 같았다. 세련된 기모노를 차려입고 야한 화장으로 꾸민 게이코를 보고 사람들은 이전에는 없던 화려한 아름다움을 느꼈을지도 모른다. 하지만 거기에는 더 이상 내 초상화에 그려진 여인의 자취는 한 조각도 남아 있지 않았다. 나는 갈라스의 정물화 소재 접시에서 느꼈던 오싹함과 분노를 그 북적거리는 인파 속 게이코의 얼굴에서 느꼈다. 마치 내 그림이 게이코의 얼굴에서 모든 생명을 빨아들인 것 같았다. 남겨진 건 얼굴이라고 부르기도 추잡한, 단지 선뿐인 비루한 기하학이었다.

눈곱만큼의 집착도 느껴지지 않는 게이코에게 그래도 다시 함께 살지 않겠느냐고 말을 건넨 것은 내 그림을 위해 희생한 여자에 대한 단순한 동정심 때문이었다. 그게 실수였다. 나는 신주쿠에서 살해된 여자, 게이코라고 생각할 수밖에 없었던 그 여자가 가진 편지에 적혀 있던 대로 신주쿠 거리에서 냉큼 그녀를 외면해 버렸어야 했던 것이다.

다시 만난 지 일주일 만에 살림을 합친 게이코는 거실에 걸린 초상화를 보자마자 모든 것을 깨달은 모양이었다. 내 사랑이 그림 속 여인에게만 향한다는 것, 나에게 유일한 게이코는 그 초상화의 여인이라는 것을.

그리고 두 달쯤 지났을 무렵부터 게이코는 이따금 거실 소파에 앉아 으스스한 침묵에 잠긴 채 그림 속 여인을 응시하곤 했다. 내가 먼저 재결합을 제안했으면서 예전보다 더 냉랭했기 때문에 게이코는 신경에 병이라도 든 것 같았다. 그림을 응시하는 게이코의 시선에서 분명 병적인 오싹함이 느껴졌다. 일직선으로 지그시 쏟아지는 그 치열한 시선은 마치 그림에서 다시금 자신의 생명을 거둬들이려는 것 같았다. 게이코의 얼굴이 그림에 담긴 나의 예술을 한 조각씩 다시 빼앗아 먹고 살이 찌는 것처럼 보였다.

오늘 밤에 내 손으로 살해하자마자 게이코는 또 한 명의 여자로 낯선 살인 현장에 나타났다. 하지만 그 무렵부터 이미 게이코는 두 명이었다. 초상화의 게이코와 현실의 게이코. 나는 그 두 여자를 그때부터 이미 혼동했었고, 게이코도 마치 그림 속 여인을 실재하는 여자처럼 바라보았다. 그건 자신의 사랑을 앗아간 여인에 대한 노골적인 질투의 눈빛이었다.

나와 게이코, 그리고 또 한 명의 그림 속 여인. 세 사람의 기묘한 동거는 그로부터 넉 달 동안 표면상으로는 아무 문제도 없는 것처럼 평온한 상태를 유지했다.

그런데 그저께 저녁의 일이었다. 거실에서 사소한 일로 둘이 말다툼을 벌였는데 도중에 게이코가 불쑥 옆에 있던 과일칼을 집어 들고 일어섰다. 나를 찌르려는 줄 알고 멈칫 물러섰지만, 게이코가 뚫어져라 쳐다본 것은 그림 속 여인이었다.

"당신이 나와 결혼한 건 이 그림 때문이었지? 나는 단지 모델일 뿐이었어. 당신이 이 그림을 완성하기 위한 도구로 써먹은 거야."

나는 초상화를 향해 칼을 휘두르려는 게이코의 등을 덮쳤다.

"안 돼! 이건 당신을 그린 거잖아."

"아니, 이건 내가 아니야. 당신이 사랑한 건 이 여자였어. 나는 항상 이 여자 뒤로 밀려났지. 당신은 내가 살아 있는 사람이라는 것조차 잊어버렸다고!"

말리는 나를 뿌리치고 칼을 휘두르는 게이코의 힘에서는 명백히 심상치 않은 무언가가 감지되었다. 손목을 비틀어 칼을 빼앗자 게이코는 엉엉 울면서 바닥에 주저앉았다.

그 이튿날인 어제 오후에 나는 이즈로 떠났다. 아내의 흥분도 가라앉았고 오래 전부터 예정된 여행이었기 때문에 일단 집을 나섰지만, 도쿄역을 출발하자마자 전날 밤 아내의 행동이 자꾸만 마음에 걸렸다. 내가 집에 없는 동안 초상화를 없애버리는 건 아닐까, 아니, 이미 어젯밤처럼 칼을 움켜쥐고 그림 속 여인을 찢어발기고 있는지도 모른다…. 그렇게 생각하자 나는 미쳐버릴 것만 같았다. 이즈역에 내린 그길로 다시 도쿄로 돌아왔다.

집에 도착한 것은 오후 8시였다. 현관문을 들어서자 2층 침실에서 게이코가 전화로 통화하는 목소리가 계단을 타고 들려왔다.

"이제 다 끝났어. 한시라도 빨리 헤어지는 게 좋아."

분명 그런 말을 하고 있었다. 전화 상대가 누구인지 생각해볼 여유 따위는 없었다.

나는 현관에 가방을 던져놓고 구두도 제대로 벗지 못한 채 거실로 뛰어들었다.

초상화는 아직 훼손되지 않았다. 후유, 안도하며 소파에 털썩 주저앉았고 그 순간 마룻바닥에 떨어진 칼을 발견했다. 전날 밤 게이코가 휘두른 바로 그 칼이었다. 분명 게이코가 주방으로 치웠는데 그게 다시 거실 바닥에 나뒹굴고 있었다. 게이코는 내가 집을 나간 뒤에 다시 칼을 움켜쥐고 그림 속 여인과 대치했던 것이다. 칼날이 내뿜는 날카로운 빛에서 게이코의 한 여인을 향한 분명한 살의를 실감하고 나는 주워든 칼을 휙 내던져버렸다. 그리고 조심조심 침실로 올라갔다.

그 시각, 침실은 깊은 어둠에 잠겨 있었다. 창문으로 비쳐든 작은 불빛으로 가까스로 전화기 옆에 서 있는 여자의 흐릿한 윤곽을 알아보았다. 전등 스위치는 일주일 전부터 고장이 났다. 내가 일부러 망가뜨린 것이다. 침실에서 게이코의 얼굴을 가까이 바라보는 게 이제는 죽을 만큼 고통스러웠기 때문이다. 게이코도 같은 기분인 것 같았다. 우리는 최근 며칠 동안 암흑 속에서 서로 등을 돌린 채 잠을 잤다.

"누구한테 전화한 거야?"

나는 그런 무의미한 질문을 던졌다. 얼굴이 어둠 속에 거의 감춰진 여자는 아무 대답도 하지 않았다. 내가 갑작스럽게 되돌아온 것에 놀란 모양이라고 생각했다. 그림자와 기척과 숨소리만으로 우리는 몇 초 동안 마주하고 있었다. 무심코 침대 위를 손바닥으로 더듬었는데 그 순간 우연히 어떤 끈이 손에 잡혔다. 무슨 끈일까, 라고 의아해하며 꽉 움켜쥐었을 때였다. 돌연 정체 모를 분노가 치밀어 올랐다. 알 수 없는 힘에 떠밀린 것처럼 나는 어둠 속의 여자에게 덤벼들어 정신없이 손에 움켜쥔 끈으로 목을 졸랐다.

찰나라고 할 만큼 짧은 시간에 벌인 행동이었다. 이윽고 어둠 속을 울린 절규가 여자의 것이 아니라 내 목구멍에서 터져 나온 것임을 깨달으면서 나는 손의 힘을 풀었다. 여자의 몸이 어둠의 밑바닥으로 무너져 내렸다.

그리고 나는 곧바로 아래층으로 내려온 모양이다. 뒷문으로 나가 주차장에서 스패너를 집어 들고 다시 침실로 올라갔을 텐데 그 부분은 거의 기억나지 않는다. 나 스스로도 이해하지 못할 이상한 힘이 나를 조종했다고 할 수밖에 없다. 꿈속이나 타인의 의식 속을 돌아다닌 것 같았다.

어둠에 녹아든 여자의 얼굴에 스패너를 내리치면서 내 머릿속에 떠오른 것은 한 장의 접시였다. 파리의 골동품 시장에서 발견한 화가 갈라스의 금이 간 그 접시를 이번에야말로 깨부수지 않으면 안 된다는 생각뿐이었다.

문득 정신을 차렸을 때 나는 스패너를 움켜쥔 채 여자의 몸 위에 엎어져 있었다. 심장의 거센 고동 소리가 완전히 죽었을 터인 여자의 가슴에서 들려오는 것만 같아 즉시 떨어지고 싶은데도 하염없이 그 몸을 끌어안고 있었다. 이윽고 어둠 속에서 뚜뚜 하는 단조로운 소리가 귀에 들어왔다. 목을 조를 때 여자의 몸인지 내 몸인지가 수화기를 건드려 떨어진 모양이었다.

그때 내가 감지한 것은 오로지 경악뿐이었다. 침대 위의 끈이 내 손에 잡히기 전까지 나는 그렇게까지 강하게 게이코를, 그 얼굴을, 증오했다고는 생각하지 못했다. 게이코와 결혼한 뒤로 그녀의 얼굴이 눈에 거슬린 건 사실이었다. 하지만 지난 사 년 동안 이토록 거센 분노와 증오와 살의가 내게 숨어 있었다는 건 스스로도 믿을 수 없었다. 어쩌면 정신에 병이 든 것은 나였는지도 모른다.

성냥을 그었다. 작은 불꽃은 한순간 그것을 비춰내고 꺼졌다. 그건 이미 얼굴이 아니라 부서진 토기土器처럼 마룻바닥에 조그맣게 불룩해져 있었다. 짧은 순간이었지만 목에 감긴 것이 허리끈이라는 것을 알았다. 다시금 어둠에 휩싸인 뒤에도 붉은색과 검은색이 미묘하게 뒤섞인 그 얼굴의 색감이 내 머릿속에 찍혀 있었다. 나는 언젠가 그 색감을 그려낼 거라고 생각하고 있었다.

3

다시 주차장에서 낡은 자동차 커버와 밧줄을 챙겨와 어둠 속에서 여자의 몸을 둘둘 감싸고 꽁꽁 묶었다. 그걸 뒷마당으로 옮겨갈 생각이었다.

사체를 질질 끌면서 거실 앞을 지나가려고 했을 때였다. 살짝 열린 문 틈새로 돌연 전화벨 소리가 울렸다. 잠시 망설이다가 사체를 복도에 놔둔 채 나는 거실로 들어가 수화기를 들었다.

"형, 나야."

동생 신지였다.

"형수는?"

"게이코는 외출 중이야. 왜, 무슨 볼일이라도 있어?"

"아니…, 그럼 됐어요."

동생은 자기 쪽에서 전화를 끊었다. 그게 9시쯤이었다. 그로부터 세 시간 뒤에 출판사에서 전화 연락이 왔고, 다시 그 두 시간 뒤에는 경찰에서 다급한 전화가 왔다.

즉 어젯밤에 전화가 세 번 걸려온 것이다. 출판사에서 온 전화는 내가 한창 뒷마당 땅을 파고 있을 때, 활짝 열어둔 뒷문을 통해 희미하게 들려왔고, 경찰에서의 전화가 울린 것은 내가 사체를 파묻고 뒤처리를 끝낸 뒤 욕실에서 흙투성이가 된 손을 씻고 있을 때였다.

맨 처음에 동생이 걸어준 전화로 약간은 현실감을 되찾았던 모양이다. 그 이후의 일은 정확히 기억이 난다. 하지만 문제는 그 이전의 일이었다.

그때 침실은 어둠에 휩싸여 있었다. 나는 여자의 얼굴을 한 번도 제대로 본 적이 없다. 아니, 딱 한 번 성냥 불꽃으로 확인했지만 그때는 이미 얼굴이 뭉개진 뒤였다. 내가 그 어둠 속의 여자를 게이코라고 생각한 것은 이즈에서 돌아와 현관에 뛰어들었을 때, 2층에서 들려온 전화 통화 목소리 때문이었다. 말은 기억나지만 그게 실제로 게이코의 목소리였을까…. 그때는 초상화에 대한 걱정으로 머릿속이 가득해서 정신없이 거실로 달려갔던 것이다.

단지 집 안에 여자가 있다, 라는 것만으로 무의식중에 그게 분명 게이코라고 착각해버린 건 아니었을까….

여자가 있었다는 것만으로 게이코라고 할 수는 없다. 게이코와 별거했던 일 년 반 동안 나는 여러 여자를 만났다. 게이코를 사랑한 것도 아니었는데 그녀가 곁에 없는 공백은 외로웠다. 대부분 바의 호스티스였지만 그중 몇 명인가는 집에 데려오기도 했다. 재혼해도 좋겠다고 생각한 여자도 있었고, 한두 명에게는 집 열쇠도 건네주었다. 마음대로 들어와 샤워를 하면서 내가 돌아오기를 기다린 여자도 있었다. 게이코와 다시 살게 되면서 그런 여자들과는 관계를 끊었지만, 그들 중 한 명이 술에 취하기라도 해서 내가 게이코와 함께 산다는 것을 깜빡 잊고 아무도 없는 집에 마음대로 들어왔었는지도 모른다…. 물론 말도 안 되는 추측이지만, 내가 살해해 땅에 묻었을 터인 게이코가 같은 날 밤에 또 다른 범죄 현장에서 비슷한 사체로 나타난다는 게 더 말이 안 되는 일이다.

내가 죽인 사람은 다른 여자였던 게 아닐까. 게이코는 내가 이즈에서 돌아왔을 때 이미 집을 나가 누군가를 만나러 그 기묘한 이름의 호텔에 갔었던 게 아닐까….

하지만 그렇다고 해도 여전히 의문이 남는다. 신주쿠의 호텔에서 게이코를 살해한 범인은 왜 그 얼굴을 훼손했을까. 나와 똑같이 허리끈으로 교살하고 나와 똑같이 스패너를 사용해서…. 스패너?

나는 급히 거실을 나와 침실로 올라갔다. 아침 햇살이 어젯밤 내가 한 여자를 살해한 방을 비추고 있었다. 기억을 더듬어보니 여자의 몸이 쓰러진 곳은 분명 이 출입문 앞 카펫의 이상한 기하학무늬 위였다. 하지만 어젯밤 사건의 흔적은 이미 아무것도 남아 있지 않다. 어젯밤 경찰에서 전화가 걸려온 뒤, 만에 하나 형사가 집에 찾아올 것을 염려해 손전등을 켜고 카펫에 남은 혈흔을 꼼꼼히 닦아냈던 것이다. 미세한 데까지 조사한다면 혈흔 반응도 나오겠지만 눈으로 보는 것만으로는 전혀 알 수 없다. 어젯밤 일이 마치 거짓말이었던 것처럼 방은 고요히 가라앉아 있었다.

스패너는 없었다. 혈흔이 묻은 스패너를 남겨두면 위험하다는 생각에 자동차 커버로 사체를 감쌀 때 함께 넣었던 것 같은데, 그 부분의 기억이 아무리 생각해내려 해도 확실한 형태로는 생각나지 않았다.

허리끈도 그렇다. 신주쿠의 여자 사체에 휘감긴 그 끈을 본 순간, 게이코의 목을 조를 때 쓴 것과 똑같은 끈이라고 생각했다. 하지만 실제로는 이 침실에서 성냥불에 잠깐 본 것뿐이다. 색깔은 분명 같았지만 신주쿠 호텔의 범행 현장과 이 집의 침실 구조가 너무도 흡사한 탓에 일어난 착각인지도 모른다.

여전히 뭐가 뭔지 알 수가 없다. 생각하면 할수록 점점 더 알 수가 없었다. 단지 그 혼란 속에서도 내 생각은 역시 신주쿠에서 살해된 여자가 게이코였다, 라는 결론으로 기울어갔다. 이 침실에서 나는 누군지도 모른 채 다른 여자를 죽인 것이다….

전화가 울렸다. 경찰은 침실 쪽에 설치한 전화번호는 알지 못할 테니까 아마도 동생 신지일 것이다.

"형?"

예상대로 신지의 목소리였다.

"왜 나한테 먼저 연락하지 않았어? 방금 경찰에서 전화가 왔는데, 나한테도 사체를 확인해달라고 했어. 일단 경찰서에 갔다가 형 집에 들를게."

신지는 다급한 목소리로 그 말만 하고 전화를 끊었다.

동생이 온다…. 그렇다면 경찰도 함께 올 것이다.

남겨진 범죄의 흔적은 없는지 다시 한번 확인해둘 필요가 있었다. 경찰이 이 집에 범죄의 흔적을 찾으러 오는 건 아니다. 그들은 이곳이 또 하나의 범죄 현장이고 또 다른 여자가 살해되었다는 건 전혀 알지 못한다. 하지만 뭔가 이상한 흔적이 눈에 띄어 경찰의 의심을 사는 일만은 경계하지 않으면 안 된다.

침실을 샅샅이 둘러보고 계단이며 복도에 혈흔이 묻지 않았는지 세심하게 살펴보면서 뒷마당으로 나갔다.

뒷마당이라고 해도 주차장과 벽돌담에 둘러싸인 작은 공간에 지나지 않는다. 주차장에서 조금 벗어난 곳에 햇살이 닿아 양지쪽을 만들고 있었다.

정확히 어젯밤에 사체를 묻은 그 위치였다. 땅에 묻은 뒤, 여러 번 흙을 다져 평평하게 골랐다. 그래서 지금 겨울 아침의 너무도 투명한 햇살 속에서도 집중해서 살펴보지 않고서는 땅을 팠다가 다시 메운 자국은 알아볼 수 없다.

어떤 흔적도 없는 것에 나는 마음이 놓였다. 하지만 동시에 아무 흔적도 남지 않았다는 것에 심한 불안감이 몰려왔다.

아침 햇살은 어젯밤의 어둠과 함께 그 어둠 속에서 일어난 범죄까지 완전히 지워버렸다. 모든 게 거짓말이었던 것처럼. 여기 땅 밑에 한 여자의 사체가 묻혀 있는 것도, 어젯밤에 내가 한 여자를 죽인 것도. 아니, 죽인 것은 사실이리라. 하지만 그게 정말로 이 집에서 일어났을까. 이 집에서 일어난 일은 모두 나만의 망상인 건 아닐까. 내가 게이코를 죽인 것은 신주쿠의 그 호텔이었을까. 그 기묘한 이름의 호텔에 게이코를 불러내 목을 졸라 죽이고 얼굴을 내리쳤다는 선글라스의 남자가 바로 나였던 게 아닐까….

4

10시에 동생 신지가 왔을 때, 나는 양손으로 얼굴을 가리고 우는 듯한 꼴로 거실 소파에 주저앉아 있었다.

시부야의 아파트에 사는 동생은 신주쿠 경찰에서 한 시간 남짓 조사를 받고 차를 달려 이 집에 온 것이었다.

"그건 틀림없는 형수야."

신지는 우울한 목소리로 말하고 나를 따라 하듯이 두 손에 얼굴을 묻고 소파에 웅크리고 앉았다.

돌연한 사건에 신지도 크게 놀랐을 테지만, 옷차림은 평소와 다름없이 조금치도 흐트러지지 않았다. 대학을 졸업하고 증권회사에 취직한 뒤로 지난 십 년 동안 인생의 발판을 착실히 다져온 동생과 화가로 캔버스 안에서 자유분방한 삶을 살아온 나는 다양한 의미에서 정반대의 성격이었다.

서른둘의 나이에 신지는 아직 독신이었다. 나는 마음에 든 여자와 금세 관계가 맺어지는데 신지는 여자에 대해서도 신중했다. 물론 과거에 두세 명의 여자와 교제한 적도 있지만, 결혼 상대로 적합하지 않은 점이 발견되면 냉큼 관계를 끊곤 했다. 나처럼 충동적으로 여자를 품는 짓은 결코 하지 않았다.

한없이 망상의 꿈을 펼치고 그렇게 펼쳐놓은 만큼 무너졌다가 다시금 꿈을 향해 폭주하는 자멸적인 내 삶에 비해 현실에 단단히 뿌리를 내리고 살아가는 신지가 부러울 때도 있었다. 게이코도 나보다 그런 신지를 더 신뢰했다. 나와 별거했던 일 년 반 동안 게이코는 나에게는 한 번도 연락하지 않았지만, 난처한 일이 생기면 신지에게는 상의하러 가는 모양이었다. 반년 전 재결합도 최종적으로는 신지의 의견에 따라 결심한 것이었다.

"오른쪽 허벅지에 멍 자국이 있었어. 나흘 전이었나, 내가 형 집에 왔을 때 형수가 이 테이블 모서리에 찧어서 생긴 거야."

"너, 나흘 전에도 여기 왔었어?"

"갑작스럽게 형수가 불러서…. 형이 밤늦게 돌아온 날 저녁이야. 너무 늦어져서 저녁만 얻어먹고 형이 오는 건 못 보고 돌아갔어."

"게이코가 그때 털어놓은 얘기, 경찰에는 말하지 않았지?"

나흘 전에 게이코가 신지를 부른 것은 나와의 일을 상의하기 위해서였던 게 틀림없다. 그때 당연히 게이코는 초상화에 대해서도 언급했을 것이다. 우리의 결혼 생활이 순조롭지 않았다는 것은 경찰도 이미 알고 있기 때문에 상관없지만 초상화 얘기는 경찰 쪽에 들키고 싶지 않았다.

하지만 동생은 의아한 얼굴로 말했다.

"그날 형수는 별 얘기도 안 했어. 그날 저녁에 두 사람분의 식사를 준비했는데 형이 늦게 올 것 같으니 먹으러 오지 않겠느냐고 했을 뿐이지. 형수가 기분도 좋아 보이고 얼굴색도 환해서 형과 잘 지내는 모양이라고 안심했지. 그런데 어제 느닷없이 형수가 이상한 전화를 해서…."

"어제? 게이코가 너한테 전화를 했었다고?"

"응."

"몇 시쯤에?"

"저녁 8시쯤이었을걸? 갑자기 울면서 이제 형과 헤어질 생각이라고…."

"게이코가 어디서 전화했어?"

"나는 여기 이 집에서 한 줄 알았는데 아니었던 모양이지. 전화가 중간에 갑자기 끊겨버렸거든. 그래서 침실 쪽 전화로 다시 걸었어. 근데 그쪽은 수화기가 내려졌는지 도무지 연결이 안 되고…. 그래서 여기 거실 쪽으로 걸어봤어. 그랬더니 형이 받아서 형수가 집에 없다고 했었잖아. 그렇다면 형수는 분명 밖에서 전화한 거겠지."

"그 전화에서… 게이코가 그 전화에서, 이런 말을 하지 않았어? 나와는 이제 끝났다, 한시라도 빨리 헤어지는 게 낫다…."

신지는 의아하다는 듯이 나를 마주 보았다.

"응, 분명 그런 얘기를…. 근데 형이 그걸 어떻게 알았어?"

"아니, 요즘 게이코가 입버릇처럼 그런 말을 했으니까…."

나는 그렇게 얼버무리고 넘어갔다. 그때 내 머릿속을 차지한 것은 한 가지 생각뿐이었다.

그렇다면 역시 게이코였다. 침실에 있었던 어둠 속의 여자는 게이코였다. 내가 죽인 건 분명 게이코였던 것이다. 하지만 그렇다면….

내 얼굴빛이 변한 것을 신지는 다른 뜻으로 받아들인 모양이었다.

"어제 형수와 전화한 것은 경찰에 얘기 안 했어. 실은 경찰에서 핸드백에 있었다는 편지를 보여주기 전까지 나도 형 부부의 사정을 전혀 몰랐거든. 그나저나 형은 왜 내가 경찰에 뭔가 얘기할까 봐 걱정하는 건데?"

신지가 나를 지그시 들여다보며 말했다. 회색빛의 꿈쩍도 하지 않는 눈이었다.

"아니, 자칫하면 경찰이 나를 의심할까 봐 그렇지. 사실 나는 게이코를 죽였어도 이상하지 않은 입장이잖아."

"하지만 경찰이 형은 알리바이가 확실하다고 했어. 어젯밤 12시경 신주쿠에서 형수가 살해된 시각에 출판사에서 여기 집으로 전화했다던데? 경찰이 출판사에 확인해보니 틀림없다고 대답했다는 거야."

"그래도 더 이상 이상한 의혹의 시선은 받고 싶지 않아…. 경찰이 너한테 게이코의 남자관계에 대해서는 묻지 않았어?"

"물어보더라고. 근데 나한테 그런 상의는 한 적이 없다고 대답했어."

신지는 슬쩍 눈을 내리깔았다. 뭔가 알고 있는데 감추는 듯한 느낌이 들었지만 신지의 표정 없는 얼굴에서 진의를 읽어낼 수는 없었다. 감정이 얼굴에 그대로 드러나는 나와는 다르게 언제 어느 때라도 냉정한 표정을 유지할 줄 아는 녀석이다.

"그나저나 범인은 대체 왜 그런 잔인한 짓을 했을까…."

얼버무리듯이 혼잣말처럼 중얼거리던 신지의 시선이 문득 게이코의 초상화로 흘러갔다. 잔인한 짓이란 범인이 사체의 얼굴을 내리친 것이리라. 그걸로 퍼뜩 생각이 나서 초상화를 본 것뿐일 텐데 신지의 색깔 없는, 현미경을 들여다보는 듯한 냉정한 눈빛에 나는 모든 것을 들켜버린 듯한 불안감을 느꼈다.

"난 좀 자야겠다. 경찰 오면 깨워줘."

신지와 얘기를 더 주고받기가 괴로워서 나는 그런 말을 남기고 침실로 올라갔다.

문을 닫자마자 바닥에 웅크리고 앉았다. 경찰이 오기 전에 다시 한번 카펫에 혈흔이 남았는지 살펴보고 싶었다.

하지만 카펫에 바짝 들이댄 눈은 혈흔이 아닌 다른 것을 찾아냈다. 아까는 미처 알아보지 못했던 것이 서랍장 사이의 좁은 틈새에 숨듯이 떨어져 있었기 때문이다.

나는 그것을 집어 들었다. 하지만 다음 순간, 등줄기에 오싹한 것이 내달리면서 손에서 놓쳐버렸다. 카펫 무늬에 섞이듯이 떨어진 그것을 나는 한 발 주춤 물러서서 한참을 내려다보았다.

반지였다.

비취를 십자 모양의 백금 받침대에 올린 그 반지는 신주쿠에서 살해된 여자의 손가락에 살을 파먹듯이 끼워져 있던 것과 똑같았다.

5

결국 침대에 쓰러져 곯아떨어졌다. 꿈속에 하얀 문이 있었다.

나는 열쇠를 두 개 갖고 있었고 그걸 차례대로 구멍에 꽂았지만 어느 것으로도 문은 열리지 않았다. 꿈속에서도 나는 혼란에 빠져 있었다. 열쇠 구멍을 들여다보았다. 아무것도 없는 암흑뿐이었다. 암흑은 내가 성냥불로 확인한 그 여자의 마지막 얼굴처럼 빨간색과 검정색의 기묘한 색감으로 녹아들어 있었다.

신지가 흔들어 깨우는 바람에 겨우 눈을 떴다. 한 시간쯤 잠들었던 모양이다. 짧은 수면이었던 만큼 도리어 부숭부숭해진 눈으로 아래층에 내려가자 신주쿠에서 만났던 형사와 과학수사 담당자 몇 명이 와 있었다.

한순간 나를 체포하려는 건가, 싶어 흠칫 발을 멈췄다.

"혹시나 해서 이 집에 남은 부인의 지문을 조사해보려고 합니다. 사체의 지문과 대조해봐야 해서요."

가슴속에서 앗 하고 부르짖었다. 그렇지, 지문이 있었어. 지문을 조사하면 분명 신주쿠에서 살해된 여자가 게이코인지 아닌지 명확하게 밝혀지는 것이다.

그래도 어쨌든 나는 사건을 분명하게 알고 싶었다. 동시에 만일 지문에서 신주쿠의 여자가 게이코가 아니라는 게 밝혀지면 그녀의 행방을 경찰에 어떻게 해명해야 하느냐, 라는 불안에 휩싸였다. 신지도 신주쿠의 사체를 게이코라고 확인했다. 하지만 아까 잠들기 전에 침실에서 발견한 비취반지는 대체 어떻게 된 것인가. 그건 어둠 속에서 나와 몸싸움 중에 게이코의 손가락에서 빠져나온 게 틀림없다. 게다가 게이코가 신지에게 걸었다는 전화도….

내가 아직 허락하지도 않았는데 벌써 담당자들은 집 안 여기저기로 흩어져 하얀 가루를 툭툭 쳐대기 시작했다.

형사가 초상화 앞으로 다가가는 모습을 본 나는 한순간 눈을 질끈 감았다. 하지만 그가 흰 장갑을 낀 손으로 집어 든 것은 맨틀피스에 놓인 큼직한 청자 항아리였다. 그때였다.

"아, 그러고 보니…."

퍼뜩 생각났다는 듯이 신지가 말했다.

"나흘 전에 내가 여기 왔을 때 형수가 그 청자 항아리를 만졌어요. 햇빛이 닿아 금이 간 것처럼 보였는지 걱정스럽게 여기저기 쓰다듬었거든요."

형사는 항아리 표면을 훑듯이 빙빙 돌리며 들여다보더니 담당자를 불렀다.

그 항아리에서 꽤 선명한 지문을 채취한 모양이었다. 지문뿐만이 아니라 게이코의 남자관계를 알아보기 위해 집 안에 있는 그녀의 물건들을 낱낱이 살펴보고 형사들은 두 시간여 만에 철수했다.

그들이 거실을 나가려던 때였다. 형사는 내가 건넨 결혼 당시의 게이코 사진에서 문득 시선을 벽의 초상화 쪽으로 돌리며 물었다.

"저 그림도 부인이군요. 언제쯤의 얼굴이지요?"

"그 사진과 같은 무렵이에요."

"그렇군요. 사진과는 인상이 상당히 다르네요."

형사는 무심코 한 말이겠지만, 내 가슴속에 그 말은 바늘처럼 쿡 박혔다. 얼굴에서 핏기가 스르륵 빠져나가는 것을 느끼면서 나는 떠나는 형사의 모습을 지켜보았다.

그들을 배웅하러 나간 신지가 어느새 문 앞에 몰려든 기자들에게 "형이 지금 쓰러질 정도여서 질문에는 응할 수 없습니다"라고 말하고 현관문을 굳게 닫아걸었다. 그런데도 차임벨 소리가 연거푸 집 안을 울렸다.

나는 두 귀를 막듯이 머리를 부여잡고 주저앉았다.

"형!"

신지의 목소리가 귓가에 울렸다. 깜짝 놀라 돌아보니 신지의 얼굴이 코앞에 바짝 다가와 있었다.

"일단 사실대로 다 말해야겠어. 이건 경찰에는 아직 발설하지 않았고, 아까 형에게도 차마 말을 못했는데…."

무표정한 얼굴 그대로 목소리만 음울해진 채 신지는 말했다.

"형수에게 남자가 있었어."

"게이코에게? 언제부터?"

"형과 결혼하기 전부터였어. 결혼하면서 일단 헤어졌는데 반년 전쯤에 다시 그 남자를 만난 모양이야. 그자가 어떤 이상한 여자에게 발목이 잡혀 돈이 필요하게 되자 어떻게든 돈을 좀 마련해 달라고 우격다짐으로 형수를 찾아왔다는 거야. 꽃뱀 같은 여자에게 협박을 당했다더라고. 나한테는 그렇게 얘기했어."

"게이코에게 그런 남자가 있었어?"

뜻밖의 얘기였다. 하지만 그 말을 선뜻 부정할 수는 없었다. 결혼한 이후로 나는 항상 게이코를 내 시야 밖으로 밀쳐내기만 했다. 그 사각지대에서 게이코가 무슨 짓을 하는지 나는 단 한 번도 관심을 가진 적이 없었다.

"형수가 이따금 나한테 상의하러 찾아왔던 건 형의 일이 아니라 그 남자 일 때문이었어. 하지만 나도 자세한 것까지는 알지 못해. 이름도 모르고…. 형수는 자기가 상의하러 왔으면서도 중요한 건 하나도 알려주지 않았어. 내가 일단 만나서 일을 처리해보겠다고 해도 도저히 얘기가 통할 만한 사람이 아니라면서 번번이 피하더라고."

"그자와는 최근까지 관계가 이어졌던 거야?"

신지는 고개를 저었다.

"모르겠어. 형과 다시 살림을 합친 반년 전에는 이미 그 남자와 관계를 완전히 끊었다고 얘기하긴 했는데…. 이번에 이런 사건이 터지고 보니 아무래도 여태까지 그 관계가 이어졌던 건가…."

"그걸 왜 경찰에 말하지 않았어?"

"형의 입장을 생각하면 그런 얘기는 안 하는 게 좋잖아. 형수가 지금까지 형을 배신한 셈이니까. 그 남자 얘기는 앞으로도 경찰에는 말하지 않는 게 좋아. 만일 그자가 범인이라면 경찰 수사로 머지않아 밝혀질 거야. 경찰이 형을 용의선상에 올린다면 나도 그 얘기를 하려고 했는데 형에게는 확실한 알리바이가 있다고 해서…."

나는 입을 꾹 다물었다. 그자가 범인일 가능성도 있다. 게이코에게 그런 남자가 있었다는 걸 알고 나자 신주쿠의 그 천박한 호텔에서 살해된 여자가 더욱더 게이코인 것처럼 생각되었다. 하지만 그렇다면….

내 머릿속은 똑같은 의문을 놓고 제자리를 맴돌 뿐이었다. 더 이상 아무 생각도 하고 싶지 않았다. 생각해봤자 결론이 나지 않는다. 다시 잠을 좀 자야겠다고 말하고 나는 침실로 올라갔다.

경찰에서 전화 연락이 온 것은 두 시간 뒤였다.

전화는 신지가 받아주었다. 나는 잠들지 못한 채 침대에 멍하니 누워 있었다. 신지는 형사의 말을 흉내 내는 것처럼 착실한 목소리로, 이 집에서 채취한 여러 개의 지문이 신주쿠 피해자의 것과 완전히 일치했다고 알려주었다.

6

신지는 7시쯤에 돌아갔다. 내가 걱정된다면서 자고 가겠다는 것을 억지로 돌려보냈다. 무엇보다 혼자 있고 싶었다.

"내일 아침에 다시 와. 오늘 밤은 우선 잠 좀 자야겠어."

나는 그렇게 말했다. 신지는 현관문을 닫기 직전까지 나를 위로해주었다.

"형, 걱정할 거 없어. 푹 자. 형은 알리바이가 확실하잖아. 괜찮아, 그것만 있으면 형은 안전해."

고맙다는 인사와 함께 배웅하고 문을 걸어 잠근 뒤, 나는 침실로 올라가 어둠 속에 누웠다. 잠이 올 리 없다. 혼자가 된 집의 조용함이 나를 찍어 누르는 것 같아 감았던 눈이 금세 뜨이곤 했다.

아무리 고민해봐도 제자리만 맴돌 뿐이라는 걸 알면서도 생각을 정리해보려고 했다. 신지의 말대로 신주쿠의 사체가 지문을 통해 게이코로 분명하게 밝혀진 이상, 나는 안전하다. 나에게는 알리바이가 있는 것이다. 하지만 그렇다면 내가 어젯밤에 이 침실에서 살해한 여자는 대체 누구인가…. 내가 죽인 사람이 게이코였다는 것도 분명하다. 죽기 직전에 게이코가 이 침실에서 동생과 전화한 것도 틀림없는 사실인 것이다. 게다가 이 방에서 죽은 여자가 끼었던 비취반지….

그렇다면 죽은 순간부터 게이코는 두 명이 된 셈이다. 내 손으로 죽여 땅속에 묻은 게이코는 이 집에서 끊겨버린 목숨을 다시금 그 형상만 긁어모아 신주쿠 호텔 402호실에 나타났다.

방 안의 어둠은 어젯밤과 거의 같은 상태였다. 시각도 비슷할 것이다. 창문으로 들어오는 작은 불빛을 등지고 어젯밤처럼 여자의 그림자가 서 있는 것만 같았다. 나는 자리에서 일어나 창가에 떠오른 여자 그림자 환영에게 다가가 덮치는 척해보았다.

뭔가 단서는 없는가. 여자의 냄새, 키, 머리칼의 부드러움, 옷속 살갗의 감촉. 하지만 아무것도 기억 속에 돌아오지 않았다. 그때도 여자의 목을 온 힘을 다해 끈으로 조르는 나 자신을 마치 타인처럼 느꼈다. 게이코가 어떤 얼굴이었는지도 기억해낼 수 없었다. 어떤 머리를 하고 있었는지도, 어떤 살갗이었는지도. 어둠 속에 떠오르는 것은 초상화 여인의 얼굴뿐이었다. 그건 게이코가 아니라 황혼 무렵의 갤러리에서 짧은 한 찰나, 나를 위해 미의 신이 보여준 이 세상에는 존재하지 않는 한 여인의 그림자였다.

나는 아무것도 알 수 없었다. 그래도 몇 번이고 어둠 속에 떠오른 환영의 여자를 덮쳐보았다. 어떻게든 그 환영을 붙잡아 얼굴을 빛 아래로 끌고 나와 확인하고 싶었다.

아래층에서 전화가 울렸다. 급히 계단을 내려가 거실 문을 열었을 때, 벨 소리가 뚝 끊겼다.

거실 안으로 들어서자 저절로 내 시선은 벽의 그림으로 빨려들었다. 그림 속 여인의 얼굴은 오늘 밤에도 완벽했다. 복도의 빛뿐인 어슴푸레한 어둠 속에서 여인은 더욱더 눈빛이 공허해져서 나를 멍하니 마주 보고 있었다.

'내가 게이코야.'

그림 속 여인이 내게 말을 건넸다.

'당신이 죽인 것도, 신주쿠에서 살해된 것도 게이코가 아니

야. 오직 나만이 게이코야.'

여인의 목소리가 귓속을 뚫고 머릿속에서 메아리쳤다. 나도 모르게 소파 위에 올라가 액자를 두 손으로 마구 흔들었다. 느닷없이 솟구친 분노를 쏟아붓듯이.

액자는 벽에서 두 번을 굴러 큰 소리와 함께 바닥에 떨어졌다. 유리에 금이 가고 그 날카로운 단면이 여자의 얼굴을 찢었다. 265프랑의 접시. 나는 그 접시를 내 손으로 내동댕이쳐 깨뜨리고 뒤늦게 후회하며 산산조각이 난 파편을 필사적으로 끌어모아 원래의 형태를 만들어보려 하고 있었다.

그토록 싫어했던 게이코의 얼굴을, 그림이 아닌 진짜 게이코의 얼굴을, 다시 한번 보고 싶었다. 그 얼굴을 한 번만이라도 볼 수 있다면 초상화 따위 갈기갈기 찢어발겨도 상관없다. 그림 속 여인 따위, 지금의 나에게는 아무 의미도 없었다. 그것은 분명 완벽한 선이고 색이었지만 말 그대로 선과 색일 뿐이다. 지금의 나를 구해줄 수도 없고, 이런 불합리한 수수께끼에 눈곱만큼의 단서조차 던져주지 못한다. 오히려 이 그림이야말로 모든 것의 시작이었다.

'내가 게이코야!'

바닥에 떨어져서도 그림 속 여인은 점점 더 오만한 목소리로 부르짖었다. 내 손이 어느새 유리 파편을 들고 그림 속 얼굴을 향해 힘껏 휘두르고 있었다. 내가 왜 이런 짓을 하는지 스스로도 알지 못했다. 단지 어젯밤 어둠에 잠긴 한 여자의 얼굴을 스패너로 내리친 순간처럼 마음속이 온통 허탈할 뿐이었다.

그림 속 여인의 얼굴이 갈기갈기 찢겨 이윽고 그 단면에서 피가 흘렀다. 그것이 캔버스에서 흘러나온 게 아니라 내 손에서 뚝뚝 떨어진 피라는 것을 깨닫고 그제야 피범벅이 된 유리 파편을 내던졌다. 이건 게이코의 복수다. 한 장의 그림을 위해 살해되고 얼굴이 뭉개져버린 게이코는 똑같이 내 손으로 그림을 갈기갈기 찢어버리게 하려고 죽은 뒤에 자신의 분신을 그 호텔 402호실에 보낸 것이다…. 테이블보를 찢어 손바닥을 묶었다. 아픔은 느껴지지 않았다. 나는 미쳐가고 있었다.

그때, 다시 전화가 울렸다. 나는 왼손으로 수화기를 들었다.

"마사키 선생님이시죠?"

목소리는 어둡고 나지막하고 작았다. 남자 목소리라는 것밖에는 알 수 없었다.

"어젯밤에 신주쿠에서 만났던 출판사 사람입니다. 그때 부탁하신 대로 오늘 아침에 형사가 왔을 때, 오전 0시에 선생님 댁에 전화를 걸었다고 대답했습니다. 그러면 되는 거지요?"

나는 침묵하고 있었다.

"선생님 맞으시죠?"

"당신, 누구야?"

"저예요, 어젯밤 8시에 신주쿠에서 만났던 출판사 사람. 선생님이 알리바이를 증명해달라고 부탁하셨던…."

"대체 뭔 소리야? 당신은 분명 나한테 전화를 걸었던 그…."

아, 그렇구나. 그런 거였어. 나는 말을 하다 말고 수화기를 내려놓았다.

이건 함정인지도 모른다. 희미하게 그런 생각이 머릿속을 스쳤지만 나는 그만 포기하고 고개를 내저었다. 함정이라면 대체 누가 이런 어이없는 함정을 만들었을까. 게다가 이런 불가해한 함정을 만들어낼 만한 사람이라고는 아무도 없다. 이게 누군가 파놓은 함정이라면 그 누군가는 어젯밤에 내가 저지른 짓을 나보다 더 잘 아는 인물이어야 한다. 그런 인간이 존재할 리 없다.

아니, 딱 한 명 있었다. 어젯밤에 내가 저지른 짓을 모조리 알고 있는 인물…. 그건 나 자신이다. 이건 내가 나에게 파놓은 함정이다. 그렇게 생각하면 모든 것이 설명이 된다. 방금 그 전화 목소리가 한 말은 사실일 것이다. 어젯밤 나는 출판사에서 온 전화 따위 받지 않았다. 전화를 건 직원이 누구인지 생각나지 않는 것이 그 증거다. 오전 0시에 전화 따위는 걸려오지 않았다. 그건 내가 나중에 만들어낸 꿈같은 망상이다. 왜냐면 나는 오전 0시에 신주쿠에 있었고 거기서 게이코를 죽였으니까…. 8시에 나는 이 집에 없었으므로 당연히 이 집에서는 아무도 죽이지 않았다. 그 시각에 신주쿠의, 아마도 극채색의 천박한 네온사인 거리 한 귀퉁이에서 방금 전화한 남자를 만나 알리바이 증명을 부탁했으리라. 그리고 그 호텔로 갔다. 모자를 깊숙이 눌러 쓰고 코트 깃을 세우고 선글라스를 쓴 채…. 선글라스?

소파에 주저앉으려던 나는 목구멍까지 솟구친 비명을 양손으로 틀어막았다. 내 눈앞에, 카펫 위에, 깨진 초상화 액자 옆에, 그 선글라스가 떨어져 있었다. 선글라스뿐만 아니라 헌팅캡도, 코트도, 피범벅의 셔츠도….

나는 가까스로 그 물건들이 벽에 걸린 액자 뒤에 숨겨졌다가 액자가 떨어지는 참에 함께 바닥에 떨어졌다는 것을 깨달았다. 신주쿠에서 내가 틀림없이 게이코를 죽였다는 증거를 들이대는 듯한 그 물건들을 나는 말없이 내려다보았다. 불쑥 엄청난 허탈함이 몰려오고 피식 웃음이 터졌다. 신주쿠에서 오전 0시에 게이코를 살해해놓고 나는 오늘 하루 내내 현실과 망상 사이를 헤맸던 것이리라.

현실의 마지막 장면은 오전 2시에 경찰에서 걸려온 전화였다. 신주쿠에서 게이코를 살해한 뒤, 집에 돌아와 손의 혈흔을 씻어내기 위해 욕실에 들어갔던 것이다. 전화벨 소리가 울리는 느낌이 들었고, 수도꼭지를 잠가 물소리를 끊었고…. 그렇게 나의 망상의 드라마가 시작된 것이리라.

신주쿠에서 게이코를 살해하고 얼굴을 내리친 것을 인정하고 싶지 않았던 것이다. 신주쿠에서 틀림없이 게이코를 살해했다…. 그 기억을 속여 넘기고 싶었던 것이리라. 이 집에서 게이코를 죽였다는 가공의 스토리, 망상의 드라마를 지어내고 그것을 사실인 것처럼 믿었다. 나는 이 집에서 게이코를 죽였다. 그러므로 신주쿠에서는 아무도 죽이지 않았다…. 그렇게 믿으려고 했던 것뿐이다. 내 망상을 내가 실제로 저지른 범죄의 알리바이로 내세우면서. 현관에서 들은 게이코의 전화 목소리…. 그것도 오늘 동생 신지에게서 그런 얘기를 듣고 덧붙인 망상이다. 오늘 아침에 침실 구석에서 발견한 비취반지도.

너무도 지치고 혼란에 빠져 나는 정말로 미쳐가고 있었다.

어젯밤 이 집에서 한 여자를 죽인 것이 현실이었을까, 망상이었을까. 그 해답을 찾기 위한 방법은 단 한 가지뿐이다.

사체. 내가 뒷마당에 파묻었다고 굳게 믿고 있는 사체. 모든 게 망상이었다면 이 집 뒷마당에 사체 따위는 묻혀 있지 않아야 한다.

나는 뭔가에 홀린 듯이 복도를 지나 뒷마당으로 나갔다.

욕실 창문으로 새어 나온 불빛이 한 귀퉁이에 떨어져 있었다. 망상인지 현실인지는 모르지만 내가 땅을 파낸 것은 그 불빛의 오른쪽 끝에서부터였다. 주차장에서 삽을 가져와 불빛과 어둠의 경계에 그것을 꽂았다.

파김치가 된 몸뚱이에서 마지막 힘을 쥐어짜 흙을 파냈다. 그게 내 힘이라는 게 믿어지지 않았다. 왜 내가 이토록 집중해서 삽으로 흙을 퍼내고 있는지도 알 수 없었다.

그리고 시간이 얼마나 흘렀을까.

이제 구덩이는 충분히 파냈다. 내 몸은 흙과 어둠에 파묻혔다. 나중에는 삽을 내던지고 손으로 흙을 파헤쳤다. 어떤 것도 손에 닿는 느낌 없이 손가락 틈새로 흙덩이가 허망하게 흘러 떨어졌다. 나는 더 이상 아무것에도 놀라지 않았다.

사체는 없었다…. 하지만 그건 땅을 파기 시작했을 때부터 이미 알고 있던 일이었다.

모든 게 망상이었던 것이다. 나는 이 집에서 아무도 죽이지 않았다. 어느 누구의 사체도 이 뒷마당의 땅속에는 묻히지 않았다….

묘하게도 나는 안도하고 있었다. 어젯밤 신주쿠의 사건 현장에 한 걸음 들어섰을 때부터 나를 괴롭혀온 혼란이 모두 사라지고 온몸이 이 구덩이처럼 텅 빈 어둠이 되었다. 진한 피로감을 느끼고 눈을 감았다.

그때 발소리가 들려왔다. 발소리는 천천히 구덩이 쪽으로 다가오더니 그 가장자리에서 멈췄다.

사람이었다. 구덩이 속에서 올려다보았기 때문에 그림자는 묘하게 키가 커 보였다. 남자인 것 같았다. 나는 뭐가 뭔지 아무것도 알 수 없었다. 이것도 망상인지 모른다, 라고 생각했다.

사람 그림자의 손 근처가 슬쩍 움직이면서 작은 소음이 들려왔다. 성냥을 그은 것이다. 불빛이 그림자의 손을 비춰냈다. 그 불빛으로 남자는 구덩이 속에 있는 내 얼굴을 확인하는 것 같았다. 불이 남은 그대로 남자는 성냥개비를 구덩이 바닥에 떨어뜨렸다.

남자는 몇 번이나 똑같은 짓을 했다. 작은 불이 어둠과 흙으로 범벅이 된 내 몸에 빗방울처럼 떨어져 내렸다.

마지막 불을 던지더니 남자는 그 자리에 쪼그리고 앉아 불쑥 팔을 내 쪽으로 내밀었다. 구덩이 속에서 나를 구해내려는 듯한 손짓이었다.

"형…."

귀에 익은 목소리가 어둠 속에 울렸다.

7

처음으로 형수가 먼저 전화를 걸어 "둘이서만 얘기하고 싶다"고 말했을 때, 형수는 울고 있었어. "지금 신지 씨 집으로 갈게"라고 말하면서도 형수는 좀체 전화를 끊지 않았지. 한순간이라도 혼자 남겨질까 봐 두려워하는 것 같았어. 수화기에서는 위쪽을 지나가는 듯한 전차의 굉음이 울렸어. "내가 그쪽으로 갈까요?"라고 말하자 형수는 지금 어디 있는지도 모른다면서 자기 쪽에서 가는 수밖에 없다고 대답했어.

삼십 분 뒤, 형수는 차를 타고 내가 사는 아파트로 찾아왔어. 더 이상 울고 있지는 않았지만 눈가가 불그레하게 부었고 깜짝 놀랄 만큼 얼굴이 핼쑥해져 있었어. 하얀 베일에 감싸인 행복한 미소가 그토록 잘 어울리던 신부의 자태는 한 조각도 남아 있지 않았어. 형과 결혼식을 올린 지 아직 삼 개월밖에 안 된 참이었는데 말이야. 형수는 결혼식이 끝나고 보름이 지날까 말까 했을 때부터 벌써 형이 무슨 생각을 하는지 알 수 없었다고 했어. 그 얘기만 하고는, 너무 지쳤으니 잠깐 쉬게 해달라면서 이불도 깔지 않고 방바닥에 쓰러지더라.

"신지 씨 같은 사람과 결혼했으면 좋았을 텐데…."

형수는 그러면서 눈물을 흘렸어. 눈을 감은 채 혼잣말처럼 춥다고 중얼거렸을 때, 나는 그늘이 깊게 새겨진 그 뺨에 손을 내밀 수밖에 없었어.

그 뒤로도 형의 눈을 피해 몇 번이나 따로 만났어. 이 년째가 되었을 때, 형수가 다시 갑작스럽게 전화를 걸어와 형이 별거를 원한다고 알려줬어. 형수는 이참에 아예 형과 이혼하고 나와 함께 살아도 괜찮다는 생각인 모양이었지만, 나는 그럴 수 없었어. 마침 그 무렵에 나는 어이없는 실수로 꽃뱀 같은 여자에게 걸려들어 형수보다 더 괴로운 상황이었기 때문이야. 회사에서 경리를 담당하던 여직원이고 나보다 두 살 연상이야. 한 번 결혼에 실패한 여자였어. 그 한 달쯤 전이었을 거야, 고객의 돈을 빼돌려 어느 화장품 회사의 주식에 투자했었어. 절대로 안전하다고 생각했는데 그 화장품 회사의 주가가 급락하면서 3백만 엔 가까이 구멍이 나버렸어. 당장이라도 채워놓지 않으면 안 될 돈이었어. 궁지에 몰린 나는 이전부터 내게 호감을 보이던 그 경리과 여직원을 호텔로 불러내 회사 장부를 살짝 손봐주지 않겠느냐고 부탁했어. 침대에서 함께 뒹굴던 그녀는 부스스 몸을 일으키며 음울한 목소리로 말했어.

"못 해줄 것도 없지."

생김새가 그리 좋지는 않은 여자여서 회사 내에서도 전혀 상대해주는 남자가 없었지만, 의외로 몸매는 나쁘지 않았어. 허리에서 다리까지의 선이 어딘가 형수와 비슷했지.

횡령한 돈은 그렇게 처리가 됐지만, 그 일로 나는 전혀 애정을 느낄 수 없는 여자에게 큰 약점을 잡히고 말았어. 그 여자는 약점을 쥐고 있는 한, 내 몸도 마음도 모두 자기 것이라고 생각한 모양이야. 얼른 결혼하자고 자꾸만 졸라댔어.

"지금 회사 사람들에게 우리 관계가 알려지면 재미없잖아. 결혼은 이삼 년만 기다려줘."

은근슬쩍 달래서 그럭저럭 넘어갔는데 그다음에는 매일 밤 자기 아파트로 와달라는 거야. 나는 입으로는 사랑한다고 말하면서도 마음속으로는 죽이고 싶을 만큼 그 여자를 미워하게 됐어.

형수에게서 형과의 별거를 상의하자는 연락이 온 것은 그런 상황일 때였어. 그래서 오히려 도와달라고 부탁한 것은 내 쪽이었지. 나는 형수에게 모든 사정을 이야기했어. 그랬더니 형수가 진지하게 응해주었어.

"아직은 사랑하는 척하는 게 좋을 거 같아. 한동안 시간을 벌면서 기다려봐야지."

그러고는 왼손 약지에서 형과의 결혼반지를 빼내더니 내게 건네줬어.

"이건 이제 아무 의미도 없는 물건이니까 그 여자한테 줘버려."

형수는 약지에 가늘게 남은 반지의 흔적, 이 년간의 결혼 생활의 흔적을 스스로도 어처구니없다는 듯이 쓸쓸하게 미소를 지으며 보고 있었어.

그 반지를 선물이라면서 건네주자 그 여자도 흐뭇하게 미소를 짓더라고. 하지만 그 미소는 형수의 미소와는 전혀 달랐어. 이제 내 마음을 완전히 사로잡았다고 의기양양한 미소를 지은 거야. 비취 보석에 내 진심이 얼마나 담겼는지 탐색하듯이 눈을 가까이 대고 찬찬히 들여다보면서. 비취의 푸르스름한 빛이 여자의 눈에 서리는 것을 본 순간, 나는 머지않아 이 여자를 죽이지 않으면 안 된다고 예감했어.

그래도 일 년 반쯤은 아무 일 없이 지나갔어. 그동안에도 형과 그 여자의 눈을 피해 형수와 몇 번이나 만났어. 반년여 만에 형수는 혼자 살아갈 자신이 생겼다고 말했지만, 어딘가 외로움을 억지로 감추려는 것처럼 보였어. 그러다가 일 년 반이 지난 어느 날 형수를 만났는데 약지에 그 여자가 낀 것과 똑같은 비취반지를 끼고 있었어. 내가 놀라서 물어보니 나흘 전에 우연히 형을 만났는데 다시 같이 살기로 정해져서 서둘러 모조 비취로 마련했다는 거야. 형수는 뭔가 후련하고 행복해 보이는 얼굴이었어. 형, 형수는 정말로 형을 사랑했어….

나는 이번에야말로 꼭 형과 행복하게 살아달라고 말했지만, 이 재결합이 순조롭게 풀리지 않을 것 같아서 내심 걱정스러웠어.

그리고 내 예상은 그대로 맞아떨어졌어. 형 부부가 함께 살기 시작한 지 삼 주일 만에 형수에게서 전화가 왔으니까. 이번에는 형수도 더 이상 울지 않았지만, 그 대신 체념한 듯 한숨을 내쉬며 말했어.

"정말 이해가 안 되는 사람이야."

형….

그게 나와 형수, 그리고 그 여자와의 사 년 동안의 여정이야. 형은 캔버스 안의 작은 세계에 갇혀서 바깥세상에 전혀 관심을 갖지 않았지만, 형 주위에서는 그런 일들이 일어나고 있었어. 아니,

형은 관심을 갖지 않았던 게 아니지. 형은 겁쟁이였어. 자신을 자유롭게 해주는 작은 캔버스 안이 아니면 어디에서도 안심할 수 없어서 항상 바깥세상을 두려워했던 거야.

오늘 오후에 나는 그 얘기를 마치 다른 남자 얘기인 것처럼 형에게 들려주었어. 형은 설마 그자가 눈앞에 있는 나라고는 전혀 생각도 못 했겠지. 형은 남의 말을 너무도 쉽게 믿어버리는 사람이야. 바깥세상에서 일어나는 일을 자신이 보고 느낀 대로만 받아들이기 때문이야. 형은 어린애 같아. 솔직하고 순수하고, 무엇 하나 의심할 줄 모르는 대신, 세상 물정에 어두워서 남들이 뒤에서 어떤 생각을 하고 어떤 일을 하는지 전혀 알지 못하는 어리석은 사람. 아마도 캔버스에 색칠하는 것에만 몰두하다가 자신의 인생에 색칠하는 것을 잃어버린 모양이지? 그런 형을 속여 넘기는 건 어린애를 상대하는 것보다 간단했어.

어젯밤만 해도 그래. 어젯밤 9시에 나는 이 거실 쪽으로 전화를 했었어. 그리고 "형수는?"이라는 내 말 한마디에 형은 내가 이 집이 아닌 다른 곳에서 전화한 것이라고 믿어버렸어. 내가 위층 침실에서 또 하나의 전화를 썼다는 것 따위, 전혀 의심하려고 하지도 않았지? 정말로 형은 어린애처럼 단순하게 모든 것을 믿어버린다니까.

형수의 그 전화 목소리만 해도 그래. 형은 이즈에서 돌아와 현관에 뛰어들었을 때 형수의 목소리를 들었다고 했지? 정말로 형은 왜 그렇게도 쉽게 자기 집에 아내 혼자뿐이라고 믿어버렸을까. 그러고는 형수 목소리만 들려오니까 어딘가 외부 사람과 전화하는 게 틀림없다고 생각했겠지. 하지만 조금만 더 생각해보면 알 수 있었을 텐데 말이야. 이 집에는 또 하나, 이 거실에도 전화가 있는데 일부러 캄캄한 침실에서 전화를 걸 이유가 없잖아?

그리고 또 한 가지, 형은 왜 그렇게도 단순하게 형수가 한 말을 형 부부 얘기라고 믿어버린 거야? 사실 그때 형수는 이런 말을 하려던 것이었어.

"신지 씨, 그 여자하고는 이제 다 끝났어. 그런 여자와는 한시라도 빨리 헤어지는 게 좋아…."

형의 발소리가 계단을 올라오기 직전까지 나는 형수와 침대 위에서 그 여자와의 관계를 끊을 방법을 상의하고 있었어. 보름 전에 마침내 나도 인내가 한계에 달해 그만 헤어져달라고 애걸복걸했는데 그 여자는 피식 웃으면서 빈정거리듯이 말하더라고.

"난 당신과 형수의 관계를 다 알고 있어. 나와 헤어지겠다면 횡령한 돈뿐만 아니라 둘의 관계도 형에게 폭로해버릴 거야."

나흘 전에 형이 외출하고 없는 사이에 나와 형수는 그 여자를 이 집에 데려와 일을 매듭지으려고 했어. 하지만 우리 얘기는 귓등으로도 듣지 않고 오히려 형수에게서까지 돈을 뜯어낼 심산인지 청자 항아리를 빙빙 돌려 만지작거리면서 "이거, 값이 꽤 나가겠네?"라고 이죽거리더라고.

형수는 그런 여자와는 한시라도 빨리 헤어지는 게 좋다고 말했던 거야. 형이 침실에 들이닥쳤을 때, 나는 잽싸게 문 뒤쪽의 어둠이 가장 짙은 곳에 숨을 죽이고 숨어 있었어. 만일 전기 스위치가 고장 나지 않았다면 그때 나는 속옷 하나 걸치지 않은 내 꼴을 형에게 어떻게 해명해야 했을지, 생각만 해도 오싹하다. 그나마 형수는 옷을 다 입은 참이라서 다행이었지만 내 몸에는 아직 립스틱 흔적까지 또렷하게 남아 있었거든. 한껏 숨을 죽인 채 어떻게 하면 형에게 들키지 않을지 오로지 그 생각만 하고 있었어. 그리고 그런 내 눈앞에서 형은 갑작스럽게 어둠 속 그림자만 보이는 모습으로 그 참극을 연출했어.

잠깐 사이에 벌어진 일이라 어떻게 말려볼 여유도 없었어. 더구나 캄캄한 어둠 속에서 대체 무슨 일이 일어났는지 나도 정확히 파악할 수 없었어. 형이 아래층으로 내려가 뭘 들고 침실로 돌아왔는지도 알지 못했어. 그저 묵직한 물건이 연거푸 허공을 가르는 소리와 형의 부르짖음이 암흑 속에 울렸을 뿐이야. 형이 성냥불을 켰었지? 그 불빛에 떠오른 것을 봤을 때, 저절로 내 입을 틀어막아야 했어. 비명과 함께 목구멍에 치미는 토악질을 겨우겨우 다시 몰아넣었을 정도야. 뭐가 어떻게 된 것인지도 모른 채, 내가 가까스로 인식한 것은 형이 형수를 죽이고 그 얼굴을 스패너로 내리쳤다, 그리고 형수가 지난 한 달 동안 그토록 열심히 얘기했던 초상화와 뭔가 관계가 있다, 라는 것뿐이었어.

하지만 형….

형과 나는 달라. 아무리 혼란스러운 가운데서도 나는 마지막 냉정함은 유지할 줄 아는 사람이야. 나는 형수를 사랑했지만 이런 식으로 일이 터져버린 이상 이제는 어쩔 수 없다고 우선 인정하기로 했어. 어둠 속에서 벌거벗은 몸으로 우두커니 선 채, 형수와 그 여자의 몸매가 흡사하다는 것을 떠올렸어. 이 돌연한 참극을 이용해 한 여자를 죽일 수 있을지도 모른다고 생각한 거야.

내 계획은 형이 사체 옆에 멍하니 서 있다가 이윽고 아래층에서 자동차 커버를 가져와 사체를 둘둘 감쌀 때까지 사십 분 남짓한 시간 동안에 극히 세세한 부분까지 정해졌어. 형이 사체를 끌고 내려갔을 때, 나는 성냥불을 켜고 침실 전화로 거실 쪽에 전화를 걸었어. 그리고는 형이 뒷마당의 땅을 파기 시작할 때까지 기다렸다가 거실로 내려가 그 여자에게 전화를 했어. 재미있는 호텔이 있으니 가보자고 말했더니 여자는 마냥 기뻐서 어쩔 줄 모르는 목소리를 내더라고. 나는 이 집을 나가 근처에 세워둔 차를 운전해 신주쿠로 향했어. 신주쿠 길모퉁이에서 여자를 만났을 때, 침실 서랍장에서 가져온 형수의 기모노 한 벌과 내 차 안에 있던 스패너를 담은 종이봉투를 들고 있었지만, 여자는 딱히 수상하게 여기지도 않았어. 마찬가지로 여기 침실에서 가져간 형의 코트와 모자를 썼고 가슴팍 호주머니에는 형의 선글라스도 들어 있었어. 호텔 근처까지 갔을 때, 그 여자에게 말했어.

"오늘 밤에 이 호텔을 알려준 회사 동료가 올지도 몰라. 혹시라도 마주치면 큰일이니까…."

그렇게 둘러대면서 나중에 혼자 몰래 비상계단으로 올라오라고 말했어. 그리고 여자가 호텔 방 안에 들어서는 것과 동시에 행동에 나섰지. 나도 형이 사용한 허리끈과 비슷한 색깔의 끈을 썼어. 옷을 모두 벗기고 스패너로 그 얼굴을 내리치면서 형도 이런 식으로 아무 생각도 없이 텅 빈 머리로 행동했을까, 라고 생각했어. 살인 현장으로 그런 콘셉트의 호텔을 선택한 것은 그 여자에게 형수의 기모노를 입힐 만한 적당한 구실을 만들기 위해서였어. 하지만 옷을 다 벗긴 뒤에 형수의 기모노는 그냥 옆에 던져두는 것에 그칠 수밖에 없었어.

호텔을 나서자마자 이 집으로 돌아왔어. 형은 아직도 뒷마당에서 작업을 하고 있었어. 경찰에서 전화가 오고 형이 집을 나설 때까지 나는 집 안의 상황을 저 창문 너머로, 한겨울 밤의 냉기로 온몸이 얼어붙는 추위에 떨면서 지켜봤어. 형이 꽃병을 초상화의 얼굴을 향해 내던졌을 때는 내 머릿속에서도 뭉개진 그 여자의 얼굴이 핏빛으로 흘러내리는 것 같더라.

형이 신주쿠로 출발하자 나는 집 안에 들어와 내가 입고 나갔던 코트며 선글라스를 초상화 뒤에 숨겨놓고, 뒷마당의 사체를 파내 내 차에 싣고 여기서 약 한 시간 거리의 아무도 들어가지 못할 깊은 숲속에 파묻었어. 그 일을 모두 끝내고 날이 완전히 밝기 전에 시부야의 내 아파트로 돌아갔지. 지칠 대로 지쳐서 잠깐 눈을 붙일 생각이었으니까. 나는 아무 후회도 불안도 없었어. 내가 이렇게까지 대담한 범죄자의 성격을 가졌다는 게 스스로도 믿어지지 않을 정도였어.

형….

이제 내가 왜 그런 짓을 했는지 이해하겠지? 나는 형의 우발적인 범죄를 이용해 내가 그 여자를 죽인 또 다른 살인사건을 영구히 어둠 속에 매장하기로 계획한 거야. 신주쿠의 사체를 형수로 만들어서 그 여자의 존재 자체를 말살한다는 계획이야. 그 여자가 사라져도 회사 장부를 조사해 부정이 드러나면 다들 그 일 때문에 어딘가로 도주했다는 식으로 생각하겠지. 신주쿠의 사체가 형수로 여겨지는 한, 나는 완벽하게 안전한 거야.

오늘 아침에 경찰에서 전화가 와서 형이 예상대로 신주쿠의 사체를 형수로 인정했다는 얘기를 들었을 때, 나도 후유 안도했어. 하지만 동시에 형의 알리바이가 확실하다는 말을 듣고는 내 계획에 한 가지 실수가 있었다는 것에 낙담하기도 했어. 내가 뒷마당의 사체를 굳이 다른 곳으로 옮겨 파묻고, 혈흔이 남은 코트와 선글라스를 초상화 뒤에 감춰둔 것은 신주쿠의 사체가 형수로 판정이 나고 형이 그 범인으로 경찰에 체포되도록 할 생각이었기 때문이야. 형은 형수를 살해한 사실을 인정할 수밖에 없을 것이고, 그게 신주쿠가 아니라 자신의 집에서 저지른 범행이었다고 아무리 주장해봤자 이 집에 그 사체가 없는 이상, 경찰은 형이 미쳐버렸다고 생각할 테니까. 하지만 신주쿠의 살인사건에 형에게 확고한 알리바이가 있다는 것을 알았을 때부터 나는 계획을 바꿔 형과 손을 잡기로 했어.

형….

이걸로 내 얘기는 끝났어. 이제 형은 나와 공범이야. 형과 나의 이해관계는 완전히 일치해. 형은 확실한 알리바이가 있으니까 그 신주쿠의 사체를 형수라고 인정해두는 게 좋을 것이고, 그러면 내 범죄도 발각될 일이 없어. 사체 두 구의 주인을 바꿔치기해두는 한, 우리는 함께 안전하다는 얘기야.

아까 형의 알리바이를 증명해달라고 부탁했다는 남자의 전화가 왔었지? 그건 내가 잠깐 장난을 친 거야. 약간 도가 지나친 장난이었나? 하지만 이제 아무것도 걱정할 거 없어, 형의 알리바이는 아주 확실해. 형은 안전하다고. 내가 안전한 것과 똑같이. 형은 너무 지쳤어…. 잠시 자두는 게 좋겠다. 이제 아무 걱정 말고, 푹 자.

과거에서 온 목소리

過去からの声

1

강岩 선배.

그로부터 벌써 일 년이 지났습니다. 강 선배는 여전히 경찰서에서 열심히 일하고 있겠지요. 이쪽 신문에도 도쿄에서의 사건 사고 기사가 자주 실립니다. 얼마 전에도 M구에서 일어난 은행 강도 사건이 상당히 크게 다뤄졌어요. 물론 강 선배도, 과장님도, 요시 씨도, 시게 씨도, 이름이 나오지는 않았지요. 하지만 이름도 없이 무대 뒤에서 모두가 힘을 모아 의견을 나누고 수면 부족으로 벌게진 눈을 비벼가며 사건 해결을 위해 분투하는 모습이 생생히 머릿속에 떠올라 한참이나 신문을 손에서 놓지 못했습니다.

강 선배는 변함없이 쓰디쓴 벌레를 입이 아니라 눈으로 씹은 것처럼 잔뜩 눈살을 찌푸리며 "형사란 거, 세상 못 할 짓이야"라고 투덜거리면서도 사건이라는 말만 나오면 가장 먼저 의자를 박차고 뛰쳐나가겠지요.

강 선배.

편지로 이렇게 별명을 불러보는 것만으로도 밤새 경찰서를 밝히던 불빛이며 강 선배와 이따금 들러 한 잔씩 걸치던 골목길 포장마차며 둘이서 잠복근무를 하던 길가 밤공기의 차가움이며, 그 이 년 동안의 모든 것이 마치 어제 일처럼 또렷한 실감으로 떠오릅니다.

그리운 것뿐만 아니라 약간의 후회가 교차하는 심정으로.

결국 나는 형사 일에 소질이 없는 사람이었어요.

강 선배가 자주 말했었지요.

"형사라는 건 평생 산을 오르기만 하는 일이야. 한참 올라가

한 숨 쉬고 다시 또 허덕허덕 올라가지. 평생을 올라가도 정상에 다다를 수가 없어. 그냥 길이 있고 계속 가는 것뿐이야. 그런 다음에 남는 건 나이와 너덜너덜한 몸뚱이뿐인가…."

술에 잔뜩 취해 하소연 같은 말을 토해내곤 했지만 눈빛만은 결코 취하는 일 없이 자신이 올라가야 할 길을 단단히 노려보고 있었지요. 그런 강 선배를 지켜보면서 남들이 눈치채기 훨씬 전부터 나는 형사는 될 수 없는 사람, 이라고 깨달았습니다.

강 선배, 이와모토 미치오라는 이름의 나보다 열다섯 살 많은 강 선배를 나는 항상 존경의 시선으로 바라보았습니다. 후줄근한 양복 차림으로 어떤 야심도 없이 경찰을 위해, 시민을 위해, 가족을 위해, 아니, 누구보다 자기 자신을 위해, 끝도 없는 산길에 지나지 않는 형사의 길을 터벅터벅 걸어가는 강 선배는 내가 가장 사랑하고 신뢰하는 분이었어요. 하지만 강 선배가 훌륭한 그만큼 나는 저렇게는 못 한다, 강 선배처럼은 될 수 없다, 라는 양심의 가책 같은 것에 시달렸습니다.

그렇습니다, 강 선배 같은 사람은 될 수 없다…. 그게 작년 봄, 겨우 이 년 만에 더 이상 형사 생활을 견디지 못하고 경찰을 떠난 이유 중의 하나입니다.

내가 사직서를 내밀었을 때, 과장님은 허연 눈을 뜨고 쳐다봤습니다. 요시 씨는 이렇게 고함을 쳤죠.

"그래, 넌 어차피 금수저야. 고향에 가면 억 단위의 산림과 논밭이 기다리는데 형사 같은 막일을 할 수 있겠냐?"

정말 맞는 말씀이었습니다.

형사가 되겠다는 결심으로 집도 고향도 버리고 뛰쳐나갔으면서 겨우 이 년 만에 그 의지를 꺾은 나는 막대한 재산의 보호 속에 자란 어린 시절의 시선으로밖에는 세상을 보지 못했던 것이지요. 세상을, 인간을, 현실을 나는 너무도 알지 못했어요. 그걸 깨달았을 때, 강 선배는 정말로 멀고 먼 사람, 나로서는 범접할 수도 없는 사람이라고 실감했습니다.

내가 형사를 그만두겠다고 하면 누구보다 강 선배가 크게 화를 낼 것이다, 실은 그렇게 생각했습니다. 강 선배는 신입이던 나를 항상 친동생이나 아들처럼 아끼고 챙겨주셨으니까요.

하지만 끝까지 강 선배는 나를 나무라지 않았습니다.

고향에 돌아가는 나를 배웅하려고 강 선배 혼자 훌쩍 나와주셨던 그 도쿄역 플랫폼에서의 일을 나는 지금도 또렷하게 기억합니다.

"도망치는 것도 괜찮겠지."

강 선배는 단지 그 말만 던지고 섭섭한 웃음을 지으며 격려하듯이 내 어깨를 두어 번 툭툭 쳐주셨지요.

나는 아무 말도 못 하고 입을 꾹 다물었습니다. 그때 우리 두 사람의 침묵을 가르며 울리던 발차 벨 소리를 지금도 꿈속에서 이따금 듣습니다.

"그럼 난 이만 가봐야겠다."

강 선배는 그렇게 말하고 내가 열차에 타는 것도 지켜보지 않고 등을 돌렸습니다.

"강 선배!"

나도 모르게 불렀던 그 부르짖음을 강 선배는 들었을까요. 벨 소리에 지워져버렸는지, 아니면 들었는데도 강 선배가 일부러 돌아보지 않았는지….

그때 강 선배를 부른 것은 그 플랫폼에서 마지막 순간에야 강 선배에게만은 진실을 털어놓고 싶었기 때문이었습니다.

내가 경찰을 그만두는 진짜 이유, 경찰서 안의 누구도 알지 못하는 진짜 이유를 강 선배에게만은 털어놓고 싶은 충동에 휩싸였던 것이지요.

충동이라기보다 그건 의무였습니다. 짧은 이 년 세월 동안이나마 형사로서 살았던 사람의 의무였어요. 강 선배에게만은 그 일을 털어놓아야 한다는.

하지만 습관처럼 어깨를 왼쪽으로 비스듬히 떨구고 멀어져 가는 뒷모습을 지켜보며 어쩌면 강 선배는 모두 알고 있는지도 모른다고 생각했습니다. 강 선배는 모든 걸 알고 있고 그러면서도 말없이 내게 등을 돌린 것이라고. 그렇다면 나도 말없이 진실을 고향에 안고 가면 되는 것이라고.

하지만 강 선배의 뒷모습이 사라진 한밤중의 텅 빈 플랫폼이 차창 밖으로 미끄러져가고 이윽고 도쿄의 밤에 마지막 네온 불빛이 번져갈 때, 이제 이곳도 마지막이구나, 두 번 다시 도쿄에 돌아올 일도 없을 테니, 라는 감상에 젖어 들면서 퍼뜩 마음이 바뀌었습니다.

일 년만 기다리자….

일 년만 기다렸다가 그 일을 강 선배에게 털어놓자. 설령 강 선배가 모든 걸 알면서도 "도망치는 것도 괜찮겠지"라는 말만으로 조용히 등을 돌린 것이라고 해도 나는 내 입으로 강 선배에게만은 사실을 밝혀야 한다고 생각했던 것이지요. 강 선배도 분명 언젠가 내가 직접 그 일을 고백하는 날이 올 것이라고 각오했을 게 틀림없으니까요.

그리고 오늘….

강 선배, 드디어 일 년이 지났습니다.

2

그건 얼핏 보기에는 그저 단순하고 일반적인 유괴사건이었습니다.

피해자는 전일항공이라는 전국적으로 모르는 이가 없을 만큼 유명한 일류 항공회사의 부사장 야마후지 다케히코, 유괴된 아이는 그 야마후지 부부의 외아들 가즈히코, 만 세 살이었습니다. 야마후지 다케히코는 전일항공 사장 야마후지 쇼이치로의 장남으로, 서른다섯 살의 젊은 나이에 부사장에 올랐고 앞으로 사장 자리가 기다리는 그야말로 황금 방패의 호위를 받는 행복한 사람이었습니다.

여섯 살 연하의 아내 게이코와 부부 사이도 원만해서 부족할 것 하나 없는 가정이었습니다.

강 선배.

물론 강 선배는 그 사건의 세세한 부분까지 잘 알고 있겠지요. 내가 경찰을 그만두기 직전에 투입된, 즉 나와 강 선배가 마지막으로 한 팀이 되어 뛰었던 사건이니까요.

하지만 내가 바라본 그 사건의 경위를 새삼 되짚어보려고 합니다. 지루하더라도 잠시만 참아주십시오.

사건이 일어난 것은 4월 10일, 도쿄에도 벚꽃 소식이 들려오고 봄다운 화창한 날씨가 이어지던 어느 날이었습니다. 분명 목요일의 일이었지요.

그날 오후, 야마후지의 아내 게이코는 늘 하던 대로 아들 가즈히코를 데리고 정원에 나가 잔디 위에서 놀고 있었다. 그 참에 보석 세일즈맨이라는 사람에게서 전화가 걸려왔다.

입주 도우미로 일하던 기하라 스미요라는 젊은 아가씨가 전화를 받아 정원의 게이코에게 알렸다. 게이코는 가즈히코를 혼자 정원에 남겨두고 응접실로 갔다.

처음 듣는 남자 목소리였지만 오래 전부터 알고 지내던 마키무라 부인의 소개를 받았다고 했고, 마침 다음 달 결혼기념일에 남편이 다이아몬드를 사주겠다고 했기 때문에 일단 얘기를 들어보기로 했다. 그런데 남자 목소리는 잠깐 몇 마디 끝에 양해를 청해왔다.

"지금 자료를 가져올 테니 전화 끊지 말고 잠시만 기다려주십시오."

그가 말한 대로 수화기를 들고 기다렸지만, 삼 분쯤이 지나도 남자 목소리는 돌아오지 않았다. 이상하다 싶어서 일단 전화를 끊고 다시 정원으로 나갔다. 그런데 가즈히코가 보이지 않았다. 방금 전까지 타고 놀던 오리 완구가 옆으로 쓰러진 것처럼 잔디 위에 나뒹굴고 있었다.

그게 2시 15분의 일이었다.

게이코는 유괴를 직감하고 스미요와 함께 대문 밖으로 뛰쳐나가 여기저기 찾아봤지만 오후의 한산한 고급 주택가에 의심스러운 인기척이라고는 없었다.

다만 도우미 스미요가 집에서 10여 미터 떨어진 전화박스의 수화기가 내려져 있는 것을 발견하고 게이코에게 알려왔다. 아까 처음 전화를 받을 때 스미요는 분명 공중전화인 듯한 신호음을 들었던 것이다.

서둘러 집에 돌아와 우선 마키무라 부인에게 확인해보니 그런 보석 세일즈맨은 소개한 적이 없다고 말했다. 유괴는 거의 확정적이었다.

게이코는 즉시 회사에 나간 남편에게 연락하고 그의 귀가를 기다렸다. 삼십 분 후 남편 다케히코가 놀란 얼굴로 달려왔고 둘이서 경찰에 연락해야 할지를 상의하는 참에 범인에게서 첫 번째 전화가 걸려왔다.

아내 게이코가 받아보니 보석 세일즈맨이라고 했던 조금 전의 남자 목소리와 같았다.

"아들은 우리가 데려왔다. 5백만 엔을 준비하라. 돈이 무사히 우리 손에 건너오고, 경찰에 신고하지 않는다면 아들은 돌려보낼 것이다."

사무적이고 딱딱한 말투로 유괴범의 상투적인 요구를 전하는 것이었다. 게이코는 아이 목소리를 들려달라고 말했지만 유괴범은 받아주지 않았다.

"마취제 때문에 아이는 아직 잠들어 있다. 경찰에 연락하지 말고, 우리가 지시한 대로 하면 해를 가하지 않을 것이고, 반드시 지금 이 상태로 돌려보낼 테니 걱정할 것 없다."

마치 위로하는 듯한 말까지 건네고 전화를 끊어버렸다.

남편 다케히코는 기껏 5백만 엔이라면 범인의 지시에 따르고 경찰에는 연락하지 않는 게 좋다는 의견이었다. 하지만 아내 게이코는 범인의 말은 믿을 수 없으니 경찰에 알리는 게 안전하다고 주장했다. 결국 3시 5분, 범인에게서 첫 번째 전화를 받은 지 이십 분 만에 경찰은 사건 신고를 받았다.

M경찰서에는 즉각 경시청과의 협력으로 특별수사본부가 설치되고 대책을 강구하는 회의가 열렸다.

정황상 범인은 야마후지 가의 사정을 어느 정도 알고 있는 것으로 보였지만, 피해자 부부는 그것을 부정했다. 그 전 달에 모 여성잡지의 유명인사 집 공개라는 기사에 야마후지 가의 생활을 자세히 보여주는 글이 실렸다는 것이다. 항공업계의 젊은 후계자는 전부터 언론의 관심사였고 5백 평이 넘는 현대건축 디자인의 저택도 잡지 화보를 장식하는 데 안성맞춤이었다.

그 기사에는 게이코가 오후 시간을 어린 아들과 넓은 정원에서 함께 보낸다는 얘기도, 게이코의 친구이자 재계의 젊은 현모양처로 유명한 마키무라 부인의 이름도 나와 있었다.

그런 점에서 범인은 이 부부와 면식이 있는 게 아니라 우연히 그 기사를 발견하고 이번 범행에 나섰을 가능성이 높아졌다.

오후 2시경에 범인은 저택 근처 공중전화 박스에서 보석 판매를 위장해 야마후지 가에 전화를 걸었다. 그 수화기를 내려놓은 채 저택 담장을 뛰어넘어 가즈히코를 데려갔고, 아마도 근처에 주차해둔 차를 타고 도주한 것으로 보였다.

수사원들이 일제히 부근 일대의 탐문 수사에 나섰지만 결국 아무것도 건지지 못했다. 몇 가지 정보는 입수했으나 사건 해결에는 별다른 도움이 되지 못한 채 끝나버렸다.

무엇보다 경찰이 개입했다는 게 범인에게 알려지면 유괴된 가즈히코의 목숨이 위험해질 우려가 있어서 탐문 수사가 극히 한정적으로 비밀스럽게 진행된 탓이 컸다.

실제로 경찰은 최대한 신중을 기할 수밖에 없었다. 이 개월 전, 한겨울의 삿포로에서 역시 돈을 노린 유괴사건이 일어났는데 결국 범인이 아이를 목 졸라 살해해버린 일이 아직 수사원들의 머릿속에 생생하게 남아 있었기 때문이다. 그 범인은 체포된 뒤에 "경찰에 알리지 않았다면 아이를 죽일 생각은 없었다"라고 말했고, 피해자 부모도 경찰이 무리하게 개입하지 않았다면 3백만 엔을 내주고 아이의 목숨을 구했을 거라고 언론을 통해 하소연했다. 그 일로 경찰이라는 기관의 시민 안전 보호와 범죄자 검거 목적 사이의 모순에 대한 논쟁으로 전국이 한바탕 떠들썩했던 것이다. 야마후지 부사장이 경찰 수사가 시작된 뒤에도 걸핏하면 반감을 드러내고 지속적으로 손을 떼기를 원했던 것은 그의 머릿속에도 삿포로 유괴사건이 아직 큰 자리를 차지하고 있었기 때문일 터였다.

하지만 경찰도 마냥 손을 놓고 사건의 경과를 지켜보기만 할 수는 없었다. 어쨌든 철저히 준비를 하고 범인에게서 올 다음 연락을 기다리기로 했다.

3

범인에게서 두 번째 연락이 온 것은 그날 새벽 2시경이었다. 하지만 이번에는 야마후지 가에 직접 전화한 게 아니었다. 야마후지 부사장의 부하 직원 K라는 사람에게서 다급한 연락이 들어온 것이다.

"방금 부사장님의 아들을 유괴했다는 자에게서 전화가 왔습니다!"

경찰이 출동해 역탐지하는 경우를 염려했는지 범인은 그 K라는 직원에게 자신이 지시하는 내용을 부사장 집에 전해달라고 부탁하는 형식을 취한 것이었다.

“경찰에 신고만 하지 않으면 아이의 목숨은 틀림없이 보증하겠다. 5백만 엔을 준비한 뒤에 내일의 연락을 기다려라.”

범인은 K에게 그렇게 전해달라고 말했다.

그 통화에서 K는 범인에게 물어보았다.

“내일이라면, 오늘 금요일 말입니까?”

새벽 2시에 걸려온 전화였기 때문에 내일이라는 게 언제인지 애매했기 때문이다.

범인은 뭔가 난처한 듯 잠시 침묵하다가 이윽고 “그렇다”라고 대답했다.

“지금 아이가 자고 있어서 목소리는 들려줄 수 없지만, 틀림없이 살아 있으니 아무 걱정 말라고 부사장에게 전해주시오.”

그렇게 덧붙이고 전화를 끊었다.

하지만 범인이 “그렇다”라고 말했던 금요일에 아무 연락도 오지 않았다. 세 번째 연락은 그다음 날인 토요일 오후 3시 오 분 전에 왔다.

이번에도 범인은 야마후지 가에 직접 연락하지 않고 전일항공 본사 비서실로 전화해 부사장에게 지시를 전달하는 우회적인 방법을 썼다.

“아이어머니 혼자 지금 즉시 집을 출발해 신주쿠역 3번 플랫폼의 벤치에 앉아 있어라. 현금을 노란색 냅색에 넣어 앞쪽으로 안고 있을 것. 그게 접선 신호가 될 것이다. 3시에서 3시 반까지 기다려도 아무도 말을 걸지 않는다면 오늘 거래는 취소된 것이다. 그럴 경우에는 현금 냅색은 다시 가져가고 다음 연락을 기다려라.”

범인이 전달한 지시는 그런 것이었다. 이 전화에서 범인은 처음으로 아이의 목소리를 들려주었다.

"아빠, 아빠…."

아이는 네 번을 그렇게 되풀이했다고 한다. 비서는 가즈히코의 목소리를 들은 적이 없었지만, '빠' 부분을 길게 늘이는 건 틀림없이 가즈히코의 버릇이라고 야마후지 부부는 말했다.

아이가 살아 있다는 것을 알고 야마후지 부사장은 경찰에게 지금 즉시 손을 떼어달라고 애원하다시피 했다. 하지만 그걸로 티격태격할 여유 따위 없었다. 즉시 노란 냅색을 준비해 5백만 엔을 넣은 뒤 야마후지 게이코는 범인이 정해준 장소로 출발했다.

게이코가 신주쿠역 3번 플랫폼에 도착했을 때, 시간은 이미 3시 20분에 접어들었다. 범인이 얘기했던 3시 반에서 삼십 분을 더 기다려 4시까지 그 벤치에 앉아 있었지만 끝내 아무도 접선을 시도하는 자가 없었다. 별수 없이 4시 반에 귀가해 다음 연락을 기다려야 했다.

신주쿠역 3번 플랫폼에는 10여 명의 수사원이 각자 변장을 한 채 배치되었고 그중 한 명은 어깨에 걸친 가방에 8밀리 카메라 렌즈를 달아 3번 플랫폼이며 주변 행인들의 움직임을 촬영했다. 3시부터 3시 반까지, 라고 시간을 정해줬으면서도 범인은 3시 몇 분 전에야 연락을 해온 것이다. 처음부터 오늘은 거래할 생각이 없었고 단지 동정을 살펴보기 위해 아이어머니를 플랫폼까지 불러낸 것으로 추측되었다. 그렇다면 범인 자신도 플랫폼에 나타났을 터였다.

촬영은 그런 가능성을 대비한 것이었지만, 8밀리 카메라에 찍힌 3백여 명의 행인과 승객들 중에서 범인을 특정한다는 것은 지극히 어려운 일이었고, 야마후지 부부가 아는 얼굴도 없었다.

범인에게서 그다음 연락이 온 것은 그날 밤 11시였다. 이번에도 야마후지 가의 옆집에 사는 종합상사 중역의 부인을 통해 전달하는 방식이었다.

범인은 그 옆집 부인을 통해 몸값을 주고받는 새로운 방법을 지시했다.

"내일 낮 12시에 A가도의 대체교代替橋 앞 공중전화 박스 옆에 오늘과 똑같이 5백만 엔이 든 노란색 냅색을 갖다 놓고 신속히 그 자리를 떠나라."

설마 옆집에서 유괴사건이 일어난 줄은 상상도 못했던 그 부인은 반신반의한 채로 야마후지 가의 벨을 눌렀다.

"경찰이 움직이는 기미가 털끝만큼이라도 보이면 그 즉시 거래는 취소한다. 그럴 경우에는 아이의 목숨은 보증할 수 없다. 내가 한 시간 이내에 아이를 숨겨둔 곳에 돌아가지 못하면 시한폭탄으로 아이의 목숨까지 함께 날아갈 것이다. 단순한 농담이나 위협이 아니다. 단 경찰이 나서지만 않는다면 아이는 당일 안으로 상처 하나 없이 돌려보낼 것이다. 그 점은 약속한다."

그런 범인의 협박을 옆집 부인에게서 듣고 야마후지 부사장과 경찰 사이에 다시 말씨름이 벌어졌다. 경찰 측에서는 만전의 준비를 하고 미행만 할 것이다, 무슨 일이 있어도 범인에게 접근하지 않는다, 라는 조건으로 가까스로 야마후지를 설득했다. 하지만 다음 날 오전 11시에 게이코가 5백만 엔을 들고 나가기 직전까지 야마후지 부사장은 계속 반대 의견을 주장했다.

"삿포로 유괴사건과 똑같은 일이 벌어졌다가는…."

두 손으로 머리를 부여잡고 어쩔 줄 모르는 야마후지에 비해 아내 게이코는 어떻든 겉으로는 냉정함을 유지하며 외출복으로 갈아입고 자신의 시트로엥 차에 올랐다.

그 시각까지 경찰에서는 대체교를 중심으로 A가도의 요소요소에 10대의 차량을 배치하고 각 차량마다 2명씩 수사원이 진을 치고 앉아 문제의 낮 12시를 기다렸다.

낮 12시 삼 분 전.

게이코는 범인이 정해준 장소에 도착해 공중전화 박스 옆에 자연스럽다고 여겨질 만큼 침착한 몸짓으로 냅색을 내려놓았다. 그리고 자신의 차로 돌아가 그대로 다리를 건넜고 잠시 북상한 끝에 유턴해서 도쿄로 돌아왔다. 집에서는 야마후지와 담당 형사 3명이 대기 중이었다. 하나같이 시계 초침을 노려보며 자신들이 참여하지 못한 드라마의 결말을 침묵 속에 기다리고 있었다.

낮 12시 9분.

전화박스 앞에서 차 한 대가 멈췄다. 국산 소형차, 흰색이었다. 운전석에서 내린 남자가 잽싸게 전화박스로 달려가 냅색을 낚아채더니 곧장 차를 타고 떠나버렸다.

걸린 시간은 불과 십이 초였다.

남자는 30세 전후, 선글라스를 썼지만 하얀 피부에 턱선이 날렵한 얼굴이었다. 키는 1미터 70센티미터 정도로 보였다. 마른 체형에 머리는 짧게 깎았다. 황토색 사파리에 감색 무지 바지를 입고 있었다.

그 십이 초 동안, 남자의 모습은 근처에 잠복 주차 중이던 세탁 체인점 트럭 창문 너머로 수사원의 카메라에 찍혔다. 그 사진이 즉각 배치된 모든 수사원의 차량에 무선으로 보내졌고 그 뒤 이십여 분에 걸친 추격이 시작되었다.

흰색 소형차는 그대로 고후 방향으로 북상했고, 수사관 차량 열 대는 세탁 체인점으로 위장한 트럭에 설치된 본부와 끊임없이 무선 연락을 주고받으며 그 지시에 따라 약 이 분 간격으로 각 차량이 번갈아 미행을 계속했다.

봄 날씨답게 아지랑이가 피어올라 하얗게 어른거리는 도로 위를 범인의 소형차는 미행을 눈치챈 기미도 없이 느긋하게 달려갔다.

그렇게 추격 작전은 큰 성공을 거두는가 싶었는데 미행을 시작하고 이십여 분 만에 예상치 못한 작은 사고가 일어났다.

12시 30분….

A가도가 북상을 거부하듯이 T자형으로 갈라지는 지점으로 범인의 차량이 접어들었을 때였다. 후방 10여 미터에서 차량을 운전하던 젊은 수사원이 어이없는 실수를 저질렀다. 분기점에 접어들었는데도 범인의 소형차는 좌우 어느 쪽으로 꺾어질지, 좀체 깜빡이 신호를 켜지 않았다. 대체 어느 쪽인가 하고 지나치게 신경을 쓰던 젊은 형사가 T자로 한 블록 전에 옆 골목에서 튀어나온 차를 피하려고 깜빡 핸들을 오른쪽으로 크게 꺾는 바람에 마주오던 차량과 부딪히고 말았던 것이다.

사고 자체는 가벼운 접촉 정도여서 상대 차량도 두 형사도 별다른 부상은 없었다. 하지만 그 일로 크게 당황한 젊은 형사는 본부 쪽에 범인의 차량이 T자로를 우회전했다고 성급히 정보를 보냈다. 조수석에 앉았던 선배 형사는 갑작스러운 접촉 사고에 범인의 차가 어느 쪽으로 꺾었는지 못 봤다고 했지만, 운전을 맡은 젊은 형사는 핸들을 오른쪽으로 꺾을 때 흰색 소형차가 우회전하는 것을 똑똑히 봤다고 말한 것이다.

젊은 형사의 말을 바탕으로 T자로를 우회전한 국도 쪽에 새로운 배치가 이루어졌다. 하지만 그쪽 도로에서는 범인의 차량이 눈에 띄지 않았다. 흰색 소형차는 이따금 보였지만 모두 번호가 달랐다. 아마도 그런 소형차 중의 한 대를 젊은 형사가 착각했을 것이라고 판단했지만 이미 때는 늦었다.

실제로는 범인은 T자로에서 좌회전을 했고 이어서 옆의 샛길로 빠져나가 빈 냅색과 차를 버리고 도주했던 것이다.

버리고 간 차는 도난 차량으로 밝혀져서 거기에서도 범인을 알아낼 단서는 찾을 수 없었다.

실수를 저지른 젊은 형사는 수사본부에서 책임 추궁과 질책을 받았지만, 그러나 그의 실수가 어떤 의미에서는 잘된 일이었다.

오후 6시 12분, 범인의 마지막 연락이 이번에는 야마후지 저택에서 네 집 건너에 사는 회사원 부부를 통해 들어왔다.

"돈은 잘 받았다. 약속대로 아이를 돌려보내겠다. 지금 M구의 벚나무공원 벤치에 잠들어 있으니 즉시 데려갈 것."

곧바로 벚나무공원 근처 파출소로 연락이 갔다. 범인의 말대로 봄날 저녁의 어스름이 내려앉은 공원 벤치에서 마취 상태로 자고 있는 가즈히코를 발견했고 십 분 뒤, 파출소로 달려온 야마후지 부부는 사흘 만에 아들을 품에 안았다. 가즈히코는 딱히 쇠약해진 기미는 없었다. 서서히 마취기가 빠지면서 잠시 멍해져 있었지만 이윽고 "아빠! 엄마!"를 연발하며 환한 웃음을 지었다.

세 살 어린 아이에게 이런저런 질문을 던져봤지만 단서가 될 만한 대답은 나오지 않았다. 아이를 무사히 부모 품에 보내고 경찰은 즉각 공개수사에 들어갔다. 범인이 공중전화 박스 앞에서 차를 세우고 다시 출발하기까지의 십이 초 동영상이 TV 뉴스를 통해 전국에 알려졌고, 곧바로 반응이 나왔다.

M구와 인접한 K구에 자리한 히로사카에장이라는 연립주택의 관리인이 신고를 한 것이다.

"우리 연립 3호실에 오카다 게이스케라는 자가 살고 있어요. 그자가 텔레비전에 나온 범인을 꼭 닮았더라고요. 헤어스타일이며 키, 몸집, 옷차림까지 전부 똑같아요. 혼자 사는 남자인데 지난 이삼일 동안 아이 울음소리도 간간이 들렸거든요. 글쎄요, 무슨 일을 하는지 온종일 집 안에서 빈둥빈둥하는 것 같아요. 실은 지난달쯤부터 도박 빚을 갚으라고 깡패들이 우르르 몰려오는 통에 우리까지 아주 힘들었어요."

곧바로 형사들이 히로사카에장으로 달려갔다. 하지만 관리인의 말에 따르면 오카다는 한 발 차이로 차를 몰고 나갔다는 것이었다. 위장 트럭에서 찍은 사진이 언론을 통해 널리 알려지자 경찰의 손이 뻗쳐오는 것도 시간문제라고 생각하고 잽싸게 도주한 모양이었다.

오카다 게이스케의 방은 가구며 살림살이 몇 가지가 어질러져 있을 뿐, 썰렁한 인상이었다. 창문 앞은 바로 옆 공장의 함석 담장이 바짝 붙어서 한낮인데도 햇볕이 들 기미조차 없었다. 방구석에서 마취 주사기가 발견되었고, 방문 손잡이와 냉장고에서 채취한 지문은 A가도 T자로 앞의 샛길에 버리고 간 소형차에서 채취한 것과 일치했다.

관리인은 당일의 오카다의 동향에 대해 다음과 같이 증언했다.

"오전 11시 반쯤에 한 차례 나갔다가 오후 1시 전에 돌아왔어요. 그러더니 금세 담요에 폭 감싼 것을 안고 차를 몰고 나갔어요. 예에, 웬 어린애를 들쳐 안고 나가나 했죠. 그러고는 4시쯤에야 돌아와서는 내내 집 안에 틀어박혀 있다가 방금 전에 또 뛰쳐나갔습니다."

"4시에 돌아왔을 때, 아이는 없었던 거지요?"

"예에, 그런 것 같아요."

거기서 형사들은 뭔가 거슬리는 것을 느꼈다. 관리인의 증언에 따르면 오카다는 4시 이전에 가즈히코를 벚나무공원 벤치에 데려다 놓고 6시에야 마지막 전화를 걸었다는 얘기가 된다. 일요일이라 벚나무공원에는 저녁때까지 사람들의 시선이 있었을 터였다. 아이가 잠들었던 벤치는 나무 그늘 뒤쪽의 눈에 띄지 않는 자리였지만, 그래도 두 시간 동안 아무도 그 아이를 이상하게 여기지 않았다는 건 부자연스러웠다.

하지만 형사 한 명이 말했다.

"요즘 도시 사람들은 남의 일에 무관심하잖아요. 아이를 보고도 못 본 척했던 거겠죠."

관리인에게도 재우쳐 물어보니 오카다가 집에 돌아온 게 5시에서 5시 반쯤이었던 것도 같다, 라고 기억이 애매한 모양이었다.

확실한 건 형사들이 히로사카에장에 도착하기 십 분쯤 전에 오카다가 도망치듯이 뛰쳐나갔다는 것뿐이었다. 즉각 유괴사건의 범인으로 오카다를 지명수배하고 그날 밤새 도쿄 여기저기에서 검문이 실시되었다.

그리고 이틀 후 화요일 오전 8시, 오카다는 교통사고 사체라는 의외의 모양새로 발견되었다. 오쿠타마에 가드레일도 없이 위험한 절벽 위를 구불구불 돌아가는 길이 있었다. 그 굽은 길모퉁이 30여 미터 아래 계곡에서 차량과 함께 추락해 사망한 채로 발견된 것이다. 온몸에 타박상을 입은 참혹한 사체였다.

차량 안의 가방에서는 5백만 엔에서 3만 엔만 빠져나간 돈다발이 발견되었다. 그 지폐 번호는 경찰이 미리 확보해둔 것과 일치했다.

도주 중에 자포자기에 빠진 범인이 자살했을 가능성도 있었지만, 그 근처는 이전에도 두어 번 추락 사고가 일어난 곳이었다.

결국 오카다의 죽음은 단순 사고사로 판정되고 이른바 천벌이라고나 할 범인의 사망으로 사건 발생 일주일 만에 이 유괴사건 수사는 마침표를 찍었다.

그렇습니다, 강 선배.

그게 사건의 전모였습니다. 이 사건은 분명 그런 스토리로 진행되었어요. 오카다 게이스케라는, 오래 전 작은 절도를 저지른 탓에 소년원에 보내졌고 그로 인해 인생이 망가져버린 한 남자가 5백만 엔의 돈을 노리고 아이를 유괴했다…. 네, 틀림이 없습니다.

하지만 그건 신문에 보도된 내용입니다. 당연히 이 사건도 신문 기사에는 수사에 관여한 형사들의 이름이나 그 심경은 실리지 않았어요.

특히 한 명의 형사, 아직 신입이었던 한 젊은 형사의 심정, 그리고 그 젊은 형사가 처음부터 이 사건에 대해 특별한 감정을 품고 있었다는 건 전혀 언급된 적이 없습니다.

4

사건이 일어난 목요일, 나는 마침 비번이라서 오전 느지감치 일어났습니다. 점심도 해결하고 내친 김에 영화도 한 편 보자는 생각으로 하숙집을 나왔습니다. 하지만 따분한 영화여서 중간에 나와 역 앞에서 강 선배의 집에 전화를 했습니다. 그 전날 밤 강 선배가 한 말이 생각났기 때문입니다.

"신이치가 열이 40도까지 올라서 지금 자고 있어."

신이치의 병문안 겸 잠깐 선배 집에 들러볼 생각이었습니다. 전화는 부인이 받았습니다.

"십 분쯤 전에 경찰서에서 호출을 받고 애 아빠가 뛰쳐나갔어. 유괴사건이 일어났대. 무라카와 씨 하숙집에도 연락이 갔을 텐데?"

나는 놀라서 얼른 전화를 끊고 출동하려고 했지만, 그 전에 부인이 말했습니다.

"신이치가 다시 열이 펄펄 끓고 있어. 무라카와 씨, 부탁 좀 할게. 애 아빠에게 전화라도 한번 해달라고 전해줘. 남의 아이 목숨도 소중하지만 우리 신이치도 생사를 오락가락하는 거 같아."

슬프다기보다 원망하는 듯한 목소리였습니다.

나는 전화를 끊고는 하숙집에 들를 새도 없이 택시를 잡아타고 경찰서로 달려갔고, 즉각 특별수사본부의 일원으로 강 선배와 한 팀이 되어 수사에 뛰어들었습니다. 그리고 야마후지 저택 근처를 돌면서 탐문 수사를 하다 퍼뜩 생각이 나서 부인의 말을 전했습니다.

"괜찮을 거야. 여차하면 의사를 부르면 되는데 뭘."

강 선배는 왠지 퉁명스럽게 대꾸했지만, 역시나 걱정이 되었는지 전화를 하러 갔어요.

"지금 의사가 와 있대. 밤에는 열이 좀 떨어질 거라는데…."

강 선배는 안도한 듯이 말하더니, 문득 겸연쩍은 듯 내 눈을 피했습니다. 아마 자기도 모르게 내 앞에서 아빠 얼굴을 드러낸 게 창피했던 것이겠지요.

"왜 그러세요."

"뭐가?"

"형사도 인간이에요. 강 선배도 형사이기 이전에 신이치의 아빠잖아요. 나한테까지 감추실 거 없어요. 당당하게 신이치가 걱정이 된다고 아빠다운 얼굴을 보여주셔도 돼요. 그런 걸 나무랄 사람은 아무도 없으니까요."

"아니, 이건 사적인 문제잖아. 신이치가 범죄에 휘말린 것도 아니고."

그렇게 중얼거리더니 멈춰선 나를 두고 강 선배는 혼자 경찰서를 향해 걸음을 옮겼습니다. 뒷골목 주점의 네온사인 불빛에 평소보다 어깨가 축 처진 채 사건을 향해 뛰어드는 뒷모습을 바라보며 나는 말은 저렇게 하면서도 강 선배는 누구보다 신이치를 걱정하고 있구나, 라고 새삼 느꼈습니다.

"어쨌든 아이의 목숨이 최우선입니다."

과장님이 강경책을 제안했을 때, 강 선배는 드물게도 거칠게 반대했습니다. 나는 강 선배가 고열에 시달리는 아들 곁을 지켜주지 못하는 대신 형사로서 가즈히코라는 남의 집 아이의 목숨만은 어떻게든 지켜내려는 거라고 생각했습니다.

신이치는 지적장애가 있는 아이였습니다. 다섯 살이 되었는데도 아빠 엄마를 알지 못해 특수학교 선생님을 '엄마'라고 하고, 이따금 찾아가는 나를 '아빠'라고 했지만 그것도 정확히 발음하지 못해 '아바, 아바'라고 했습니다. 부인은 그런 아이에게 애 아빠가 너무도 냉랭하다고 하소연했지만, 입 밖에 내지는 않았어도 강 선배의 마음속에는 보통 아이들과는 다른 아들이기 때문에 더더욱 보통 아버지들이 알지 못하는 깊은 애정이 있다는 것을 나는 실감하곤 했습니다.

그런 강 선배의 아빠로서의 모습과는 완전히 대조적인 또 다른 아빠의 모습이 그 유괴사건에 있었습니다.

야마후지 부부, 즉 가즈히코의 부모입니다.

목요일 저녁, 처음으로 야마후지 저택의 응접실에 들어섰을 때 수정 샹들리에며 페르시아 카펫이며 가죽 소파 등으로 호화롭게 꾸며진 그 집에서 얼음장처럼 차가운 것을 느꼈습니다. 온통 돈으로 채워져 인간다운 것이 끼어들 어떤 틈새도 없었습니다. 아빠인 야마후지 부사장은 "아이 목숨이 걸려 있어. 경찰이 개입해 봤자 좋을 게 하나도 없어"라고 강변하고 엄마 게이코는 눈물을 글썽였습니다.

하지만 내 눈에는 두 사람이 정말로 아이의 목숨을 걱정하는 것으로 보이지 않았습니다. 재수 없이 이런 사건에 휘말려 집안 체면이 엉망이다, 이러다 언론에서 떠들기라도 하면 사람들이 이러쿵저러쿵 숙덕거릴 것이다…. 부유층 특유의 허세가 있어 그런 쪽에만 신경을 쓰면서도 우선은 아이 목숨을 걱정하는 척하며 경찰을, 그리고 자신들의 마음까지 속이려는 것처럼 보였습니다. 내가 그런 얘기를 했더니 강 선배는 이렇게 대답했었지요.

"부모 심정은 부모가 아닌 사람은 모르는 거야."

하지만 부모가 아닌 내가 강 선배의 마음을 알지 못했듯이 강 선배도 그때의 내 심정을 알지 못했습니다.

호화 가구로 가득 채워진 야마후지 저택은 그대로 내가 자란 고향 집이기도 했습니다. 돈이 많은 그만큼 인간다움은 상실해버린 집. 항상 지폐 너머로밖에는 아이를 보려고 하지 않던 아버지의 눈빛, 어머니의 눈빛.

"자네 같은 금수저가 왜 형사 일을 하게 됐어?"

강 선배는 이따금 그렇게 물어보셨지요. 나는 그때마다 적당히 얼버무렸지만, 지금 아무에게도 말한 적이 없는 이유를 여기에 적어보려 합니다.

강 선배….

실은 이십 년 전 다섯 살 때, 나는 유괴를 당한 경험이 있습니다.

오래 전 규슈의 사가현에서 일어난 작은 유괴사건 따위, 혹시 얘기를 들었더라도 이미 잊어버렸겠지요. 나도 다섯 살 어린 나이 때의 일이라서 단편적으로, 그리고 어둡고 흐릿한 음화(陰畫, 사진 현상에서 물체의 밝은 부분은 어둡게, 어두운 부분은 밝게 뒤바뀌어 나타난 것)로만 기억날 뿐입니다. 그 뒤로 부모님도 다른 가족들도 다들 약속이라도 한 듯이 그 사건에 대해서는 입을 다물어버렸고, 내 손으로 그 당시 뉴스를 찾아본 적도 없기 때문에 나는 그 범인의 이름도, 어떤 식으로 유괴를 당했는지도, 정확히 며칠 동안 납치되었는지도 알지 못합니다. 아마 돈에 쪼들린 사람이 앞뒤 생각할 것도 없이 부잣집 아이다운 옷차림의 저를 데려갔던 것이겠지요.

며칠 동안 그 사람과 함께 지냈던 컴컴한 곳이 헛간이었는지 창고였는지….

다만 유일하게 기억나는 건 범인이 내게 다정하게 대해주었다는 것입니다. 마지막 돈도 바닥났는지 내게 맛없는 빵을 사줬을 뿐이지만, 그걸 얼른 먹어치우면 자기 것을 내주기도 하고 밤에 컴컴해서 무섭다고 하면 품에 안고 재워주기도 했습니다. 지금도 또렷이 기억나는 건 그때 처음으로 접한 어른의 몸입니다. 그건 피가 통하는 따스한 인간의 온기였습니다.

그리고 유괴범이 마지막으로 내게 보여준 눈빛….

유괴범은 경찰이 출동하자 창문을 뛰어넘어 나지막한 언덕 같은 곳으로 달아났습니다.

"아저씨, 빨리 도망쳐, 빨리!"

실제로 목소리를 냈는지 어쨌는지는 모르지만, 그런 부르짖음이 내 안에서 미친 듯이 소용돌이쳐서 숨이 턱턱 막혔던 게 기억납니다. 제대로 먹지 못했기 때문인지 휘청거리는 걸음으로 아저씨는 형사에게 금세 붙잡혀 수갑이 채워졌고, 등을 떠밀려 경찰차에 타기 전에 이삼 초쯤 고개를 돌려 나를 빤히 바라보았습니다.

이십 년이 지난 지금도 나는 그 눈빛을 잊을 수가 없습니다.

그건 범죄자의 눈이 아니라 인간의 눈이었습니다. 악인은커녕 악의 모든 것을 부정하는 눈빛이었습니다. 내가 지난 이십 년 동안에 마주한 가장 인간다운 인간의 눈빛이었습니다.

열여덟 살에 집을 떠나 형사가 되기로 결심했던 것은 범죄자들의 눈 속에서 다시 한번 그 유괴범의 눈빛을 찾아내고 싶었기 때문입니다.

어릴 때 이상한 사건을 경험한 탓에 내 사고방식이 비뚤어진 것인가, 하는 생각도 해봤습니다. 하지만 설령 비뚤어졌더라도 내가 살아온 이십 년 동안 단 한 가지라도 진실이 있었다고 한다면 그건 그 유괴범의 눈빛이었습니다.

"왜 그래, 기운이 없어 보이네?"

수사가 시작되자 강 선배는 나의 침울한 안색을 알아보고 그렇게 물었지요. 어떻게 대답해야 할지 알 수 없었습니다. 유괴사건이라는 말을 들었을 때부터 내 마음속에는 이십 년 전의 내 경험이 어둡고 묵직하게 덮쳐들었으니까요. 그리고 이십 년 전의 사건이 그대로 내 눈앞에서 재현되었으니까요. 인간다움을 상실한 가정, 눈물을 글썽이면서도 이면에서는 아이의 목숨이 돈으로 얼마나 되는지 냉정하게 값을 매기는 부모의 눈, 얼마 안 되는 돈에 떠밀려 범죄로 내몰린 사람…. 아직 체포되지 않은 범인의 얼굴이 자꾸만 이십 년 전 그 유괴범의 얼굴로 내 머릿속에 떠올랐습니다. 기억 속의 사건이 눈앞에서 진행되는 사건과 겹쳐지면서 나를 괴롭힌 것입니다.

아예 강 선배에게 모든 것을 털어놓자고 몇 번이나 생각했는지 모릅니다.

그러던 토요일 저녁이었습니다.

다음날 낮 12시에 몸값을 건네줄 때까지 별다른 움직임이 없을 것 같아 강 선배는 집에 돌아가 잠시 눈을 붙이기로 했었지요. 신이치의 병세가 걱정스러워 나도 잠깐 들렀지만, 실은 그때 모든 것을 강 선배에게 얘기할 생각이었습니다. 이십 년 전의 그 유괴사건 때문에 내가 이번 사건을 왜곡된 시선으로 바라볼 수밖에 없다는 것, 그래서 나는 형사로서 이번 사건에 관여해서는 안 된다는 것을.

하지만 아들을 걱정하며 힘들어하는 강 선배를 보고 차마 그런 말을 꺼낼 수 없었습니다.

"세 시간 전에 약을 먹고 여태 꿈쩍 않고 자고 있어. 의사 선생님은 내일 아침에 열이 떨어지면 이제 괜찮다고 하시는데…."

장지문을 살짝 열고 부인이 그렇게 말했습니다. 어둠침침한 방 안에서 신이치는 작은 얼굴을 이불 밖으로 반쯤 내밀고 자고 있었습니다.

"세 시간을 계속 저렇게?"

너무도 조용한 게 마치 죽은 것처럼 보여서 나도 모르게 물었습니다.

"그러게 말이야."

"숨은 쉬는 거지?"

강 선배도 같은 느낌이 들었는지 덮치듯 신이치 위에 엎드려 호흡을 확인하더군요. 그 순간 나는 갑작스레 바늘에 찔린 것처럼 가슴에 아픔이 내달렸습니다. 아이 위에 엎드린 강 선배의 모습이 우연히 이십 년 전 유괴범 아저씨의 모습과 똑같았으니까요. 아저씨 팔에 매달려 장난치며 놀던 때였습니다. 갈색으로 그을린 아저씨의 팔을 깜빡 놓치는 바람에 나는 바닥에 떨어졌습니다.

"앗, 꼬마야, 괜찮아?"

화들짝 놀란 아저씨도 강 선배와 똑같이 내 작은 몸을 덮치듯이 납작 엎드려 들여다본 것입니다. 그때 아저씨를 놀려주려고 숨을 멈추고 죽은 척했던 내 입이며 심장에 필사적으로 들이대던 귀의 감촉이 생생하게 되살아났습니다.

이십 년이 지난 지금, 그 유괴범이 내 심장에 귀를 대는 것 같았습니다.

선량한 인간의 귀….

"깨었으면 정말 반가워했을 텐데. 잠들 때까지 내내 저 공을 손에서 놓지 않고 '아바, 아바'하고 찾았거든. 신이치는 아빠보다 무라카와 씨를 더 좋아한다니까."

베갯머리에 놓인 축구공을 집어 들고 부인은 그렇게 말했습니다. 내가 신이치의 생일날에 선물한 공이었습니다.

부인의 말대로 분명 신이치는 나를 잘 따랐고 나도 신이치가 사랑스러웠습니다. 하숙집에도 자주 놀러 왔었죠. 부인이 그만 돌아가자고 해도 내게서 떨어지려 하지 않아 내 방에서 자고 간 적도 많았습니다.

"무라카와 씨가 정말로 귀여워해 주니까 그렇지."

부인은 그렇게 말했지만 내가 휴일을 희생해가며 신이치를 돌봐준 건 단지 귀엽기 때문만은 아니었습니다. 함께 이불 속에 들어가면 신이치는 작은 손으로 내 몸을 더듬고 잠들 때까지 꼭 달라붙습니다. 갓 태어나 아직 눈도 뜨지 못한 작은 동물이 본능적으로 부모의 몸을 감지하고 매달리는 것처럼.

신이치의 손은 이십 년 전의 내 손이었습니다. 유괴범의 팔에 매달리던 내 손이었습니다. 살아있는 인간의 온기에 굶주려 그 따스한 피를 본능적으로 나보다 더 큰 몸에서 찾아내려고 하는 손.

"왜 그래?"

우두커니 서서 덥지도 않은데 식은땀을 흘리는 나에게 강 선배는 그렇게 물었지요. 나는 적당히 둘러대고 도망치듯이 강 선배의 집을 나왔지만, 경찰서에 돌아와서도 눈을 붙이지 못했습니다. 설핏 잠이 들면 유괴범 아저씨의 마지막 눈빛이 선하게 떠올라 날카롭게 벼려진 칼날처럼 의식에 자디잔 빗금을 새겼습니다. 결국 새벽까지 멀뚱멀뚱 콘크리트 천장만 올려다보며 누워 있었습니다.

"정말 무슨 일 있는 거 아니야?"

다음 날 아침, A가도의 T자로에서 2킬로미터 앞 길모퉁이에 배치된 차에 탔을 때, 강 선배는 역시 그렇게 물었지요. 강 선배에게 눈치채이지 않게 애써 쾌활한 척했지만 그때 내 심정은 억누를 수 없을 만큼 한계에 달했던 것입니다.

낮 12시 9분, 범인이 나타났다는 무선 연락이 왔고, 이십 분 뒤 북상해오는 그 차를 운전석의 나와 조수석의 강 선배는 동시에 알아봤습니다.

"저 차야!"

강 선배의 낮은 목소리를 신호로 나는 액셀을 밟았고, 그 순간 지금까지 애써 참아왔던 것이 단숨에 폭발했습니다. 그 유괴범의 손길, 맛없는 빵, 마지막에 나를 바라보던 눈빛…, 다시 떠올려서는 안 된다고 애써 기억 속의 음화로 넣어두었던 것이 한꺼번에 밀려 나와 내가 운전하는 차는 갑자기 이십 년 전의 그 사건으로 내달렸던 것입니다.

범인을 태운 흰색 소형차는 봄날의 따스한 햇살에 컴컴한 범죄의 냄새를 숨긴 채 여유롭게 달려갔습니다. 떨리는 손으로 핸들을 움켜쥐며 그때 '기회'라는 말을 떠올렸습니다.

지금이 기회다. 도로는 이제 곧 3차로가 된다. 우회전이냐 좌회전이냐, 라는 내 연락 하나로 이후의 추격 작전이 달라진다….

유괴범의 귀가 다시 내 가슴팍에 닿는 느낌이었습니다. 야마후지 저택의 호화로운 카펫, 샹들리에, 얼음처럼 냉랭한 집안 분위기, 이십 년 전 형사의 손에서 쥐어뜯듯이 내 작은 몸을 빼앗아 한순간 남의 아이를 보듯이 차갑게 응시하던 어머니의 눈빛, 걱정스러운 듯 아이의 잠든 얼굴을 납작 엎드려 들여다보던 강 선배의 등, 내게 매달리던 신이치의 손, 경찰차에 타기 전에 뒤돌아보던 그 범인의 마지막 눈빛….

'아저씨, 빨리 도망쳐! 빨리!'

나는 마음속으로 그런 부르짖음을 내뱉으며 내 의지보다 먼저 핸들을 크게 오른쪽으로 꺾었습니다.

'빨리 도망쳐, 도망치라고!'

강 선배는 차에서 내려 충돌한 대향차의 상황부터 확인한 뒤, 헐레벌떡 다시 돌아와 내게 물었습니다.

"어느 쪽으로 꺾었어?"

"오른쪽입니다."

내가 분명하게 대답했을 때, 강 선배는 무전기에 내밀었던 손을 흠칫 멈추고 놀란 듯 내 얼굴을 돌아봤습니다. 아주 잠깐, 딱하다는 듯이 내 눈을 응시하고는 뭔가 말하려다가 입을 꾹 다물더니 결국 무전기를 향해 내가 한 말을 그대로 알렸습니다.

왜….

강 선배는 그렇게 묻고 싶었겠지요. 왜 핸들을 고의로 오른쪽으로 꺾어 대향차와 접촉사고를 일으켰는지, 왜 흰색 소형차가 우회전을 했다고 거짓말을 하는지, 즉 왜 범인을 도망치게 해주려고 하는지.

강 선배는 아마도 범인의 차가 좌회전하는 것을 자신의 눈으로 확인했겠지요. 그리고 내가 고의로 오른쪽이라고 거짓말을 하면서 범인을 놓아주려고 한 것을 눈치챘을 거예요.

하지만 결국 강 선배는 아무것도 묻지 않았습니다.

물어볼 필요가 없었지요.

강 선배는 내 무언의 눈빛을 본 순간 모든 걸 간파했습니다.

내가 전부 다 알고 있다는 것, 사건의 진상을 파악했다는 것, 사건에 또 한 명의 범인이 있다는 것을.

그렇습니다, 강 선배….

나는 사건이 발생한 직후부터 유괴사건 이면의 엄청난 속임수를 알아챘습니다.

오카다는 분명 유괴범이었습니다. 하지만 그는 야마후지 가즈히코를 유괴한 범인이 아니었어요. 가즈히코를 유괴한 건 오카다가 아닌 다른 범인이었습니다.

강 선배는 그 한순간, 내 눈에서 모든 것을 읽어냈을 것입니다.

내가 또 한 명의 범인을 알고 있다는 것을, 내가 거짓 정보를 흘려 도망치게 해주려는 게 흰색 소형차의 오카다가 아니라 또 다른 유괴범이라는 것을.

강 선배….

또 다른 범인, 실제로 가즈히코를 유괴한 범인은 물론 당신, 강 선배였습니다.

5

가즈히코를 유괴한 범인은 사건에서 두 가지 실수를 범했습니다.

첫째는, 범인이 K라는 야마후지의 부하 직원을 통해 전해온 두 번째 전화입니다. 그 전화에서 범인은 '내일'이라고 말했고, K

는 그때가 오전 2시의 애매한 시각이었기 때문에 "내일이라면, 오늘 금요일 말입니까?"라고 되물었던 것인데, 그때 범인의 목소리는 뭔가 난처한 듯 침묵하다가 이윽고 "그렇다"라고 대답했습니다. 하지만 그렇게 말했으면서도 금요일에 범인은 연락을 해오지 않았습니다. 범인에게 뭔가 사정이 있었던 모양이라고 다들 간단히 넘어갔지만, 그 작은 일이 나에게 큰 의혹을 안겼던 것입니다.

K가 되물었을 때, 범인도 내일이라는 게 금요일인지 토요일인지 잘 알지 못했다고 한다면, 즉 전화를 걸어온 범인도 다음 연락을 언제 해야 할지 알지 못했다고 한다면…?

그렇게 추측했을 때부터 나는 막연하게나마 이 사건에는 또 다른 인물이 얽혀 있다는 생각이 들었습니다.

이번 유괴사건의 스케줄을 주도하는 것은 또 다른 인물이고, 전화한 남자는 그의 지시대로 움직이는 게 아닐까….

예를 들어 또 다른 인물을 A, 전화를 건 남자를 B라고 해볼까요.

A와 B의 관계를 우선 공범이라고 추정했습니다. 하지만 일반적으로 공범이라면 B는 다음에 연락할 '내일'이라는 게 금요일인지 토요일인지쯤은 알고 있어야겠지요. 즉 B는 단지 A의 지시대로 움직여야 하는 관계일 것이다. 그리고 한 걸음 더 들어가 B도 A의 그다음 연락을 기다릴 수밖에 없는 상황인지도 모른다, B 쪽에서는 A에게 연락을 하고 싶어도 할 수 없고, 게다가 B는 A가 누군지도 모르는 게 아닐까…. 하지만 그런 공범 관계라는 게 과연 가능할까….

그렇게 추리하면서 야마후지 저택 거실에서 그 부부가 범인에게 연락도 못하고 오로지 전화가 오기만을 기다리며 초조해하는 모습을 지켜보는 사이에 나는 퍼뜩 생각이 났던 것입니다.

B도 이 야마후지 부부와 똑같은 처지인지도 모른다. 즉 B도 자신의 아이를 유괴당한 피해자인 것이다. 그리고 그 범인이 A인 게 아닐까. 즉 가즈히코 유괴사건의 이면에 실은 또 다른 유괴사건이 발생한 것일 수도 있다….

축구에도 직접 주고 싶은 상대에게 공을 패스하지 않고 중간에 있는 한편에게 먼저 보내 그 선수가 원래의 상대에게 패스하게 하는 방법이 있습니다. 이 사건이 그 우회 패스와 비슷했던 것입니다.

자신의 아이를 유괴당한 사람 B가 있습니다. 그는 범인 A가 요구한 5백만 엔의 돈을 마련할 수 없었고 또한 경찰에 신고하지도 못하는 난처한 입장이었습니다. 범인 A는 5백만 엔만 받으면 무사히 아이를 돌려주겠다고 했습니다. 어떻게든 경찰의 손을 빌리지 않고 5백만 엔을 마련해야 한다고 생각한 B는 엄청난 속임수를 쓰기로 했습니다. 스스로도 어이가 없었지만, 일각을 다투는 막다른 궁지에 내몰린 그로서는 그게 가장 간단하고 빠른 방법이었던 것입니다.

그건 자신도 또 다른 유괴사건을 일으키는 것입니다. 간단한 일이었습니다. 몸값을 다른 몸값으로 대체하면 되는 것이지요. 하나의 유괴사건에서 벗어나기 위해 자신도 유괴사건을 벌이면 되는 것입니다.

B는 그저 범인 A의 지시를 그대로 자신이 벌인 사건의 피해자에게 전달하기만 하면 됩니다.

유괴사건에는 한 가지 큰 특징이 있습니다. 우연히 지나가는 길에 저지른 범행이라면 범인도 피해자의 집안 사정을 자세히 알지 못하고, 피해자도 범인의 정체를 알지 못합니다. 서로가 누군지 정확히 파악하지 못한 상태에서 범인과 피해자는 몸값을 주고받는다는 유일한 접점을 갖게 됩니다.

B는 그 점에 착안해 야마후지 부부의 아이를 유괴하고 그 몸값을 자신의 아이를 유괴한 범인 A에게 건네주려고 했던 것이지요. 이 계획은 성공했습니다. 범인 오카다는 그 돈이 설마 다른 아이의 몸값인 줄은 알지 못했고, 야마후지 부부는 그게 다른 범인인 줄은 알지 못한 채 대체교 앞의 지정해준 장소에서 5백만 엔의 돈을 주고받았습니다. 오카다도 야마후지 부부도 설마 피해자이자 또 다른 범인인 B라는 남자가 중간에 있으리라는 건 생각도 못했던 것이지요.

실은 그 단계에서 나는 중간에 있는 B의 정체를 어렴풋이 알았습니다. 그의 두 번째 실수를 기다릴 것도 없이 이미 짐작했던 것이지요.

특히 마음에 걸렸던 것은 내 추리가 옳다고 한다면 왜 자신의 아이를 유괴당한 B는 그것을 경찰에 알릴 수 없었느냐, 하는 점이었습니다. 일반적으로 5백만 엔을 마련할 수 없는 처지라면 아무리 범인이 경찰에 알리면 아이를 죽이겠다고 위협했더라도 우선 신고부터 했겠지요. 최소한 자신이 또 다른 유괴사건을 일으키는 대담한 도박에 나서는 것보다는 그게 더 안전합니다. B에게는 상당히 깊은 경찰 불신이 있었던 게 아닐까, 라고 나는 생각했습니다. 그리고 그렇게까지 경찰에 불신을 품을 인물이라면 그건 경찰 내부 사람이 아닐까, 라고 짐작했던 것입니다. 형사를 가장 믿지 않는 사람은 형사다, 라고 생각한 것이지요.

우연히 내 바로 가까이에 그럴 법한 사람이 있었습니다. 범인

B는 경찰 내부 사람이면서 끊임없이 전화를 이용할 기회가 있는 인물이어야 합니다. 이 조건을 가진 사람이 한 명 있었습니다. 자신의 아들이 고열로 위독한 상태라는 것을 이유로 언제라도 한 팀인 나에게서 벗어나 집에 전화할 수 있었던 인물입니다.

강 선배….

그렇습니다, 선배는 그런 이유로 끊임없이 집에 전화해 범인 A의 연락이 없었는지 부인에게 확인하고, 연락이 있을 때는 그대로 야마후지 부부에게 전달했던 것입니다. 직접 야마후지 저택으로 전화하지 않은 것은 역탐지를 우려했다기보다 자신의 목소리를 알아들을 우려가 있었기 때문이지요. 토요일에 신주쿠역에서 돈 가방을 받으려 했을 때, 이미 시간을 맞출 수 없는데도 3시라는 시각을 통고했던 것은 그때만은 강 선배가 몰래 전화할 기회가 없었기 때문이었습니다. 오카다가 아이를 돌려주러 나갔다가 4시에 히로사카에장에 돌아왔다는 것도, 그 아이가 가즈히코가 아니라 신이치였다고 생각하면 의문이 풀립니다. 신이치를 어떤 방법으로든 되찾은 뒤, 강 선배는 부인에게 가즈히코를 벚나무공원 벤치에 데려다주도록 했겠지요.

그 사건에서 내가 번번이 우울한 기분이었던 것은 앞서도 말했듯이 이번 범인에게서 이십 년 전의 유괴범이 겹쳐 보인 탓이었지만, 무엇보다 끊임없이 나와 붙어 다녔던 그의 눈에서 저절로 이십 년 전 범인의 눈빛이 떠올랐기 때문입니다.

강 선배, 내가 이 추리에 확신을 가진 것은 선배(정확히는 선배 부부)의 또 한 가지 실수 때문이었습니다. 강 선배에게 나는 위험한 증인이었어요. 강 선배가 나와 떨어져 전화하러 갔던 시각과 야마후지 저택에 범인의 연락이 들어온 시각이 일치한다는 것을 눈치챌 가능성이 높은 매우 불편한 인물이었던 것이지요. 그래서 강 선배는 의심을 사지 않도록 내게 잠이 든 신이치의 모습을 일부러 보여주려고 했던 것입니다.

토요일 저녁, 나는 신이치의 얼굴을 분명하게 확인한 건 아니었어요. 방 안이 어둠침침했고 아이는 얼굴을 반쯤 이불 밖으로 내놓았을 뿐이었죠. 그나마 강 선배가 금세 아이 얼굴 위로 몸을 숙였으니까요. 더구나 부인은 곧바로 아이 얼굴보다 축구공 쪽으로 내 시선을 유도했어요. 하지만 강 선배가 설마 그런 대담한 속임수를 쓸 줄은 예상도 못했기 때문에 나는 그 아이를 신이치라고 믿어버릴 뻔했습니다. 단 한 가지, 부인의 '세 시간을 계속 꿈쩍도 않고 자고 있다'는 말만 아니었다면.

강 선배와 부인은 내가 신이치와 벌써 몇 번이나 밤을 함께 보냈다는 것을 깜빡했던 것이지요. 그리고 이불에 바짝 엎드려 자는 신이치의 잠버릇을 내가 잘 알고 있다는 것도.

그런데 그 아이는 세 시간째 반듯하게 누운 자세로 자고 있다는 거예요. 이건 분명 신이치가 아니다, 마취제로 잠들게 한 가즈히코다…. 그렇게 확신한 순간, 나는 더 이상 견딜 수가 없어 강 선배의 집을 도망쳐 나왔습니다. 그날 저녁에 실제로 내 눈앞에서 이십 년 전의 사건이 그대로 재현되었으니까요. 강 선배라는 범인과 가즈히코라는 피해자, 그 아이의 입가에 귀를 대고 있는 강 선배…. 그 토요일 저녁, 강 선배의 집은 이십 년 전 나와 그 아저씨의 유괴사건 현장이었던 것입니다.

경찰서에 돌아온 나는 신이치가 다니던 특수학교에 전화를 해봤습니다. 그리고 그곳 선생님에게서 신이치가 병으로 목요일부터 결석이다, 집까지 병문안을 갔는데 고열이라는 이유로 현관 앞에서 인사만 하고 돌아왔다는 등의 얘기를 들었습니다. 그것으로 내 추리가 적중했다는 것을 최종적으로 확신했습니다. 그리고 그때부터 오로지 강 선배를 도망치게 해주자, 아무것도 모르는 척하며 강 선배를 구해줘야 한다, 라는 것만 생각했습니다.

강 선배의 속임수는 정교했지만, 한 가지 큰 약점을 안고 있었어요. 범인 오카다와 야마후지 부부 사이에서 아이의 몸값을 주고받는 데 성공해 신이치를 되찾는다고 해도 그 뒤에 오카다가 체포되면 어떻게 될까요. 그러면 그가 유괴한 아이가 가즈히코가 아니라는 게 밝혀지고 강 선배의 존재가 드러날 우려가 있겠지요. 이 문제를 해결할 방법은 신이치의 유괴범이 무사히 도망치는 데 성공하거나 아니면 이 세상에서 사라져주는 것, 그 둘 중 하나뿐이었습니다.

일요일 정오, A가도의 T자로로 차를 몰면서 흰색 소형차의 범인을 어떻게든 도망치게 해야 하는 조수석의 강 선배의 심정이, 그 초조함이, 나에게 아플 만큼 고스란히 전해져오더군요. 강 선배의 범죄를 못 본 척해주려면 우선 오카다를 도망치게 해야 한다고 생각했습니다. A가도의 T자로는 그대로 강 선배의 분기점이자 나의 분기점이었던 것이지요.

'강 선배, 빨리 도망쳐, 빨리!'

내 옆에 앉은 또 한 명의 유괴범에게 나는 마음속으로 필사적인 말을 건네며 핸들을 한껏 오른쪽으로 꺾었던 것입니다.

왜….

강 선배는 나를 빤히 응시하며 그렇게 물어보려다가 한순간에 내가 모든 걸 알고 있다는 것을 깨달았겠지요. 내가 강 선배를 도망치게 해주려고 흰색 소형차의 범인을 일부러 놓쳤다는 것을…. 강 선배는 문득 입을 꾹 다물었고 나 또한 침묵했습니다. 그 A가도에서 중앙선을 끊듯이 방향을 틀어 멈춰선 차에 몸을 기댄 채 우리는 한순간 서로를 마주 보았고 침묵 속에 공범의 밀약을 나눴던 것이지요. 마치 강 선배와 오카다가 서로 얼굴도 알지 못한 채 이해관계라는 점에서는 공범이었던 것처럼.

그 뒤에 오카다는 사망했습니다. 그건 단순 사고가 아니었다고 의심할 수도 있겠지요. 오카다가 히로사카에장에서 급히 달아난 것은 우리가 출동하기 직전이었습니다. 경찰 내부의 누군가가 오카다에게 급히 연락해 그도 알지 못했던 사건의 내막을 설명하고 자신이 도주를 도와주겠다면서 약속 장소를 정했고 이윽고 오카다를 살해해 사고로 위장했다…. 하지만 나는 거기까지는 생각하고 싶지 않습니다.

그건 역시 오카다에게 천벌이 내려진 사고였던 것으로 해둬도 괜찮겠지요.

"도망치는 것도 괜찮겠지."

나를 배웅하러 나온 신칸센 플랫폼에서 강 선배는 그렇게 말했지요. 그건 내게 던진 말이 아니라 자기 자신에게 들려준 말이었을까요. 아니면 내내 침묵을 지켜온 범인의 유일한 고백의 말이었을까요.

나는 그냥 조용히 강 선배를 올려다보았습니다. 이십 년 전 다섯 살 아이의 눈으로.

강 선배의 눈빛은 그 유괴범의 눈과 똑같았습니다.

오카다가 신이치를 유괴해갔을 때, 선배가 경찰에 신고하지 못한 것은 단지 경찰에 대한 불신 때문만은 아니었어요. 지적장애를 가진 신이치는 범인에게 아빠가 형사라는 말은 못할지도 모르지만, 혹시라도 범인이 우연히 형사의 아들을 유괴했다는 것을 알게 될까봐 두려웠던 것이겠지요. 삿포로에서 유괴된 아이가 결국 살해된 지 얼마 안 된 참이었습니다. 아이 아빠가 형사라는 것을 알았을 때, 범인이 혼란에 빠져 어떤 흉포한 짓을 저지를지 모릅니다. 그래서 강 선배는 마음속에서 일단 형사라는 의식을 떨쳐내려고 했을 것입니다. 막다른 궁지에서 형사이기보다 아빠이기를 선택한 거예요. 가정을 희생해가며 여태껏 투철하게 형사로서 책임을 다해왔던 선배가 막판에 본능적으로 아빠의 얼굴을 드러낸 것이지요.

그건 내 자식의 목숨을 위해 앞뒤 돌아볼 겨를이 없었던 한 아버지가 일으킨 엄청난 사건, 어리석은, 너무도 어리석은 사건이었습니다.

바로 그 너무도 어리석은 아버지의 눈빛에서 나는 이십 년 전의 그 아저씨를 봤던 것이지요.

도망치는 것도 괜찮겠지요….

마지막으로 그때 해준 그 말을 이제는 내가 강 선배에게 보냅니다.

일 년 전 신칸센 플랫폼에서 돌아선 강 선배에게 하고 싶었던 말은 결국 그것뿐이었는지도 모릅니다.

안녕, 강 선배.

이제 나는 그 사건에 대해 영원히 입을 다물까 합니다.

화석의 열쇠

化石の鍵

나비가 날고 있어….

소녀는 그렇게 중얼거리려고 했다. 하지만 목소리가 나오지 않았다. 남청색과 노란색의 줄무늬 넥타이가 소녀의 가늘고 작은 목을 파고들었다. 소녀를 짓누르고 있는 자의 얼굴은 전등 불빛을 역광으로 받아 어둡게 그늘져 있었다. 그늘진 얼굴은 고통으로 일그러졌고 울어서 그런지 눈만 번들거렸다. 소녀는 그늘진 얼굴이 왜 울면서 험악한 표정을 짓는지 알지 못했다. 입에서는 신음하는 듯한 거친 숨이 소녀의 뺨에 훅훅 끼쳤다. 그 입은 조금 전에 "무섭지 않아. 편해지는 거야. 걱정할 거 없어"라고 소녀의 귀에 다정하게 속삭인 참이었다.

정말로 소녀는 하나도 무섭지 않았다. 넥타이가 목에 감겼을 때 아플지 모른다고 조금 걱정했지만, 아픈 건 처음 잠깐뿐이었고 그건 서서히 다정하고 따스한 인간의 팔처럼 목을 조여왔다. 아빠와 엄마가 아직 사이가 좋았던 무렵, 둘이 힘을 합쳐 꽉 안아준 적이 있었다. 아빠와 엄마의 팔이 다정하게 목을 감았던 그때처럼 따스하고 기분 좋은 어둠 속으로 몸이 녹아들어 갔다. 그리고 그 어둠 속에서 돌연 한 마리의 나비가 날아올랐다.

나비가 날고 있어….

소녀는 왜 목소리가 안 나오는지도 모르는 채, 다시 한번 그늘진 얼굴을 향해 그렇게 말을 건네려고 했다.

왜 울어? 이렇게 아름다운 나비가 날고 있는데.

소녀는 아직 한 번도 나비가 허공을 날아가는 걸 본 적이 없었다. 소녀가 알고 있는 나비라면 보물처럼 소중히 간직해온 화석의 나비뿐이었다. 아주 오래 전, 먼 옛날에 죽어 돌이 되어버린 나비뿐이었다. 소녀는 그 보물을 항상 아무도 몰래 베개 밑에 넣어두고 잠들었다. 죽어버린 나비가 꿈속에서는 생명을 되찾아 양 날개를 마음껏 펼치며 자유롭게 날아갈 듯한 마음이 들었던 것이다. 하지만 꿈속에서 나비가 날았는지 날지 않았는지…. 아침에 눈을 뜨면 소녀는 항상 자신이 꾼 꿈을 잊어버렸다.

그 나비가 지금 드디어 날고 있다.

이천 년인지 이만 년인지, 소녀로서는 도저히 헤아릴 수도 없는 기나긴 세월, 회색 돌 속에 갇힌 목숨이 이제 드디어 소생한 것이다.

나비는 소리도 없이 그저 아름답게 날았다. 느긋한 날갯짓을 할 때마다 빛 가루가 흩뿌려져 어둠 속을 흘렀다.

어둠은 자꾸 짙어지고 빛의 날개는 점점 더 선명하게 떠올랐다.

소녀는 문득 몸이 가벼워지는 것을 느꼈다.

어느 샌가 자신의 몸에도 빛의 날개가 생겨 어둠 속 하늘을 날고 있었다. 나비하고 똑같이, 작년 4월 교통사고가 난 뒤부터 화석이 되어버린 몸이 자유롭게 하늘을 헤엄치고 있었다.

왜 울어? 나는 정말 기분 좋게 하늘을 날고 있는데.

자신도 한 마리 나비가 되어 화석의 나비와 함께 즐겁게 어둠 속을 날면서 소녀는 자신의 목에 눈물을 뚝뚝 떨구는 그늘진 얼굴을 향해 소리가 되지 않는 소리로 내내 중얼거렸다.

비명을 지른 건 그늘진 얼굴 쪽이었다.

소녀의 입에서 목소리가 가느다란 숨결처럼 흘러나왔던 것이다.

"나비…."

분명 그렇게 들렸다.

그늘진 얼굴은 저도 모르게 넥타이에서 손을 떼고 그 손으로 자신의 비명을 틀어막은 채, 도망치는 것도 소녀의 생사를 확인하는 것도 잊고 한참을 멍하니, 행복한 꿈이라도 꾸는 듯한 소녀의 작은 얼굴을 지켜보았다.

1

신주쿠 구에 자리한 연립주택 '후지시로장'의 관리실 문을 누군가 노크한 것은 저녁 8시 10분경이었다. 관리인 후지시로 사와가 외출했다가 돌아와, 텔레비전 소리가 너무 크다고 고등학생 아들을 나무랐을 때였다. 아들 마사야는 투덜거리며 텔레비전 볼륨을 줄였고 그와 동시에 마치 기다렸다는 듯이 누군가 살짝 문을 두드렸다.

사와는 이 년 전에 남편을 암으로 먼저 보냈다. 남편은 고향의 논밭을 팔아 그 돈으로 이 연립을 지었지만 준공과 동시에 쓰러져 반년 만에 세상을 떠난 것이다. 쉰 살도 안 된 이른 나이였다.

한때는 연립주택이 남편의 목숨을 앗아간 것만 같아 나지막한 단독주택이 이어진 이 근처에서 그나마 두드러지는 이 3층 건물을 원망했었다. 하지만 각 층마다 4호실씩 모두 12호실에서 들어오는 임대료가 은행 대출 빚을 갚으면서도 하루하루 아들과 둘이 충분히 먹고살 만큼 돈을 벌어주었다. 딱히 원망할 이유도 없어서 남편의 유산이라고 생각하며 소중히 관리해왔다. 상점가에서 자란 사와는 붙임성이 좋아서 입주한 이들도 '관리인'이 아니라 '아주머니'라고 부르며 친근하게 대해주었다.

항상 부지런히 둥글둥글 살찐 몸을 바쁘게 굴려가며 자신의 집뿐만 아니라 연립 전체를 번쩍번쩍 광이 나도록 깔끔하게 청소하곤 했다. 게다가 남의 어려움을 그냥 넘어가지 못하는 성격이라서 신혼부부의 아기를 맡아서 봐주기도 하고 반찬을 넉넉히 만들어 혼자 사는 젊은이들에게 곧잘 나눠주었다.

특히 옆집 1호실 부녀는 석 달 전쯤부터 거의 가사 도우미처럼 발 벗고 나서서 돌봐주고 있다.

옆집 애 아빠는 시라이 준타로라는 서른일곱 살의 회사원인데, 올해 열 살인 외동딸 지즈가 하반신마비로 휠체어에 의지해 지내는 처지였다. 작년 봄에 교통사고로 척추에 골절상을 입은 게 원인이었다. 장애 아동을 위한 설비를 갖춘 이 근처 초등학교로 전학하려고 작년 가을, 세타가야구에서 사와의 연립주택으로 이사한 것이었다. 이사할 당시에는 시라이와 아내 쓰기코가 휠체어에 앉은 딸을 함께 돌보는 사이좋은 부부처럼 보였다. 하지만 쓰기코가 외출할 때마다 지즈를 대신 돌봐주곤 하는 사이에 점차 시라이 부부의 속사정을 알게 되었다. 딸 지즈의 사고는 엄마 쓰기코가 차를 운전하다가 부주의로 실수를 저지른 게 원인이었다. 차문이 살짝 열린 줄 모르고 출발했다가 조수석의 지즈가 거기에 몸을 기대면서 도로 위로 떨어졌고 뒤에서 달려온 차에 치이고 만 것이다. 남편은 아내의 실수를 용서하지 못해 지즈가 퇴원하고 이쪽으로 이사한 무렵에는 이미 부부 사이가 냉랭해졌다. 아내를 미워하던 시라이는 따로 여자를 사귀었고 그게 직접적인 원인이 되어 두 사람은 이번 가을에 결국 이혼했다. 쓰기코는 지즈를 남편에게 남겨두고 혼자 집을 나갔다.

그 뒤로 석 달 동안 엄마 대신 지즈를 돌봐준 것이 사와였다.

원래부터 지즈는 사와를 잘 따랐고 사와도 아이를 좋아했다. 아들 마사야가 고등학생이 되더니 엄마의 도움을 간섭이라면서 질색하는 바람에 마침 사와도 시간이 남아돌아 입도 손도 적적함을 느끼던 시기였다. 그래서 정식 도우미의 3분의 1 정도의 비용으로 지즈를 돌봐주기로 했던 것이다.

매일 아침 지즈를 5백여 미터 거리의 초등학교에 데려가고 하교 시간에는 다시 데려오고, 그다음에는 제 아빠가 돌아올 때까지 저녁밥을 차려가며 지즈를 돌봐주었다.

긴자의 무역회사에 다니는 시라이는 날마다 저녁 8시가 넘어서야 돌아왔다. 평소에는 지즈도 아빠가 돌아올 때까지 내내 사와 옆에 붙어 있었는데 오늘은 6시쯤에 이렇게 말했다.

"아주머니, 나는 아빠 올 때까지 집에 가서 자야 해. 오늘 내 생일이잖아. 아빠가 축하 케이크도 사 오고 밤늦게까지 놀아주기로 했어. 그 대신 6시부터 8시까지 미리 자두기로 약속했거든."

사와는 저녁 6시 반부터 8시까지 동네 주민 모임에 참석하지 않으면 안 되었다. 어젯밤에 미리 그런 사정을 얘기했기 때문에 시라이도 지즈에게 그런 약속을 했을 터였다.

그래서 지즈를 휠체어에서 침대로 옮겨 눕혀주었다. 그러고는 주민 모임에 참석했다가 돌아온 참에 누군가 문을 두드린 것이었다.

애 아빠가 돌아온 모양이라고 생각하고 테이블 위에 놓아둔 새 열쇠를 집어 들고 문을 열었다. 아까 저녁 5시쯤에 열쇠 가게 사람이 1호실 현관의 자물쇠를 새로 달아주고 갔던 것이다. 새 열쇠는 사와가 받아두었다.

하지만 문을 열고는 엇, 하고 짧게 부르짖었다. 문 앞에 서 있는 사람은 애 아빠가 아니라 엄마 쓰기코였다.

"안녕하세요? 왜 그런지 옆집 문이 제 열쇠로 안 열리네요…."

"응, 아까 저녁때 문 자물쇠를 새로 달았어."

"고장 났었어요?"

"아니, 그게 아니라…." 사와는 말끝을 흐렸지만 이내 마음먹고 입을 열었다. "실은 애 엄마가 몰래 지즈 보러오는 거, 애 아빠가 알아버렸어. 아니, 아냐, 나는 아무 말 안 했어. 아마 지즈가 얘기를 했는지…."

"언제요?"

"이삼일 전이야. 오늘 아침에 갑작스레 애 아빠가 저녁에 열쇠 가게 사람이 와서 문 자물쇠를 바꿀 테니까 새 열쇠를 좀 맡아 달라고 하더라고. 고장이 난 것도 아닌데."

"이제 나는 못 오게 하려는 거네요."

쓰기코는 눈을 떨군 채 혼잣말처럼 중얼거렸다. 짙은 아이섀도가 속눈썹을 파랗게 물들이고 있었다. 지난 석 달 동안, 쓰기코는 남편이 없는 사이에 대여섯 번이나 지즈를 보러 왔다. 아카사카의 클럽에서 일하기 시작했다는데 올 때마다 옷차림과 화장이 화려하고 진해졌다. 검은 바탕에 금실 자수의 스카프를 두른 하얀 얼굴로 잠시 입술을 깨물고 있었지만 이윽고 사와가 가진 열쇠를 가리키며 말했다.

"그 열쇠, 잠깐만 빌려주세요."

"하지만 벌써 애 아빠가 돌아올 시간인데…. 게다가 지즈는 지금 자고 있어."

"일 분이면 돼요. 자는 얼굴이라도 보고 가려고…. 어차피 지즈 만나는 것도 오늘 밤이 마지막이라고 결심하고 왔어요. 실은 저도 재혼 얘기가 들어와서…. 죄송해요, 딱 일 분만.”

사와는 한숨을 내쉬었다. 이렇게까지 얘기하는데 거절하는 건 너무 매정한 일이다. 새 열쇠를 받아들고 옆집 현관문으로 향하는 쓰기코를 사와는 문밖으로 고개만 빼꼼 내밀고 지켜보았다. 쓰기코가 열쇠를 꽂아 돌렸다. 달칵 열리는 소리가 사와의 귀에도 들렸다. 하지만 쓰기코는 냉큼 문을 열지 않고 스카프 아래로 흘러나온 붉은 염색 머리에 옆얼굴을 묻고 가만히 서 있었다.

“새댁….”

사와가 문밖으로 나가 말을 건네자 쓰기코는 얼굴을 들었다. 눈물이 뺨을 타고 흘렀다.

“역시 그냥 가야겠어요. 보면 괜히 더 힘들 것 같아서….”

쓰기코는 다시 문을 잠그고 그 열쇠와 함께 들고 있던 종이봉투를 사와에게 건넸다.

“이건 제가 아니라 아주머니가 준비한 선물이라고 얘기하고 우리 지즈에게…. 오늘 그 아이 생일이에요. 나비 달린 스웨터를 갖고 싶다고 해서.”

쓰기코는 종이봉투를 얼른 사와의 손에 쥐여 주고 도망치듯이 출구로 뛰어갔다. 그 뒷모습을 배웅하고 사와는 쓰기코가 돌려준 열쇠로 다시 문을 열고 안으로 들어갔다. 관리실과 똑같은 구조여서 안에 들어서면 주방 겸 식당, 그리고 그 안쪽으로 방 세 개가 나란히 있었다. 지즈가 자고 있는 곳은 입구에서 가장 가까운 방이다.

처음에는 전혀 이변을 알아차리지 못했다. 창가 침대에 누워 얼굴이 반쯤 이불에 덮인 지즈가 아직 조용히 자는 것처럼 보였기 때문이다. 엄마가 챙겨준 선물을 베갯머리에 놓아주려고 했을 때 이불 밖으로 삐져나온 넥타이가 눈에 들어왔다. 뭔가 싶어서 이불을 젖히는 것과 동시에 사와는 비명을 질렀다. 지즈의 가느다란 목에 남청색과 노란색 줄무늬가 뱀처럼 휘감겨 있었다. 저도 모르게 아이의 어깨를 잡고 흔들었지만 작은 몸은 축 늘어져 마치 물을 잡은 것처럼 손에 오는 반응이 없었다. 머리로 피가 솟구쳐 어떻게 베갯머리의 버튼을 눌렀는지 기억도 나지 않는다. 베갯머리의 버튼은 관리실과 연결되어 누르면 사와의 집에서 벨 소리가 울린다. 그 소리를 듣고 마사야가 달려왔다. 유도를 하는 마사야는 열여섯 살 치고는 몸집이 크고 탄탄하다. 덩치만 크고 아무짝에도 쓸모가 없다고 평소에 늘 잔소리를 했던 아들이 그때만큼 든든하게 여겨진 적도 없었다.

사와는 자신보다 한참 큰 아들의 몸에 안겨 까무룩 정신을 잃었다.

2

그날 밤 사와는 좀체 잠이 오지 않았다.

지즈는 죽은 게 아니라 그저 실신했을 뿐이었다. 사와가 정신을 잃은 사이에 마사야가 지즈의 횡격막을 눌러 의식을 되찾게 했던 것이다. 유도를 할 때 이따금 지나치게 목을 졸라 그 비슷한 사고가 일어난다. 사와도 마사야에게 뺨을 찰싹찰싹 얻어맞고 겨우 정신을 차렸다. 곧바로 지즈의 목에 감긴 넥타이를 풀어주고 물었다.

"어떻게 된 거니, 지즈? 무슨 일이 있었던 거야!"

하지만 지즈는 괴로운 듯 컥컥거리며 연신 고개를 저을 뿐이었다. 오히려 사와가 내민 손을 힘껏 뿌리치며 목이 잠긴 소리로 부르짖었다.

"나가요! 나를 내버려 둬!"

그래도 그냥 내버려 둘 수는 없었다. 목에 넥타이 자국이 목걸이처럼 벌겋게 남아 있었다. 누군가 지즈가 자는 동안에 이 방에 들어와 넥타이로 목을 졸라 살해하려고 했던 것이다.

"누구야, 대체 누가 이런 짓을 했어?"

하지만 아무리 물어봐도 지즈는 고개를 내저을 뿐이었다.

어쩔 줄 모르고 있는 참에 시라이가 돌아왔다. 그는 사와에게 사정 얘기를 듣고는 깜짝 놀라 지즈를 품에 안고 연달아 사와와 똑같은 질문을 던졌다. 하지만 지즈는 아빠의 품 안에서 훌쩍훌쩍 울며 아무 대답도 하고 싶지 않다는 듯 긴 머리칼을 내두를 뿐이었다.

"잠시 우리 둘만 있게 해주세요."

시라이의 말에 따라 사와는 마사야와 함께 1호실을 나왔다.

삼십 분쯤 지나 시라이가 관리실로 건너왔다. 지즈는 이제 진정되어 자신이 사다준 케이크를 먹고 있다고 했다. 목에 아직 통증이 있는 모양이지만 딱히 몸에 이상은 없다, 그런데 아무리 물어봐도 대답하지 않아 자세한 사정을 사와에게 물어보러 온 것이라고 했다. 하지만 사와도 무슨 일이 일어났는지 전혀 아는 게 없었다.

6시에 사와가 주민 모임에 나가고 8시 15분에 다시 그 집 문을 열기까지 두 시간 십오 분 동안, 아무도 안에 들어갈 수 없었을 터였다.

오늘은 오후 2시 반에 학교로 지즈를 데리러 갔고 그때부터

5시까지는 여느 때와 다름없이 지즈 옆에 붙어 있었다. 5시가 되자 아침에 시라이가 전화로 주문했다는 열쇠 가게의 젊은 남자가 찾아와 문 자물쇠를 새 것으로 바꿔 달기 시작했다. 시골 출신인 듯 순박해 보이고 말씨도 어눌한 젊은이였기 때문에 사와는 잠깐 지즈를 봐달라고 부탁하고 장을 보러 나갔었다. 삼십 여 분 만에 돌아왔더니 마침 젊은이가 자물쇠 교체 작업을 끝낸 참이었고 지즈는 새 열쇠를 구멍에 꽂아보며 놀고 있었다. 사와는 젊은이에게 시라이 대신 비용을 내줬고, 젊은이가 돌아간 뒤에는 역시 평소에 하던 대로 저녁밥을 짓기 시작했다. 6시쯤, 식사 준비도 끝나가는 참에 지즈가 아빠 올 때까지 자겠다는 말을 꺼냈던 것이다. 그때 사와는 지즈의 입을 통해 처음으로 오늘이 그 아이의 생일이라는 것을 알았다.

"그래, 생일이었구나. 그런 줄 알았으면 맛있는 거 더 많이 차릴 걸."

"아빠가 케이크 사 오니까 괜찮아요."

그런 대화를 주고받으며 사와는 지즈를 파자마로 갈아입히고 침대에 올려주었다. 잠이 들기를 기다려 그 집을 나왔던 것인데, 그때 사와는 분명 문손잡이 안쪽 버튼을 누르고 밖으로 나왔다. 새 손잡이도 이 연립 전체가 쓰고 있는 자동잠금식으로, 손잡이 자체에 달린 안쪽 버튼을 눌러놓고 밖에서 닫으면 자동으로 잠기는 구조다. 흔히 볼 수 있는 손잡이형 잠금장치다.

밖으로 나온 뒤에 손잡이를 돌려보며 잘 잠겼는지 확인까지 했으니까 그건 틀림없다.

열쇠 가게 청년이 놓고 간 새 열쇠는 두 개였지만 하나는 지즈 방 서랍장 위에 놓아뒀고, 또 하나는 자신이 들고 와 관리실에 돌아오자마자 주방 테이블에 내려놓았다. 그리고 마사야의 저녁 식사 준비를 하고 6시 반쯤에 근처 카페에서 열린 마을 주민 모임에 얼굴을 내밀었다가 집에 돌아온 게 8시를 조금 지난 시각이었다. 그리고….

묻는 대로 줄줄 얘기하던 사와는 거기서 한 가지 퍼뜩 생각나는 게 있어서 말을 끊었다.

"뭔가 이상한 점이라도…."

시라이의 질문에 사와는 급히 고개를 저으며 그가 들고 있는 종이봉투에 시선을 옮겼다. 아까 참에 시라이의 아내, 아니, 전 아내에게서 맡아둔 지즈의 생일 선물이었다.

"이건 뭐지요?"

사와의 시선을 눈치채고 시라이가 종이봉투를 들어 올리며 물었다. 잠시 망설인 끝에 사와는 쓰기코가 다녀갔다는 것을 솔직히 털어놓았다.

"하지만 이런 짓을 한 사람, 애 엄마는 절대 아니야. 집 안에 들어가지도 않았거든. 내가 내내 지켜보고 있었어."

시라이는 남자치고는 가느다란 눈썹을 찌푸리며 생각에 잠겼다.

"이번 일, 너무 크게 생각하지 말아주세요. 별일 아닌 거 같으니까요."

그가 고개를 숙이고 나갔다. 복도의 발소리가 옆집으로 빨려 들자 사와는 저도 모르게 큰소리로 아들을 불렀다.

"마사야!"

거실에서 TV를 보던 마사야는 고개를 쓰윽 돌리더니 어머니의 눈을 피하듯이 자리에서 일어났다.

"나, 오늘 유도 시합해서 피곤해. 자야겠어."

제 방으로 가려는 것을 사와는 팔을 끌고 와 식탁 의자에 앉혔다.

"아무도 옆집에 들어갈 수 없었던 게 아니야. 내가 마을 주민 모임에 갔던 사이에 새 열쇠는 내내 여기에 있었으니까."

사와는 식탁 귀퉁이를 치며 말했다.

"게다가 아까 생각났는데 주민 모임에서 돌아왔을 때, 그 열쇠 위치가 조금 달라졌었어."

"지금 나를 의심하는 거야? 난 엄마를 의심했는데? 엄마라면 옆집에서 나오기 전에 그럴 수 있었잖아."

"내가 왜? 내가 왜 지즈를…."

사와는 얼굴을 벌겋게 붉히며 입술을 파들파들 떨었다.

"그 목소리, 그 얼굴, 남편을 앞서 보낸 중년 여성의 욕구불만의 표본이잖아. 아버지 돌아가신 뒤부터 엄마 칼질 소리가 엄청 요란해졌어. 불끈 화난 사람처럼 양배추 써는 거 보면 나도 등이 써늘해질 정도야. 그런 중년 여성 얘기, 사회면 기사에 자주 나오잖아."

"욕구불만은 너겠지. 네가 책상 안에 숨겨둔 야한 여자 사진, 나도 다 알아."

"남의 프라이버시를 훔쳐보는 게 훨씬 더 짜증 나는 짓이지. 그렇게 훔쳐보는 심리, 범죄로 이어진다던데?"

"이 녀석이, 진짜!"

토해내려던 고함을 사와는 침과 함께 꿀꺽 삼켰다. 실제로 남편을 보낸 뒤부터 매사에 공연히 불끈 화가 나곤 했다.

"엄마를 못 믿어?"

"그건 서로 마찬가지네."

마사야는 장난치듯이 입을 툭 내밀며 말했다.

"식탁 위 열쇠 위치가 달라진 건 이유가 있어. 6시 반이었나, 엄마가 주민 모임에 나간 뒤에 지즈 아빠가 한 차례 집에 왔었기 때문이야."

"뭐라고? 시라이 씨가 그 시간에 집에 왔었어?"

마사야는 고개를 끄덕였다. 시라이는 그때 이곳 관리실 현관 앞에서, 오늘은 어쩌다 일이 빨리 끝났다면서 마사야에게서 일단 열쇠를 받아들었지만, "아차, 지즈의 케이크를 깜빡했네"라면서 열쇠를 곧바로 마사야에게 다시 맡기고 나갔다는 것이다.

"근데 다시 돌아온 게 8시 넘어서였잖아. 케이크 사는 데 그렇게 시간이 걸리나?"

"아냐, 그거 말고도 다른 볼일이 있어서 그것도 하고 온다고 했어. 한두 시간 걸릴 테니까 그때까지 다시 열쇠를 맡아달라면서."

"그러면 제 아빠도 절대로 집 안에는 들어갈 수 없었던 거네."

마사야는 잠시 진지하기 짝이 없는 얼굴로 생각에 잠겼다가 이윽고 입을 열었다.

"지즈가 혹시 자기 손으로 한 거 아닐까?"

"뭐어? 어린애가 왜 그런 짓을…."

"아빠 엄마가 저 꼴이잖아. 학교 친구도 거의 없고. 그런 애들은 주위의 관심, 특히 아빠 엄마의 관심을 끌기 위해 어이없는 짓을 저지르기도 하잖아."

"그러면 넥타이는? 내가 나갈 때, 지즈 주위에 그런 건 없었어. 몸을 못 쓰는 아이인데 침대에서 내려와 옷장에서 넥타이를 꺼낼 수가 없어."

"오래 전부터 계획했다면 엄마 아빠의 눈을 피해 넥타이를 베개 밑이든 어디든 감춰둘 수도 있지. 그거, 걔 아빠 넥타이야?"

"응, 애 아빠가 매고 다니는 걸 내가 몇 번 봤어."

"그럼 이렇게 된 거네. 지즈가 만일 진짜로 살해될 뻔했다고 가정할 경우의 얘기야. 범인이 지즈가 죽은 줄 알고 도망쳤는지 아니면 도중에 마음이 바뀌었는지는 모르지만, 창문은 모두 안에서 잠겨 있었고 출입구는 현관문밖에 없었어. 철사 하나로 금세 문을 열어버리는 전문가가 아닌 한, 범인은 열쇠를 쓸 수 있었던 나였거나 그 방에서 마지막으로 나온 엄마밖에 없다는 얘기가 돼. 근데 나나 엄마나 똑같이 욕구불만이라고 해도 죄 없는 소녀를 이유도 없이 공격할 만큼 억눌린 건 아니라고 해두자고. 동기라는 점에서 보면 지즈의 아빠나 헤어진 엄마가 훨씬 더 수상해. 지즈의 몸도 저렇고, 이래저래 사연이 있었던 거 같으니까. 근데 그 둘 다 집 안에 들어갈 수 없었다는 거잖아? 그렇다면 범인은 지즈 자신이라는 얘기가 되는 거 아니냐고."

마사야의 말도 일리가 있다고 사와는 생각했다.

지즈는 이따금 엉뚱한 얘기를 꺼내 사와를 놀라게 했다. 냉장고 속에 폭탄이 들어 있다느니 텔레비전 인기 탤런트에게서 전화가 걸려왔다느니 어이없는 거짓말을 하기도 하고, "3호실 여자가 우리 아빠를 좋아하는 거 같아"라든가 "관리인 아줌마는 앞으로 쭈욱 남자 없이 살아야 해?"라는 어른스러운 말로 사와의 가슴을 뜨끔하게 했다. 요즘 아이들은 다들 조숙하고, 특히 지즈 같은 처지라면 휠체어에 갇힌 좁은 세계에서 이런저런 상상의 날개를 펼치는 것도 당연한 일이지만, 그런 말을 중얼거리는 지즈는 은근슬쩍 사와의 반응을 떠보듯이 눈을 가늘게 치뜨곤 했다. 어른스러운 그 눈짓이 사와에게 어쩐지 으스스하게 느껴지는 일이 있었다.

분명 지즈라면 아빠 엄마의 관심을 끌기 위해 누군가에게서 공격을 받은 것처럼 연기를 못할 것도 없다는 느낌이 들었다.

머릿속이 온갖 생각으로 어지러운 가운데 11시가 넘어서야 사와는 잠자리에 들었지만 지즈의 목에 감긴 넥타이를 봤을 때의 충격이 언제까지고 꼬리를 끌어 좀체 잠이 오지 않았다.

한겨울 써늘한 방 안의 어둠 속에 여러 얼굴들이 떠올랐다. 마스카라가 번져 검은 눈물을 흘리는 지즈 엄마의 얼굴, 단정하지만 눈썹도 입술도 콧날도 가늘어 차갑게 보이는 시라이의 얼굴, 긴 머리를 손가락으로 비비 꼬면서 눈동자의 깊은 안쪽에서 어른의 심기를 관찰하는 지즈의 얼굴, 그리고 고등학교에 올라간 뒤 갑작스럽게 표정이 사라져 아들이라기보다 어엿한 성인이 되어가는 마사야의 얼굴….

몇 개의 얼굴이 빙빙 떠도는 사이에 사와는 서서히 잠의 나락으로 떨어져 갔다. 잠이 얕았던지 이상한 꿈을 꾸었다.

아무도 없는 초등학교 교정에 기묘한 형태의 돌이 떨어져 있다. 집어 들고 보니 그건 화석이었다. 아, 지즈가 애지중지하던 나비 화석이네…. 그렇게 생각했는데 화석에 얼룩처럼 나타난 것은 나비가 아니라 사람의 입이었다.

립스틱으로 붉게 젖은 여자의 입술.

사와는 오싹해서 던져버리려 했지만 화석은 손에 달라붙어 아무리 떼어내려 해도 떨어지지 않았다.

모든 것이 회색빛 무채색에 갇힌 꿈의 세계인데 그 입술만 선명한 붉은 빛으로 물들어 있었다.

3

그날 밤, 옆집 1호실에서도 시라이가 우연히 비슷한 꿈을 꾸었다. 한없이 너른 바다 위에서 그는 홀로 보트를 타고 있었다. 파도 사이에 돌 같은 게 떠 있어서 손으로 건져 올렸더니 그게 화석이었다. 화석에는 나비의 한쪽 날개만 엽은 줄기를 그리며 목숨을 물들이고 있었다. 아니, 나비의 날개가 아니다. 찬찬히 보니 그건 열쇠 모양을 하고 있었다. 은색 가장자리가 뾰족뾰족 깎여나간 게 나비의 날개처럼 보였던 것이다.

열쇠 화석은 순식간에 거대해져서 그 무게로 보트가 쑥쑥 가라앉았다. 시라이의 몸은 목까지 파도에 잠겨 들었다. 목이 점점 고통스러워졌다. 숨을 쉴 수 없었다. 어느 새인가 목을 휘감는 게 파도가 아니라 넥타이로 바뀌었다. 나는 아니야, 문을 연 것은 내가 아니야, 지즈를 죽이려고 한 것은 내가 아니라고….

눈을 뜬 것은 자신의 비명 때문이었는지 아니면 전화벨 소리 때문이었는지 알 수 없었다.

땀에 젖은 손으로 수화기를 들고 괘종시계를 확인했다. 아침 5시 15분이었다.

수화기 너머의 깊은 밑바닥이 침묵하고 있었다.

"쓰기코…?"

그녀는 떨리는 목소리로 응, 이라고 중얼거리듯이 말했다.

"웬일이야, 이런 시간에."

"지즈는 뭐 하고 있어?"

"지금 조용히 자고 있어. 별다른 이상은 없어."

"나… 당신한테 할 얘기가 있어."

"나도 얘기할 게 있어. 오늘 오후 5시에 역 앞 크라운이라는 카페에서 만나자."

수화기를 내려놓자 시라이는 지즈의 방문을 열었다. 주방 불빛이 흘러들어 무심히 잠이 든 아이의 얼굴을 비췄다.

겨울 새벽은 싸늘했지만 시라이는 추운 것도 잊고 돌처럼 우두커니 서서 딸의 잠든 얼굴을 내려다보았다.

4

아침에 눈을 뜬 뒤에도 꿈속에서 본 붉은 입술이 신경에 달라붙어 있었다. 그런 꿈을 꾸다니, 역시 마사야의 말대로 나도 욕구불만인가, 라고 생각하며 사와는 평소보다 꼼꼼히 얼굴을 씻고 아침밥 준비를 시작했다.

아차 하면 지각할 시각에야 겨우 일어난 마사야는 밥을 입에 몰아넣으면서 말했다.

"용의자가 또 한 명 있었어."

"뭐? 누군데?"

"자물쇠를 바꿔주러 온 젊은 남자. 그 사람이라면 복사한 열쇠를 갖고 있을 수도 있잖아."

빠른 말투로 내뱉고 사와의 대답은 기다릴 것도 없이 온몸으로 문을 밀쳐내며 뛰어나갔다.

사와의 머릿속에 어제저녁에 만난 열쇠 가게 젊은이의 얼굴이 떠올랐다. 스물한두 살의, 키만 머쓱하니 크고 시골티가 나는 젊은이였다. 순박하고 소심한 눈빛을 하고 있었다. 그런 젊은이가 소녀의 목을 조른다는 건 생각하기도 어려웠지만, 분명 여벌 열쇠를 쓸 수 있다는 점에서는 주요 용의자 중 한 사람이다. 실제로는 열쇠를 세 개 갖고 있었는데 두 개만 사와에게 내주었는지도 모른다. 게다가 요즘은 어떤 모습의 인간이라도 범죄를 저지르는 시대가 아닌가.

현관문을 노크하는 소리에 열어보니 시라이가 서 있었다. 오늘은 지즈를 학교에 보내지 않고 자신도 회사에 연차를 내고 돌보겠노라고 했다.

"근데 저녁 5시부터 두 시간쯤 볼일이 있어서 외출해야 하니까 그때만 좀 부탁드립니다."

시라이는 무뚝뚝하게 용건만 말하더니 문을 닫았다.

점심을 먹고 역 앞에 나간 김에 사와는 이시카와 철물점이라는 간판이 걸린 가게에 들렀다. 어제저녁에 온 젊은이가 바로 그 철물점에서 왔던 것이다.

"키가 크고 살짝 코맹맹이 소리를 내는 젊은이는…."

주인인 듯한 남자에게 물어보니 삼 년 전부터 이 철물점에서 일해온 미야타 이치로라는 청년이라고 알려주었다. 야마나시 출신이고 요즘 보기 드문 순정파에 성실한 젊은이라고 했다. 미야타는 일하러 나가고 없는 모양이었다.

"근데 우리 미야타를 왜…."

사와는 적당히 웃으며 얼버무리고 철물점을 나와 집으로 걸음을 옮겼다. 한겨울 따스한 햇살이 주위 주택가를 압도하듯이 우뚝 선 연립주택 후지시로장을 하얗게 드러내고 있었다. 그야말로 평화로운 성 같은 인상이지만, 그 하얀 빛에서 사와는 처음으로 한 점 검은 얼룩 같은 것을 감지했다.

아무 일도 아니라면 괜찮다. 아빠의 관심을 끌어보려고 소녀가 장난처럼 목이 졸린 흉내를 낸 것뿐이라면 괜찮다. 장난이 도를 넘어 잠깐 정신을 잃은 것뿐이라면 괜찮다. 하지만….

오후가 되도록 사와는 일이 손에 잡히지 않았다. 5시쯤에 옆집에 가보려고 현관을 나선 사와는 흠칫 발을 멈췄다. 1호실 앞에서 한 남자가 어슬렁거리고 있었다. 문을 두드릴까 말까 망설이는 눈치였다. 어제저녁에 문 자물쇠 교체 작업을 해준 미야타 이치로였다. 사와와 눈이 마주치자 그가 모자를 벗고 꾸벅 머리를 숙였다.

"왜, 무슨 일이지?"

사와의 물음에 미야타는 머뭇머뭇 큼직한 판 초콜릿 하나를 내밀었다.

"이거, 어제 그 여자애에게 전해주세요."

"이걸 왜?"

"어제 여기서 일할 때, 그 아이가 초콜릿을 사다 달라고 했거든요. 근데 저기 과자 가게까지 가봤는데 하필 문이 닫혀서…. 역 앞까지 나가면 좋았을 텐데 제가 시간이 없어서 그냥 맨손으로 돌아왔더니 아이가 아주 실망한 눈치였어요. 나중에 아무래도 마음에 걸려 어젯밤에는 잠이 잘 안 오더라고요. 그래서 이걸…."

초콜릿을 떠맡기듯이 냉큼 건네고 사와의 살펴보는 눈초리를 피해 그는 다다다 뛰어가 버렸다. 그 말을 그대로 받아들인다면 정말 요즘 보기 드문 순박한 청년이다. 지즈의 불편한 몸이 안쓰러워 좀 더 친절하게 대해줄 걸, 하고 후회했던 것이리라. 하지만 그 말을 믿어도 될까…. 범죄자는 반드시 사건 현장에 다시 나타난다는 얘기도 있다. 초콜릿은 핑계일 뿐이고 지즈의 몸 상태나 상황을 살펴보러 온 것이라면….

사와가 현관문을 노크하고 시라이가 문을 연 것이 거의 동시였다. 시라이는 어제 일에 대해 지즈나 남들에게 말하지 말아 달라고 작은 소리로 중얼중얼 당부하고 외출했다.

휠체어에 앉은 지즈는 어제 엄마가 준 선물인지 가슴에 빨간 나비를 짜 넣은 노란색 스웨터를 입고 있었다. 얼굴도 평소와 별반 다름없는 표정이었다.

"이거, 어제 그 오빠가 가져왔어. 지즈가 초콜릿을 먹고 싶어 했는데 사다 주지 못해 미안하다면서."

하지만 사와가 내민 초콜릿을 지즈는 험한 표정으로 노려보더니 현관 바닥에 내동댕이쳤다.

"그딴 거 필요 없어."

역시 자신이 없는 사이에 미야타라는 청년과 뭔가 있었던 게 아닐까. 초콜릿을 다시 주워오며 그렇게 생각했지만, 애 아빠가 당부한 것도 있어서 어제 일에 대한 얘기는 꺼낼 수 없었다.

"지즈, 네 보물이라는 나비 화석 좀 보여줄래?"

화제를 바꾸자 지즈는 다시 천진한 얼굴로 돌아와 고개를 끄덕이더니 자신의 방에서 그것을 가져왔다.

손바닥 정도 크기로, 나비가 화석이 되었다기보다 빛을 투과하며 날아가던 나비의 그림자가 돌에 떨어진 그 한순간이 영원히 지워지지 않고 돌에 찍혀버린 것처럼 보였다. 지그시 들여다보고 있으면 몇천 년 전 옛날의 빛까지도 보일 것만 같다. 하지만 꿈속에서는 왜 이 화석에 여자의 붉은 입술이 떠올랐을까….

"나비는, 하얀색이었어. 눈처럼 하얀 색."

지즈가 혼잣말처럼 중얼거렸다. 그러고 보니 언젠가 지즈가 물어본 적이 있었다.

"아줌마, 이 나비는 파란색이었을까? 아니면 노란색? 아니면 검은색?"

몇천 년이라는 기나긴 시간의 흐름은 돌이 되어 남은 나비의 생명에서 색깔을 앗아간 것이다.

"어떻게 흰색인 줄 알았어?"

사와가 물어보니 지즈는 후훗 하고 뭔가 숨기는 듯한 웃음을 지었다.

벽에 아빠의 와이셔츠가 걸려 있었다. 목깃이 더러워졌길래 세탁기 쪽으로 가져가려다가 사와는 아아, 하고 생각했다. 어젯밤 꿈에 나타난 여자의 입술에 관해 드디어 생각나는 게 있었다.

한 달 전쯤이었다. 학교에 지즈를 데리러 갔던 사와는 담임 선생님에게 교무실로 불려갔다. 아직 젊고 피부가 하얀, 꽃미남 청년 같은 인상의 선생님은 "무슨 일인지 잘 모르겠어요"라고 전제를 한 뒤에 갑작스럽게 립스틱 하나를 꺼내 들었다.

"어제가 제 생일이었는데, 지즈가 선물이라면서 이걸 줬어요."

"왜 남자 선생님에게 립스틱을…."

바로 그 얼마 전이었다. 몰래 딸을 찾아온 엄마에게 지즈가 빨간색 립스틱을 달라고 조르던 게 생각나서 그 얘기를 해보았다.

"저도 웬일이냐고 물어봤는데 아빠가 와이셔츠에 립스틱을 묻힌 채 돌아온다, 그게 좋으니까 선생님도 셔츠에 이 립스틱을 묻히고 교실에 오면 좋겠다고…. 대체 무슨 애긴지 모르겠어요."

사와도 알 수 없었다. 시라이는 이혼 전부터 따로 사귀던 여자가 있었다. 이따금 귀가 시간이 늦어졌고 그 여자에게서 전화가 걸려온 적도 있었다. 셔츠의 립스틱 흔적이라는 건 그 여자의 것이리라. 똑같은 것을 담임선생님에게 권하는 아이의 심리는 이해하기 어려웠지만, 그중에서도 아빠가 없을 때 립스틱 흔적을 지그시 바라봤을 지즈의 시선에서는 보통 아이가 아닌 성숙한 여자의 눈빛 같은 게 느껴져서 등이 서늘했던 게 기억났다. 어제 사건으로 미처 의식하지 못한 채 그 립스틱이 마음속 어딘가에 떠올랐던 모양이다. 그래서 꿈을 꾸었던 것이다.

지즈는 나비 화석을 말없이 들여다보고 있었다. 그 목덜미에 어젯밤의 넥타이 자국이 아직 푸르죽죽하게 남아 있었다. 그때 느낀 충격이 사와에게 생생하게 되살아났다. 이 방에서 어젯밤에 분명 어떤 일이, 아무에게도 말할 수 없는 어떤 일인가가 일어났다….

"내 화석, 하나 더 생길 거야."

소녀의 목소리에 사와는 서둘러 웃는 얼굴을 지었다.

"아까 아침에 아빠 양복 주머니를 뒤져보다가 찾아냈어. 이따가 집에 오면 달라고 할 거야."

"그래? 좋겠네. 어떤 화석인데?"

"열쇠 화석…."

열쇠? 분명 그렇게 들렸다. 다시 물어보려고 했을 때, 현관문이 열렸다.

"엄마, 저녁밥 어떻게 해?"

학교에서 돌아온 마사야였다.

"주방 냄비에 대구조림 해놨어."

"또 생선이야? 도시락도 연어였는데."

"너, 생선 좋다며?"

"아무리 좋아도 매일같이 먹는 건 싫어. 아들 건강 걱정도 좀 해주셔."

"영양이 너무 좋아서 피둥피둥한데 뭘 걱정할 게 있어?"

소리를 지른 뒤에야 사와는 흠칫했다. 잠시 테이블 위에 놓인 초콜릿을 노려보다가 그것을 낚아채듯이 움켜쥐고 사와는 자리에서 일어섰다.

"마사야, 잠깐 지즈 좀 봐줘."

사와는 말을 던지고는 마사야의 대답도 기다리지 않은 채 집을 뛰쳐나왔다. 역 앞까지 내처 달려가 이시카와 철물점에 뛰어들자 마침 가게 청소를 하던 미야타의 팔을 끌다시피 골목길 뒤쪽으로 데려갔다. 무슨 일인지 몰라 멍해져 있는 젊은이의, 자신보다 머리 두 개는 높은 곳에 달린 얼굴에 사와는 헉헉거리는 숨을 토해내며 초콜릿을 들이댔다.

"지즈가, 그 아이가, 초콜릿 먹고 싶다는 거, 거짓말이지? 총각, 거짓말했지? 그 아이, 어제 생일이었어. 아빠가 케이크 사 온다고 엄청 기대하고 있었다고. 그런 아이가 이제 한두 시간이면 케이크를 실컷 먹을 텐데 초콜릿을 먹고 싶다고 했을 리가 없잖아."

"저, 정말이에요. 그 아이가 정말로 먹고 싶다고 했다니까요. 일이 끝날 때까지 기다리라고 했는데 당장 먹고 싶다면서 내 말을 듣지 않더라고요. 그래서 내가…."

"정말이야?"

겁이 많은 순박한 눈빛이다. 거짓말을 한다고는 생각되지 않았다.

"하지만 그러면 왜 지즈는 초콜릿 같은 걸 먹고 싶다고 했을까….”

“저도 모르죠. 내가 헌 자물쇠를 떼어내고 새 손잡이를 이렇게, 문 안쪽과 바깥쪽에서 끼워 넣었을 때, 갑자기 자기가 이대로 잡고 있을 테니까 초콜릿을 사다 달라고…. 지금 당장이 아니면 안 된다고 자꾸 고집을 피워서….”

사와의 얼굴빛이 변했다.

“아, 잠깐, 잠깐. 그래서 총각이 돌아왔을 때 지즈가 그대로 문손잡이를 잡고 있었어?”

미야타는 크게 고개를 끄덕였다.

“그때 헌 자물쇠는 어디 있었고?”

“ 아이 발밑의 공구 상자 안에….”

사와는 그 말에 덩달아 미야타의 발밑을 보았다. 닳아빠진 청바지 무릎에 구멍이 나있었다.

사와는 얼굴을 들고 한 마디 한 마디 곱씹듯이 천천히 물어보았다.

“그게 5시 반쯤의 일이지? 그렇다면 벌써 어둑어둑해졌을 거야, 지금처럼…. 그리고 분명 아까 총각이 어제는 시간이 별로 없었다고 했지?”

5

러브호텔 창문에 겨울의 이른 황혼이 내려앉고 거리 곳곳에 다양한 색깔의 네온 불빛이 깜빡이는 게 보였다. 카페에서는 얘기할 수 없는 화제라는 생각에 어쩔 수 없이 이 호텔에 들어왔지만, 석 달 전에 헤어진 부부에게는 가장 어울리지 않는 장소인지도 모른다.

시라이는 창가에서 어색하게 담배를 피웠다. 쓰기코는 천박한 빛깔의 침대가 싫은지 끄트머리 쪽을 골라 앉았다. 난방이 들어왔지만 추운 듯 두 팔로 몸을 감싸고 있었다. 화장기 없는 맨얼굴이다. 헤어진 남편과는 옛날 그대로의 얼굴로 만나고 싶었던 것이리라. 시라이는 헤어진 뒤로 딱 한 번 쓰기코가 나가는 클럽을 슬쩍 들여다본 적이 있었다. 쓰기코는 화려한 화장을 하고 손님에게 웃음을 던졌지만 그 화장에도 웃음에도 무리가 있었다. 그런 세계에서 살아갈 수 있는 여자가 아닌 것이다. 그리고 그걸 가장 잘 아는 것은 십 년 동안 이 여자의 남편이었던 자신이라고 시라이는 생각했다.

"지즈에게서 얘기 들었구나, 모두 다…."

쓰기코가 한숨 같은 목소리로 중얼거렸다.

"아니, 지즈는 아무 말 안 했어. 영리한 아이라서 그 얘기를 하면 나와 당신이 완전히 끝나버린다고 생각했겠지. 하지만 나는 금세 알았어."

시라이는 천천히 쓰기코를 돌아보며 말을 이어갔다.

"당신이지, 지즈를 죽이려고 한 거…."

6

사와는 1호실 문을 열고 지즈와 나란히 TV를 보고 있는 마사야를 손짓으로 불러냈다.

"지즈, 잠깐만 기다려, 금방 올 테니까."

아이에게 말을 건네고 관리실로 돌아왔다. 관리실의 문손잡이를 지그시 내려다보며 사와는 말했다.

"오늘 그 열쇠 가게 총각이 왔길래 내친 김에 우리 집 자물쇠도 새 걸로 바꿔달라고 했는데 마사야, 눈치 못 챘어?"

"글쎄 난 몰랐는데? 왜 바꿨어, 망가지지도 않았잖아."

손잡이를 지켜보는 마사야의 시선에 사와는 작은 웃음을 던졌다.

"거짓말이야. 깜빡 속았지? 근데 속을 만도 하다. 스테인리스잖아. 내가 날이면 날마다 광이 나게 닦아두니까 완전 새것처럼 보이지?"

"왜 갑자기 사람을 속이고 그래? 만우절은 아직 한참 멀었는데."

"속인 건 내가 아니라 지즈야."

식탁 의자에 앉아 사와는 진지한 얼굴로 말을 이어갔다.

"우리 아들 의심했던 거, 이제야 풀렸다."

"뭐야, 아직도 나를 의심했어?"

마사야는 어이없다는 얼굴로 말했다.

"근데 어떻게 의심이 풀렸는데?"

"어제 이 식탁에 있었던 새 열쇠, 그걸로는 옆집 문을 열 수 없었어."

"응? 무슨 말이야?"

"넌 머리는 뒀다가 어디다 쓸래? 새 열쇠로 옆집 문을 열 수 없었다니까? 즉 어제 저녁때, 아니, 지금도 그렇지만 옆집 문손잡이 자물쇠는 옛날 거 그대로라는 얘기야."

사와는 후우, 긴 숨을 내쉬었다.

"지즈가 우리 모두를 속일 생각이었던 거야. 처음에는 자물쇠를 바꾸러 온 미야타라는 총각을, 그다음에는 나를, 그러고는 제 아빠를….”

7

쓰기코는 떨리는 손끝으로 담배를 입에 물었다. 시라이가 곁으로 다가가 라이터 불을 대주었다.

“문손잡이가 예전 것 그대로여서 당신 짓이라는 걸 금세 알았어. 지즈가 아무 대답도 못한 것은 당신을 지켜주기 위해서였고. 당신은 지즈가 죽었는지 어떤지 확인하지도 않고 집을 나와버렸어. 그러고는 지즈가 어떻게 됐는지 걱정스러워서 오늘 아침 일찍 전화를 했었지?”

쓰기코는 담배를 손가락 사이에 끼운 채 그 손으로 얼굴을 가렸다.

“나는 아무것도 몰랐어, 당신이 어제 아침에 자물쇠를 바꾸기로 했던 것도, 열쇠 가게 사람이 저녁에 다녀간 것도…. 어제 오후에 지즈가 학교에서 나한테 전화를 했었어. 오늘 저녁 6시부터 8시까지 집에 아무도 없고, 자기 생일이니까 꼭 와달라고. 그래서 7시에 스웨터 선물을 들고 갔는데 내가 항상 갖고 다니던 열쇠로 별문제 없이 문이 열렸거든. 지즈가 침대 위에 일어나 앉아 반가운 듯이 의기양양하게 나한테 얘기해줬어. 엄마가 몰래 여기 왔다는 거 아빠한테 들켰다, 아빠는 엄마를 이 집에 못 오게 하려고 자물쇠를 바꾸기로 했는데 내가 작전을 써서 열쇠 가게 오빠와 관리인 아주머니를 감쪽같이 속였으니까 원래 열쇠를 써도 된다, 그러니까 엄마는 언제든지 나 만나러 또 올 수 있다….”

지즈가 자물쇠 교체 얘기를 들은 건 어제 저녁나절, 열쇠 가게 사람이 오기 삼십 분 전쯤이었다. 사와의 입을 통해 아침에 아빠가 그렇게 얘기하고 나갔다는 말을 들은 것이다. 민감한 지즈는 아빠가 더 이상 엄마를 못 오게 하려는 것이라고 눈치를 챘다. 하지만 지즈는 어떻게든 엄마를 볼 기회만은 잃고 싶지 않았다.

처음에는 새 열쇠를 엄마에게 전해줄 방법을 궁리했다. 그러기 위해서는 엄마를 한 번은 만나지 않으면 안 된다. 하지만 그럴 방도가 없었다. 오늘 밤에 엄마가 오기로 했는데 새 자물쇠로 바꿔버리면 엄마는 집에 들어오지 못한다. 유일한 접촉의 기회가 사라지고 엄마와는 영원히 만날 수 없게 될 것이다. 지즈는 일단 저녁 7시에 찾아올 엄마를 어떻게든 집에 들어오게 해야 했다.

미야타가 한창 자물쇠 교체 작업을 하는 중에 지즈는 날마다 깔끔하게 청소하는 사와의 손에 반짝반짝 닦인 헌 손잡이가 새 손잡이와 거의 구별이 되지 않는다는 것을 알았다. 그래서 초콜릿을 먹고 싶다는 핑계로 미야타를 내보내고 그 사이에 헌 손잡이와 새 손잡이를 다시 바꿔버렸다. 미야타는 그런 줄도 모르고 문에 헌 손잡이를 달았다. 게다가 지즈는 미야타가 없는 사이에 공구 상자 안의 새 열쇠 두 개 중 하나만 자신이 갖고 있던 헌 열쇠로 바꿨다. 그리고 잘 고쳐졌는지 자신이 테스트하겠다면서 낡은 열쇠를 구멍에 꽂고 미야타의 눈을 완전히 속여 넘겼다. 단순한 아이의 장난이 아니었다. 마음먹은 대로 움직이지도 못하는 소녀가 엄마를 만나기 위해 필사적으로 매달린 유일한 방법이었다.

다만 한 가지 문제는 또 하나의 새 열쇠를 어떻게 헌 열쇠와 바꿔치기하느냐는 것이었다. 그 새 열쇠는 사와가 아빠에게 건네주기 위해 관리실로 가져가 버렸다. 지즈는 엄마에게 어떻게든 관리인 아주머니를 속여 아빠가 오기 전에 그 열쇠를 바꿔치기해달라고 부탁했다.

"그렇게 하면 앞으로도 몰래 엄마를 만날 수 있고, 평생 엄마하고 함께할 거라고 했어. 정말로 흐뭇해하는 얼굴로…. 근데 나는 어제저녁을 끝으로 더 이상 그 아이를 찾지 않을 생각이었어. 클럽 손님과 결혼 얘기가 나와서…. 내 앞날만 생각하고 다른 건 머릿속에 없었어. 마침 지즈 쪽에서 기회를 만들어줬다고 생각했어. 지금 이 아이가 죽더라도 나는 집에 들어올 수 없는 상황이니까 아무도 나를 의심하지 못한다…. 퍼뜩 정신을 차려보니 서랍장을 열고 당신 넥타이를 움켜쥐고 있었어…. 잠깐 정신이 나갔던 것 같아. 좋은 기회, 라는 생각만 하고…. 나는 엄마로서 그 아이를 누구보다 사랑하고 책임감도 느꼈어. 하지만 그 아이를 보는 게 항상 너무 고통스러웠어. 나한테는 평생을 다해 갚아야 할 잘못이었으니까…. 그래서 마지막이라는 생각으로 갔던 거야. 근데 그 아이는 평생 엄마하고 함께할 거라고, 정말로 흐뭇해하는 얼굴로…."

쓰기코는 지즈가 죽은 줄만 알고 집을 뛰쳐나와 잠시 주변을 맴돌다가 다시 돌아왔다. 그리고 관리인 사와에게서 가까스로 새 열쇠를 받아 자신의 손안에서 몰래 헌 열쇠와 바꾼 뒤에 돌려주었다. 원래는 자신이 아이의 사체를 발견할 계획이었지만, 열쇠를 꽂는 것과 동시에 더럭 겁이 났다. 지즈는 아직 죽지 않았을지 모른다…. 그런 생각이 들었다.

"한숨도 못 잤어. 정말로 내 손으로 죽이고 말았을까. 아니, 아직 살아 있다, 그 희망에 매달려서…."

쓰기코는 쓰러져서 울었다. 그런 아내를 시라이는 조용히 지켜보고 있었다.

"우린 이제 진짜 끝이네."

이윽고 쓰기코는 그렇게 중얼거렸다.

"아니, 아직 끝이 아니야. 지즈가 내게 아무 말 안 한 것은 여전히 당신을 감싸주기 위해서야. 지즈는 당신을 용서했어."

"설령 지즈가 용서한다 해도 당신이 용서하지 않겠지. 이번 일은 사고가 아니야. 내가 내 손으로…."

"나는 당신을 용서하지 않으면 안 될 입장이야."

그 말의 의미를 알아듣지 못했는지 의아한 눈빛으로 얼굴을 든 쓰기코에게 시라이는 호주머니에서 뭔가를 꺼내 보여주었다. 얼핏 돌멩이처럼 보였다. 하지만 돌보다는 조금 말랑말랑했다.

"특수 점토야."

자세히 보니 그 점토 표면에 열쇠 자국이 나 있었다. 마치 열쇠의 그림자가 얼룩진 것처럼 보였다.

"어제 아침, 갑자기 자물쇠를 바꾸기로 했던 것은 당신을 집에 못 오게 하기 위해서가 아니었어."

시라이는 창가로 다가가 쓰기코에게 등을 돌리고 조용히 중얼거리듯이 말했다.

"알리바이를 만들려고 했을 뿐이야. 나는… 나도 지즈를 죽일 생각이었어."

8

"한 가지, 이해가 안 되는 게 있어."

마사야가 말했다.

"굳이 자물쇠를 바꿔치지 않아도 자기 엄마가 왔을 때, 훨체

어에 타고 있기만 하면 되지 않나? 휠체어라면 문 앞까지 갈 수 있잖아. 엄마가 오면 새 자물쇠를 안쪽에서 열어줄 수 있을 텐데."

"그 아이, 내가 곁에 있으면 곤란하다고 생각한 거야. 휠체어에 타고 있으면 나도 너한테 지즈를 봐달라고 얘기하고 외출했을 거고…. 그리고 제 아빠와 6시부터 미리 자두기로 약속했었잖아."

9

"어제 아침에 역 앞 철물점에 자물쇠를 바꾸러 오후에 와달라고 전화하고, 지즈에게는 6시가 되면 꼭 침대에서 한숨 자라고 말한 뒤에 집을 나왔어. 그 전날 저녁에 관리인 아주머니가 내일은 6시 반부터 8시까지 주민 모임이 있어 지즈를 돌봐줄 수 없다고 말했을 때부터 나도 계획한 게 있었으니까."

시라이는 6시 반을 조금 넘겨 집에 돌아와 자물쇠를 틀림없이 교체했는지 관리인 아주머니의 아들 마사야에게서 새 열쇠를 잠깐 받아다 확인한 뒤에 돌려주고 다시 집을 나왔다. 실은 그 잠깐 사이에 손안에 감춰둔 점토에 열쇠 모양을 찍어왔다. 택시를 타고 집에서 최대한 멀리 떨어진 열쇠 가게를 찾아가 얼굴을 반쯤 가리고 그 점토 모양대로 만들어달라고 했다. 그러고는 7시 반에 다시 몰래 집에 돌아와 1호실 자물쇠에 열쇠를 꽂았다. 하지만 그 열쇠로는 문이 열리지 않았다. 게다가 집 안에서 작은 비명이 들려왔다. 당황해서 급히 뒤쪽에 몸을 숨겼는데 이윽고 쓰기코가 문 밖으로 뛰쳐나왔다.

"당신은 뭔가 허둥거리는 모습이었어. 나는 무슨 일인지도 모른 채 뒤를 밟았어. 당신은 밤거리를 헤매다가 다시 돌아와 관리실 문을 노크했지. 그다음은 당신이 알고 있는 그대로야."

시라이는 깊은 한숨을 내쉬었다.

"당신 뒤를 밟는 동안에 지즈를 해칠 생각 따위는 사라져버렸어. 돌이켜보니 왜 그런 무서운 생각을 했는지 모르겠더라. 당신과 헤어진 뒤에 당신도 아는 그 여자와 결혼할 예정이었어. 하지만 그 여자가 지즈를 꺼려 해서…. 나한테도 그 아이는 평생 부담이고 장애물이라는 마음이 있었어…. 하지만 지즈가 눈물을 흘리며 내 품에 안겨들었을 때 겨우 깨달았어. 우리는 무슨 일이 있어도 이 아이를 번듯하게 키워내야 한다는 거. 이건 당신 죄가 아니야. 내 죄였어…. 넥타이를 움켜쥔 것은 당신 손이 아니라 내 손이었어."

시라이는 말을 마치고 어둠에 떠오른 네온 불빛의 알록달록한 색깔을 바라보았다. 그 아름다운 색깔이 어젯밤까지의 악몽을 모조리 씻어주는 것 같았다.

"재결합이 가능할지 어떨지는 모르겠다. 이번 일로 지즈의 마음이 크게 뒤틀렸을 수도 있고. 하지만 할 수 있는 만큼은 해보자. 지즈는 제 몸을 화석이라고 했어. 그 아이의 몸에는 실제로 우리가 가졌던 예전의 애정이며 지난 십여 년 동안의 세월이 화석으로 남아 있는 거야."

쓰기코는 대답 대신 시라이 옆으로 다가가 창문 너머로 바깥을 바라보았다.

"나비가 날고 있네…."

그렇게 중얼거렸다.

밤거리의 네온 불빛은 짧게 짧게 깜빡거리며 실제로 다양한 색깔의 나비처럼 겨울의 어둠 속을 날고 있었다.

기묘한 의뢰

奇妙な依頼

1

전화가 울렸다. 즉시 가느다란 끈에 목을 묶인 것처럼 답답해졌다. 불길한 예감이 들 때의 내 버릇이다. 어쩌면 이나바라는 작자인지도 모른다. 어제까지의 의뢰자로, 제약 회사의 중역이다. 내가 해준 조사에 일일이 잔소리를 달곤 했다.

"부인께서 바람을 피운 흔적은 없습니다."

내가 아무리 설명을 해도 의혹의 시선으로 보고서를 노려보았다. 마치 마누라가 바람을 피우기를 바라는 사람 같았다. 그런 손님이 이따금 있었다. 이제 정말 나도 이 일에 어지간히 넌덜머리가 났다. 이나바는 소장에게 내가 일을 아주 형편없이 한다고 불평을 늘어놓았다. 잠깐 땡땡이를 쳤다고 해봤자 그저께 저녁에 이나바의 아내가 문화센터를 나온 참에 미행을 좀 일찍 끝낸 것뿐이다. 어제 올린 최종 조사 보고서에는 5시 30분 귀가, 라고 썼다. 십여 분 차이가 났었는지도 모른다. 그 점을 들쑤시며 또 다시 잔소리를 하려고 전화한 모양이다. 나는 수화기를 들었다.

"여보세요, 죄송하지만 하타노 씨 있습니까?"

"네에, 하타노는 3시에 외근을 나가서 오늘은 회사에 안 들어옵니다."

하타노는 내 동료다. 낡아빠진 이 빌딩 한 칸에서 소장까지 포함해 여섯 명이 근무하고 있다. 유리창에는 빨간 페인트로 'KK 흥신소'라고 적혀있다. K라는 글자 한 개의 막대가 벗겨져 '<'로 보인다. 입사한 지 삼 년째인 나는 아직 두 개의 K가 대체 무엇의 약자인지 알지 못한다.

후유 안도의 한숨을 내쉬며 수화기를 내려놓았다. 그리고 이렇게 마음이 턱 놓일 때가 실은 가장 위험하다. 작년에도 오토바이를 아슬아슬하게 피해 일단 마음을 턱 놓은 참에 승용차가 치고 들어왔다. 눈가의 2센티미터 흉터는 그때 생긴 것이다. 레이코와의 일도 그렇다. 내가 결혼해도 괜찮겠다고 생각했을 때, 갑작스럽게 레이코가 헤어지자는 얘기를 꺼냈다. 나는 남자도 여자도 인간이라고는 다 싫다. 하긴 레이코와의 일은 벌써 몇 년이 지난 과거 얘기다. 지금은 레이코의 '레이'가 어떤 한자였는지도 잊어버렸다.

조금 전에 볼일을 보러 나갔던 여직원이 문을 벌컥 열고 들어왔다.

"시나다 씨, 복도에 손님이 와 있어요."

"누구?"

"글쎄요, 의뢰인인 거 같은데."

수화기에 아직 손이 얹혀 있다. 만일 의뢰인이라면 분명 귀찮은 일거리를 들고 왔을 게 틀림없다. 복도로 나갔다. 계단 끝에 서른대여섯 살의 남자가 서 있었다. 천장 조명이 남자의 그림자를 한 단 한 단 잘라 층계참 아래로 떨어뜨리고 있었다. 나를 보자 고개를 슬쩍 숙이더니 머리칼을 쓸어올렸다. 나는 머리칼을 쓸어올리는 남자가 가장 싫다.

"이나바 씨의 소개로 왔는데…. 조사해줄 게 좀 있어서."

나는 남자를 빌딩 옆 카페로 데려갔다. 그는 쓰치야 마사하루라고 이름을 밝혔다. 이나바와는 조금 아는 사이인데 어젯밤에 함께 술을 마시던 참에, 그렇다면 좋은 흥신소를 소개해주겠다, 라고 말한 모양이었다. 이나바는 나를 틀림없이 믿을 만하다고 말했다고 한다. 내 눈앞에서는 나 따위, 전혀 믿지 않는 눈빛을 했던 사람이 뒤에서는 믿을 만하다는 말을 그럴싸하게 주절거린 것이다. 이나바는 그런 진절머리 나는인간이다.

새로운 의뢰인은 뭔가 슬픈 듯한 눈으로 나를 보았다. 비쩍 말랐고 굶주린 개를 닮은 눈빛이다. 이런 눈빛을 가진 중년 남자가 대략 어떤 일을 의뢰하러 오는지, 나는 잘 알고 있다.

"실은… 아내의 동향을 조사해줬으면 하는데."

카페 안 재즈 음악이 너무 시끄러워서 아내의 동향이라고 했는지 아니면 아내의 불륜이라고 했는지 잘 알아듣지 못했다. 오늘 저녁에는 유리에게 전화를 하자. 그리고 열흘 만에 그녀의 몸에 빠져들자. 나는 이제 이 업무가 정말로 지긋지긋해졌다. 쓰치야는 가슴팍 주머니에서 사진 한 장을 꺼냈다.

"이게 내 아내야. 실은 지난 한 달 사이에 일요일 외에는 매일같이 낮 1시부터 4시까지 외출을 했어. 동거하는 내 여동생이 피아노 선생이라서 종일 집에 있으니까 자연히 사야코를 감시하는 모양새가 됐거든. 새언니가 아무래도 좀 이상하다고 얘기하더라고. 사야코라는 게 아내 이름이야. 사야코는 따분해서 쇼핑도 하고 영화도 봤다고 얘기했다는데, 귀가했을 때 화장도 달라지고 향수 냄새가 진한 게 아무래도 그냥 나돌아다닌 것 같지는 않다고…."

설명을 들으면서 나는 여자의 사진을 들여다보았다. 눈앞에 앉아 있는, 얼굴 생김새는 번듯하지만 어딘가 빈상貧相의 중년 남자와는 어울리지 않는 상당한 미인이었다. 하얀 피부에 도톰한 입술과 검은 눈이 카메라를 향해 교태를 부리듯이 미소를 짓고 있었다. 나이는 서른둘이라고 쓰치야가 알려주었다.

"부인과 여동생은 원래 사이가 어땠습니까?"

"그리 잘 지내지는 못했지. 둘 다 고집이 센 성격이라서. 하지만 여동생은 사야코가 싫다고 없는 일을 거짓으로 고자질할 사람은 아니야."

"그런 게 아니라 시누이와 항상 집 안에 있기가 힘들어 자꾸 밖으로 나도는 게 아닌가 해서요."

쓰치야는 고개를 저었다. 탁한 눈빛이 절대 그건 아니라고 말하고 있었다. 틀림없네, 라고 나는 생각했다. 아내의 불륜은 아내 본인의 눈을 보는 것보다 의뢰하러 온 남편의 눈빛을 통해 알 수 있다. 그리고 남편 쪽의 불륜은 아내의 눈빛에 분명하게 드러난다. 결국 내일 1시 이전에 미리 쓰치야의 집 앞에서 잠복하다가 외출하는 아내 사야코를 미행하기로 했다. 그리고 그것뿐이었다면 다른 의뢰와 별반 다를 게 없었다. 구역질이 날 만큼 어이없는 일거리다.

"사야코는 반드시 4시에는 집에 돌아와. 집 안에 여동생이 있으니까 4시 이후에는 감시하지 않아도 괜찮아. 다만…."

마지막으로 쓰치야가 한 가지 조건을 달았다.

"오후 1시부터 4시까지의 짧은 시간이지만, 다른 일은 일절 거절하고 이쪽에만 전념해줬으면 해. 물론 하루치 요금은 다 내도록 하지. 그리고 이건…."

정규 요금 이외의 사례라면서 10만 엔을 내밀었다. 나는 형식적으로 한 차례 사양한 뒤에 결국 그 돈을 받았다. 돈은 내가 이 일을 그만두지 못하는 단 한 가지 이유였다. 마지막으로 덧붙인 조건을 나는 그리 중요하게 생각하지 않고 거의 흘려들었다. 쓰치야는 지나치게 슬픈 눈빛을 하고 있었다. 자신의 필사적인 마음을 나한테도 꼭 가져달라고 말하는 것 같았다. 게다가 나는 지난 두 달 가까이 매일같이 밤샘을 하다시피 바쁘고 번거로운 일만 맡아 왔다. 소장도 "다음에는 편한 일로 줄게"라면서 나를 달랬을 정도다. 이건 마침맞게 굴러들어온 편한 일거리다. 내일은 일요일이니까 월요일부터 조사를 시작할 것, 보고는 당일 오후 4시 반에 자신의 근무처에 전화로 해줄 것, 비용 청구서는 사흘 치씩 입금해주는 것으로 결정하고 자택의 자세한 지도를 받은 뒤에 나는 쓰치야와 헤어졌다.

카페를 나선 참에 흥신소에 전화를 걸어 오늘은 이만 퇴근하겠다고 말했다. 그러고는 유리에게 전화했다. 유리는 오늘 저녁은 8시까지 클럽에 출근해야 하니까 지금 바로 아니면 자정 넘어, 둘 중 하나를 택해달라고 말했다. 나는 곧장 택시를 잡았다. 나는 몇 시간이든 아무것도 안 하고 멍하니 시간을 보내는 건 좋아하지만, 약속 시각까지 기다리는 건 정말 싫다. 한밤중에 뒷골목에서 커플이 호텔에서 나오기를 기다리는 건 할 수 있어도 여자를 만나는데 여섯 시간이나 기다리는 건 못한다. 기다리는 동안 지겨워져서 여자 따위 아무려나 상관없게 된다. 유리는 요쓰야의 고급 맨션에서 살고 있다. 맨션으로는 일류급이지만 바로 옆에 고층 호텔이 있어서 빈약하게 보였다. 하긴 고급이든 말든 그런 건 상관없었다. 그 집에서는 러브호텔 방 한 칸처럼 침대 외에는 아무것도 의미가 없다.

석 달 전, 우연히 유리가 일하는 클럽에 한잔하러 갔었고 그날 밤에 당장 관계를 맺었다. 침대 위에서 세 시간을 보냈을 뿐인 것도 관계라고 할 수 있다면 그렇다는 얘기다. 처음 한 달 동안은 일주일에 두 번씩 만났지만 그다음 두 달 동안은 서로 바빠서 열흘에 한 번이 고작이었다. 유리는 허벅지까지 내려오는 남자 옷

같은 파란색 스웨터를 입고 나를 기다리고 있었다. 그 아래는 맨살이다. 열흘 만이었기 때문에 나는 유리의 몸에 몹시 굶주린 척했다.

"잠깐만 기다려."

유리는 욕실로 들어가 욕조에 뜨거운 물을 틀어놓고 돌아왔다.

"시간이 별로 없어. 물 다 받을 때까지만…."

나는 그렇다면 욕실에서 하자고 말했고, 유리는 욕실 소음은 옆집에 들려서 안 된다면서 소리 내어 웃었다.

"오늘 밤 여기서 자고 가도 돼?"

유리는 잠깐 생각해보더니 대답했다.

"좋아."

"내일도 와도 돼?"

"좋아. 괜찮으면 한동안 매일 밤 와줄래? 나도 당분간 클럽 일 쉴 거고, 게다가 이 맨션에 그저께 도둑이 들었어. 밤에는 좀 무섭더라니까."

"다른 남자, 난처해지는 거 아냐?"

나는 아무려나 상관없는 말을 물었다.

"다른 남자는 있지도 않아. 죄다 끝났어."

나는 유리에 대해서 아무것도 모른다. '유리'라는 게 본명인지 아닌지도 알지 못한다. 현관문 옆의 문패조차 한 번도 본 적이 없다. 스물대여섯 살인 것 같지만 정확한 나이도 모른다. 아는 것이라고는 파란색을 좋아한다는 것과 그녀에게 남자란 항상 끝나버린 과거에 불과하다는 것뿐이다. 나도 유리에게는 이미 과거의 남자일 것이다. 석 달 전, 음침한 클럽의 테이블 너머로 처음 시선이 오고 간 순간, 유리는 벌써 나를 먼 옛날에 잊어버린 남자처럼 쳐다본 것이다. 나는 유리가 좋은지 싫은지도 알지 못한다. 어쩌면 내가 가장 싫어하는 타입의 여자인지도 모른다.

유리를 침대에 눕히기 전에 나는 눈까지 내려뜨린 내 긴 머리카락을 항상 그렇듯이 손끝으로 쓰윽 쓸어올렸다.

나는 누구보다 내가 싫다.

2

오후 1시 삼 분 전, 집을 나옴. 택시를 타고 긴자로. M보석점에서 삼십 분쯤 진주를 중심으로 구경. 아무것도 사지 않고 보석점을 나와 M거리, H거리를 쇼윈도를 들여다보며 천천히 걷기. 중간에 피라토라는 명품 의류 매장에 들어갔지만 육 분 만에 나옴. 목적도 없이 윈도쇼핑으로 시간을 때우는 느낌. 2시 반에 히비야 공원으로. 한 시간 십오 분 동안 멍하니 벤치에 앉아 있음. 누군가를 기다리는 듯한 낌새는 전혀 없음. 벤치를 두 번 바꿨고, 야외콘서트 이십여 분 관람. 3시 40분에 히비야 공원을 나옴. 스키야바시 다리까지 걸어가 H백화점 앞에서 택시를 잡아타고 귀가. 4시 12분경.

첫날, 정해준 4시 30분에 쓰치야의 근무처에 전화를 걸어 그런 내용을 보고했다. 수화기 너머 목소리로는 쓰치야의 반응을 파악하기 어려웠다.

"고마워. 내일도 잘 부탁해."

그 말만 하고 그는 전화를 끊었다.

쓰치야는 마루노우치에 본사가 있는 N은행의 중역이다. 나이로 보면 지나치게 높은 직급이지만, 분명 은행 총재의 한 집안 사람이든 뭐든 연줄이 있을 것이다.

미타에 있는 집도 엄청난 저택이다. 레이스 커튼 너머로 피아노 소리가 정원 잔디를 타고 흘렀다. 마루노우치 본사의 20층짜리 유리 빌딩도, 호화 저택도, 피아노의 음색도, 지쳐버린 만년 평사원 같은 인상의 쓰치야에게는 어울리지 않았다. 모조리 자신과 어울리지 않는 것들만 가진 사람이 있는 법이다.

하지만 쓰치야가 가진 것 중에서 가장 어울리지 않는 것은 그 아내일 것이다.

사야코는 사진보다 통통하고 하얀 피부였다. 긴 머리에 화려한 프린트의 원피스 자락을 찰랑거리며 긴자 뒷골목을 뉴욕 5번가라도 되는 듯 우아한 모습으로 걸었다. 느릿느릿 조용하게. 카펫을 딛고 가는 듯한 부유층 특유의 걸음걸이였다.

M거리의 길모퉁이에서 쇼윈도에 비친 자신의 모습을 한순간 발을 멈추고 홀린 듯 쳐다보았을 때, 나는 이 여자에게는 틀림없이 남편 아닌 딴 남자가 있다고 직감했다. 날마다 만나지는 못하는지도 모른다. 하지만 반드시 누군가 남편 아닌 남자의 품에 안겼던 여자다….

이틀째, 그녀는 누군가와 전화로 연락을 취했다. 전날과 마찬가지로 1시 전에 집을 나와 역 앞까지 걸었고 거기서 택시를 탔다. 하지만 나는 얼른 택시가 잡히지 않았다. 초장부터 미행에 실패할 뻔했지만, 다행히 2백 미터쯤이나 달려간 참에 택시가 갑자기 멈추더니 그 여자가 인도 옆 전화박스로 뛰어들었다. 이 분쯤 누군가와 전화로 이야기하고 다시 길가에서 기다리던 택시에 올랐다. 그때는 나도 이미 택시를 잡았다.

그녀가 탄 차는 고속도로 1호선으로 접어들어 하네다공항 앞에서 섰다. 어딘가 여행을 떠날 리는 없고 누군가를 마중하러 왔을 것이다. 그렇게 생각했지만 이 예상은 빗나갔다.

그녀는 단지 활주로가 내려다보이는 레스토랑에서 혼자 멍하니 한 시간을 보냈을 뿐이다. 비싼 프랑스 요리를 주문했으면서 밀랍 세공품처럼 테이블에 늘어놓기만 하고 한 접시도 손을 대지 않았다. 손을 대기는커녕 재떨이 대신 요리 접시에 담뱃재를 떨기도 했다. 창에 가득 넘치는 빛을 피하듯 고개를 살짝 돌리고 활주로의 비행기를 멍하니 보고 있었다. 그러고는 로비로 내려와 매점이며 여행사를 다시 멍하니 삼십 분쯤 돌아보다가 곧장 집으로 돌아갔다.

"전화를 했다고?"

4시 반의 보고 때, 쓰치야는 의미심장하게 되물었다. 나는 게으름을 피운 것처럼 보이고 싶지는 않아서 여행사에서 부인이 해외여행 팸플릿을 열심히 보고 있었다, 어딘가 여행을 떠날 마음이 있는 것 같다, 라고 약간 오버하는 말을 덧붙였다. 쓰치야는 거기에는 아무 대답도 하지 않았다.

다음 날, 사야코는 롯폰기에 나가 또 다시 여기저기 명품 브랜드 매장을 돌아다녔다.

딱히 목적도 없이 그저 멍하니 돌아볼 뿐인 발걸음은 긴자에 나갔을 때와 다름없었다. 어느 작은 보석점에 들어갔을 때는 귀걸이를 샀다. 쇼윈도 너머로 10만 엔 가까운 돈을 내는 것이 보였다. 원래 끼고 있던 귀걸이는 핸드백에 넣고 새 귀걸이를 달고 보석점에서 나왔다. 큼직한 와인색 귀걸이가 그녀의 화려한 얼굴에 아주 잘 어울렸다.

하지만 사야코는 보석점을 나와 일 분쯤 걸어간 길모퉁이에서 쇼윈도를 거울 삼아 새 귀걸이를 빼더니 원래 귀걸이로 바꿔 끼웠다. 그리고 새 귀걸이는 길바닥에 내버리고 하이힐로 두세 번 짓밟고는 아무 일도 없었다는 듯 걸음을 옮겼다.

그날 보고할 때 나는 쓰치야에게 그 일만은 말하지 않았다. 귀걸이는 내가 주워서 유리에게 선물이라고 건네주었다.

"뭐야, 이런 비싼 귀걸이를?"

유리는 기뻐하기보다 나무라듯이 말했다. 화가 난 그 눈빛은 몸 이외의 관계는 맺고 싶지 않다고 말하는 것 같았다. 그런 순간에만 나는 유리가 꽤 괜찮은 여자라고 생각했다. 그래서 슬쩍 거짓말을 했다.

"손님 중에 부잣집 아줌마가 뇌물이랍시고 억지로 쥐여준 거야."

사야코는 어쩌면 창녀 같은 짓을 하는지도 모른다, 라고 나는 생각을 바꿨다. 거리를 방황하며 누구든 남자가 말을 걸어주기를 기다리는 것이다. 자기 쪽에서 물색하지는 않지만, 묘하게 머리칼이며 옷자락을 펄럭이며 걸어가는 그 등짝에 창녀 같은 교태가 보였다.

하지만 이 예상은 다음날의 미행에서 또 다시 어긋났다.

목요일이었다. 그녀는 택시를 타더니 두 시간 넘게 그 차로 수도고속도로를 몇 번이나 빙빙 돌았다. 결국 한 번도 차에서 내리는 일 없이 집으로 돌아갔다.

"대체 어쩌자는 건지 모르겠네?"

내가 탄 택시의 운전기사가 맥 빠진 목소리로 물었다. 나는 그녀가 어떤 얼굴로 택시 좌석에 앉아 있는지 알 것 같았다. 그저 멍하니 차창을 내다보는 것이다. 히비야 공원 분수에서 산산이 흩어지는 햇빛을 바라보던 것과 똑같은 눈빛으로. 하네다공항에서 기나긴 활주로를 한없이 따라잡던 것과 똑같은 먼 시선으로.

그녀가 하는 일은 단 한 가지, 돈과 시간을 허비하는 것뿐이었다. 귀걸이도 값비싼 요리도 단지 내버리기 위해 돈을 지불하는 것이었다. 그리고 그것만이 이 여자의 유일한 향락인 것이다. 마치 인생의 마지막에 쓸데도 없는 돈과 죽음 전까지의 시간만 남은 노부인 같았다.

나는 사야코에게 흥미를 느꼈다. 그리고 동시에 이쯤에서 이 일에서 손을 떼고 싶었다.

"더 이상 미행해봐도 아무것도 나오지 않을 것 같습니다."

나는 쓰치야에게 말했다.

"아니, 조금만 더 계속해줘. 반드시 뭔가 나올 테니까."

쓰치야는 수화기 너머에서 약간 비통한 목소리로 물고 늘어졌다.

금요일, 사야코는 평소와 달리 집을 나서자 지하철로 향했다. 그리고 시나가와역에서 교하마 도호쿠선을 탔다.

그 시나가와역 개표구에서 나는 야쿠자 같은 한 남자와 어깨를 부딪치는 바람에 시비에 휘말렸다. 개표 담당자가 말리고 나서서 금세 끝이 났지만, 그 바람에 플랫폼으로 향하는 계단을 내려갔을 때, 이미 그녀가 탄 차의 발차 벨이 울렸다. 급히 달려갔지만 소용없었다.

망했다…. 그렇게 낙심했을 때, 닫히려는 지하철 문에서 그녀의 빨간 원피스가 새가 날아내리듯이 플랫폼에 스윽 내려섰다. 역무원이 나무랐지만 그녀는 전혀 개의치 않고 매점으로 가더니 담배를 샀다. 하지만 담배를 피우는 일도 없이 플랫폼 기둥에 멍하니 기대서서 다시 지하철 두 대를 멍하니 보내고는 세 번째로 들어온 차에 탔다.

요코하마의 이시카와초역에서 내려 모토마치를 산책하듯이 걷다가 프랑스야마 언덕을 올라가기 시작했다. 항구가 한눈에 내려다보이는 공원의 기나긴 언덕길은 인적이 없었다. 나는 그녀와 10여 미터쯤 거리를 두고 뒤따라갔다.

올라갈수록 항구의 소음이 아래쪽으로 잠겨 드는 게 느껴졌다. 해는 살짝 서쪽으로 기울고, 나른한 오후의 햇살에 돌바닥이 하얗게 빛났다. 정적 속에 두 사람의 발소리만 울렸다.

문득 여자의 등이 멈췄다. 돌아보려는 건가, 하고 내심 뜨끔했지만 그저 등을 돌린 채 가만히 서 있었다.

발소리가 끊기면 수상하게 여길 것 같아 나는 내처 걸었다. 여자는 내가 몇 걸음 등 뒤까지 다가간 참에 다시 언덕길을 오르기 시작했다. 한참 올라가자 이번에는 내가 거리를 두기 위해 발을 멈췄다. 그러자 여자도 멈춰 섰다. 당황해서 걸음을 떼자 여자도 다시 걸음을 옮겼다. 마치 내 발걸음에 맞춰주듯이.

그 순간, 내 발은 얼어붙은 듯 정지했다. 그리고 여자도 역시 발소리를 멈췄다.

이 여자는 내가 미행하는 것을 눈치채고 있다.

아니, 눈치챈 것뿐만이 아니다. 일부러 미행을 하게 해주고 있다. 나를 도와주기까지 하는 것이다. 시나가와역에서 지하철 문이 닫히기 직전에 플랫폼에 다시 내려선 것은 내가 타지 못한 것을 알고 직접 미행을 계속할 기회를 만들어주었던 게 아닐까. 시나가와역만이 아니다. 이틀째에 내가 미처 택시를 잡지 못해 허둥거렸을 때, 그녀는 즉시 택시를 세우고 전화박스로 뛰어들었다. 그때도 전화를 거는 게 목적이 아니라 나에게 택시 잡을 시간을 벌어주기 위해서였던 게 아닐까. 그런 식으로 내가 미행하기 쉽게 거들어주고 있는 게 아닐까.

나는 그녀의 진의를 알아보기 위해 언덕 중간에서 그녀를 추월했다. 먼저 정상에 올라가 공원 한 귀퉁이에서 담배를 피우며 여자가 올라오기를 기다렸다. 여자는 내 눈앞을 무심한 얼굴로 지나갔다. 나는 일부러 여자의 발밑에 꽁초를 던졌다. 불이 붙은 꽁초였다. 여자의 걸음은 놀라서 잠깐 흐트러졌지만, 나를 돌아보는 일도 없이 옆얼굴을 유지한 채 공원으로 들어갔다. 틀림없었다….

여자는 돌난간에 턱을 괴고 요코하마 항구를 내려다보고 있었다. 항구는 하늘의 현관처럼 보였다. 바다는 납으로 만든 판처럼 회색으로 둔하게 빛났다. 십오 분여 만에 여자는 공원을 나와 외국인묘지 쪽으로 향했다. 그리고 묘지 뒤편 언덕길을 따라 시내 쪽으로 천천히 내려가기 시작했다.

오솔길은 한낮인데도 어둑어둑해서 나는 일부러 발소리를 크게 내면서 걸었다. 내 발소리에 척척 감기듯이 여자도 하이힐 소리를 냈다. 여자의 발소리는 분명 내 발소리를, 나의 미행을 원하고 있었다.

토요일, 그녀는 신주쿠의 백화점으로 갔다.

한 층 한 층을 충분히 시간을 들여 둘러보고, 마지막으로 꼭대기 층에서 내려가는 엘리베이터를 탔다. 나도 다른 손님들에 섞여 같은 엘리베이터에 탔다. 여자는 1층에 도착해서도 내리지 않았다. 다시 올라가 꼭대기 층에 도착하자 내려가는 버튼을 눌렀다. 결국 네 번을 왕복했다. 그동안 손님이 타고 내렸지만 밀실 같은 엘리베이터 안에 완전히 둘만 남는 순간이 있었다. 하지만 그녀는 완벽하게 나를 무시했다. 그녀의 연기에 맞춰 나도 일부러 모르는 척했다.

일요일은 건너뛰고 그다음 주 월요일. 그녀는 다시 같은 백화점에 갔고 전전날과 마찬가지로 엘리베이터에 탔다.

그리고 여섯 번을 왕복한 끝에 꼭대기 층에 내리더니 나를 돌아보며 물었다.

"지난번 그 귀걸이, 어떻게 했어?"

3

그녀는 내가 입에 문 담배에 라이터 불을 대주었다.

백화점 옥상 휴게실 한쪽의 벤치였다. 손님이 거의 없는데도 생뚱맞게 명랑한 음악이 시끄럽게 흐르고 있었다.

그녀는 내 이름도 흥신소도 다 알고 있었다. 미행을 시작한 첫날 저녁, 침실 바닥에서 남편의 양복 상의에서 떨어진 흥신소 명함과 메모를 발견했다고 말했다. 메모에는 내가 그날 저녁 전화로 보고한 내용이 남편 자신의 손으로 상세히 적혀 있었다고 한다.

"왜 내가 미행하는 걸 도와줬습니까?"

"당신, 누구를 찾고 있었어? 내 불륜 상대? 내가 마음을 빼앗긴 남자?"

이미 공범이 된 듯한 미소를 지으며 쓰치야 사야코는 물었다. 바람이 불어와 여자의 긴 머리칼이 한순간 내 뺨을 훑었다. 나는 고개를 끄덕였다.

"시나다 씨라고 했지? 바보 같기는. 그렇다면 시나다 씨는 자기 자신을 찾아다닌 거야."

"나를요?"

대체 무슨 말인지 알아들을 수가 없었다. 햇살이 눈부셨다. 옥상에서는 하늘밖에 보이지 않았다.

"나는 남자한테 전혀 관심 없어. 남자 따위, 아무 느낌도 없거든. 남자한테 관심이 있었다면 내 남편 같은 사람과 결혼하지도 않았겠지. 돈과 시간이 남아돌면 남자와 자는 것밖에 생각하지 않는다니, 적어도 나는 그런 여자는 아냐. 바람을 피우지도 않고, 남자에게 특히 마음이 끌린 적도 없어. 더구나 남편은 어떤 흥미도 느끼지 못한 남자였고."

"…."

"하지만 당신한테는 약간 끌리는데?"

사야코는 나를 보았다. 눈 속 깊은 곳에서 웃고 있었다. 첫날 저녁, 남편이 자신에게 미행을 붙였다는 것을 알아낸 그녀는 다음 날, 외출하기 전에 이미 자신의 방 창문으로 대문 뒤편에 잠복 중인 나를 봤다고 말했다.

"요코하마의 언덕길에서는 당신 발소리를 들으면서 마음이 설렜어. 근데 오해하지는 말아줘. 난 당신과 바람피울 생각은 없으니까. 흥미 없는 남자하고는 잠자리를 해도 괜찮지만."

나는 그녀가 하이힐로 귀걸이를 짓밟은 이유를 알 것 같았다. 나와 이 여자는 적잖이 닮았다. 빙글빙글 회전하는 찻잔 안에서 일어서는 아이를 향해 진행 요원이 비명처럼 큰소리로 주의를 주었다. 나는 여자에게 침을 뱉으며 당신은 내가 가장 싫어하는 타입이다, 라고 말하고 싶었다.

여자가 자리에서 일어나 매점에서 종이컵 커피 두 잔을 사 왔다. 나는 필요 없다고 말했다.

"그보다 내가 의뢰할 게 있어. 남편이 흡족해할 때까지 나를 미행하는 척하면서 계속 보고해줘. 하지만 이제 미행을 할 필요는 없어. 내가 뭘 하는지는 다 알잖아? 적당히 지어내서 보고하면 돼. 그 대신, 남편의 동향을 조사해줘."

쓰치야의 아내는 진지한 얼굴이었다. 그런 진지한 얼굴은 그 여자에게는 어울리지 않았다. 아름다움도 매력도 사라져버린 여자의 얼굴을 나는 그저 멀거니 바라보았다.

"바람을 피우는 건 남편 쪽이야. 벌써 한참 전부터 짐작은 했지. 증거를 잡은 건 아니지만 분명 틀림없어. 그것도 그냥 바람이 아니라 상당히 진지한 관계야. 여자에게 새 맨션까지 사줄 모양이니까. 보름 전쯤에 남편이 외출한 사이에 부동산 중개소에서 전화가 왔었어. 적당한 맨션이 나왔다면서. 남편은 대충 얼버무렸지만, 내가 의심한다는 걸 눈치채고 이런 연극을 꾸미고 나선 거야. 일부러 내 눈에 띄게 메모와 흥신소 명함을 침실에 떨어뜨리고…. 자기 쪽이 의심하는 척하면 내가 의심을 거둘 줄 알았나 봐. 바보 같긴, 남들은 몰라도 설마 자기 아내가 그런 거에 속아 넘어갈까? 어때, 당신은 깜빡 속았지? 설마 그 사람이 도리어 바람을 피운다는 건 생각도 못 했잖아."

나는 고개를 끄덕였다.

"퇴근해서 집에 오기 전까지의 행적을 조사해줘. 귀가 시간은 매일 밤 자정이 넘은 시각이지만."

하늘에 빨간 애드벌룬이 떠 있었다. 비행기구름이 정확히 하늘을 갈랐다. 기체는 보이지 않았다. 나는 지금이 5월이라는 게 생각났다. 보고는 어떤 식으로 하면 되겠느냐고 물었다.

"흠, 글쎄? 매일 2시에 어딘가 카페를 정해서 기다려줄래? 내가 전화할 테니까. 그 전화를 받아서 나한테 보고해주면 돼."

나는 긴자 사거리 근처의 '로아'라는 커피숍이 좋겠다고 말하고 전화번호를 알려주었다. 딱히 쓰치야를 배반하는 일이라는 생각은 없었다. 어차피 나는 이미 쓰치야를 배반한 것이다. 요코하마에 간 날부터 쓰치야에게 했던 보고에는 가장 중요한 점, 즉 그녀가 미행을 눈치챘다는 게 빠져 있었다. 그녀는 핸드백에서 10만 엔을 꺼내 내게 내밀었다.

"조사 비용은 남편이 내주니까 나는 이 정도면 되겠지? 재미있다, 그 사람은 자기 돈으로 자신을 조사당하는 거잖아…. 오늘 밤부터 시작해줘. 내일 2시에 로아라는 커피숍에 전화할게. 그리고 그 귀걸이도 당신한테 줄게. 어차피 내버렸던 것이지만."

유리에게 돈 많은 부인이 뇌물로 쥐여줬다고 거짓말을 했던 게 사실이 된 셈이었다. 나는 여자가 내민 돈을 받았고 그녀는 자리를 떴다.

둘 다 입도 대지 않은 커피가 벤치에 남겨졌다. 나는 그것을 시끄럽게 돌아가는 찻잔 놀이기구 쪽으로 내동댕이쳤다. 유리에게 오늘 밤에는 못 간다고 연락할까 했지만, 수화기를 손에 든 참에 마음이 바뀌었다. 굳이 양해를 구할 필요도 없다. 유리는 딱히 나를 기다리는 것도 아니다. 우리는 그런 관계였다.

2층으로 내려가 여자가 준 10만 엔으로 새 정장을 한 벌 샀고, 두 시간 뒤에는 쓰치야에게 전화해 엉터리 조사 내용을 보고했다.

6시 20분, 은행에서 나옴. 비서로 보이는 스물다섯 살쯤의 남자와 함께 택시로 시바의 마쓰야마 레이지로 저택에. 참고로, 마쓰야마 레이지로는 유명한 보수파 국회의원. 한 시간 뒤 나옴. 8시부터 10시까지 아카사카의 맘모스캬바레 '써니'에서 거래처 고객인 듯한 오십대 남자를 접대. '써니'에 한 달에 두세 번은 온다고 함. 매번 손님 접대 차. 단골 호스티스는 유키, 미도리, 하나에, 3명. 다른 호스티스 얘기로는 모두 특별한 관계는 아니라고 함. 11시에 긴자로 2차. 단골 주점 '러그'가 휴업이어서 주위를 헤매다가 '창窓'이라는 작은 주점으로. 삼십 여 분만에 나와 비서의 배웅을 받으며 택시로 귀가. 오전 0시경.

다음날 오후 2시, 약속대로 '로아'에 걸려온 사야코의 전화에 나는 그렇게 보고했다. 사야코는 별반 관심도 없는 것 같았다. "그래?"라고 퉁명스럽게 대답하고는 전화를 끊으려고 했다.

"부인, 누군가 다른 사람에게도 남편분의 미행을 의뢰했습니까?"

"아니. 왜?"

"그런 듯한 남자가 한 차례 어슬렁거렸거든요."

긴자 뒷골목에서 20여 미터 앞을 걸어가던 쓰치야와 비서가 문득 몸을 돌려 길을 돌아온 순간이 있었다. 나는 급히 옆 골목으로 숨었는데 몇 초 뒤에 쓰치야와 똑같은 지점에서 유턴해 길을 돌아오는 남자가 눈에 띄었다. 그자는 쓰치야의 등 뒤 10미터쯤에 따라붙어 쓰치야 일행이 멈춰 서면 자신도 멈췄다. 옆 골목에서 나온 나는 쓰치야 일행과 그자까지 동시에 미행하는 모양새가 되었다. 쓰치야가 모퉁이를 돌 때마다 그자도 돌았다. 내가 미행 중이었기 때문에 직감적으로 그자도 쓰치야를 미행한다는 것을 알 수 있었다. 이윽고 쓰치야가 '창'에 들어가자 그자는 주점 앞에서 자기도 들어갈까 말까 망설이는 기색이었지만, 결국 안에 들어가지는 않고 밤거리 어딘가로 사라졌다.

"은행 관계자인가? 아니면 언론사 기자인지도 모르겠네. 요즘 떠들썩하잖아, S건설 뇌물 수수 문제로. 그 일에 그쪽 은행 총재도 관계가 있는 게 아니냐고 은밀히 캐보는 중인가 봐. 하지만 그 사람은 아무 관계도 없을 텐데?"

S건설 뇌물 수수 사건에는 분명 마쓰야마 레이지로의 이름도 등장했었다. 그 국회의원의 자택을 쓰치야는 어제 방문했다. 분명 뭔가 관계가 있는지도 모른다. 하지만 옷차림이나 인상으로 봐서는 쓰치야를 미행한 또 한 명의 남자는 형사도 언론사 기자도 아닌 것 같았다. 은행 관계자 정도로 보였다. 남청색 양복에 깔끔하게 머리를 다듬은 서른대여섯 살의 남자였다. 나는 뭐가 뭔지 알 수가 없었다. 그래서 더 이상 생각하지 않기로 했다.

"지금 어디 계십니까?"

"어디든 상관없잖아? 게다가 정말로 어디든 상관없는 곳이야."

4시 반에 쓰치야에게 연락하기까지 두 시간쯤 남아 있었다. 나는 긴자 뒤쪽 작은 영화관에 갔다. 재미있는 영화여서 소리 내어 웃었지만, 영화관을 나서자 스토리가 하나도 생각나지 않았다.

다시 한번 '로아'에 돌아가 쓰치야에게 전화를 걸어 그의 아내가 오늘은 긴자 주변을 돌아다녔다고 엉터리 보고를 했다. 그리고 어젯밤 쓰치야의 미행에 상당히 비용이 많이 들었기 때문에 부인이 택시를 타고 다시 수도고속도로를 별 의미도 없이 두 번이나 돌다가 귀가했다고 슬쩍 덧붙였다. 쓰치야는 잠시 침묵하더니 이윽고 말했다.

"얘기할 게 있으니까 6시에 도쿄역 호텔 로비로 나와."

자기 부하 직원인 것처럼 명령하는 말투였다. 나는 별 생각도 없이 6시에 그가 알려준 곳으로 나갔다.

쓰치야는 십 분 늦게 도착했다. 2층의, 유행 지난 이국적 분위기의 커피숍에서 우리는 마주하고 앉았다. 쓰치야는 주문을 끝내자마자 메마른 소리로 웃었다.

"당신이 전화로 보고하기 삼십 분 전에 부총재 부인이 나를 찾아왔어. 규슈 여행에서 돌아오는 길이라더군. 3시 반에 공항 호텔에서 사야코가 나오는 걸 봤다는 거야. 근데 당신은 사야코가 긴자 거리를 돌아다녔고, 고속도로를 두 번 돌아다닌 끝에 귀가했다고 했지?"

나는 어떻게 되건 상관없을 때의 버릇으로 앞머리를 쓰윽 쓸어올렸다. 우리 테이블 옆에 수조가 놓여 있었다. 초록색과 회색 줄무늬가 그려진 물고기가 한들한들 헤엄치고 있었다. 물이 너무 투명해서 공중을 떠도는 것처럼 보였다. 창밖에는 벌써 저녁 어스름이 내려앉았다. 나는 오늘 오후에 날씨가 맑았는지 흐렸는지 생각해보려고 했다. 다시 한번 머리를 쓸어올린 뒤에 요코하마에 갔던 때부터의 모든 일을 털어놓았다.

말하지 않은 것은 이 남자의 아내가 내 발소리에 흥분했다는 것과 어젯밤에 나 이외의 누군가가 이 남자를 미행했던 것 같다는 내용뿐이었다.

"어젯밤에 역시 미행을 했었군. 아무래도 뭔가 이상하다 했더니만."

쓰치야는 우선 그것에 놀란 모양이었다. 그가 감지했던 미행이 나였는지 아니면 다른 남자 쪽이었는지는 알 수 없었다.

나는 말없이 머리를 숙였다. 사죄의 말을 늘어놓고, 부인에게는 내가 마음대로 귀걸이를 주워 친구에게 건네준 일 때문에 협박 비슷한 말을 들었노라고 거짓말을 했다.

뜻밖에도 쓰치야는 큰소리로 웃었다. 그런 웃음은 이 비쩍 마른 남자에게는 어울리지 않았지만, 여유 만만한 그 얼굴에서 나는 처음으로 수십 명의 부하 직원이 있고 호화 주택에 살면서 정계 요인과도 밀접한 관계를 맺은 엘리트 금융인의 얼굴을 보았다.

"당신, 사야코에게 속았어. 나는 침실에 메모나 흥신소 명함을 흘린 적이 없어. 아마 내 양복 주머니를 뒤졌겠지. 당신에게 결백하다는 걸 보여주려고 일부러 남자와의 만남을 피하고 며칠씩 의미 없는 짓을 하고 다닌 거야. 어제 내 행적을 조사해달라고 했던 것은 무엇보다 당신을 속이기 위해서였어. 오늘 오후에 드디어 방해가 되는 당신을 떨쳐내고 하네다공항 호텔에서 오랜만에 남자를 만났지. 당신, 보기 좋게 이용당해서 나한테 아무도 만나지 않았다는 보고를 했어. 참으로 난감한 사람이네."

참으로 난감한 사람, 이라는 게 아내 얘기인지 내 얘기인지 알 수 없었다. 쓰치야는 스푼으로 잠시 커피를 젓고 있다가 문득 한쪽 눈썹을 치켜뜨며 나를 보았다.

"이제 당신이 할 수 있는 건 다시 내 아내와의 계약을 배신하는 것뿐이야."

어제 오후에 백화점 옥상에서 내게 자기 남편과의 계약을 배신하라고 말했을 때의 사야코와 똑같이 그도 진지한 얼굴이었다.

"어차피 비용을 대주는 건 나야. 당신은 내 쪽에 붙어야 한다고."

"다시 부인을 미행하라는 말씀입니까?"

"아니, 당신은 이미 얼굴이 완전히 팔려버렸어. 사야코의 미행은 다른 흥신소에 부탁하도록 하지. 그보다 계속 내 행적을 조사하는 척하면서 아내에게 내가 결백하다는 것을 보고해주면 돼. 하지만 당신이 실제로 나를 미행할 필요는 없어. 단순히 업무차 밤늦도록 돌아다니는 것뿐이니까 미행해봤자 아무것도 나올 게 없단 말이야. 어때, 알겠나?"

쓰치야는 공범의 미소를 지으며 나를 쳐다보았다. 어제의 사야코와 똑같은 미소, 똑같은 말로 나는 다시 한번 배신의 지시를 받은 것이다. 마치 게임처럼 나는 이 부부 사이에서 던지고 되던지는 공이 된 것만 같았다. 좋아, 던질 테면 얼마든지 던지라지. 내 머릿속에는 쓰치야가 하라는 대로 하면 나는 아무것도 하지 않고 조사비를 받을 수 있다는 생각밖에 없었다. 커피숍 '로아'에 가서 엉터리 보고를 이번에는 사야코에게 해주면 돈이 척척 들어오는 것이다. 나는 고개를 끄덕이며 최초의 공범과 다시 새로운 계약을 맺었다.

최초의 의뢰는 그렇게 내 예상대로 번거롭고도 기묘한 모양새를 띠기 시작했다. 하긴 양심만 돌아보지 않는다면 실로 간단한 일거리였다.

"당신, 오늘 밤에는 어디에 갈 거야? 오늘 같은 실수를 반복하지 않도록 내 행적을 대략 알려줄 테니까 거기에 맞춰서 내일 아내에게 보고하면 돼. 그리고 내 귀가 시간도 알아둘 필요가 있겠지. 한밤중에 당신에게 전화할 거야."

나는 유리의 맨션 전화번호를 알려주었다. 밤 시간이 다시 비니까 유리와 함께 지내도 좋겠다고 생각했다. 쓰치야에게 어쩌면 여자가 전화를 받을 수도 있다고 말하고, 유리라는 이름만 알려주었다.

"사귀는 여자인가?"

나는 입을 꾹 다물었다.

"귀걸이를 선물한 친구?"

쓰치야는 어린애를 놀리듯이 눈에 미소를 띤 채 나를 보았다. 짓궂은 미소가 쓰치야의 눈빛을 도리어 음울하게 만들었다.

"네, 뭐, 약혼자예요. 머지않아 결혼할 겁니다."

나는 진지한 인상을 주고 싶어서 그렇게 거짓말을 했다. 쓰치야는 호주머니를 뒤지다가 뭔가 메모할 종이가 없느냐고 물었다.

수첩을 꺼내 한 장 찢어주려고 하자 쓰치야는 "아니"라면서 내 수첩을 받아 나이프 모양의 특이한 넥타이핀으로 반듯하게 잘라냈다. 꼼꼼한 성격인지 아니면 나이프 자루에 박힌 다이아를 자랑하고 싶은 것인지는 알 수 없었다. 그가 종이에 유리의 이름과 전화번호를 적었다.

"주택? 아니면 연립인가?"

"맨션입니다. 요쓰야에 있는 '메종 수아레'라는."

"고급 맨션이야?"

"그럭저럭 괜찮은 편입니다."

쓰치야는 그 맨션 이름도 메모했다. 남편이 여자를 위해 맨션을 구했다는 사야코의 말이 떠올랐다.

쓰치야는 오늘 저녁부터 더 이상 자신을 미행하지 않아도 된다고 두 번이나 다짐을 하고 자리를 떴다. 미행당하고 싶지 않은 이유가 있는 게 틀림없었다. 바람을 피우는 게 아니라 좀 더 중요한 것, 뇌물 수수 사건에 얽힌 뭔가가 내게 알려질까 봐 조심하는 건가…. 분명 부부 중 한쪽은 거짓말을 하고 있다. 아니면 둘 다 거짓말을 하는 건가. 아니, 그게 아니면 둘 다 사실대로 말한 것인가.

테이블 위에 쓰치야가 깜빡 잊고 간 넥타이핀이 있었다. 다음에 만날 때 돌려줄 생각으로 나는 그것을 호주머니에 챙겨 넣었다. 어쩌면 자기 아내의 귀걸이처럼 내가 그 넥타이핀을 빼돌리는지 시험해보려고 일부러 놓고 갔는지도 모른다. 호텔을 나오기 전에 나는 유리에게 전화를 걸었다. 유리는 "좋아"라고 말했다. 어젯밤에 내가 가지 않았던 것 따위는 잊어버린 듯한 말투였다.

"근데 다른 사람들 눈에 띄지 않게 들어와. 지난번의 도둑이 아무래도 우리 맨션 입주민인 것 같다는 소문이 돌고 있어. 괜히 이상한 의심을 받으면 짜증 나잖아. 문은 잠그지 않을 테니까."

"지금 바로 가도 돼?"

"응. 나 클럽에 안 나갈 거야. 이제 그만두려고, 그런 데는."

따분한 듯한 한숨으로 전화를 끊었다.

나는 뒤쪽 계단으로 유리의 집까지 올라갔다. 문을 살짝 열고 잽싸게 들어갔더니 유리가 정말로 도둑 같다면서 웃었다.

"비 와?"

내 머리칼이며 옷이 젖어 있었다.

"방금 전부터 갑자기 쏟아졌어."

유리가 창가로 다가갔다. 소리는 나지 않지만 비는 밤을 깎아내듯이 세차게 내리고 있었다.

"아까 저녁때까지 햇살이 비쳤는데."

그렇게 말하고는 커튼을 홱 닫아버렸다.

"클럽, 관둔다고?"

"응, 갑자기 관두고 싶네. 저 비처럼."

열흘 만에 이곳에 왔던 날, 내일부터 한동안 쉬겠다고 말했었다. 그때 이미 관두고 싶은 마음이 있었던 것이리라.

"앞으로 어떻게 할 거냐고, 안 물어봐?"

"아는 거야? 어떻게 할 건지?"

유리는 짧게 웃었다.

"글쎄, 어떻게 하느냐가 아니라 어떻게 되느냐는 거겠지? 내일 일을 어떻게 할 건지 생각해봤자 아무 소용없어. 하지만 이 맨션도 이제 슬슬 떠날 생각이야. 지난번에 도둑 사건이 나니까 나 같은 일을 하는 여자, 다들 이상한 눈빛으로 쳐다보더라. 고향에 내려가 결혼이나 할까…."

유리는 혼잣말처럼 중얼거렸다.

비에 젖었기 때문에 샤워를 하러 욕실로 갔다. 나와 자리를 바꾸듯이 이어서 유리가 욕실에 들어갔고 나는 벌거벗은 채 침대에서 잠깐 눈을 붙였다. 유리가 내 옆으로 기어들어서 잠이 깼다. 그대로 유리를 끌어안았다. 그 몸에 빠져들면서 내 귀는 문득 돌바닥 언덕길을 올라가는 한 여자의 발소리를 들었다. 유리와도 오늘 밤을 끝으로 더 이상 만나지 말자….

전화는 밤 12시 오 분 전에 울렸다. 유리는 내 어깨에 머리칼을 휘감아놓고 자고 있었다. 수화기를 들자 쓰치야의 목소리였다.

"지금 우리 집 근처 공중전화야. 귀가 시간은 밤 12시로 해두면 돼. 메모하고 있지? 오늘은 7시 15분에 은행을 나와 8시부터 10시까지 신주쿠의 '퀸'에서 거래처 회사 접대. 그 고객과 긴자에

가서….”

나는 사무적으로 펜을 내달렸다. 그날 밤 쓰치야의 행적이 세세하게 메모지에 적혀나갔다.

“내일 밤에도 거기로 연락하면 되나?”

끝으로 쓰치야가 물었다. 나는 내일부터는 집에 가 있겠다고 말하고 전화번호를 알려주었다.

전화를 끊고 나서야 넥타이핀 얘기를 깜빡한 게 생각났다. 소파에 던져둔 양복 호주머니에 무심코 손을 넣어보았다. 하지만 아무리 뒤져봐도 분명 넣어두었던 넥타이핀이 눈에 띄지 않았다. 욕실에서 옷을 벗을 때 떨어뜨렸나 하고 탈의실을 샅샅이 찾아봤지만 나오지 않았다. 어딘가 다른 곳에 흘리고 온 모양이었다.

소파에 앉아 비가 사선으로 창문을 내리치는 소리를 들었다. 쓰치야가 사실대로 말한 것인지 어떤지는 알 수 없다. 하지만 아무려나 상관없었다. 그가 말해준 대로 나는 내일 쓰치야의 아내에게 앵무새처럼 전하기만 하면 된다.

1시쯤에 다시 한번 샤워를 하려고 욕실에 들어갔다. 써늘하게 추운 밤이었지만 찬물 샤워를 했다. 거센 빗속에 멀거니 서 있는 것 같았다. 빗물을 마음껏 목구멍에 흘려 넣었다. 나는 항상 목이 마르다. 전화가 울렸다. 쓰치야가 또 연락한 건가, 라고 생각했지만 그냥 내버려 두었다. 오늘 밤은 더 이상 그자의 목소리를 듣고 싶지 않았다.

계속 울리는 벨 소리에 유리가 일어나 수화기를 든 모양이다. 물소리에 섞여 희미하게 “쓰치야?”라고 되묻는 유리의 목소리가 들렸다. 나는 목욕 수건을 허리에 두르고 욕실을 나왔다. 유리가 수화기를 향해 짜증 난 소리를 올리고 있었다.

"쓰치야라는 사람, 정말 모른다니까? 당신, 미친 거 아냐?"

그러고는 수화기를 내동댕이치듯이 내려놓았다. 나는 그 전화가 쓰치야에게서 온 것인 줄 알았다. 유리에게는 내 의뢰인에 대해 아무것도 알려주지 않았던 것이다. 하지만 잠깐만 생각해보면 그게 쓰치야 본인에게서 온 전화가 아니라는 건 금세 알 수 있다. 쓰치야 본인이라면 나를 바꿔달라고 했을 것이다. 유리와 말다툼을 할 리가 없다.

"웬 여자가 전화한 거야. 미친 여자인가 봐."

"쓰치야라고 했지?"

"쓰치야라는 남자의 부인인 모양이야. 나하고 자기 남편이 어떤 관계냐고 자꾸 묻더라니까."

유리는 아직도 화가 나서 파르르 떨었다. 나는 설명해주려다가 얘기가 너무 복잡해서 관뒀다. 방금 온 전화는 사야코에게서 온 것이 틀림없었다. 6시에 도쿄역 호텔에서 만났을 때, 쓰치야는 내가 알려준 유리의 이름과 전화번호를 메모했다. 이 맨션 이름도 적었다. 남편이 귀가한 뒤, 양복 주머니에서 그 메모를 찾아낸 사야코는 남편의 불륜 상대의 전화번호라고 생각했던 게 아닐까. 사야코는 쓰치야가 연인에게 새 맨션을 사줄 모양이라고 백화점 옥상에서 말했던 것이다. 남편이 잠든 뒤, 안절부절못하는 기분으로 수화기를 든 것이리라.

질투는 사야코에게는 어울리지 않는 느낌이 들었다. 그 여자가 부들부들 떨리는 손끝으로 전화 다이얼을 돌리는 장면은 상상이 되지 않았다. 하지만 인간은 언제나 어울리지 않는 짓을 하고, 여자는 가면을 쓰고 싶어 하는 법이다. 질투심이 아니었다면 나에게 남편의 불륜을 조사해달라고 하지 않았을 것이다. 가면을 벗기면 남편의 부정에 분노로 미쳐 날뛰는 지극히 평범한 여자의 얼굴이 있는지도 모른다.

"시답잖은 오해를 한 모양이지."

유리에게 그렇게만 말했다. 실제로 메모 한 장 때문에 일어난 작은 오해였다.

하지만 그 작은 오해 때문에 다음 날 유리는 살해되는 처지가 된 것이었다.

"그러게. 어이가 없다."

유리는 부루퉁하게 중얼거리더니 침대에 누운 내 가슴팍에 얼굴을 대고 눈을 감았다.

내가 들은 유리의 마지막 말이었다.

5

다음 날 아침에 맨션을 나올 때, 유리는 아직 잠들어 있었다. 자는 척했던 것뿐인지도 모른다. 아침 햇살이 뺨에 회색 그늘을 만들어 석고상처럼 보였다. 방을 나서기 전에 화장대에 놓인 유리의 보석함을 열어보았다. 쓰치야 사야코의 귀걸이를 다시 가져갈 생각이었다. 사야코가 평범하고 감정적인 여자라면 내가 다시 남편과 한편이 된 것을 눈치챘을 때, 무슨 험한 말을 할지 모른다. 그렇게 되면 귀걸이도 돈도 돌려주자고 마음먹었다. 나는 누군가 화가 나서 펄펄 뛰는 게 싫다. 유리는 이 귀걸이에 딱히 별다른 생각도 없을 것이다. 귀걸이를 호주머니에 넣었을 때, 보석함 귀퉁이에서 넥타이핀을 발견했다.

어제 내가 잃어버린 쓰치야의 넥타이핀이었다. 역시 욕실에 떨어뜨렸던 것이다. 그걸 유리가 주워서 내 물건이라고 생각하고 조심스럽게 챙겨둔 것이리라. 나는 그 넥타이핀도 쓰치야에게 돌려주자고 생각했지만, 방을 나서는 순간에 마음이 바뀌었다.

현관 참에 검붉은 조화가 꽂혀 있었다. 나는 그 꽃 이름은 알지 못하지만, 옛일이 기억났다. 예전에 레이코가 마지막으로 내게 이 꽃을 건넸었다. 꽃말은 '안녕'이라고 했다. 나를 통해 장래의 꿈을 꾸려고 했던 이 세상에서 가장 바보 같은 여자였다.

나이프 모양의 넥타이핀을 조화 꽃잎에 콕 찔러 남겨두었다. 쓰치야에게는 대충 둘러대면 된다. 유리가 꽃말을 알고 있다면 내가 더 이상 오지 않는다는 뜻이라고 눈치챌 것이다. 눈치채지 못해도 상관없다. 작은 장난이었다. 문을 닫을 때, 은빛 나이프 손잡이의 굵은 다이아몬드가 눈을 찌르듯이 반짝 빛났다.

오랜만에 아침 일찍 흥신소에 나가 이번 주 이틀분의 사야코의 행적을 적당히 서류로 작성해 소장에게 보여주었다. 소장에게는 아직도 내가 사야코의 미행을 계속하는 것처럼 꾸민 것이다. 소장이 수표 한 장을 보여주었다. 쓰치야가 보내준 것인데 지난번의 청구서와 전혀 다른 액수가 기입되어 있었다. 청구서의 다섯 배가 넘는 액수였다.

"뭔가 착오가 있었던 모양인데요? 쓰치야 씨에게 문의해보겠습니다."

그렇게 말하고 나는 흥신소를 나왔다.

'로아'의 전화는 약속보다 이십 분이나 늦게 울렸다. 어젯밤에 적어둔 메모대로 쓰치야의 행적을 사야코에게 보고했다.

"당신, 나를 배신하고 다시 남편과 짠 거 아니야? 그 사람에게 여자가 있다는 건 틀림없어."

"그러면 직접 조사해보시든지요."

나는 짜증이 나서 그렇게 전화를 끊었다. 꼼짝없이 쓰치야 부부의 싸움에 휘말려 든 것이다. 두 사람에게도 나 자신에게도 화가 났다. 밤에 쓰치야에게서 걸려올 전화벨 소리를 몇 시간이나마 깨끗이 잊어버리려고 대낮부터 술을 마시러 갔다.

집에 돌아와 잠시 눈을 붙인 참에 쓰치야에게서 전화가 왔다. 밤 11시가 다 된 시각이었다. 쓰치야의 목소리 따위, 듣지도 말고 수화기를 내동댕이치고 싶었다.

"오늘 밤은 일찌감치 연락하셨네요."

"지금부터 오 분 뒤에 집에 들어갈 거야. 오늘은 6시 20분에 은행을 나와 비서와 히비야에 영화를 보러 갔어. 거래처 영화사가 대대적으로 홍보하는 영화야."

쓰치야는 영화 제목과 스토리를 간략하게 알려주었다.

"영화사에서 창립 50주년 파티를 하는데 우리 부부에게 초대장을 보내줘서 영화를 미리 봐두기로 했어. 원래는 사야코도 함께 볼 예정이었어. 영화관 앞에서 만나기로 했는데 그 사람, 안 왔어. 긴자 근처 영화관에서도 하니까 그쪽으로 갔는지도 모르지. 영화관을 나와 비서와 '러그'에서 한 시간쯤 술을 마시고 돌아왔어…. 그것뿐이야. 메모했나?"

네에, 라고 공손히 대답하고 수화기를 내려놓았다. 벌렁 누워 무의미한 메모를 들여다보는 사이에 다시 잠이 들었다.

다음 날 아침, 신문 기사로 사건이 난 것을 알았다. 큼직한 얼굴 사진의 여자가 누구인지 언뜻 알아보지 못했다. '맨션에서 젊은 호스티스 교살-도둑의 범행인가'라는 큰 제목만 한참 동안 멍하니 보고 있었다.

우선 유리라는 이름이 본명이라는 것에 놀랐다. 성은 사카모토, 나보다 한 살 어린 스물여덟 살이었다.

그다음에는 혹시 내가 용의선상에 오를지 모른다는 걱정이 몰려왔다. 나는 어제 아침까지 그 맨션에 있었고 유리가 살해된 것으로 추정되는 저녁 7시부터 8시까지는 내 집에서 자고 있었기 때문에 알리바이를 증명할 수가 없다.

어제저녁 7시에 클럽 동료가 전화를 했을 때는 유리가 받았다고 한다. 하지만 8시 조금 전에 이웃집 사람이 활짝 열린 현관문이 이상해서 안을 들여다보다가 바로 앞 거실 바닥에 쓰러진 사체를 발견했다는 것이다. 유리는 빨간색 외출복을 입고 어디선가 돌아왔거나 어딘가로 나가려는 참에 나일론 스타킹으로 목이 졸려 살해된 모양이었다. 7시부터 8시까지 범인으로 보이는 인물을 목격한 자는 맨션 입주민 중에는 없다고 적혀 있었다.

집 안이 잔뜩 어질러졌고 보석이며 현금을 털어간 흔적이 있는데다 최근에 이 맨션에 도둑이 들었다는 점에서 경찰은 강도 사건으로 보는 것 같았다. 그 신문 기사를 읽고 나는 안도했다. 게다가 나와 유리의 관계를 아는 사람은 아무도 없다. 그 집에 드나들 때 누군가 마주친 적도 없다.

기사에 나온 대로 나는 강도의 짓일 거라고 생각했다. 그때는 설마 그저께 한밤중에 사야코가 오해를 해서 걸었던 전화와 유리가 살해된 사건이 관계가 있을 줄은 생각도 하지 못했다.

사진 속의 유리는 웃고 있었다. 여전히 나는 이 여자를 좋아했는지 싫어했는지 알지 못했다. 유리가 사시라는 것을 나는 그 사진으로 처음 알았다.

"어이가 없다"라고 중얼거리던 마지막 목소리가 딱 한 번 내 귀에 되살아났다. 하지만 어떤 얼굴로 그런 말을 했었는지는 이미 생각나지 않았다.

다시 한참 자고 난 뒤, 12시에 흥신소에 전화를 걸어 이대로 미행하러 나가겠다고 말했다. 그리고 사야코가 전화하기로 약속한 2시 전에 '로아'로 갔다.

커피숍에 들어서자마자 전화기 옆의 웨이트리스가 내 이름을 불렀다. 다른 때보다 십 분이나 빠른 시각이었다.

받아든 수화기에서 들려온 것은 사야코가 아니라 그 남편의 목소리였다. 나는 쓰치야에게 이 커피숍에서 사야코와 연락을 취하기로 했다는 것을 얘기했었다.

"사야코, 아직 연락 안 왔지?"

약간 다급한 목소리였다.

"사야코에게 어제 했던 메모대로 보고한 뒤에 곧바로 T호텔 603호실로 와. 프런트를 거치지 말고 직접 올라오도록 해. 아무도 없는 데서 조용히 할 애기가 있으니까."

쓰치야는 이미 호텔방에 가 있는 모양이었다. 나는 나와 유리의 관계를 알고 있는 인간이 한 명 더 있다는 게 생각났다. 쓰치야다. 오늘 아침 신문을 쓰치야가 자세히 읽어봤다면 맨션과 유리라는 이름으로 피해자가 내 약혼자라는 걸 알았을 것이다. 게다가 쓰치야는 신문 기사를 한 글자도 놓치지 않고 꼼꼼하게 읽을 듯한 타입이다.

서둘러 커피를 마시며 어젯밤의 메모를 훑어보았다. 그리고 그제야 나는 헉 하고 놀랐다. 어젯밤 7시, 남편과 약속한 영화관에 사야코는 오지 않았다. 유리의 살해 추정 시각과 일치하는 그 시간에.

커피숍의 전화가 울렸다. 웨이트리스가 건네준 수화기에서 사야코의 목소리가 흘러나왔다. 사무적인 목소리로 메모해둔 그대로 주절거렸다. 사야코는 "그래?"라고 응했을 뿐, 곧바로 전화를 끊었다. 나는 '로아'를 나와 T호텔이 있는 히비야로 향했다.

6

노크와 동시에 쓰치야가 문을 벌컥 열었다. 잠금 고리를 내리고 잠시 화가 난 듯한 눈빛으로 나를 쳐다보았다.

나는 조사비 결제에 착오가 있었다느니 하는 무의미한 말을 꺼내려고 했다. 하지만 쓰치야의 손이 호주머니에서 넥타이핀을 쓱 꺼냈다. 어제 아침에 유리의 맨션을 나올 때 현관참의 조화에 꽂아두었던, 즉 쓰치야 본인의 넥타이핀이다.

"오늘 아침에 일어났더니 내 파자마 깃에 꽂혀 있었어. 아마 사야코가 앙갚음으로 한 짓이겠지. 다시 말해 사야코가 이걸 갖고 있었다는 얘기야. 이 넥타이핀은 어제 도쿄역 호텔에서 당신을 만났을 때, 테이블 위에 깜빡 잊고 온 것 같은데?"

나는 그렇다고 말했다.

"그렇다면 설명해봐. 왜 이 넥타이핀이 오늘 아침 내 파자마 깃에 일부러 꽂아둔 것처럼 달려 있었지?"

나는 넥타이핀을 약혼자의 맨션에 가져갔었고 그 집 현관 장식대에 남겨두고 왔다고 사실대로 털어놓았다. 그 이상은 아무것도 알지 못했다.

쓰치야는 입술을 깨물며 난처하다는 듯 미간에 주름을 잡았다.

" 약혼자라는 게 이 사람인가?"

쓰치야는 테이블 위의 신문을 펼쳤다. 신문에는 사건 현장인 맨션 사진이 대문짝만하게 실렸고 유리의 얼굴은 작게 나와 있었다.

"그렇습니다. 하지만 내가 한 짓이 아니에요."

"당신이 한 짓이라고는 안 했어. 이런 짓을 저지른 건…, 사야코야."

쓰치야는 슬픈 듯한 눈빛이었다. 처음 만났을 때처럼 개를 닮은 눈빛이다. 나는 쓰치야가 수염을 깎지 않았다는 것을 알았다. 창문 너머로 옆 빌딩이 바짝 붙어서 호텔 방 안은 침침했다.

"그저께 한밤중에 내가 잠든 줄 알고 사야코는 당신 약혼자에게 전화를 했어. 당신 약혼자의 전화번호가 적힌 메모를 보고 오해를 했던 거야. 어때, 그런 전화가 왔었지?"

"네, 왔었습니다."

대답을 한 뒤에야 쓰치야의 컴컴한 눈빛이 무슨 말을 하려는 것인지 겨우 깨달았다. 유리가 화가 나서 아니라고 반박한 말을 듣고 사야는 점점 더 의심이 깊어졌던 것이리라. 게다가 나는 사야코에게 그러면 직접 조사해보시든지요, 라고 쏘아붙였었다. 사야코는 실제로 자신이 직접 맨션으로 찾아갔던 것이다. 그리고 유리가 문을 열어주었다.

사야코의 시선은 즉각 현관의 조화에 꽂힌 넥타이핀을 포착했다. 그건 남편의 넥타이핀이었다. 유리가 아무리 아니라고 부정해도 넥타이핀은 남편과 유리의 관계를 알리는 명백한 증거가 되고 말았다….

유리가 어떤 얼굴로 죽어갔는지, 상상조차 되지 않았다.

사야코가 어떤 얼굴로 살인을 범했는지는 훨씬 더 상상이 되지 않았다.

"어젯밤 내가 집에 갔을 때 사야코는 이미 침대에 누워 있었어. 몹시 피곤한 얼굴로. 나를 증오하는 눈빛으로 쳐다보더라고. 내가 왜 영화관에 안 왔느냐고 물었더니 장소를 착각해서 긴자 쪽 영화관에서 십오 분쯤 기다리다가 그냥 그 근처를 구경하고 들어왔다는 거야. 여동생 얘기로는 귀가한 게 9시쯤이라고 했어…. 틀림없지?"

어처구니없는 사고 같은 일이었다. 간략한 메모와 넥타이핀 하나가 아무 관계도 없는 여자를 죽음으로 몰아넣은 것이다. 오해 때문에 살해된 유리와 오해 때문에 살인을 저지른 사야코, 그리고 어처구니없는 우연으로 아내를 살인범으로 만들어버린 엘리트 금융인…. 세 명 중 누가 가장 손해를 본 것일까.

쓰치야의 몸은 공기가 빠진 것처럼 작게 오므라들어 뺨이 움푹했다. 원래부터 빈상인 사람이었다. 소심하게 아내의 불륜을 의심하며 전전긍긍하거나 이런 식으로 아내의 엄청난 범죄에 안달복달 속을 끓이는 역할이 더 잘 어울리는 사람이다.

"한 가지 부탁할 게 있는데…."

쓰치야는 파르르 떨리는 눈으로 나를 올려다보았다.

"경찰은 강도 사건으로 보는 모양이니까 우선 당장은 괜찮겠지만, 만에 하나 사야코가 용의선상에 오른다면…. 살해된 여자와 사야코는 단순히 오해로 마주친 것뿐인 관계니까 사야코의 이름이 나올 염려는 없지만, 만에 하나 그럴 경우에는 당신이 증인이 되어줄 수 있을까? 당신은 내가 처음 일을 의뢰했던 것부터 아내에게서 나를 배신하고 오히려 내 행적을 조사하라는 부탁을 받았다는 것까지 경찰에 모두 사실대로 말하면 돼. 그리고 그저께 밤에도 나를 미행했다고 해. 그저께 밤에 아내와 내가 틀림없이 7시에 영화관 앞에서 만나 영화를 봤다, 9시에 영화가 끝나고 아내만 먼저 집에 돌아갔다, 라고 말해줄 수 있지? 당신, 메모해둔 게 있을 텐데 그 메모에 단 한 마디, 아내도 영화를 본 것으로 추가로 기입해주면 돼."

"하지만 영화는 비서와 함께 봤다고 하셨는데…."

"그 친구는 간단히 위증 지시를 따를 거야. 하지만 비서는 거의 한 식구나 마찬가지라서 증언 효력이 없어. 지금 필요한 건 제삼자의 증언이지. 흥신소 직원인 당신의 증언이라면 경찰도 신뢰해줄 거라고. 돈이 필요하다면 5백만 엔 정도는 챙겨줄 수 있어."

잠시 생각해본 뒤에 나는 대답 대신 메모를 꺼내 그의 말대로 '7시, 영화관 앞에서 아내를 만나 함께 영화 관람'이라고 추가 기입했다. 의외로 간단히 받아들여 준 것에 쓰치야는 놀란 기색이었다. 동시에 눈에 안도의 빛이 번졌다. 쓰치야는 당장 그 자리에서 수표첩을 꺼냈다. 나는 3백만 엔이면 된다고 말했다.

2백만 엔은 내 양심이었다. 3백만 엔만 있으면 흥신소를 그만둬도 일 년은 편히 먹고살 수 있다. 쓰치야는 내 양심을 제하고 남은 액수를 수표에 써서 내게 건넸다.

그리고 우리는 좀 더 상세하게 말을 맞췄다. 영화관에서 내가 쓰치야 일행 세 명의 두 줄 뒷좌석에 앉아 영화가 상영되는 동안 줄곧 감시했다, 흥신소에는 앞으로도 일주일 동안 일을 계속하는 척한다, 지금까지 해왔던 대로 쓰치야가 알려준 내용을 그대로 아내에게 보고한다는 등, 서로 말을 맞춰야 할 것들이 많았다.

마지막으로 쓰치야는 애걸하는 눈빛으로 나를 바라보다가

시선을 손목시계로 옮기며 자리에서 일어섰다. 중요한 조약을 마무리한 것처럼 진한 한숨을 내쉬고 밤에 다시 우리 집으로 오늘 밤의 행적을 연락해주겠다면서 자신이 먼저 호텔 방을 나갔다.

문이 닫혔다. "어이가 없다"라는 유리의 마지막 목소리가 다시 한 번 내 귀에 들려왔다.

침대에 몸을 던졌다. 금융인의 완벽한 일 처리 방식이 지긋지긋했다. 수표를 공중에 힘껏 던졌다. 3백만 엔은 잠시 허공에서 춤추다 바닥에 떨어졌다. 호텔 방을 나올 때까지 휴지 조각처럼 그대로 버려두었다.

어이가 없다, 라고 말하고 싶었던 건 내 쪽이었다.

7

다음 날, 언론은 벌써 그 사건을 까맣게 잊어버린 것처럼 아무 언급도 없었다. 나도 먼 옛날 일처럼 사건에 대한 것도 유리의 얼굴도 잊어가고 있었다.

'로아'에 나가자 정확히 2시에 전화가 울렸다. 나는 메모해둔 대로 다시 보고하기 시작했지만, 사야코가 내 입을 막았다.

"됐어. 그보다 지금 T호텔 로비로 와줄래? 중요한 얘기가 있어."

그러고는 내 대답도 기다리지 않고 전화를 끊었다. 나는 한 순간 쓰치야에게 연락할까 했지만, 일단 아내 쪽 얘기를 들어본 다음에 연락해도 괜찮다고 마음을 바꿨다.

어제와 똑같이 T호텔로 향했다. 사야코는 침침한 로비에서 기다리고 있었다. 검정과 노랑의 대담한 줄무늬가 그려진 원피스를 입고 있었다. 나 따위는 알지도 못한다는 듯이 자리에서 일어나 대리석 계단을 천천히 올라갔다.

내가 계단을 오르기 시작했을 때 이미 사야코의 등은 사라지고 하이힐이 대리석을 치는 소리만 끊임없이 위로 올라가고 있었다.

3층, 4층으로 이어지는 발소리를 흉내 내 나도 일부러 발소리를 키웠다. 한 층씩 올라갈 때마다 계단은 정적이 더해지고 발소리는 높아졌다.

이윽고 여자의 발소리가 멈췄다. 6층에서 주위를 둘러보더니 사야코의 등이 스윽 숨듯이 복도로 들어섰다. 발소리는 카펫을 밟는 부드러운 울림으로 바뀌고, 나는 미로 같은 복도 모퉁이를 몇 번이나 돌면서 뒤를 따라갔다.

사야코는 610호실로 들어갔다. 어제 쓰치야를 만난 그 근처의 방이었다. 창문으로 옆 빌딩에 반쯤 잘려 나간 도쿄 하늘이 보였다.

내가 들어가고 오 분쯤 사야코는 아무 말도 하지 않았다. 담배를 피우는 그 옆얼굴은 사람을 죽인 여자로는 보이지 않았다. 문득 이 여자는 오해라는 걸 다 알면서도 유리를 죽인 게 아닐까 하는 마음이 들었다. 값비싼 요리에 담뱃재를 떨듯이, 고가의 귀걸이를 구둣발로 짓밟듯이, 유리를 죽인 것은 이 여자의 마지막 최고의 사치였는지도 모른다. 담배를 비벼 끄면서 그녀가 입을 열었다.

"어제 나한테 보고한 거, 거짓말이었지? 수요일 밤에 남편은 영화관 같은 데는 가지도 않았잖아."

어떻게 대답해야 좋을지 몰라 나는 짧게 되물었다.

"왜요?"

사야코는 핸드백에서 신문 기사 스크랩을 꺼냈다. 수요일 저녁의 사건이 내가 읽었던 것과는 다른 기사와 사진으로 보도되었다. 그 사진에서도 유리는 딴 사람처럼 보였다.

"수요일 밤에 남편이 이 여자를 죽였어."

내 손이 반사적으로 움직였다. 침대에서 일어선 사야코의 얼굴을 나는 힘껏 내려쳤다. 이 부부 사이에서 던지고 되던지는 공 역할은 이제 지긋지긋했다. 가면을 쓰고 똑같은 말을 지껄여대고 그때마다 나는 U턴해야 했다. 사야코는 한 손으로 뺨을 가리며 눈끝으로 웃었다. 나는 미안하다고 말했다.

"또 배신했지, 나를? 남편 쪽에 붙은 거야."

"왜 당신 남편이 유리를 죽였다는 겁니까? 그 여자와는 아무 관계도 없어요."

"그보다 내가 아직 모르는 걸 말해봐. 남편과 그 뒤로 어떤 얘기가 오고 갔는지."

사야코는 담배를 한 개비 빼내 내 입에 꽂고 불을 붙였다. 나는 백화점 옥상에서부터 어제 이 T호텔에서 있었던 일까지, 낱낱이 털어놓았다. 세 번째 배신이었다. 사야코는 따분하다는 듯한 얼굴로 듣고 있었다.

"역시 내가 짐작했던 그대로였어."

그러고는 짤막해진 내 담배를 빼내 재떨이에 비벼 껐다.

"난 그 여자 집에 전화하지 않았어. 아마 남편이 호스티스인지 누구인지에게 부탁했겠지. 맨션에도 찾아간 적이 없고 넥타이핀 따위, 전혀 알지도 못해. 수요일 밤에는 남편이 청해서 긴자 영화관에 갔었어. 남편은 분명 긴자라고 말했어. 내가 잘못 알아들은 것처럼 꾸며놓고 그 틈에 히비야 영화관에서 빠져나와 그 여자를 죽이러 간 거야. 비서 다나카는 간단히 어르고 달랠 수 있으니까."

"남편 분이 왜 유리를 죽입니까?"

사야코는 잠시 침묵했다. 머리카락을 귀 뒤로 툭 치자 진주 귀걸이가 내다보였다.

"그 여자 이름은 오래 전부터 알고 있었어. 그래, 반년쯤 전부터. 쓰치야가 잠꼬대로 부르더라, '유리, 유리'라고. 양복 주머니에 클럽 성냥갑이 있어서 내가 연락해서 물어봤어. 그래서 유리라는 여자 이름도, 그 맨션도 알게 됐어."

"그러면 왜 나한테 남편의 행적을 조사해달라고 했는데요?"

그게 아니라 다른 걸 물어봤어야 했다. 그러면 유리와 쓰치야는 나보다 훨씬 더 이전부터 관계가 있었던 것이냐고. 그리고 훨씬 더 놀라는 척했어야 한다.

"확실한 증거를 잡으려고 했어. 사진이든 뭐든. 그래서 위자료 잔뜩 받고 이혼할 작정이었으니까. 내가 말했었지? 남자에게, 특히 남편 따위에 관심 없다고. 그 사람은 유리라는 여자에게 푹 빠져 있었지만, 그딴 거 나한테는 아무려나 상관없었어."

"왜 쓰치야가 유리를 죽였는지…."

나는 똑같은 질문을 되풀이했다.

"푹 빠져 있었거든. 근데 유리에게 다른 남자가 있다는 걸 안 거야. 그 사람, 독점욕 강하고 질투심 많고 신경질적이고 소심하니까 도저히 용서가 안 됐겠지."

사야코는 나를 빤히 바라보았다. 눈빛에 야유하는 미소가 서려 있었다. 사야코가 거짓말을 하는 것인지도 모른다. 쓰치야가 연극을 했던 것인지도 모른다. 둘 중 하나는 거짓말을 하고 둘 중 하나는 진실을 말하고 있다. 둘 다 거짓말을 하고, 유리는 단지 도둑에게 살해되었다고 보는 게 가장 간단하지만, 결국 나는 사야코의 말 쪽을 믿기로 했다. 유리가 꽤 오래 전부터 쓰치야의 연인이었다는 것도, 쓰치야가 다른 남자 때문에 유리를 죽였다는 것도, 너무도 황당한 얘기여서 오히려 그쪽을 믿어보기로 했던 것이다.

"어제 남편이 내 알리바이를 당신에게 부탁했다고 했지? 그런데 그건 그대로 쓰치야 자신의 알리바이가 되기도 해. 당신은 쓰치야의 알리바이의 주요 증인으로 3백만 엔에 팔린 거야."

알이 굵은 진주 귀걸이를 사야코의 손끝이 장난하듯이 만지작거렸다. 가격만 비싸고 취향은 형편없는 보석이다. 이 여자는 저런 무의미한 상품에 얼마나 많은 돈을 쏟아 부었을까. 창문으로 갑작스레 꽂혀든 빛 속에서 그녀는 입을 열었다. 목소리가 아니라 피식 숨이 새어나왔다.

어이가 없다, 라고 말하고 싶었는지도 모른다.

적어도 이 여자의 말을 믿는다면, 즉 쓰치야와 유리가 연인 사이였다고 하면, 몇 가지 수수께끼는 해명이 된다. 첫째로, 넥타이핀이다. 나는 그 넥타이핀을 욕실에 떨어뜨렸다. 유리는 그걸 주워 나한테 별다른 말도 없이 보석함에 감춰두었다. 그게 쓰치야의 넥타이핀이었기 때문이다. 쓰치야가 욕실에 들어갔다가 떨어뜨렸고 내내 그걸 깜빡 못 보고 넘어갔었다고 생각했을 것이다. 두 번째로, 도쿄역 호텔 커피숍에서 내가 유리의 이름을 말했을 때, "사귀는 여자인가?"라고 묻던 쓰치야의 음울한 시선이 해명된다. 게다가 나는 유리에게 푹 빠져 있던 쓰치야에게, 우리는 머지않아 결혼할 사이라고 말해버렸다. 그다음 날 밤, 유리는 살해되었다. 내가 진지한 인상을 주려고 늘어놓은 거짓말이 쓰치야의 마음속에 단단히 똬리를 튼 걱정의 방아쇠를 당긴 것이다.

세 번째로, 이게 가장 중요한데, 월요일 밤에 긴자 뒷골목에서 쓰치야를 미행한 또 다른 남자의 정체가 해명이 된다. 그자는 쓰치야가 아니라 나를 미행했던 것이다. 언제부터인지는 모른다. 하지만 쓰치야가 처음 내게 일을 의뢰하러 온 그 토요일의 훨씬 전부터 쓰치야는 다른 흥신소 직원에게 나를 미행하게 했을 것이다. 쓰치야는 우연한 기회에 유리에게 다른 남자가 생긴 것 같다는 의심을 품었다. 적당한 흥신소 직원에게 유리의 집에 드나드는 남자를 조사해달라고 했다. 거기에 나라는 남자가 걸려들었다. 그때부터 쓰치야는 지속적으로 나를 미행하도록 해왔다. 나는 업무차 내내 남을 미행해왔기 때문에 설마 내가 미행을 당할 줄은 생각도 못 했다.

월요일 밤, 긴자 뒷골목에서 나는 갑작스럽게 옆 골목으로 숨었다. 흥신소 직원은 나를 시야에서 놓치고 당황스러웠지만, 나를 발견할 간단한 방법이 있었다. 그자는 내가 쓰치야를 미행한다는 것을 알고 있었으니까 쓰치야의 뒤만 따라붙으면 반드시 다시 내가 나타난다고 생각했다. 그 바람에 내 눈에는 그자도 쓰치야를 미행하는 것처럼 보였다.

네 번째로, 쓰치야가 비용 결제를 잘못한 이유가 해명된다. 쓰치야는 나와 그자, 두 명의 흥신소 직원을 쓰고 있었다. 그자에게 보낼 돈을 잠깐 실수해서 나한테 보냈던 것이리라. 즉 착오가 난 액수는 나를 조사해준 비용이었다. 나를 조사하는 비용으로는 지나치게 비싸지만, 그 높은 액수로 미루어 짐작해보면 쓰치야는 그 흥신소 직원의 양심 또한 돈으로 사들였을 것이다.

게다가 월요일 밤에 쓰치야의 행적을 미행하기 시작했는데 바로 그다음 날에 벌써 배신한 것을 쓰치야에게 들켜버린 이유가 해명된다. 쓰치야는 부총재의 부인이 공항 호텔에서 사야코를 봤다고 말했지만, 실제로는 나를 미행한 흥신소 남자에게서 보고를 받은 것이다. 그리고 마지막으로 또 한 가지….

"당신, 유리라는 여자를 사랑했어?"

나는 고개를 저었다.

"그러면 오해한 건 쓰치야 쪽이었네. 3백만 엔은 그냥 받아둬. 뭐, 내 얘기보다 남편 쪽 얘기를 믿는다고 해도 상관없어. 결과는 똑같은걸. 난 그냥 사실을 알고 싶었을 뿐이야."

쓰치야의 아내는 내게 미소를 지었다. 나도 웃으려고 했다. 나는 내가 죽을 만큼 싫다. 이 여자도 싫다. 꼴도 보기 싫다. 나는 창가로 다가갔다. 이 호텔 방을 나가면 나는 수표를 갈기갈기 찢어버릴지도 모른다. 아니면 수표를 돈으로 바꾸고 흥신소에 가서 일을 그만두겠다고 말할지도 모른다. 창문 너머 반절이 잘려 나간 하늘을 바라보며 나는 마지막으로 다시 한번, 이 주일 전 토요일 오후에 한 사람의 의뢰인이 내보였던 개를 닮은 슬픈 눈빛을 떠올렸다.

그 눈빛은 연기가 아니었다. 단지 아내의 불륜을 두려워했던 게 아니라 마음을 바쳐 사랑한 여자의 불륜 때문에 괴로워했던 것이다. 그렇다, 그리고 마지막으로 또 하나, 사야코의 얘기 쪽이 진실이라면 쓰치야가 왜 나에게 아내의 불륜을 조사해달라고 의뢰했는지, 그 이유가 해명이 된다.

이나바의 소개라는 건 거짓말이었다. 나를 미행하게 했던 쓰치야는 당연히 그 무렵에 내가 이나바의 아내를 조사했다는 것도 알고 있었다. 그래서 이나바의 이름을 핑계거리로 써먹었을 뿐이다. 이나바와 쓰치야는 생판 모르는 사이일 터였다. 쓰치야는 어떻게든 나와 유리의 관계를 자세히 알고 싶었다. 그런데 그 무렵에는 쓰치야도, 나의 미행을 맡은 흥신소 직원도 그걸 알아낼 기회가 없었다. 왜냐하면 그 두 달 전부터 나는 일이 너무 바빠 유리를 만날 시간조차 없었기 때문이다.

쓰치야는 나에게 한가한 시간을 만들어주어야 했다. 그 흥신소 직원이 나를 조사하기 쉽게 만들어야 했던 것이다. 그래서 쓰치야는 이나바 쪽의 일이 끝난 직후에 하루에 단 세 시간이면 끝나는 아무 의미도 없는 일거리를 내게 던져주었다. 그리고 동시에 한동안 출장을 다녀온다는 적당한 구실로 유리도 풀어주었다. 우리 둘을 자유롭게 해서 서로 접촉할 기회를 갖게 해준 것이었다. 아내 일 따위, 상관없었던 것이리라. 쓰치야의 관심은 그 세 시간 동안의 아내의 행적이 아니라 남은 스물한 시간의 나의 행적이었던 것이다.

쓰치야의 서글픈 작전은 성공했다. 나는 자유로운 시간을 얻어 거의 매일 밤 유리를 만났고 철저히 조사를 당했다. 흥신소 직원은 마침내 우리의 관계에 대한 확실한 증거를 잡고 쓰치야에게 보고했다. 그리고 내가 쓰치야에게 내뱉어버린 최종적인 거짓말. 우리는 머지않아 결혼할 것이다….

그건 지난 삼 년 동안 내게 들어온 것 중에서 가장 기묘한 의뢰였다.

개를 닮은 슬픈 눈빛의 남자는 이 주일 전 토요일 오후, 나에게 조사를 의뢰하러 온 게 아니라 조사를 당할 수 있도록 의뢰하러 왔던 것이다.

밤이여、 쥐들을 위해

夜よ鼠たちのために

그 전까지 우리는 행복했었다.

우리, 나와 내 아내 노부코….

사실은 원래 이름은 노부코가 아니다. 하지만 지난 몇 년 동안 나는 아내를 줄곧 그렇게 불러왔다. 한 마리의 쥐 때문이었다. 여덟 살 때, 내가 몰래 기르던 쥐를 똑같은 이름으로 불렀던 것이다. 어린애였던 내 손바닥에 올라앉을 만큼 작은 쥐였다. 그 근처의 흔한 시궁쥐와 똑같은 색깔이지만 왜 그런지 오른쪽 귀만 하얀색이었다. 나는 그 하얀 귀에 대고 항상 노부코, 노부코, 라고 이름을 불렀다.

어린 시절, 나는 누구에게도 사랑받지 못했다. 아버지가 술에 취해 어머니를 살해했고, 나는 보육원에 보내졌다. 철들기 전의 일이라서 그 사건에 대해서는 아무것도 알지 못했다. 아마도 가난했던 탓이리라. 상당히 나이를 먹을 때까지 갖고 다닌 가방 속에는 내가 보육원에 맡겨졌을 때의 옷이 있었지만, 그 작은 옷은 낡고 해어져 여섯 군데나 구멍이 나 있었다.

일곱 살 때, 출소한 아버지가 나를 찾아왔다. 노타이셔츠의 가슴에 갈비뼈가 드러난 그 남자는 애써 웃는 얼굴을 지었지만 가느다란 눈은 경직되고 메말라 있었다. 내가 누구인지 얼른 알아보지도 못했다. 나를 데려가려고 온 모양인데 결국 삼십여 분 만에 혼자 돌아갔다. 삼십 분 동안 내가 한 마디도 하지 않았기 때문이다.

그때까지도 나는 보육원에서 아무와도 말을 하지 않았고, 걱정이 된 선생님이 나를 세 번 병원에 데려갔으나 의사도 내 입을 열게 하지는 못했다. 내가 그때까지 한 말이라고는 '네'라는 외마디뿐이었다. '아니오'일 때는 그냥 고개를 저었다. 나에게는 '묵묵이'라는 별명이 붙었고 모두에게서, 선생님에게서도, 나보다 한참 어린 아이에게서도, 미움을 받았다.

즉, 태어나 처음으로 내가 먼저 말을 건넨 게 그 쥐였다. 여덟 살이 되던 해 여름, 비가 내리는 오후에 출입문으로 뒷마당에 내던져진 쥐잡이 철망 안에서 빗발에 겁에 질린 그 쥐는 도망치려고 우왕좌왕하고 있었다.

그걸 쥐잡이 철망에서 꺼내 두 손으로 감싸고 사람이 거의 드나들지 않는 헛간에 데려가 녹슨 새장 안에 넣어주었다. 날마다 급식실에서 먹을 것을 훔쳐내 자유 시간이면 몰래 헛간에 숨어 놀았다.

삼 일째에 노부코라는 이름을 지어주었다. 수컷인지 암컷인지는 모르지만 나는 그 이름이 마음에 들었다. 책등이 닳아빠진 동화책에 나오는 소녀의 이름이었다. 쥐 노부코는 내 인생에서 처음으로 내 말소리를 들은 생물이었다. 그 헛간 한 귀퉁이에서만 나는 다른 아이들보다 더 웃고 더 말하고 띄엄띄엄 노래도 불렀다. 아무리 먹이를 줘도 눈곱만큼도 자라지 않고 내 손바닥에 가만히 올라앉아 하얀 오른쪽 귀로 내 목소리와 말과 노래를 들었다. 내 몸 중에서 쥐와 닿은 손바닥만 따듯했다. 쥐 쪽에서도 내가 유일하게 자신의 울음소리를 들어주는 상대라는 걸 알았던 것이리라, 내 발소리가 들리면 새장 속에서 팔짝팔짝 뛰며 검고 작은 포도알 같은 눈으로 나를 빤히 바라보았다. 내가 노래를 잘 불렀을 때는 긴 꼬리를 내 새끼손가락에 휘감으며 신이 난 듯 찍찍 울었다. 그리고 한 달 뒤, 새장 밖 세상이라고는 내 작은 손바닥밖에 알지 못한 채 죽었다.

어느 날 헛간에 가보니 새장이 없어졌고 흙바닥에 작은 돌멩이처럼 바짝 굳은 모습으로 쥐 노부코는 나동그라져 있었다. 반쯤 눈을 뜨고 잠든 것 같았다. 천창으로 네모나게 잘린 하늘은 아직 여름이어서 새하얀 빛에 흰 오른쪽 귀가 섞여들어 노부코는 한쪽 귀가 빠진 쥐처럼 보였다. 사실 그 귀는 이미 내 목소리도 내 노래도 들을 수 없었다. 살해된 것이다. 가느다란 철사에 목이 졸려 죽어가는 마지막 순간에 내게 도움을 청했던 것이리라, 벌린 입을 살짝 빛 속에 내밀고 있었다.

범인이 누군지는 금세 짐작이 갔다. 나와 동갑으로 벌레나 도마뱀 죽이는 걸 좋아하는 '멍구'인 게 틀림없었다. 부모를 철도 사고로 잃은 멍구는 따돌림을 당하는 아이로 모두가 싫어했고, 똑같이 모두에게서 미움을 받는 나를 증오했다. 전에도 내 가장 소중한 별 모양 배지를 발로 짓이긴 적이 있고, 쥐가 죽기 전날 내가 헛간을 나설 때 화단 뒤에 숨어 얼굴을 쏙 내밀며 심술궂은 미소를 보였다. 나는 정원 은행나무 그늘에 쥐를 묻고 돌멩이뿐인 작은 무덤을 만들어주었다. 그리고 이틀 뒤 저녁 식사를 마치고 급식실을 나올 때, 나이프를 들고 멍구에게 덤벼들었다.

곧바로 누군가 내 몸을 가로막아서 나이프는 햇볕에 그을린 팔뚝에만 상처를 입혔지만, 멍구는 피를 보자마자 찢어질 듯한 비명을 내질렀다. 내 쪽은 양팔을 뒤로 움켜쥔 누군가의 손을 필사적으로 뿌리치면서, 하지만 그런 때에도 내 목소리로 부르짖을 수 없었다. 결국 나는 반년 동안 병원에 수용되었다.

그리고 반년의 병원 생활로 나는 완전히 교정되었다.

의사와 간호사의 웃는 얼굴이 나를 사회에 적응할 수 있는 사람으로 바꿔버렸다. 여전히 말수는 적지만 사람들 앞에서 상냥하게 웃고 화를 내고 울기도 하는 평범한 아이가 되었다.

멍구 쪽도 반년 사이에 딴사람처럼 성격이 바뀌었다. 따돌림을 받는 아이였는데 믿을 수 없을 만큼 주위 사람들을 잘 챙기는 친절한 소년이 되어 다들 좋아하며 따랐다. 멍구는 내게 "미안하다"라고 두 번 말했고 나는 멍구의 오른팔에 남겨진 가느다란 L자형 흉터에 단 한 번, 똑같은 말을 돌려주었다. 우리는 어린애다운 맹세 의식을 치른 뒤에 사이좋은 친구가 되었다. 멍구뿐만 아니라 나는 다른 아이들과도 어른들과도 세상과도 잘 지냈다.

의사는 나를 완전히 다른 로봇으로 개조하는 데 성공했다. 단 한 가지, 의사가 내 인생에서 교정하지 못한 것은 그 한여름의 쥐의 기억뿐이었다. 나는 의사에게도 누구에게도 멍구를 공격한 이유를 말하지 않았고, 멍구에게도 쥐 일 따위는 잊어버린 것처럼 행동했다. 이 년이 지나고 멍구가 문득 생각난 듯이 "그때는 내가 미안했다"라고 말했을 때, 나는 화를 냈다. 멍구는 눈치채지 못했겠지만 나는 멍구에게도 누구에게도 쥐에 대해 언급하게 하고 싶지 않았다. 나만의 쥐였다. 나는 누구의 눈도 들여다볼 수 없는 가슴속 가장 깊은 어둠 속에 한 마리의 쥐를 매장했다.

아내에게도 쥐 얘기는 하지 않았다. 말할 필요가 없었다. 그녀 자신이 나의 새로운 노부코였으니까. 나는 그녀에게는 들리지 않는 목소리로 늘 마음속에서 '노부코'라고 불러보며 정말로 행복을 실감하곤 했다. 그때까지는….

그녀는 내가 자주 갔던 카페에서 웨이트리스로 일하고 있었다. 나는 그 카페에서 항상 창밖만 바라봤는데 어느 날 그녀가 테이블에 커피를 내려놓더니 "말수가 적으시네요"라고 말하며 빙그레 웃음을 건네주었다.

"혼자 왔는데 얘기를 할 수는 없죠."

"그러게요, 항상 혼자네요. 근데 난 왜 말수가 적다고 생각했지?"

그렇게 중얼거리고는 다시 한번 웃었다.

처음 본 그 순간부터 그녀는 나의 먼 옛날 추억 속의 한 마리 쥐였다. 보육원을 나온 뒤에도 줄곧 완벽한 로봇을 연기하며 남들 비슷하게 살아왔지만, 마음속에서는 항상 한 마리 쥐에 굶주려 있었다. 내 인생에는 노부코의 하얀 귀와 포도알 같은 눈, 가녀린 울음소리가 스며들어 있었다. 나는 그녀의 웃는 얼굴을 보며 자연스럽게 입을 연 나 자신에게 놀랐다.

노부코가 다시 내 손안으로 돌아왔다. 그녀는 내 평생에 두 번째로 내 목소리로, 내 말로, 얘기를 건넨 상대였다.

우리는 바다에 가고 공원이며 시내를 걷고 비가 내리는 날에는 한 우산 속에서 웃고 떠들었다. 그녀는 어깨까지 머리를 기르고 언제나 밀짚 가방을 들었다. 가방이 너무 커서 작고 여린 소녀처럼 보였다. 밀짚 가방에는 우리 둘의 행복이 가득 차 있었다. 내 팔에 매달려 걷기를 좋아하고 내 셔츠의 안 채워진 단추 채워주기를 좋아하고 노란 브로치를 좋아하고 웃는 것을 좋아하는 아가씨였다. 정말로 잘 웃었다.

웃지 않은 것은 단 한 번뿐이었다. 일 년이 지난 추운 겨울밤, 헤어지는 참에 그녀는 갑작스럽게 바짝 긴장한 얼굴로 "만 엔만 줄래?"라고 말했다. 그리고 내게서 지폐를 받아들더니 울먹울먹하는 표정으로 등을 돌려 역 개표구로 달려갔다. 나는 급하게 돈이 필요했던 모양이라는 정도로만 생각했다. 하지만 다음날 카페에 갔더니 그녀는 테이블 너머로 왼손을 내밀어 내 눈앞에 손가락을 펼쳐 보였다.

왼손 약지에 은빛 반지가 끼워져 있었다. 작은 모조 다이아몬드 알갱이로 장식한 반지였다.

"어제 그 만 엔으로 샀어…. 자기가 싫다면 뺄게. 모퉁이 보석점에 가서 반품해줘. 오늘까지는 환불해주기로 했으니까."

약지와 중지 사이로 그녀의 검은 눈동자가 보였다. 눈동자는 촉촉해서 빛 방울이 금세라도 또르르 떨어질 것 같았다. 다이아몬드보다 몇 배나 아름다운 빛이었다. 그녀는 결혼이라는 말을 좀체 입 밖에 내지 않는 내 속마음을 알 수 없어 혼란스러웠던 것이다. 나는 그녀와 평생을 함께하고 싶었지만 결혼이라는 말을 꺼낼 용기는 없었다. 그녀의 행복해 보이는 웃는 얼굴과 내 불행한 과거는 어울리지 않았다. 나는 그녀의 손가락에서 반지를 빼내고 사과의 말을 했다. 그녀는 그 의미를 오해했다. 웃으려고 했지만 굳어버린 뺨이 그 미소를 중간에 일그러뜨렸다.

"아냐, 사과하지 않아도 돼. 오늘 하루, 흉내 내보고 싶었던 것뿐이니까."

나는 고개를 저으며 말했다.

"아니, 그게 아니라 좀 더 비싼 걸로 사주려고."

그녀는 잠시 믿을 수 없다는 듯 나를 빤히 바라보고 다시 한 번 웃으려다가 실패했다. 소리도 없이 눈물을 흘리고 있었다.

한 달 뒤, 우리는 결혼했다.

그리고 그로부터 몇 년 동안의 결혼 생활은 정말로 행복했다. 나는 다시 여덟 살 여름의 헛간으로 돌아가 누구에게도 방해받지 않는 한 귀퉁이에서 노부코와 단둘이 즐거운 시간을 보냈다. 로봇으로 교정된 목소리가 아니라 진짜 내 목소리로 이야기하고 아내는 조용히 귀를 기울이며 이따금 흐뭇하게 웃었다….

아니, 더 이상 추억을 떠올리는 건 관두자.

돌이킬 수 없는 행복은 떠올려봤자 쓸데없다. 지금 내가 떠올려야 하는 것은 그 순간의 아내 얼굴뿐이다. 죽음이라는 말을 선뜻 알아듣지 못해 멍하니 서서 지켜보았던 아내의 얼굴.

흰 양초 같은 피부, 가늘게 뜬 채 어둠을 빨아들인 눈, 창백해진 입술….

운명은 다시금 나의 노부코에게 죽음을 안겼던 것이다. 움직임을 멈춘 아내는 그때의 쥐를 닮았었다. 입을 살짝 벌리고 내게 도움을 청하고 있었다. 나는 몸을 웅크려 그녀의 귀에 입을 대고 처음으로 소리 내어 "노부코"라고 불러보았다. 노부코, 나의 한 마리 쥐….

운명이 아니었다. 그놈들 때문이다. 그놈들이 내 아내를 죽음으로 몰아넣었다. 그놈들, 먼 옛날에 나를 로봇으로 교정한 은색 머리의 남자와 똑같이 하얀 가운을 걸친 놈들.

나는 다시 한번 여덟 살 한여름의 나이프를 움켜쥐고 놈들에게 덤벼들지 않으면 안 된다. 놈들이 노부코에게 안긴 죽음을 내 손으로 놈들에게 되돌려주는 것이다. 아내를, 나의 또 하나의 노부코를, 또 한 마리의 쥐를 영원의 무덤에 매장하기 위해.

복수 계획은 완벽했다. 나에게는 누구에게도 들키지 않을 은신처가 있다. 복수가 완료될 때까지 경찰은 내가 잠복한 곳을 절대로 발견하지 못한다. 나 자신이 한 마리 쥐가 되어 이 도시의 밤, 가장 어두운 곳에 잠복해 눈을 빛내며 기회를 노려왔다.

오후 8시 일 분 전.

마침내 그 기회가 왔다. 나는 뒷골목 어둠 속에서 모습을 드러내 상점가 길모퉁이의 전화박스 안으로 들어갔다. 얼어붙을 만큼 추운 밤이 이 거리 사람들의 생활을 셔터 문 안에 가두고 인적을 단번에 지워버렸다. 이따금 자동차 불빛만 생각난 듯이 스쳐 갔다.

누구에게도 들킬 염려가 없는데도 나는 코트 깃을 세워 얼굴을 묻었다. 손목시계로 다시 한번 시각을 확인하고 송화구에 손수건을 덮은 뒤 장갑을 낀 채로 다이얼을 돌렸다. 지잉 지잉 다이얼이 돌아가는 소리가 놈들의 생명을 초 단위로 깎아내려 갔다. 수화기 바닥에 짧은 정적이 떨어졌다. 내 귀에 한 마리 쥐의 울음소리가 되살아났다. 괜찮아, 라고 나는 말했다. 아무 걱정할 거 없어. 금세 끝나. 이번에야말로 너를 아무에게도 방해받지 않는 조용한 잠의 어둠 속에 매장해줄게…. 상대가 수화기를 들었다. 나는 천천히 말을 내뱉었다.

전화가 울린 것은 8시 정각이었다. 요코즈미 히로에가 2층에서 남편의 카디건을 들고 내려와 현관 옆 괘종시계를 흘끗 쳐다보았을 때 벨소리가 울렸다. 그녀는 계단 밑 전화기를 벨소리가 울리자마자 집어 들었다.

낮고 거친 남자 목소리가 원장을 불러달라고 말했다.

히로에는 상대의 이름을 물어보려고 했지만, 어느새 거실에서 나왔는지 남편의 손이 등 뒤에서 쑥 튀어나와 수화기를 가로챘다. 남편은 수화기를 향해 "나야"라고 대답하고는 침묵했다.

히로에가 거실로 돌아가 보니 테이블 위 남편의 술잔이 넘어져 다갈색 액체가 긴 줄을 그리며 진홍빛 카펫으로 떨어지고 있었다. 전화벨 소리를 듣고 허둥지둥 자리를 박차고 나간 모양이었다. 히로에는 둔한 액체의 흐름을 멍하니 지켜보며 현관 쪽 남편의 기적에 귀를 기울였다.

통화는 일 분여 만에 끝났지만 그동안에 남편이 입에 올린 건 두 마디뿐이었다.

"의사 가운? 왜 그런 곳에 흰 가운을 두 벌이나 가져가지?"라는 말과 수화기를 내려놓기 직전에 남편으로서는 드물게도 파르르 떠는 목소리로 중얼거린 "알았어. 지금 갈게"라는 말이었다. 남편은 거실로 돌아오지 않고 그대로 2층으로 올라간 모양이었다. 히로에가 무슨 일인지 올라가 보려고 했을 때, 남편이 상의를 걸치고 의사 가운을 손에 든 채 계단을 뛰어 내려왔다.

"어디 가려고?"

"응, 잠깐…. 금방 올 거야."

히로에의 다음 질문을 피하듯이 남편은 서둘러 현관을 뛰쳐나갔다.

차의 빨간 미등이 바람에 흔들리는 조용한 밤 속에 묘하게 섬뜩한 두 개의 불빛으로 멀어져가는 것을 지켜보고 히로에는 거실로 돌아왔다. 양주의 마지막 한 방울이 카펫으로 똑 떨어졌다.

카펫에 생긴 얼룩을 보며 히로에의 마음속에 불안이 번져갔다.

방금 남편을 불러낸 전화 속 남자는 아까 오후에도 전화했던 그 남자가 틀림없다. 오후에 잘 아는 디자이너의 컬렉션에서 막 돌아온 참에 전화가 왔었다. 똑같이 거칠고 억양 없는 목소리가 일방적으로 말을 던지고는 뚝 끊어버렸다.

"당신 남편 요코즈미 다다오는 내 아내를 죽음으로 몰아넣은 살인범이야."

6시 반에 병원에서 돌아온 남편에게 곧바로 얘기했지만, 남편은 "장난 전화야"라면서 별다른 반응을 보이지 않았다. 하지만 마음속으로는 그 전화에 신경을 곤두세웠던 게 틀림없다. 게다가 8시에 다시 그 남자가 전화한다는 것도 이미 알고 있었던 것 같다. 위스키 잔을 기울이며 유리잔 가장자리로 두려움에 찬 시선을 자꾸만 벽시계에 던졌었다.

그토록 당황한 남편의 모습은 결혼 후 삼십사 년 동안 처음이었다. 남편은 히로에의 아버지가 타계한 뒤 이곳 세타가야 구에 자리한 종합병원의 원장 자리를 물려받았고, 백혈병 연구의 일인자로도 유명한 사람이다. 항상 지위에 걸맞게 당당한 모습이어서 단 한 번도 목소리나 시선이 파르르 떨리는 일은 없었다. 대체 무슨 일이 일어난 것일까.

그녀는 그저께 밤에 사위 이시즈가 갑작스럽게 찾아왔던 것을 떠올렸다.

내과 부장으로 근무하는 이시즈는 올해 마흔 살이지만 아주 똑똑한 인물로, 그렇기 때문에 더더욱 남편은 그를 외동딸의 사위로 선택해 차근차근 병원 후계자로 키워내기로 결정했었다. 그런 이시즈가 밤늦은 시각에 찾아와 남편과 둘이 서재에 틀어박혀 뭔가 얘기를 나눴다. 문 앞을 지나가던 참에 우연히 남편 목소리가 귀에 들어왔다.

"아무튼 백만 엔을 건네주자. 안 받겠다면 그건 그때 다시 생각해보기로 하고."

그런 얘기를 두런두런 하고 있었다.

그저께 밤의 두 사람의 대화와 오늘 밤의 전화가 뭔가 관계가 있는 것일까.

이시즈라면 무슨 일인지 알고 있을지도 모른다. 그래서 히로에는 조시가야에 사는 딸네 집에 전화를 걸었다. 하지만 이시즈는 어제부터 학회가 있어 오사카에 갔다고 한다.

"요코, 너희 집에 요즘 이상한 전화가 걸려오지 않았니? 나지막한 남자 목소리인데."

"아니, 그런 적 없는데? 무슨 얘기야?"

히로에는 적당히 둘러대고 전화를 끊었다.

거실 소파에 앉아 여성잡지를 손에 들었지만 글씨가 머릿속에 들어오지 않았다. 창문을 치는 바람 소리가 머릿속을 때리는 것 같아 덧문까지 닫아버렸지만 이번에는 정적이 살얼음처럼 마음속에 들러붙어 더욱더 불안을 자아냈다.

한 시간이 지나고 두 시간이 지나도 남편은 돌아오지 않았다.

불길한 상상만 자꾸 떠올랐다. 남편이 수술 실수 등으로 누군가 환자가 사망했고 그 일로 환자의 남편에게서 협박을 받는 건가…. 안 좋은 생각들이 줄줄이 가슴을 찔렀지만 그래도 최악의 상상, 전화한 남자에게 불려 나간 남편이 살해된다는 상상만은 그녀도 미처 떠올리지 못했다.

전화가 울린 것은 한겨울 밤이 부옇게 밝아오기 시작한 오전 5시였다. 경찰에서 온 것이었다. 담당자인 듯한 형사의 메마른 목소리가 참변을 알렸다.

"시내 유원지에서 남편분으로 보이는 사체가 발견되었습니다."

경찰에서는 처음부터 원한이라는 쪽으로 방향을 잡고 수사하는 모양이었다.

사건 현장은 빌딩이 난립한 도심 한 귀퉁이, 사람들에게서 잊힌 것처럼 휑한 공백이 펼쳐진 유원지였다. 바람에 흔들리는 그네 옆에 요코즈미 다다오는 고가도로가 크게 도려낸 도시의 하늘을 올려다보는 자세로 쓰러져 있었다. 흰 가운을 걸친 모습이었다. 그 흰 가운에 그네의 그림자가 장난이라도 치듯이 오락가락 드리워졌다. 마치 흰 가운보다 더 허연 얼굴로 죽어 넘어진 남자를 흔들어 깨우려는 것 같았다.

흰 가운의 가슴 부분에 피가 번졌다. 메스로 보이는 날카로운 흉기에 심장 세 군데를 찔렸고 목에는 철사가 이중으로 감겨 있었다. 출혈량으로 보면 먼저 심장을 찌르고 절명 직전 혹은 직후에 다시 철사로 목을 조른 것으로 추정되었다. 범인의 깊은 원한이 경부의 살을 파고든 그 철삿줄에 담긴 것 같았다.

사망 추정 시각은 전날 밤 오후 9시 전후로 나왔다. 피해자가 범인으로 보이는 남자의 전화를 받고 집을 나선 것이 8시, 자택에서 사건 현장까지 사오 분 거리니까 유원지에 도착하고 곧바로 살해된 것으로 보였다.

사체의 상의 호주머니에서는 백만 엔의 돈 봉투가 나왔다. 그것만으로도 범행 동기는 금전 때문은 아닌 것으로 생각되었다. 다만 백만 엔의 의미에 대해 피해자의 아내 요코즈미 히로에는 전혀 짚이는 게 없다고 말했다. 나아가 어젯밤 8시에 남편에게 수화기를 건네주었을 뿐, 아무것도 모른다고 주장했다. 하지만 사위이자 요코즈미 병원 내과 부장 이시즈 준이치가 어젯밤 8시경 오사카의 호텔을 체크아웃한 뒤에 행방이 묘연하다는 말을 듣고는 태도가 돌변해 벌겋게 부어오른 눈을 번뜩이며 모든 것을 털어놓았다.

모든 것이라고 해봤자 그 전날 오후에도 범인인 듯한 남자에게서 전화가 왔었다는 것, 그리고 사흘 전 저녁에 원장과 사위인 내과 부장이 자택 서재에서 비밀리에 나눈 대화의 단편뿐이었다. 하지만 그걸로 경찰에서는 사건의 윤곽을 파악할 수 있었다.

범인은 자신의 아내가 죽은 원인이 원장 요코즈미와 내과 부장 이시즈에게 있다고 생각하고 그 원한을 풀려고 했다. 요코즈미 쪽에서는 백만 엔의 현금으로 막아보려고 했지만, 범인은 돈 따위가 문제가 아니었고 어디까지나 원한에 의해 요코즈미 살해를 감행했다….

"남편께서 의사 가운 두 벌을 갖고 나갔다고 하셨지요, 아마도 범인의 지시에 따라."

사건을 담당한 경시청 수사1과 호리베 경감의 질문에 피해자의 아내는 말없이 고개를 끄덕였다.

흰 가운에 관해서는 두 가지 의문이 있었다. 첫째로는 사체가 입은 흰 가운에 찢어진 데가 없는 걸 보면 범인이 살해 후에 입힌 것으로 추정되는데, 왜 굳이 그런 짓을 했느냐는 점이었다. 또 한 가지 의문은 다른 흰 가운 한 벌의 행방이었다.

사체에 일부러 흰 가운을 입힌 것은 범인이 의사로서의 요코즈미를 살해했다는 점을 널리 알리려고 했기 때문이 아닐까. 호리베 경감은 그렇게 추측했다. 자신의 아내의 죽음에 요코즈미는 의사로서 명백한 책임이 있다고 호소하려는 것이다. 게다가 그건 범인의 단순한 망상이 아닌지도 모른다. 백만 엔을 건네주려고 했던 것이다. 요코즈미 측에서도 범인의 아내가 사망한 데는 자신들에게 어느 정도든 책임이 있다고 인정한 셈이다. 범인의 원한에는 분명 그 나름의 이유가 있을 것으로 보였다.

하지만 호리베 경감은 그보다 또 다른 흰 가운의 행방이 더 마음에 걸렸다. 범인이 사건 현장에서 가져간 게 틀림없지만, 그 흰 가운과 내과 부장 이시즈의 행방이 연결되는 듯한 불길한 느낌이 들었기 때문이다.

오사카 경찰청의 협조로 알아낸 정보는, 어젯밤 8시 5분경에 호텔에 있던 이시즈에게 남자 목소리의 전화가 왔고, 오 분 뒤에 이시즈는 서둘러 체크아웃을 하고 떠났다는 것이다. 프런트에서 결제를 할 때 이시즈는 "지금 나가면 도쿄행 신칸센을 탈 수 있죠?"라고 확인하듯이 물었다. 담당 직원이 곧장 출발하면 탈 수 있다고 대답하자 호텔 앞에서 대기하던 택시에 뛰어들듯이 타고 떠났다. 범인은 8시에 요코즈미의 자택에 전화한 직후에 오사카의 호텔에도 전화를 걸어 이시즈에게 도쿄로 돌아오라고 지시했던 것이리라. 그리고 요코즈미를 살해한 뒤, 도쿄에 돌아온 이시즈와 어딘가 약속 장소에서 만났던 게 아닐까.

범인은 요코즈미의 차를 탈취해 이동한 것으로 추측되었다. 사건 현장 근처에서는 피해자가 자택에서 타고 나온 차량이 발견되지 않은 것이다. 요코즈미의 차로 이시즈를 어딘가에 데려가 어젯밤 사이에 또 살인을 저지른 게 아닐까. 사건의 윤곽을 제대로 파악했고, 실제로 이시즈까지 살해되었다면 그 사체는 요코즈미와 마찬가지로 흰 가운을 걸치고 있을 게 틀림없다….

세타가야 구 다이타의 요코즈미 종합병원에 탐문 수사를 나갔던 형사에게서 연락이 들어온 것은 오전 11시였다. 최근에 병원에서 발생한 사망 환자 중에 미심쩍은 점이 있는 경우가 없는지 조사하러 나갔던 것이다.

"미심쩍은 점은 아직 발견하지 못했어요. 병원 측에서는 어떤 사망도 의료사고는 아니었다고 부정했습니다. 다만 남편이 있는 여성 환자, 원장이나 내과 부장이 진료한 경우를 조건으로 알아본 결과, 세 명의 사망 환자가 해당이 됐습니다. 그중 한 명은 칠십 세였기 때문에 제외하고, 남은 두 명은 백혈병의 야마시타 하루요, 26세, 그리고 뇌종양의 쓰무라 다미코, 32세입니다. 야마시타 하루요는 반년에 걸쳐 원장과 내과 부장의 진료를 받다가 열흘 전에 사망했고, 쓰무라 다미코는 작년 말부터 진료를 받다가 일 개월 전에 사망했습니다. 원장과 내과 부장은 이쪽 분야의 권위자로 알려졌지만, 어쨌든 난치병이니까요, 두 환자 모두 병원 측의 책임은 아닌 것으로 보입니다."

"어쨌든 그 환자 두 명의 남편 쪽을 샅샅이 알아보도록 해."

"네. 그리고 지난 일주일 사이에 세 번, 역시 범인으로 보이는 남자가 원장에게 전화를 했었어요. 원장은 그때마다 이시즈를 불러 뭔가 상의했답니다. 이시즈 쪽에도 사흘 전 당직 날 저녁 10시쯤에 그자에게서 전화가 걸려왔고 그 직후에 이시즈가 외출을 했다는 거예요."

그날 이시즈는 원장의 자택에 갔었고 거기서 범인에게 돈 백만 엔을 건네주기로 결정했던 것이리라. 사건의 윤곽이 이제 확실해졌다.

호리베는 한숨을 내쉬며 수화기를 내려놓았다.

요코는 본가 응접실 소파에 그저 멍하니 앉아 있었다.

아버지의 유해는 아직 경찰에서 돌아오지 않았지만 응접실에는 친척들이 몰려와 슬픔에 젖은 어머니를 에워싸고 있었다. 요코에게도 위로의 말을 건네주었다.

"너무 걱정하지 마. 무사할 거야, 이시즈는."

하지만 그게 누구 얘기인지조차 얼른 알아듣지 못했다. 아버지의 죽음도, 남편의 소식이 끊긴 것도, 전혀 실감이 나지 않았다. 경찰이 최근에 남편에게 뭔가 이상한 점은 없었느냐고 물었을 때도 요코는 그저 멍하니 고개를 저었다.

사실 남편에 대해 요코는 아는 게 거의 없었다. 애정이 있어서 결혼한 게 아니다. 자신은 단순히 아버지의 지시에 따랐을 뿐이고, 남편 쪽은 원장 자리를 원했던 것뿐이다. 그는 원장 자리를 얻은 몫만큼 아내에게도 아이에게도 친절했지만, 그 외에는 항상 가면처럼 무표정했다.

요코도 열 살이나 나이가 많은 남편에게 그리 큰 관심은 가질 수 없었다. 반년 전, 이시즈가 오래 전부터 한 간호사와 보통 사이가 아닌 것 같다고 귀띔해준 사람이 있었지만, 별반 마음이 요동치는 일도 없었다.

소문은 사실일 것이다. 자신보다 훨씬 아름다운 여자였으니까. 하지만 그 간호사도 보름 전에 사고로 사망해 이미 그 관계는 끝이 났다. 게다가 남편 쪽에서는 진심이 아니었을 터였다. 사랑 때문에 원장 자리를 내던질 사람이 아니다.

"그 간호사, 자동차 사고로 죽었다면서?"

그렇게 물어봤을 때조차 남편은 얼굴빛 하나 변하지 않았다. 죽을 때도 무표정인 채 죽어갈 것 같은 사람…. 최근에 남편이 했던 말이나 목소리, 표정은 아무리 생각해내려 해도 요코의 머릿속에 되살아나지 않았다.

현관의 전화가 울리자 작은어머니가 받더니 요코를 불렀다. 아이를 도우미에게 맡기고 나왔기 때문에 그 도우미가 뭔가 볼일이 있어 전화한 모양이라고 생각하며 수화기를 건네받았다.

나지막하고 알아듣기 힘든 남자 목소리였다.

"이시즈 요코 씨? 분명 그 집에 가 있을 줄 알았어. 당신 남편은 살인범이야. 내 아내의 복수를 위해 죽였어. 사체는 하루미 부두의 창고에 있어."

일방적으로 말하고는 전화가 뚝 끊겼다. 요코는 수화기를 내려놓고서야 겨우 범인에게서 온 전화였다는 것을 깨달았다.

요코는 천천히 걸음을 옮겨 응접실로 돌아왔다.

모여 있던 가족과 친척들이 일제히 돌아보았다. 요코는 그들에게 별 의미도 없이 미소를 지었고 전화한 범인의 말을 앵무새처럼 중얼거렸다. 그러고는 왜 머리가 아래로 떨어지는지 알지 못한 채 그대로 정신을 잃었다.

나는 천천히 수화기를 내려놓았다.

내 손에는 어젯밤에 철삿줄로 이시즈의 목을 조를 때의 마비 같은 충격이 아직 남아있다. 마지막 순간에 이시즈가 어떤 얼굴이었는지는 잊어버렸다. 이시즈뿐만 아니라 요코즈미의 얼굴도, 간호사의 얼굴도.

그 간호사는 내가 고양이를 친 것 같다고 얘기했더니 쉽게도 그 말을 믿고 조수석에서 내려 차체 아래쪽을 들여다보려고 도로 위에서 몸을 웅크렸다. 나는 천천히 차를 후진시켰고, 그러고는 액셀을 꾸욱 밟았다. 갑작스럽게 덮쳐든 빛 속에서 여자는 깜짝 놀라 일어섰지만 차에 충돌하는 순간에 어떤 표정이었는지는 모르겠다.

그 간호사는 참으로 단순한 여자였다. 그래서 이시즈 같은 자에게도 넘어갔던 것이다. 하지만 이시즈 역시 어리석은 놈이다.

내 전화 한 통에 부랴부랴 도쿄로 돌아왔고, 내가 지어낸 얘기를 쉽게도 믿어버렸다.

"나와 함께 하루미 부두로 가죠. 나와 아내가 결혼을 약속했던 곳이니까요. 거기서 사죄해준다면 나도 마음이 풀릴 것 같아요."

그는 고개를 끄덕이며 순순히 차에 탔다. 요코즈미 원장에게서 돈 봉투와 이 차를 받았다, 라는 거짓말도 덥석 믿어버렸다.

메스를 움켜쥐고 덤벼든 마지막 순간까지 그자는 전혀 아무런 의심도 하지 않았다.

그때 이시즈는 어떤 표정이었던가. 내가 기억하는 건 놈의 몸이 무너지면서 내 눈앞에 불쑥 펼쳐진 밤바다, 그리고 저 멀리 바다 너머에서 별천지처럼 휘황하게 반짝이는 도쿄의 네온사인뿐이다. 모조리 잊어버리면 된다. 내가 기억해야 할 것은 그날 그 순간의 노부코의 얼굴뿐이다. 입을 살짝 벌리고 내게 도움을 청하던 노부코의 얼굴….

나는 공중전화 박스를 나왔다.

겨울 오후의 햇빛이 신주쿠역 앞 광장을 비추고 있었다. 도로 위에 다양한 사람들, 다양한 삶들이 서로 부딪히며 각자 자기가 원하는 방향으로 흘러갔다.

나도 그중 한 사람으로 섞여들어 나만의 방향을 목표로 걸음을 옮겼다. 나는 다시금 누구에게도 들키지 않는 은신처에 한 마리 쥐가 되어 잠복하며 다음 기회를, 그자를 죽일 기회를 노릴 것이다….

이시즈의 사체는 범인의 말대로 하루미 부두 한 귀퉁이의 창고에서 발견되었다.

요코즈미와 마찬가지로 메스인 듯한 흉기로 심장을 세 차례 찔렸고 경부에는 철사가 이중으로 휘감겨 있었다. 그리고 호리베 경감의 추측대로 흰 가운을 입힌 모습이었다. 나중에 부검해본 결과, 사망 추정 시각은 밤 12시에서 1시 사이로 나왔다. 신칸센 최종 열차로 도쿄에 돌아오자마자 사건 현장으로 데려가 살해한 것으로 짐작되었다.

요코즈미도 이시즈도 범죄 피해자다. 하지만 범인의 말에 근거가 있다면 이 두 사람은 의사 가운 아래 가해자의 얼굴도 숨겨져 있었다는 얘기다. 범인은 분명 아내의 복수를 위한 일이라고 말했다고 한다. 요코즈미와 이시즈가 의사로서 누구를 죽음에 이르게 한 것인가. 어떤 죽음에 두 사람이 의사로서 책임이 있었던 것인가….

호리베가 사건 현장에서 돌아오자마자 두 가지 중요한 연락이 들어왔다.

하나는 병원에 남아 있던 형사에게서 온 것으로, 보름 전에도 내과에서 근무하던 젊은 간호사가 자택 근처에서 차에 깔리는 사고로 사망했다는 것이었다. 그 뺑소니 사고의 범인은 아직 잡히지 않았다.

"교코라는 그 간호사와 이시즈 내과 부장이 몇 년 전부터 특별한 사이였다는 소문이 떠돌았답니다. 특별한, 이라는 건 남녀 관계라는 애기인데요, 그 뺑소니 사고에는 요코즈미도 이시즈도 전혀 관계가 없었습니다. 둘 다 같은 시각에 병원에서 진료를 했기 때문에 알리바이가 확실하니까요. 다만 간호사 교코에게도 범인으로 보이는 남자에게서 전화가 온 적이 있었어요. 7시경에 전화를 받고는 급한 볼일이 생겼다면서 다른 간호사에게 교대를 부탁하고 병원을 나갔는데 세 시간 뒤에 고엔지 노상에서 뺑소니 사고를 당한 사체로 발견된 거예요."

또 한 명, 범인의 복수극에 걸려든 피해자가 있었던 것이다. 그 간호사의 신변을 상세히 조사해보라고 지시하고 수화기를 내려놓았는데 그 즉시 다시 전화벨이 울렸다.

야마시타 하루요와 쓰무라 다미코, 지난 한 달 사이에 요코즈미 병원에서 사망한 두 명의 환자의 유족을 탐문하러 나갔던 형사에게서 온 연락이었다.

"백혈병의 야마시타 하루요 쪽은 딱히 수상한 점은 없었습니다. 남편은 어제저녁부터 확실한 알리바이가 있기도 했고요. 문제는 쓰무라 다미코 쪽입니다. 고마자와의 작은 빌라에서 살았는데 남편 쓰무라 쇼이치가 장례식을 치르고 열흘 뒤에 집을 나간 이후로 벌써 보름이 넘도록 돌아오지 않고 있어요…."

쓰무라 쇼이치, 34세. 이 년 전부터 고마자와의 아사히장이라는 빌라에서 살았다. 근처 세제 공장에서 임시직으로 일했었는데 과묵한 성격이고 그전에 일하던 회사가 도산하는 바람에 이쪽으로 옮겼다는 것 외에는 공장에도 빌라 쪽에도 그에 대해 아는 자가 없었다.

아내 다미코는 늘 웃는 얼굴의 명랑하고 상냥한 성격이었지만 자신들의 생활에 대해서는 별반 얘기하는 일 없이 조용히 살아가는, 성실한 부부라는 인상이었다.

다미코의 장례식에는 찾아온 친인척이 거의 없었다. 비탄에 젖은 쓰무라를 대신해 친구라는 남자가 이런저런 심부름을 도맡아주었다. 장례식 후에 빌라의 이웃 주민들에게 인사를 다닌 것도 그 친구였다.

"빌라 관리인이 명함을 받아둔 게 있는데, 그 친구라는 사람이 T신문 사회부 기자 이하라 사다오 씨였어요. 지금 그 기자를 만나러 가는 중입니다."

호리베는 전화를 끊고 곧바로 요코즈미 병원에 가 있는 형사를 호출해 쓰무라 다미코 환자에 대해 자세히 알아보라고 지시했다.

보고는 사십 분 후에 들어왔다.

쓰무라 다미코는 작년 말에 뇌종양으로 요코즈미 병원에 입원했고, 치료에는 내과 부장 이시즈와 원장 요코즈미가 직접 나섰다. 사망한 것은 정확히 한 달 전인 1월 17일 밤이었다. 그날 밤 9시경, 간호사 교코가 비상벨 소리에 병실로 달려가보니 다미코가 힘들어하는 게 아무래도 심상치 않았다. 즉각 이시즈에게 호출 신호를 보냈다. 하지만 이시즈는 삼십 분쯤 전에 요코즈미 원장이 자택에서 쓰러졌다는 연락을 받고 그쪽에 가 있었다.

내과에는 신입 인턴 의사 두 명밖에 없었기 때문에 교코는 급히 원장 자택으로 전화를 걸었다. 하지만 이시즈는 지금은 자리를 뜰 수 없다면서 당직 의사에게로 전화를 돌려달라고 했다. 그렇게 전화 통화로 증세를 듣고 간단한 치료법을 알려주었다.

신입 인턴은 그 지시대로 해봤지만 사십 분 뒤에 환자 다미코는 숨을 거뒀다. 이시즈가 원장 자택에서 다시 병원에 돌아온 것은 그로부터 이십 분 뒤였다.

"담당 의사가 자리를 비운 그런 상황을 환자 남편이 알았던 거야?"

"네, 알았던 모양이에요. 이시즈가 병원에 돌아온 게 환자 남편이 뛰어온 뒤였다고 하니까요. 이시즈에게는 직접 말하지 않았지만, 나중에 간호사 교코에게 왜 원장과 이시즈 선생은 진료하지 않았느냐고 항의했다고 합니다. 치료했던 노가미라는 인턴이 그때의 대화를 옆에서 듣고 있었는데, 교코가 원장와 이시즈가 즉시 달려오지 못한 이유를 환자 남편에게 낱낱이 얘기했답니다. 그러자 그 남편은 교코에게도 왜 이시즈 선생에게 환자가 위급하니 급히 와달라고 재촉하지 않았느냐고 나무랐다네요."

"그럼 역시 이시즈의 실수라고 할 수 있을까?"

"아뇨, 이시즈가 즉시 뛰어왔어도 살려내기 힘들었다고 병원 측에서는 얘기하고 있어요. 게다가 그 환자는 이미 입원 때부터 치료 시기를 놓친 상태였기 때문에 한 달 동안이나 더 살았던 것은 오히려 원장과 이시즈가 직접 진료에 나서준 덕분이지 원한을 품을 이유는 없다고…."

"응, 알았어."

호리베는 전화를 끊고 요코즈미 원장 자택으로 다이얼을 돌렸다. 부인 히로에에게 문의해보니 분명 1월 17일 저녁에 남편이 쓰러져 사위 이시즈를 급히 부른 적이 있다고 말했다.

올봄에 학회에서 발표할 획기적 치료법의 연구를 하느라 심로心勞가 누적된 탓이었지만, 단순한 과로였기 때문에 병원 일을 하루 쉬었을 뿐, 곧바로 회복되었다는 것이다.

"그런데 그게 무슨 문제가 있나요?"

불안한 듯한 피해자 아내의 목소리에 적당히 얼버무리는 대답을 하고 호리베는 수화기를 내려놓았다.

쓰무라의 친구를 찾아갔던 형사에게서 연락이 온 것은 그로부터 한 시간 뒤, 해가 일찍 저무는 2월의 밤이 형사실 창문을 까맣게 칠해버렸을 즈음이었다.

쓰무라와 친구 이하라 사다오는 같은 보육원에서 자랐고, 사회에 나온 뒤에는 일 년에 두세 번의 빈도로 교류가 이어졌다. 쓰무라는 어려서부터 내성적이고 예민한 성격이었지만 오 년 전 아내 다미코와 가정을 꾸린 뒤로는 딴사람처럼 활달해졌다. 이 년 전까지 일했던 소규모 섬유 회사가 도산했을 때도 그는 웃는 얼굴을 보였다고 한다.

"내 곁에는 다미코가 있으니까 괜찮아."

그러던 쓰무라가 다시금 신경질적인 음울한 눈빛을 드러낸 것은 작년 말, 아내에게 뇌종양 판정이 내려졌을 때부터였다. 결국 아내가 눈을 감았을 때, 쓰무라는 절망적인 슬픔에 빠진 모습이었다.

이하라는 그와 특히 절친한 사이는 아니었지만, 그 아내의 장례식 때 이런저런 일을 돌봐주고 비용을 대주기도 했다. 요코즈미 병원을 소개해준 사람이 바로 그였기 때문이다. 쓰무라에게서 왜 그런 병원을 소개했느냐는 원망의 말을 듣고 무거운 책임감을 느꼈다는 것이다.

"왜냐면 쓰무라의 아내 다미코가 사망했을 때, 원장과 이시즈가 외부에 있었는데 치료를 위해 돌아오지 않아서…."

"아, 그 얘기는 방금 기시모토 형사가 연락해줘서 알고 있어. 쓰무라는 친구인 이하라에게도 원장과 이시즈를 원망하는 얘기를 했었던 거네?"

"그렇죠. 이하라는 원장이 병으로 쓰러진 상황이니 어쩔 수 없지 않느냐고 위로를 해줬는데 쓰무라는 쓰러진 게 아니다, 분명 꾀병이다, 그자들은 죽어가는 환자를 치료하러 오기가 귀찮았던 것뿐이다, 라고…. 그걸 어르고 달래서 나중에는 쓰무라도 이해한다는 듯이 대답했다는데….”

이하라에게서 알아낸 것은 그런 정도였다. 보름이 넘도록 쓰무라가 자기 집에 들어오지 않았다는 것도 처음 듣는 얘기고, 어디로 갔는지 짚이는 데도 없다고 했다는 것이다. 만일 쓰무라에게서 연락이 오면 곧바로 경찰에 알려달라고 부탁했더니 이하라는 말없이 고개를 끄덕였다.

“하지만 그 이하라 기자, 아직도 뭔가 감추는 것 같아요. 이건 순전히 제 감일 뿐이지만….”

전화를 끊기 전에 그 형사는 호리베에게 혼잣말처럼 중얼거렸다. 바깥은 강풍이 부는지 초로의 형사는 추운 듯한 목소리였다.

형사가 돌아간 뒤, 대화를 피하듯이 석간신문에 얼굴을 묻은 남편의 오른팔을 이하라 후미요는 멍하니 바라보았다.

스웨터에 가려졌지만 남편의 오른팔에는 큼직한 L자형 흉터가 있다. 아주 오래 전의 상처…. 남편은 그 흉터를 두고 남들이 이러쿵저러쿵 얘기하는 게 싫어서 여름에도 긴소매 셔츠를 입었다. 아마도 보육원에서 살던 시절의 잊고 싶은 추억인 것이리라. 보육원 얘기는 후미요도 되도록 입에 담지 않으려고 조심해왔다. 그녀가 아는 것은 부모님이 철도 사고로 세상을 떠났다는 것과 보육원에서 ‘멍구’라고 불렸다는 것뿐이다. 왜 그런 별명이 붙었는지는 남편도 알지 못했다. 다만 통통한 편이라서 어딘지 느슨한 데가 있는 남편의 체형이나 지금도 얼굴에 남아 있는 개구쟁이 같은 분위기에 멍구라는 별명은 잘 어울렸다.

“정말로 쓰무라 씨가 이런 사건을 일으켰을까?”

마음먹고 말을 건네자 남편은 석간신문의 그 기사에서 눈을 떼고 한숨과 함께 대답했다.

“그거야 모르지.”

“하긴 쓰무라 씨가 부인을 정말로 사랑했으니까….”

그렇게 중얼거리며 그녀도 한숨을 지었다.

다미코의 죽음을 생각하면 그녀는 한 가지 마음에 찔리는 일이 있었다.

사 년 전, 유산으로 몸이 안 좋아져 두 달을 병원에 입원한 이후로 후미요는 부쩍 잔병치레가 잦아졌다. 두 달 입원으로 일단 회복은 되었지만 그 뒤에도 계속 통원 치료를 받아야 했다. 의사가 그리 큰 병은 아니라고 했는데도 금세 피곤해져서 작년 가을에도 보름 정도 다시 입원했다. 그 무렵에 쓰무라 부부가 한 차례 문병을 와주었다. 쓰무라 부부와는 원래부터 그렇게 친한 사이도 아니었고, 어딘가 음울한 그늘이 있는 쓰무라와는 친해지기도 어려웠다. 늘 웃는 얼굴에 착한 성품의 다미코 쪽에는 호감이 갔다. 그녀는 “지금 우리, 너무 가난해요”라면서도 쓰무라의 사랑에 감싸여 정말로 행복해 보였다.

마침 그즈음 남편이 바쁜 신문사 일에 쫓겨 병실에 나타나주지 않아 마음이 외로웠던 것이리라. 잠깐 한순간이었지만 후미요는 이 여자도 어딘가 아프면 좋겠다, 라고 다미코의 웃는 얼굴을 보며 나쁜 생각을 해버렸다.

그리고 실제로 그 생각대로 일이 흘러갔다.

다미코가 쓰러진 게 그 얼마 뒤였는데 그녀가 죽고 보름 만에 후미요는 의사에게서 더 이상 통원 치료를 받으러 다닐 필요가 없다, 라는 완전한 회복 판정을 받았던 것이다. 마치 자신의 한순간의 시샘이 다미코를 죽음으로 몰아넣었고 자신의 건강은 그녀의 생명을 희생해 얻게 된 것만 같아서 내내 마음에 걸리곤 했다.

"나는 정말 어떻게 생각해야 좋을지 모르겠어."

후미요는 신문에 나란히 실린 두 피해자의 얼굴 사진을 보며 말했다.

"나도 몇 번 이 의사 선생님들을 만났었는데 나한테는 정말 친절하셨어. 당신도 좋은 병원이라고 얘기했었잖아. 그래서 쓰무라 씨에게도 소개해준 거고."

"잠자코 있어. 아직 쓰무라가 범인으로 확정된 것도 아니잖아."

남편은 화난 목소리였다. 화내는 투가 평소와 달랐다. 그건 말과는 다르게 쓰무라를 범인이라고 확신했기 때문일 것이다.

남편은 아까 형사들에게 대답할 때 왜 그런지 머뭇머뭇하고 있었다. 뭔가 감추는 것처럼 보였다. 범인이 쓰무라라는 확실한 증거를 알고 있는데도 차마 형사들에게 말하지 못한 게 아닐까. 현재로서는 쓰무라에 대해 가장 잘 아는 사람은 남편뿐이다.

철삿줄…. 범인은 의사를 살해한 뒤 목에 철삿줄을 감았다는데 그 철사에 대해 남편은 뭔가 짐작되는 게 있는 것 같았다. 아까 저녁에 집에 돌아오자마자 현관 벽에 달아둔 작은 거울을 떼어내면서 "이런 곳에 왜 거울을 달았어?"라고 화를 냈다. 하지만 그건 거울이 아니라 걸기 위해 감아둔 철삿줄 때문에 화가 났던 것인지도 모른다.

삼십 분 뒤, 남편은 욕실에 들어갔고 전화는 그 직후에 울렸다.

수화기를 들자 그 목소리는 말했다. "그 녀석, 있어요?"라고.

수화기를 든 손끝이 떨렸다. 남편을 그 녀석이라고 부를 사람은 한 명뿐이다. 목소리도 틀림이 없다. 욕실 유리문 너머로 남편을 부르는 목소리도 바짝 긴장했다.

윗몸을 벗은 채 나온 남편은 그녀의 입에서 쓰무라라는 이름을 듣고는 분명하게 안색이 홱 바뀌었다.

"나야." 수화기를 향해 처음에는 그렇게 말을 건넸다.

아니, 라든가 응, 이라는 대답만 하다가 마지막에 확인하듯이 되물었다.

"모레 밤 9시라는 거지?"

그리고 수화기를 내려놓는 순간, 남편은 그녀의 시선이 자신의 오른팔 L자 흉터에 쏠려있는 것을 깨달은 모양이었다. 무심한 척하며 남편은 몸을 틀어 그 팔을 숨겼다.

나는 천천히 수화기를 내려놓았다.

그 녀석의 오른팔에는 흉터가 남아 있을까. 보육원을 나온 뒤로 나는 한 번도 녀석의 팔이 맨살로 드러난 것을 본 적이 없다. 하지만 팔의 흉터가 지워졌다고 해도 내 기억에서는 단 한 가지도 지워지지 않았다. 나는 오래 전 L자의 흉터를 이번에는 반드시 녀석의 목숨에 그어줄 것이다…. 나는 세 명을 살해했다. 아내의 복수를 위해. 하지만 복수는 아직 끝나지 않았다. 나의 또 하나의 노부코를 죽인 놈이 남았다. 나는 이십여 년이 지난 지금에야 마침내 놈을 막다른 곳까지 몰아넣는 데 성공했다.

놈은 아직 아무것도 눈치채지 못했으리라. 전화 목소리의 기척이 평소와 다른 것을 보면 아마도 요코즈미와 이시즈를 살해한 범인이 나라고 짐작했는지도 모른다. 옛날에 한 마리의 쥐를 목 졸라 죽인 죄책감이 아직도 놈에게 남아 있다면 두 사람의 목에 휘감긴 철삿줄이 어떤 의미인지도 뻔히 알 테니까. 하지만 내가 설마 그놈에게까지 살의를 품었다는 건 알아차리지 못했을 것이다. 내 몸속에서 이십여 년 동안 한 마리 쥐가 울음소리를 내고 있다는 것, 내가 여태껏 복수의 기회를 노려왔다는 것은. 그렇다, 나는 오로지 기회가 오기만을 기다렸다. 그리고 마침내 그 기회가 왔다….

"쓰무라는 요코즈미가 꾀병으로 진료를 소홀히 했다고 확신했던 것이겠지요."

심야 수사 회의에서 그런 의견이 나왔다.

회의에서는 진료 중 사망한 다미코의 남편 쓰무라 쇼이치를 가장 유력한 용의자로 올리기로 했다. 아직 증거가 없어서 공식 발표는 미루기로 했지만, 어쨌든 쓰무라의 행방을 쫓는 데 수사력을 집중하는 것으로 결론이 났다.

쓰무라가 1월 17일 밤에 요코즈미 원장이 쓰러진 것을 꾀병으로 확신한 건 틀림이 없을 터였다. 한 형사가 탐문 수사 중에, 어젯밤 9시경 요코즈미가 살해된 유원지 옆을 지나갔다는 회사원을 찾아냈던 것이다. 그 회사원은 "당신은 병이 났다고 거짓말을 했어!"라고 비난하는 남자 목소리를 들었다고 진술했다.

"맞아, 쓰무라는 자기 혼자 그런 식으로 확신했지. 하지만 요코즈미 원장은 실제로 그날 저녁에 쓰러졌었어. 부인과 집 근처 병원 의사가 증언했어. 즉 쓰무라가 괜한 생트집을 잡은 거야. 다만 쓰무라가 요코즈미와 이시즈를 살해한 데는 뭔가 또 다른 분명

한 이유가 있었던 것 같아. 요코즈미 측이 범인을 몹시 두려워하면서 백만 엔의 돈을 건네려고 했잖아. 단순히 괜한 생트집이었다면 요코즈미 측에서도 무시해버렸겠지. 범인에게 뭔가 큰 약점을 잡힌 것 같은데…. 간호사 교코도 쓰무라에게 살해되었을 가능성이 커졌지만, 단순히 이시즈를 얼른 병원으로 불러들이지 못했다는 이유 때문만은 아닐 거라고. 뭔가 좀 더 중요한 다른 이유가 있었던 거 아니야?"

다하라 교코를 조사해보니 분명 사오 년 전부터 이시즈와 연인 관계였다, 마침 쓰무라 다미코가 사망한 무렵에 관계를 정리한 것 같다, 라는 것밖에는 알아내지 못했다. 교코의 동료 간호사는 "이시즈가 갑자기 헤어지자고 했다면서 엄청 힘들어했어요. 그래서 교코가 죽었다는 소식을 들었을 때는 자살한 건가 했어요"라고 말했다지만, 자살보다는 타살일 가능성이 높다.

하지만 만일 쓰무라가 간호사 교코까지 고의로 차로 치어 죽였다면 그녀의 경우만 범행 방식이 다른 것에는 뭔가 이유가 있는 것일까. 요코즈미와 이시즈는 완전히 똑같은 방식으로 살해된 것이다.

호리베는 공장에서 받아왔다는 쓰무라 쇼이치의 얼굴 사진을 찬찬히 들여다보았다. 마른 편이고, 음울한 눈빛을 하고 있었다. 찢어진 틈새처럼 깊은 그늘을 머금은 눈 속 깊은 곳에는 뭔가 정체를 알 수 없는 빛이 번뜩이는 것 같았다.

"이걸로 범인은 이제 복수를 끝낸 걸까요?"

"아니, 쓰무라가 마구잡이로 아내의 죽음과 관련된 자들을 살해하는 거라면 이시즈 대신 마지막 치료를 담당한 두 명의 신입 인턴까지도 노릴 수 있어."

그들에게는 이상한 전화가 걸려오면 즉시 경찰에 연락하라고 말해두었지만, 그 점에 관해서는 호리베의 추측이 완전히 빗나갔다.

범인이 다음에 노린 인물은 전혀 엉뚱한 곳에서 나타났던 것이다.

다음 날 아침 일찍, 용의자의 친구 이하라가 경시청에 찾아와 호리베 경삼에게 면담을 신청했다.

이하라가 신문기자였기 때문에 마침 자신이 이번 사건과 관련된 것을 기회로 특종을 따내려고 하는지도 모른다고 호리베는 내심 경계했다. 하지만 그는 창백한 얼굴로 한참을 머뭇거리다가 뜻밖의 말을 꺼냈다.

"실은 어젯밤에 쓰무라에게서 전화가 왔었어요. 내일 밤 9시에 만나기로 했습니다. 쓰무라는 나를 죽일 생각이에요. 경찰에 신변 보호를 요청합니다."

"왜 어젯밤에 즉각 연락하지 않았어요?"

"아내 앞에서는 차마 얘기할 수 없었습니다."

"그건 무슨 말이지요? 이하라 씨는 쓰무라가 이번 사건의 범인이라고 확신한 거예요?"

"네…."

"이하라 씨를 죽이겠다고 위협하는 건 그 병원을 소개했기 때문인가요?"

"그것도 있겠지요. 그의 아내는 처음에 대학병원 쪽에서 검사를 받고 뇌종양 판정을 받았어요. 쓰무라는 계속 그 대학병원에서 치료를 받게 하려고 했는데 내가 나서서 요코즈미 병원을 추천했거든요. 요코즈미 원장과 그 사위를 살해한 이유도 마지막에 치료를 위해 달려오지 않은 데 대한 원한이라는 점도 분명 있겠지만…. 실은 그 이면에 두 사람을 살해한 동기가 또 한 가지 숨겨져 있습니다."

"그게 뭔데요?"

"요코즈미 원장이 백혈병의 권위자라는 것은 아시지요? 그는 지난 몇 년 동안 새로운 치료법을 시도해 몇몇 환자의 생명을 연장하는 데 성공했습니다. 올봄에 학회에서도 발표할 예정이라고 하던데, 그 치료법은 아직 원장과 이시즈 선생 외에는 아무도 모르는 것이었어요. 그러니까 그 두 분이 죽으면 치료 중이던 환자들은 사망 시기가 급격히 앞당겨지게 됩니다. 제 아내도 그중 한 사람이에요."

"이하라 씨도 부인이…?"

"아내에게는 다른 병이라고 속였지만. 실은 사 년 전에 백혈병 진단을 받았습니다. 하지만 그 두 분의 치료 덕분에 통상 일 년 남았다는 생명을 몇 년째 연장할 수 있었어요. 실제로 최근에는 몸 상태도 훨씬 좋아진 것 같고요. 잘하면 앞으로 삼사 년은 더 살 수 있겠다고 얘기하던 참이었습니다. 쓰무라는 자기 아내는 죽었는데 내 아내는 멀쩡하다는 게 도저히 용서가 안 되었을 거예요. 나도 말실수를 했죠. 다미코 씨 장례식날 밤에 내 아내는 아직 몇 년 더 살 수 있다는 식으로 얘기해버렸으니까. 그가 너무 의사들을 비난하고 원한을 품은 것 같아서 나는 그 두 사람이 꼭 나쁜 것만은 아니라는 걸 증명해서 달래볼 생각이었는데…. 하지만 생각해보면 자기 아내는 죽고 내 아내는 생명 연장을 보장받았다는 건 쓰무라에게 무엇보다 큰 상처였겠지요."

"질투심인가요?"

"단순한 질투심이 아니에요. 옛날에 쓰무라가 가장 소중히 여기던 것을 제가 빼앗은 적이 있습니다. 그래서 쓰무라는 항상 내가 소중히 여기는 것을 증오해왔어요. 요코즈미 원장과 그 사위가 그런 식으로 죽는 바람에 내 아내는 대체 어떻게 될지, 나도 어제부터 안절부절못하는 심정이에요. 쓰무라가 노리는 게 바로 그런 것이겠지요. 게다가 아내만이 아니라 내일 나까지 죽일 생각입니다. 옛날에… 내가 쓰무라가 가장 소중히 여기던 쥐 한 마리를 죽였거든요."

"쥐? 아니, 옛날에 쥐를 죽인 것에 원한을 품고 당신과 아내분을 죽인다고요? 설마, 그건 말이 안 되지요."

호리베가 어이없는 웃음을 터뜨리려는 것을 이하라는 진지한 눈빛으로 가로막았다.

"그건 쓰무라라는 인간을 잘 알지 못하기 때문이에요. 어린 시절에 쓰무라는 내가 쥐를 죽인 것을 알고는 칼을 움켜쥐고 덤벼들었어요."

이하라는 잠깐 망설이더니 셔츠의 오른팔을 둘둘 걷어 올렸다. 팔뚝에 갈고리 모양으로 찢긴 흉터가 있었다. 영어의 L자와 비슷했다.

"누군가 나서서 말리지 않았다면 정말로 그때 나를 죽였을 겁니다. 이 흉터를 볼 때마다 그 순간에 본 그 친구의 눈빛이…. 성인이 되어 만났을 때는 서로 아무렇지도 않은 얼굴을 했지만, 나는 여전히 그 친구의 눈빛이 두려웠어요. 그 친구도 실은 항상 그때의 눈빛으로 나를 봤을 겁니다. 내가 이래저래 쓰무라를 도와준 것도 실은 그 일 때문이었어요."

굵직한 흉터는 그곳만 피부가 다른 색깔로 살아있는 생물처럼 이하라의 팔을 기어가는 것 같았다. 실제로 그 흉터 속에 쓰무라의 어린 시절의 살의가 삼십 년 가까이 지난 지금까지도 살아 있는지 모른다.

호리베는 쓰무라 쇼이치의 사진이 머릿속에 떠올랐다. 그 눈빛은 색깔 없이 작은 틈새로 지그시 내다보는 것처럼 무표정하고 차가웠다. 정체 모를 뭔가가 숨겨져 있다고 느꼈는데 그게 바로 자신의 쥐를 죽인 이하라에게 지금껏 품어온 살의였는지도 모른다.

"피해자의 목에 철삿줄이 감겨 있었다는 것을 알았을 때, 범인은 쓰무라라고 확신했습니다. 그리고 무엇보다 나와 내 아내의 목숨을 노리는 것이라고…."

이하라는 그렇게 말하고 일단 입을 다물었다가 툭 내뱉듯이 말했다.

"내가 그 친구의 쥐를 철삿줄로 목 졸라 죽였으니까요."

이시즈의 집에서 도우미로 일하는 아키요는, 아침 일찍 친정에서 돌아와 옷도 갈아입지 않고 거실 소파에 멍하니 앉아 있는 요코 앞에 커피를 차려주며 그 얼굴을 힐끔 쳐다보았다.

하룻밤 만에 남편을 잃은 요코는 눈 밑에 검은 그늘이 생겼고 몹시 초췌했다.

"왜…?"

"아뇨, 아무것도 아니에요."

아키요는 거실을 나와 역시 그 젊고 핸섬한 형사에게 직접 말하는 게 좋겠다고 생각했다. 어제 가택수사를 끝내고 돌아갈 때, 내일 오전에 또 오겠다고 말했었다. 원래는 요코에게 미리 귀띔해줄 생각이었다. 하지만 아무래도 요코는 경찰에 얘기하지 말라고 할 것 같다.

오륙일 전 저녁나절 요코가 집에 없는 사이에 요코즈미 원장이 사위 이시즈에게 걸어온 전화 얘기다. 그날 이시즈는 수화기에 대고 작은 소리로 이렇게 말했던 것이다.

"아닙니다, 장인어른, 걱정하실 거 없어요. 그놈이 확실한 증거를 잡았더라도 우리 쪽 잘못을 세상에 밝힐 수는 없어요. 그걸 알렸다가는 오히려 난처해지는 건 그놈이에요."

대체 무슨 일인가 하고 머릿속으로 여러 번 곱씹어봤기 때문에 또렷이 기억이 난다.

이번 사건과 관계가 있는지 어떤지는 모르지만, 그 젊은 형사라면 분명 나한테 고맙다고 할 것이다. 그나저나 전화 통화를 엿듣는 버릇이 있다는 게 알려지면 안 되는데? 그래, 우연히 방문 앞을 지나가다가 들었다고 말해야지….

호리베는 이하라의 추측을 그대로 받아들인 건 아니었다. 이하라 자신도 마지막에 자신의 말을 수정하는 듯이 덧붙였다.

"이번 사건으로 너무 큰 충격을 받아서 제가 이상한 망상에 빠졌는지도 모르겠어요. 쓰무라가 나를 죽이겠다고 한 것은 그런 병원을 소개했다고 원망하는 마음에 불쑥 내뱉은 말일 수도 있으니까요."

하지만 이하라의 얘기는 피해자의 목에 왜 철삿줄이 감겨 있었는지, 그 이유를 해명해주는 것이었다. 그런 점에서는 단순히 이하라의 망상이라고 무시하고 넘어갈 수는 없었다.

게다가 쓰무라는 내일 오후 9시에 이하라를 만날 장소로 진구가이엔의 인적 없는 골목을 지정했다. 이하라를 살해할 계획일 가능성은 충분히 생각해볼 수 있었다. 설령 살의는 없다고 해도 어쨌든 내일 밤 쓰무라는 그곳에 나타나는 것이다.

호리베는 즉시 형사 몇 명을 호출해 내일 9시에 그곳에 잠복할 수 있는 태세를 정비했다.

이하라는 평소와 다름없는 얼굴로 신문사에 출근해 사회부라고 적힌 문을 열었다. 평소와 다름없는 소란스러움이 귀를 헤집고 들어왔다.

경시청 담당이 아니어서 다행이라고 생각했다. 경시청 담당이었다면 이번 사건을 다루지 않으면 안 되었을 것이다. 그의 책상 주위에서 동료 기자들이 사건에 대한 얘기를 하고 있었다. 설마 그가 이번 사건과 관련이 있다고는 아무도 생각하지 못했다. 경찰에 앞으로도 자신의 이름은 절대로 알리지 말아달라고 부탁해두었다.

평소와 다름없이 일을 하다가 낮 12시 10분에 자리에서 일어나려는 참에 책상 위의 전화가 울렸다.

"네, 사회부…"라고 대답하자 목소리만 듣고 알았는지 수화기 너머의 목소리가 "나야"라고 말했다. 쓰무라였다. 이하라는 잠시만 기다려달라고 말하고 전화를 회의실 쪽으로 돌렸다.

서둘러 사회부를 나와 회의실로 갔다. 난방이 꺼진 회의실은 싸늘하고, 창문에 드리운 겨울 구름에 갇혀 회색빛이었다.

이하라는 한쪽 구석의 전화기를 들고 다시 말했다.

"응, 얘기해도 돼."

수화기에서 귀에 익은 쓰무라의 목소리가 흘러나왔다.

"내가 내일은 시간이 좀 여의치 않아."

내 입에서 목소리가 천천히 수화기를 건너 멍구의 귀를 향해 흘러간다.

"멍구, 미안한데 그럼 오늘 밤에는 만날 수 있어? 밤 7시. 꼭 오늘 안에 만났으면 좋겠다."

그렇다, 내일보다 오늘 밤이 더 좋다. 녀석이 아직 아무것도 눈치채지 못한 사이에….

놈은 침묵했다. 한참을 망설이더니 이윽고 대답했다.

"그건 좀 어려워…."

"왜, 무슨 다른 볼일이라도 있어?"

"아니, 그런 건 아니고…"

목소리의 기척이 이상했다. 역시 철삿줄의 의미를 알아차린 건가. 내가 요코즈미와 이시즈를 죽이고 놈까지 죽이려고 한다는 것도? 한순간 망설이다가 나는 놈이 모든 것을 눈치챘다는 쪽에 걸었다.

"멍구, 너는 눈치챘겠지? 내가 그자들을 죽인 거."

"역시… 너였구나."

내 예상이 맞았다. 이 녀석도 그렇게까지 바보는 아니다. 나는 머릿속에 떠오르는 대로 지어낸 얘기를 늘어놓았다.

"처음부터 그자들을 죽이고 자수할 생각이었어. 근데 그전에 너한테만은 내 진짜 속마음을 털어놓고 싶다. 그런 다음에 나와 경찰서에 같이 가줄래?"

거짓말을 하는 데는 익숙해졌다. 오래 전에 의사에게 교정을 당하고 지금까지 살아오면서 늘 지어낸 얘기만 해왔던 것이다. 놈은 나를 믿어도 될지 어떨지 망설이며 침묵하고 있었다.

"멍구, 부탁이야. 나한테는 너밖에 없어."

나는 여덟 살의 목소리로 말했다. 멍구의 고개를 끄덕이게 하고 싶을 때마다 항상 그렇게 여덟 살의 목소리로 말했다. 그러면 멍구는 잠시 난처한 표정을 짓다가 결국 내 말을 받아들일 수밖에 없는 것이다.

"알았어."

멍구가 대답했다. 조금 전까지와는 다른, 완전히 나를 신뢰했던 여덟 살 때의 목소리였다.

수화기를 들고 눈가를 비비며 난처해하는 표정이 선하게 떠올랐다. 우리는 맹세의 의식을 치른 뒤로 친형제처럼 사이좋게 지내왔던 것이다.

나는 7시에 국회의사당 앞에서 기다리겠다고 말하고 전화를 끊었다.

도쿄 하늘은 음울하니 금세라도 비가 쏟아질 것 같았다. 손목시계를 들여다보았다. 앞으로 일곱 시간….

멍구에게 말한 엉터리 얘기 중에 단 한 가지 진실이 있었다. '너한테만은 내 진짜 속마음을 털어놓고 싶다'는 것.

나는 오늘 밤, 놈에게 내 진짜 속마음을 털어놓을 것이다. 말이 아니라 손으로.

오후 2시 전까지 호리베의 귀에 세 가지 정보가 날아들었다.

첫 번째는 쓰무라 쇼이치의 사진을 들고 병원에 탐문 수사를 나간 형사에게서 온 것으로, 병원 관계자 몇 명이 지난 보름여 동안 쓰무라인 듯한 사람이 병원 앞을 어슬렁거리는 것을 봤다고 얘기했다는 것이다. 즉 쓰무라가 원장과 이시즈의 행적을 감시한 모양이었다.

두 번째는 쓰무라의 아내를 처음 진찰했던 대학병원 쪽 교수의 증언이다. 당시 환자의 증상으로는 대학병원에 입원했더라도 똑같은 결과가 나왔으리라는 것이었다. 그렇다면 쓰무라의 아내의 죽음에 요코즈미 측은 아무런 과실도 없는데 쓰무라가 근거 없는 원한을 품고 범행에 나선 것이라고 할 수밖에 없다.

문제는 세 번째였다. 이시즈 가에서 도우미로 일하는 18세의 아가씨가 며칠 전 저녁에 들었다는 이시즈의 전화 통화 내용이다. 젊은 형사에게서 보고를 받은 호리베는 늦은 점심을 먹던 손을 멈추고 팔짱을 꼈다.

"이시즈가 전화로 그놈이라고 한 것은 범인 얘기가 틀림없겠지? 근데 대체 뭐야, 이시즈 측의 잘못을 범인이 세상에 밝힐 수 없다니…."

"그러니 걱정할 필요가 없다고 말했다는데요."

"흠, 잘못이라는 건 의료 책임이라는 것일 텐데…. 범인이 확실한 증거를 잡기는 했는데 그걸 밝히면 범인 자신도 난처해진다는 건가?"

"네, 도우미의 기억이 잘못된 게 아니라면."

고개를 끄덕이더니 젊은 형사는 호리베를 따라 미간에 주름을 잡았다.

거리에는 어느새 가랑비가 흩뿌려 벌써 하나둘 켜지기 시작한 네온 불빛의 색깔을 적시고 있었다. 이 비와 함께 이윽고 찾아올 밤이 오늘 7시에 도심 한 귀퉁이에서 일어날 범죄를 어둠으로 가려주리라. 나는 천천히 시계를 보았다. 오후 4시 20분, 앞으로 두 시간 사십 분….

수면 부족으로 지친 얼굴을 씻으려고 복도로 나서던 호리베는 마침 옆을 지나가는 기자 두 명이 씁쓸한 목소리로 속닥거리는 소리를 들었다.

"오타니란 작자, 당연히 꾀병이지."

오타니는 최근에 떠들썩한 뇌물 사건의 주요 증인으로 알려진 국회의원이지만, 오늘 아침 심근경색으로 쓰러져 대학병원에 입원했다고 발표했다. 호리베도 이건 증언을 피하기 위한 꾀병이라고 생각했다. 그런 꼼수를 동원하느라 심로가 크셔서 진짜로 병이 나면 어쩌시려고? 혼자 마음속으로 빈정거린 참에 호리베의 발이 뚝 멈췄다. 꾀병이라고…?

그길로 얼굴도 씻지 않고 다시 형사실로 돌아온 호리베는 한참이나 팔짱을 끼고 생각에 잠겼다. 그러다가 불쑥 자리를 박차고 일어섰다.

"요코즈미 병원에 다녀올게. 내가 직접 조사해볼 게 있어."

한 시간 뒤, 호리베는 병원에서 사 년 전 요코즈미의 진료 기록을 살펴보다가 마쓰모토 시즈라는 한 여성 환자의 이름을 발견했다. 즉시 옆에 적힌 집 전화번호를 눌렀다.

"엇, 돌아가셨어요? 시즈 씨가 작년 말에 돌아가셨군요?"

호리베는 수화기를 향해 저절로 목소리가 높아졌다. 지금 바로 찾아뵙겠다고 말하고 전화를 끊은 뒤 병원 대기실에 걸린 시계를 보았다.

7시 이 분 전이었다.

7시 정각에 멍구는 도로를 건너왔다. 보육원에서 녹슨 벨 소리대로 움직여야 했기 때문에 우리는 시간에는 정확하다.

국회의사당 정문 앞에서 주위를 둘러보는 멍구에게 나는 자동차 라이트를 세 번 깜빡거려 신호를 보냈다. 의아한 듯 머뭇머뭇 다가오는 그림자를 향해 나는 "멍구!"라고 낮게 부르며 조수석 문을 열어주었다. 그가 차에 타자 나는 미안하다, 라고 말했다.

"나 혼자 자수할 용기가 없었어. 너한테 항상 폐만 끼치네."

멍구는 어깨에 묻은 비를 털어내며 위로해주려는 듯 웃는 얼굴을 내게로 향했다.

"다 얘기할게."

그렇게 말하고 나는 무심히 차량 흐름의 사각지대에 차를 댔다.

"차는 언제 샀어?"

"렌터카야. 내일 아침 경시청 주차장에 와서 가져가라고 얘기해뒀어."

사실은 보름 전 지인에게 부탁해 구입한 내 명의가 아닌 중고차다. 이 차로 그 간호사도 살해했다.

경시청이라는 말이 멍구를 안심시킨 모양이다.

"왜… 죽였어? 아내의 복수를 위해?"

나는 말없이 고개를 끄덕였다.

"목에 철삿줄은… 왜 감은 거야?"

걱정스러운 듯 내게 물었다. 역시 어린 시절에 자신이 저지른 죄를 잊지 못한 것이다.

나는 아무 대답도 하지 않고 약간 쓸쓸한 미소로 멍구의 눈빛을 마주 보았다. 이십여 년을 거쳐 드디어 나의 한 마리 쥐를 죽인 놈을 여기까지 몰아넣은 것이다.

"어딘가 틈새로 바람이 들어온다. 거기 문이 안 닫혔나?"

나는 말했다. 확인을 위해 멍구가 몸을 틀었다. 그 순간, 감춰두었던 스패너를 휘둘러 멍구의 뒤통수에 내리쳤다.

두 번, 세 번….

멍구는 뒤돌아볼 틈도 없이, 비명을 지를 틈도 없이, 반사적으로 오른손을 사이드 유리에 짚었을 뿐이다. 창밖의 뭔가를 움켜쥐려고 하는 것 같았다. 이윽고 그 손이 미끄러져 떨어지고 그 너머로 국회의사당이 불쑥 큼직하게 솟아오른 것처럼 보였다.

밤거리에는 겨울비가 차갑게 내리고 있었다. 먼 곳에서 차량 불빛들이 빗물에 소리와 색을 빼앗긴 채 스쳐갔다. 거리는 저녁빛이 찍어낸 음화 속에서 절멸해버린 것 같았다.

나는 이십여 년에 걸친 복수극의 마무리로 호주머니에서 철사를 꺼내 멍구의 목에 이중으로 휘감고 두 손으로 힘껏 당겼다. 한참을 그러고 있었다. 손아귀의 마지막 힘이 철삿줄로 흘러가면서 내 몸은 이제 텅 비었다. 드디어 나의 증오에서 풀려난 멍구는 위로 젖혀진 얼굴을 내 왼쪽 어깨에 떨구었다.

우리는 두 개의 사체처럼 꼼짝도 않고 가만히 있었다. 저만치 서 있는 가로등이 멍구의 얼굴 윤곽을 어둠 속에 띄워 올렸다. 눈을 크게 뜨고 입은 기묘한 형태로 일그러졌다. 마지막 순간에 멍구가 미처 부르짖지 못한 목소리를 나는 그 입 모양에서 읽어내려고 했다.

"용서해줘…."

멍구는 그렇게 말하고 싶었던 것이리라.

나는 그 입을 억지로 다물게 했지만 그래도 멍구의 얼굴은 일그러져 보였다. 어린 시절에 만든 못난 점토 세공을 바라보는 느낌이었다. 다들 웃어댔지만 나는 그 못난 형태가 꽤 마음에 들었다. 만일 멍구가 내 쥐를 죽이지만 않았다면 우리는 뭔가 다른 관계로 맺어졌을 것이다. 우리는 똑같이 혼자여서 서로 손을 맞잡을 수밖에 없었으니까.

"멍구야."

나는 다시 한번 여덟 살의 목소리로 불러보았다. 그리고 그게 내가 멍구에게 던진 마지막 목소리였다. 멍구의 입도 더 이상 아무 대답이 없었다. 어차피 멍구 역시 단 한 번도 내게 본심을 말해준 적이 없었다. 그가 내게 들려준 목소리 중에 유일하게 본심이었던 것은 이십여 년 전에 내 칼에 놀라 내지른 비명뿐이었다.

좌석을 눕히고 멍구의 사체에 담요를 씌웠다. 담요 밖으로 오른팔만 툭 떨어졌다. 손목에 찬 시계가 더 이상 멍구와는 아무 관계도 없는 시간의 흐름을 새기고 있었다.

소매 끝의 단추를 풀어 멍구의 팔을 드러냈다. 라이터 불을 가까이 댔지만 그 팔에는 이미 희미한 상처의 흔적도 남아 있지 않았다.

나는 라이터 불로 내 팔도 확인했다. 먼 옛날, 우리는 화해를 위해 어린애 같은 맹세 의식을 치렀다. 멍구의 상처를 향해 "미안하다"라고 딱 한 번 말하고 나는 멍구에게 칼을 쥐여주며 "똑같이 해"라고 내 오른팔을 내밀었던 것이다. 그리고 이십여 년의 세월은 멍구의 오른팔에서 흉터를 지우고 내 오른팔에만 L자의 상흔을 남겼다.

8시 반에 돌아온 호리베는 저녁밥을 입에 몰아넣는 젊은 형사의 어깨를 툭 쳐주며 한숨과 함께 피로로 묵직해진 허리를 의자에 물었다.

"아무래도 우리가 엄청난 착각을 한 것 같아. 범인은 쓰무라 쇼이치가 아니야."

"엇, 어째서요?"

"쓰무라의 아내가 이미 죽었기 때문이야."

"하지만 아내가 죽었기 때문에 그 복수로…."

"아니라니까. 잘 들어봐, 내가 아무래도 이상했던 게 요코즈미와 이시즈는 범인이 쥐고 있는 잘못의 증거를 어째서 그토록 두려워했느냐는 거였어. 이시즈는 전화로 걱정할 거 없다고 말했다지만 그건 범인 측에서도 그 잘못을 발표할 수 없는 사정이 있었기 때문이고, 범인이 손에 쥔 증거 자체에는 몹시 겁을 냈었어."

"네, 요코즈미와의 통화에서 이시즈가 범인이 증거를 쥐고 있다고 말했었죠."

"그래, 문제는 그거야. 범인이 쓰무라였다면 실제로 그 아내의 죽음이 요코즈미 측의 과실 때문이었다고 해도 이제 새삼 그 확실한 증거를 잡을 수 있었을까? 사체가 남아 있다면 얘기는 달라지겠지. 사체에 과실의 흔적이 당연히 남아 있을 테니까. 그건 분명한 증거가 될 수 있어. 하지만 쓰무라의 아내는 진즉에 화장해서 소멸된 것이나 마찬가지야. 사체가 없고 보면 요코즈미 쪽에서는 얼마든지 자신들의 잘못을 둘러댈 수 있어. 그런데도 왜 그토록 두려워했는가. 그래서 내가 이렇게 생각해봤어. 요코즈미 측이 그토록 두려워한 것은 자신들의 의료 과실의 증거인 사체가 아직 살아 있기 때문이 아닐까 라고."

"사체가 살아 있어요? 사체가 아직 화장되지 않은 채 남아 있단 말입니까?"

호리베는 고개를 끄덕였다.

"하지만 지금까지 그 병원에서 발생한 사망자 중에 아직 화장되지 않은 경우는 없어. 그렇다면 사체는 화장을 하기는커녕 아직 살아 있다고 생각할 수 있지."

"대체 무슨 말씀이신지 모르겠는데요."

"요코즈미 측의 과실로 죽음에 이른 환자의 사체가 아직 살아 있다, 그렇게 생각해보니까 왜 범인이 그 실수를 세상에 알릴 수 없는지, 그게 해명이 되더라고. 범인은 세상이 아니라 단 한 사람에게 그 과실이 알려지는 걸 피하려 했던 거야. 그게 알려지면 그 사람은 자신이 요코즈미 측의 과실 때문에 이미 죽은 것이나 마찬가지인 사체 같은 처지라는 것을 알게 된다…. 범인은 그걸 두려워했어. 아직 살아 있는 그의 아내가 자신의 죽음을 알게 되는 것을 두려워한 거야. 범인은 아내를 위한 복수를 정작 장본인인 아내에게만은 들키고 싶지 않았던 거라고."

나는 멍구의 사체를 밧줄로 묶고 무거운 돌을 매달아 하루미 부두의 요코즈미의 자동차를 가라앉힌 장소에 내던진 뒤에 다시 유라쿠초로 돌아왔다.

신문사 근처에 가짜 이름으로 빌려둔 주차장에 차를 세워놓고 지하철을 타고 집으로 갔다.

집 창문에는 불이 켜져 있었다. 커튼 너머로 불빛은 초록색이 서린 것처럼 보였다. 겨울의 차가운 빗속에서 그건 참으로 행복한 빛깔을 하고 있었다. 실제로 그 불빛에 감싸여 우리의 결혼 생활은 참으로 행복했다. 그날 그때까지는.

모조 대리석에 이하라 사다오, 이하라 후미요라고 새겨진 문

패가 걸려 있다. 대문 옆의 벨을 눌렀다. 이윽고 안쪽에서 잠금이 풀리는 소리와 함께 현관문이 열리고 늘 변함없는 아내의 웃는 얼굴이 나를 맞아주었다.

아내 노부코, 나의 한 마리의 쥐.

다섯 개의 방과 노란 카펫과 복제 풍경화, 하얀 레이스를 씌운 소파. 그곳이 나의 여덟 살 한여름의 헛간이자 이번 사건의 은신처였다. 아내가 아직 살아 있는 이 집에 복수귀가 숨어 있다는 것을 경찰이 알아챌 리 없다. 아내조차 아무것도 알지 못한다. 내가 방금 전에 멍구를 살해하고 왔다는 것도, 내가 아내를 위해 세 명의 병원 관계자들을 살해했다는 것도. 그리고 아내 자신의 목숨이 이제 얼마 남지 않았다는 것도.

그녀는 아직 나의 실제 과거를 알지 못한다. 진실을 얘기해도 아내의 사랑이 달라질 것이라고는 생각하지 않지만, 나는 아버지가 어머니를 죽였다는 것만은 도저히 말할 수 없었다. 나는 그래서 멍구의 과거를 내 과거인 것처럼 이야기했다. 멍구에게 그 점에 대해 미리 양해를 구하자 멍구는 괜찮아, 라고 말했다.

"우린 친구잖아."

나는 아내에게 보육원에서 멍구라는 별명으로 불렸다고 말했고, 아내는 멍구라는 별명이 내게 어울린다고 대답했다.

사실 빼빼 마르고 음울한 눈빛을 한 진짜 멍구보다 그 별명은 살진 소처럼 우람한 몸집을 가진 나한테 더 잘 어울린다.

"쓰무라 쇼이치가 범인이 아니라면 진짜 범인은 누군데요?"

"그 쓰무라를 범인으로 몰기 위해 오늘 아침에 우리를 찾아온 그자겠지."

"엇, 이하라 기자? 하지만 이하라의 아내는 요코즈미 덕분에 생명이 연장되었다고 했잖아요."

호리베는 한숨을 내쉬었다.

아직 이하라가 범인이라고 확신한 것은 아니다. 현재로서는 추측에 지나지 않는다. 내일 오후 9시, 쓰무라가 신구가이엔에 나타난다면 자신의 추측은 틀렸다는 얘기가 된다. 하지만 호리베는 쓰무라가 나타나지 않는 쪽에 걸고 있었다. 아마도 쓰무라는 벌써 이하라의 손에 살해되었는지도 모른다. 사체를 은닉해놓고 이미 죽은 범인을 경찰이 영원히 추적하도록 할 작정인 것이다.

"자네도 한두 번쯤 꾀병을 부려본 적이 있지? 나도 어릴 때 몇 번 써먹어 봤는데 언젠가 진짜로 병원에 데려간다고 하는 바람에 실제로 병이 났으면 했던 적이 있어. 요코즈미 원장도 그것과 똑같은 짓을 했던 거야."

"꾀병이라면 쓰무라 다미코가 사망한 날 저녁에 요코즈미가 자택에서 쓰러졌던 것 말입니까?"

"아니, 쓰무라와 그 아내 다미코는 이번 사건과 아무 관계도 없어. 쓰무라 다미코의 죽음에 원장과 그 사위가 책임질 만한 과실 따위는 전혀 없었잖아. 이하라가 그 죽음을 자신의 범행에 방패막이로 이용했을 뿐이야. 실제로 내가 오늘 병원에서 조사해보니까 이하라 기자의 아내 후미요가 맨 처음 요코즈미 원장의 진찰을 받은 게 사 년 전 1월 초였어. 의사 한 명이 증상으로 봐서 백혈병일 가능성이 있다고 판단하고 원장에게로 돌렸고, 원장이 직접 진찰과 검사를 한 결과, 백혈병이라는 진단이 나왔어. 그런데 마침 같은 날에 또 한 명, 마쓰모토 시즈라는 여성도 검사를 받았는데 이쪽에는 단순한 영양실조라는 진단이 내려졌어. 내가 그 마쓰모토 시즈의 집에 연락해봤더니 사 년이 지난 작년 말에 백혈병으로 사망했다는 거야. 시즈는 요코즈미 병원의 진단만으로는 납득할 수 없어서 대학병원에서 다시 검사를 받았고 거기서 백혈병이라는 진단을 받았어. 그러니까 혈액검사 등에서 요코즈미 원장이 이하라의 아내와 마쓰모토 시즈를 깜빡 바꿔서 진단하는 어이없는 실수를 했다고 추측할 수 있지."

"그러면 환자가 바뀐 오진을…?"

"맞아. 게다가 요코즈미 원장이 그걸 깨달은 건 후미요의 남편인 이하라 기자에게 백혈병이라고 선고하고 벌써 치료까지 시작한 다음이었을 거야. 요코즈미 원장은 자신이 환자를 바꿔서 오진을 했다는 얘기를 이하라 기자에게 솔직히 털어놓을 수 없었어."

"어째서요?"

"이하라가 신문기자였기 때문이지. 오진이라고 말하면 틀림없이 기사로 터트릴 것이다, 요코즈미는 그렇게 생각했을 거야. 백혈병의 권위자 요코즈미에게 그런 사소한 실수는 그야말로 치명적인 일이 되겠지. 이게 만일 일반적인 질병이었다면 계속 치료하는 척하다 슬그머니 퇴원시킬 수도 있었을 거야. 하지만 현재로서는, 어디까지나 현재로서는 그렇다는 얘기인데, 이게 죽음으로 이어지는 질병이잖아. 너무 쉽게 회복되면 자칫 오진을 눈치챌 수 있는 거야. 내과 부장 이시즈가 그때 마쓰모토 시즈의 집에까지 찾아가 자기네 병원에서 재검사를 하자고 했다더라고. 근데 이미 대학병원에서 재검사를 끝냈다고 했더니 이시즈가 '우리 병원에서 검사했다는 건 대학병원에도 다른 사람들에게도 꼭 비밀로 해달라'고 부탁하면서 돈 봉투까지 놓고 갔어. 하지만 이하라의 아내 쪽은 어떻게 손을 써볼 수가 없었어. 아니, 단 한 가지 방법이 있었지. 오진을 했다는 사실을 감출 수 있는 방법…."

형사의 휘둥그레진 눈에 호리베는 고개를 끄덕였다.

"그래, 실제로 그 병에 걸리게 해버린 거야. 사 년 전 1월, 요코즈미 측은 입원한 이하라의 아내 후미요를 치료해준 게 아니라 그 병에 걸리게 했어."

"어, 어떻게요?

"방사선을 쏘였던 것 같아. 암 치료에는 방사선을 이용하는데 도가 지나치면 백혈병을 일으킬 위험이 있다더라고. 물론 죽지 않을 만큼 적절한 양에 세심한 주의를 기울였겠지만, 환자란 늘 약자의 입장이잖아. 의사가 어떤 치료법을 쓰든 그대로 믿는 수밖에 없어. 요코즈미 측은 자신들의 지위를 이용해 환자인 후미요뿐만 아니라 병원 내의 모두에게도 비밀로 하고 그런 짓을 했어. 아까 잘못의 증거가 살아 있는 후미요의 몸에 남았다고 했던 게 바로 그 방사선 흔적 얘기야. 아마도 후미요의 몸에 뭔가 흔적이 남아 있겠지. 이건 요코즈미 측에는 그야말로 치명적이야. 백혈병 진단이 내려진 환자에게는 절대로 방사선 치료 따위는 하지 않으니까."

"하지만 방사선을 쐰다고 해도 죽지 않을 정도라면 그 결과가 금세 나타나지는 않을 텐데요?"

"맞아, 사 년이 걸렸어. 작년 가을에도 후미요가 입원을 했었는데 그때가 사 년 전에 방사선을 쐰 결과가 확실하게 나타난 때였을 거야. 드디어 후미요를 실제 백혈병에 걸리게 했다, 요코즈미 측은 그렇게 생각하고 안도했겠지. 사 년 동안 원장과 사위가 조마조마해 하면서도 느긋하게 시기를 기다렸던 거야."

형사는 얼굴을 찌푸렸다.

"그런 잔인한 방법을 쓰느니 어째서 사 년 전에 아예 죽게 하지 않았을까요? 원장이라는 지위를 이용해 병사로 위장해 죽이는 방법도 있었을 텐데요. 그게 그나마 덜 비참했을 것 같은데…."

"아니, 후미요는 유산으로 쇠약해졌을 뿐 그리 대단한 병은 아니었어. 멀쩡한 사람을 병사로 위장하는 건 역시 큰 도박이지. 그보다는 후미요를 치료해주는 척하면서 그녀가 목숨을 연장한 게 두 의사가 노력한 덕분이라는 식으로 남편에게 감사의 마음을 품게 하는 게 더 유리하다고 생각했을 거야. 병원 평판도 좋아질 것이고, 신문기자인 이하라를 두려워한 그만큼 자기편으로 만들어두자는 속셈도 있었겠지. 사실 어제 이하라 기자가 우리에게 말한 대로 그는 극히 최근까지 요코즈미 측에 진심으로 감사하는 마음을 가졌던 것 같아. 이건 내 추측인데, 간호사 교코가 원장 측의 비밀을 알고 있었고, 이시즈에게 버림을 받자 분한 마음에 이하라 기자에게 죄다 폭로해버린 거 아니겠어? 이번 복수극은 거기서부터 시작됐을 거야."

호리베는 깊은 한숨을 내쉬며 말을 이어갔다.

"요코즈미가 유원지에서 살해될 때, 범인으로 보이는 남자가 '당신은 병이라고 거짓말을 했어!'라고 소리치는 것을 들었다는 목격자가 있었지? 그건 '당신은 내 아내가 병이라고 거짓말을 했어!'라는 뜻이었어. 범인은 요코즈미 측을 살인범이라고 했는데 그게 사실이었어. 그 두 사람은 환자를 뒤바꾼 오진으로 이하라의 아내 후미요에게 불치병을 선고하고 서서히 죽음으로 몰아넣었어. 사 년 전, 방사선을 이용했을 때부터 이미 살인이 시작된 것이라고 해야겠지. 그 결정 때문에 후미요의 죽음은 이제 의사들도 막을 수 없는 기정사실이 되어버렸으니까. 이하라는 그 살인에 대해 복수를 한 셈이야. 하지만 우리는 설마 피해자가 아직 살아 있는 살인이라고는 생각도 못 했기 때문에 과거의 사망 환자에만 주목했어. 요코즈미와 이시즈의 사체에 입혔던 하얀 가운, 그건 단순히 의사인 두 사람의 책임을 고발하려는 것뿐만 아니라 백혈병의 흰색을 보여주려는 것이었는지도 모르겠어."

쓰무라 아내의 장례식을 치르고 오 일째 되는 날 밤, 집에 돌아와 보니 아내는 조용한 얼굴로 잠들어 있었다. 그날 오후에 신문사로 불쑥 찾아온 교코 간호사의 입을 통해 모든 얘기를 들었다. 그 여자는 이시즈의 결별 통보에 화가 나서 그 앙갚음으로 나에게 모든 사실을 기사화해달라고 애기하러 왔던 것이다.

"방사선을 쐬고 백혈병 증세가 나타날 때까지 마냥 기다리기만 했던 게 아니에요. 백혈병 환자처럼 보여야 하니까 치료인 척 병원에 입원시키고 체력이 떨어지는 처치를 했죠. 온갖 방법으로. 거의 인체 실험을 했던 거나 마찬가지예요."

그 여자는 듣고 있는 사람이 환자의 남편이라는 것도 잊어버렸는지 의기양양하게 떠들어댔다. 하긴 내가 그저 차가운 눈빛으로 빤히 바라보기만 했으니까 그 여자는 내가 그 얘기에 얼마나 큰 충격을 받았는지 알지 못했을 것이다. 그 여자의 눈을 빤히 보면서 나는 그때 이미 요코즈미 원장과 이시즈를 죽이기로 결심했다.

눈앞의 여자도 함께 죽이기로 했다. 아내가 백혈병이 아닌 것을 입원 열흘 만에 이시즈가 먼저 알았고, 그 직후에 요코즈미 원장과 아예 실제 백혈병인 것으로 해버리자고 상의하는 얘기를 교코가 우연히 지나가다 들었던 것이다. 그렇다면 이 여자는 두 사람을 말렸어야 한다. 그런데도 사 년 내내 함구하다가 이시즈에게서 버림을 받은 지금에야 진실을 털어놓기로 한 것이다. 하지만 나는 왜 여태까지 입을 다물고 있었느냐고 나무라지 않았다. 그런 허접한 말이 아니라 곧 내 손으로 직접 분노를 표현하기로 결심했기 때문이다.

며칠 내로 다시 연락하겠다고 말하고 교코를 돌려보낸 나는 그 뒷모습을 지켜보며 생각했다. 우선 저 여자부터 요코즈미 측에서 의심하지 않게 사고로 위장해 죽이자. 어차피 모든 걸 알고 있는 저 여자의 존재는 두 사람을 살해하는 데 방해가 될 뿐이다….

그날 집에 도착하기 전에 이미 쓰무라, 즉 멍구의 아내의 죽음까지 이용한다는 계획이 세세한 부분까지 모두 정해졌다. 멍구를 죽이기로 한 것은 그를 범인으로 추적하게 해서 경찰 수사를 혼란에 빠뜨리게 하려는 목적도 있었지만, 무엇보다 내 마음속에서 이십여 년 동안 내내 울고 있는 한 마리 쥐의 목소리가 본능적으로 요구했던 것이다. 간호사 교코의 얘기를 들으면서 내 머릿속에 '쥐'라는 단어가 저절로 떠올랐으니까.

원장과 이시즈에게는 나의 아내도 한 마리 실험용 쥐와 다름없었다. 이번 복수는 이십여 년 전의 한 마리 쥐를 위한 것이기도 하다고 나 자신에게 되뇌었다. 그날 밤 집에 돌아오는 길에 벌써 철삿줄도 구입해두었다.

아내는 어둠 속에 하얀 얼굴을 드러내고 항상 하던 버릇대로 실눈을 뜨고 입을 살짝 벌린 채 자고 있었다. 그 입술이 나에게 도움을 청하는 것 같았다. 그때까지 우리는 정말로 행복했었다. 사 년 전, 요코즈미 원장에게 백혈병이라는 선고를 들었을 때는 절망으로 눈앞이 캄캄해졌지만, 그래도 체념하고 운명으로 받아들였다. 얼마 남지 않은 날들을 평생의 몫만큼 행복하게 살면 된다고…. 하지만 그건 운명이 아니었다. 놈들이 아내를 죽음으로 몰아넣었던 것이다. 아내는 아직 살아 있지만 이미 살해된 것이나 마찬가지다. 아내의 몸에 덧칠된 놈들의 살의는 하얀 피가 되어 붉은 피를, 아내의 생명을, 슬금슬금 파먹었고 이제 어느 누구도 그걸 막을 수 없다.

아내의 귀에 대고 처음으로 '노부코'를 불러보며 그날 밤 아내의 얼굴을 결코 잊지 않겠다고 마음속에 맹세했다. 그리고 바로 다음 날부터 계획에 착수했다.

우선 멍구에게 모든 것을 털어놓았다. 그자들의 엄청난 죄를 기사로 폭로할 생각이니 병원 근처에 방을 빌려 행적을 감시해달라고 부탁하고 돈을 건네주었다. 무의미한 감시였지만, 나중에 멍구를 범인으로 몰기 위한 복선이었다.

그 역시 아내 다미코가 죽은 데 대한 원망이 있었을 것이다. 오히려 나를 가엾게 여기고 선뜻 그 일을 맡아주었다. 원래 이십여 년 전 내가 휘두른 칼날의 번뜩임에 겁을 먹은 멍구는 항상 내 비위를 맞추고 내가 하는 부탁이라면 반드시 들어주었다. 나는 멍구가 새로 얻은 숙소에 매일 밤 전화를 걸어 무의미한 보고를 들었다. 그리고 그 뒤에서 교코를 죽이고 요코즈미 원장에게 내가 모든 것을 알고 있노라고 통고했다….

사흘 전, 멍구에게 연락해 더 이상 감시는 안 해도 된다고 말했다. 다음 주에 기사가 나갈 것이라고 거짓말을 둘러대고, 이틀 뒤 밤에 우리 집에 전화해달라고 부탁했다. 그 약속대로 어젯밤에 걸려온 전화에서 멍구는 겁에 질린 목소리로 말했다.

"신문을 봤어. 그 두 사람, 살해되었던데?"

물론 내가 살해한 것이지만, 적당히 맞장구만 쳐준 뒤에 모레 만나자고 청했다. 그때 아내는 욕실에서 방금 나온 내 팔의 흉터를 지그시 바라보고 있었다. 무심코 몸을 틀어 팔을 감추면서 천천히 수화기를 내려놓았다. 너석의 팔에는 흉터가 남아 있을까, 마침내 여기까지 멍구를 몰아넣었구나, 어쩌면 멍구는 요코즈미 원장과 이시즈를 살해한 건 나라고 의심하는지도 모른다, 라고 생각했다. 실제로 멍구는 그런 의심을 품었고 철삿줄의 의미도 눈치를 챘다. 나를 만나는 건 위험하다고 생각했을 것이다. 오늘 저녁, 내 쪽에서 전화할 생각이었는데 오후에 멍구가 먼저 신문사로 연락을 해왔다. 내가 만나는 장소를 국회의사당으로 바꾸자 수화기 너머에서 "내일은 시간이 좀 여의치 않아"라는 너석의 귀에 익은 목소리가 흘러나왔다.

하지만 내 목소리는 천천히 수화기를 타고 멍구의 귀로 흘러갔다.

"멍구, 미안한데 그럼 오늘 밤에는 만날 수 있어? 밤 7시…."

그리고 두 시간 전, 나는 멍구를 살해했다.

이제 모든 복수가 끝이 났다. 남은 것은 내일 진구가이엔에 나가 쓰무라가 나타나지 않는 것을 수상쩍어하는 형사에게 "그 친구가 나를 감시하다가 내가 경찰서에 간 것을 알아채고 도주한 것 같다"라는 거짓말을 하는 것뿐이다.

모든 게 간단히 끝났다. 지난 이십 일 가까이, 내게 주어진 의무에 따라 망설임 없이 움직였을 뿐이다. 사실 이건 헛간에서 쥐의 사체를 발견했던 여덟 살 때부터 내게 주어진 의무였다. 그리고 오늘 밤, 드디어 이십여 년 전의 기억과 나를 묶고 있던 한 줄의 철사를 끊어냈다.

내가 망설였던 것은 딱 한 번뿐이다. 유원지로 불러낸 요코즈미가 내가 꺼내든 메스를 보고 통사정을 했을 때였다.

"내가 죽으면 자네 부인의 목숨도 끊기게 돼. 몇 년 전부터 연구해온 성과가 최근에 나왔어. 아직 그 결과를 발표하지 못했는데 내가 여기서 죽으면 자네 부인은 길어야 반년이야. 하지만 새로운 치료법으로 틀림없이 몇 년은 연장할 수 있어."

아내의 몇 년의 목숨과 복수 사이에서 나는 한순간 망설였지만 결국 복수 쪽을 선택했다. 어쩌면 악마의 연구가 아내 같은 수많은 환자를 구해낼지도 모른다. 하지만 내 손은 다음 순간 복수에 나섰다. 어차피 나는 내 인생밖에는 살 수가 없다. 오래 전 내가 철이 들기도 전에 아버지가 어머니를 죽였던 그때부터.

유원지에서의 그 한순간의 선택을 나는 후회하지 않는다. 아무런 후회도 없다. 끝까지 도망칠 마음도 없다. 멍구를 범인으로 조작한 것은 그날이 올 때까지 아내가 아무것도 알지 못하기를 바랐기 때문이다. 얼마 남지 않은 우리 둘의 나날들, 마지막으로 행복한 시간을 보내기 위해. 그리고 그다음의 일 따위, 나에게는 아무 계획도 없고 의미도 없다.

노크 소리와 함께 아내가 문을 열고 비에 젖은 채 침실에 틀어박힌 나를 걱정스럽게 바라보았다. 수건으로 내 머리를 닦아주며 그녀는 물었다.

"쓰무라 씨에게서 전화가 왔다는 거, 경찰에 얘기했어?"

"아니, 당신은 아무 걱정할 거 없어."

나는 아내를 내 쪽으로 끌어당겼다. 그녀는 바닥에 앉아 침대에 앉은 내 무릎에 머리를 얹었다. 부드러운 머리칼이 내 다리에 닿았다. 아무것도 걱정할 거 없어. 아무것도 알지 못하는 그대로 평소처럼 미소를 지어주면 돼….

요코즈미 원장에게 전화했을 때, 내가 가장 먼저 내린 지시는 "내 아내에게 완전히 회복되었다고 말해"라는 것이었다.

부디 그 말을 굳게 믿고 미소를 지어줘. 당신은 웃는 얼굴이 정말 잘 어울리니까. 아무것도 걱정할 거 없어. 나는 이미 당신을 아무도 알지 못하는 내 가슴속 가장 깊은 어둠에 고이 묻어두었으니까. 노부코, 나의 한 마리의 쥐. 너의 따스함을 내게 전해줘. 너의 숨결을, 너의 생명의 고동을, 네가 아직 살아 있다는 증거를 내게 들려줘. 우리에게 남겨진 시간은 이제 조금뿐이지만 우리는 지금 이 순간이 가장 행복한 것이겠지. 노부코, 나와 마지막 놀이를 하자. 그 헛간으로 돌아가 우리 둘이 재미있게 놀자… 아무에게도 방해받지 않는 곳에서… 이번에야말로 우리 둘이서만….

이중생활

二重生活

"왜? 오늘 밤은 여기서 자고 가는 거 아니었어? 그러려고 가게도 쉬었는데."

마키코는 양복 상의를 걸치는 슈헤이의 등을 거울 속으로 바라보며 말했다. 슈헤이는 샤워를 하고 나오더니 이삼 분 멀거니 앉아 있다가 주섬주섬 옷을 찾아 입었다. 거울에 석양빛이 비쳐들어 그의 상의 줄무늬에 그어진 마흔여섯 살이라는 추레한 나이를 고스란히 보여주었다. 마키코보다 열여섯 살이나 연상이다. 이때금 자신이 아버지만큼이나 나이 차가 나는 이 남자에게 반해버린 이유를 도무지 알 수가 없었다. 육 년 전, 마키코가 일하는 클럽에서 처음 만났을 때도 슈헤이는 이미 머리에 새치가 섞여 노인네처럼 보였었다.

그런데도 품행이 단정하다는 평가 하나로 버텨왔던 자신이 처음 만난 날 밤, 헤어지는 참에 그가 던진 "내일 만날 수 있나?"라는 말 한마디에 순순히 고개를 끄덕였던 것이다. 다음 날 호텔에서 정을 통하고 샤워실을 나와 돌아갈 준비를 하는 슈헤이에게 마키코는 방금과 똑같은 말을 했었다.

"왜? 오늘 밤은 여기서 자고 가는 거 아니었어? 그러려고 가게도 쉬었는데."

육 년이 지났는데도 똑같은 말을 하고 있다. 그런 자신이 마키코는 슬프다기보다 우스웠다. 육 년 세월이 아무 의미도 없었다. 벌써 몇 번을 같이 잤을까. 하지만 육 년이 지난 지금도 여전히 이 남자는 오늘 밤 처음 찾아온 손님 같다. 슈헤이와의 관계를 알고 있는 클럽 동료들은 하나같이 얼른 헤어지는 게 좋다고 충고했다.

"새파랗게 젊은 나이에 왜 그런 노인네하고 짝짜꿍이지? 아니, 노인네도 괜찮다면 돈이 훨씬 더 많은 사람을 찾든지."

하지만 왜냐고 묻고 싶은 건 마키코 자신이었다. 그새 서른이 됐지만, 육 년 전에는 아직 싱싱한 피부가 청춘의 증거로 아름답게 빛났었다. 그 피부에 잘 어울리는 젊은 남자들의 입술이 분명 있었을 것이다. 그런 걸 머리가 희끗희끗 벗어져 가는 늙다리에게 마치 꽃다발을 진흙탕에 내버리듯이 홀랑 바쳤다. 그 이유를 마키코 자신도 알 수가 없었다.

단 한 가지 이유라면 '사랑'인지도 모른다. 하지만 그것도 세월과 함께 갈기갈기 찢어져 이제는 증오라고 할 수밖에 없는 어두운 감정으로 변해버렸다. 아니, 이제는 오로지 증오만이 자신과 슈헤이를 이어주는 끈이 되었다.

한때는 돈 때문이라고 생각하려 했던 적도 있다. 클럽 동료들에게는 아무 말 안 했지만, 슈헤이는 그 초라한 차림새로는 상상도 못할 만큼 엄청난 부자다. 사가미 이치로라는 필명으로 이따금 주간지에 잡문을 싣는 문인으로 그쪽 수입은 별 대단할 게 없지만, 도쿄 시내에 매매 시가 총 20억 엔이 넘는 부동산을 소유하고 있다. 에기쿠보에 저택이라고 할 만큼 광대한 집도 있고, 마키코가 사는 이 맨션도, 클럽 동료들에게 모조품이라고 둘러댄 보석도, 모두 그에게서 나온 돈이다. 슈헤이는 클럽도 그만두라고 했지만 마키코 쪽에서 심심풀이 삼아 계속 나가는 것뿐이다. 일주일에 두어 번, 여자 혼자 살기에는 너무 넓은 이 맨션의 벨을 누르고 찾아와 한두 시간 만에 떠나는 남자를 마냥 기다리는 게 견디기 힘들었기 때문이다.

다달이 40만 엔의 돈, 다이아몬드와 모피 코트….

하지만 그런 것으로는 결코 메울 수 없는 여자로서의 부분이 마키코 안에 있었다.

마키코는 슈헤이가 상의를 걸치고 현관을 나가기까지 채 일 분이 안 되는 그 시간이 가장 싫었다. 그 일 분 동안, 마키코는 에기쿠보의 저택에서 슈헤이를 위해 식사를 준비하고 옷을 세탁하고 밤새 곁을 지키는 한 여자를 의식하지 않으면 안 되었다. 슈헤이보다 한 살 많은, 거의 어머니뻘의 여자에게 불현듯 질투가 솟구쳐서 매번 마음이 어지러워졌다. 언젠가 몰래 에기쿠보에 찾아가 대문 뒤에서 훔쳐본 적도 있다. 오래된 저택의 향기가 전통 기모노의 차분한 색깔에 배어 있는 기품 있는 여자로, 도저히 마흔일곱 살로는 보이지 않을 만큼 젊어 보였다.

그 우아함에 마키코는 분명하게 적개심을 느꼈다.

하지만 이게 여자들끼리의 싸움이라면 마키코의 패배는 애초에 정해진 것이었다. 상대는 인생의 쓴맛 단맛을 모두 겪은 나이다. 마키코 따위, 어린 여자애쯤으로 취급하고 언젠가는 슈헤이가 휴지 조각처럼 내버릴 거라고 생각할 게 틀림없었다.

실제로 일 년 전에 슈헤이에게서 헤어지자는 얘기가 나왔다. 한겨울 마침 이맘때였다. 마키코가 입을 꾹 다물자 슈헤이는 조용히 말했다.

"위자료로 1억 엔은 줄게."

"돈이 문제가 아냐. 난 헤어질 수 없어."

그렇게 쏘아붙이면서 마키코의 가슴속에 아직 남아 있던 한 남자에의 애정이 한 톨도 남김없이 사라져버렸다. 처음 만났을 때는 분명 사랑이었는데.

"마키코는 아버지가 일찍 돌아가셨지? 그래서 아버지의 이미지를 그 사람에게서 찾는 거야."

평소에 무슨 일이든 털어놓고 상의하던 클럽 마담에게서 그런 얘기를 듣고 정말로 이 사람을 사랑한다고 생각했고 행복을 느낀 시절도 있었다. 하지만 그런 추억조차 '1억 엔'이라는 그 말과 함께 깡그리 지워졌다. 그 순간부터 슈헤이를 향해서도 적개심이 불타올랐다. 자신의 청춘을 엉망으로 짓밟고 젊은 몸뚱이를 장난감처럼 갖고 놀다가 만 엔짜리 지폐 만 장으로 떼어내려고 하는 비열한 사람…. 이제 슈헤이와 자신을 이어주는 것은 그런 증오뿐이었다.

물론 미워하는 건 슈헤이만이 아니다. 슈헤이의 어깨 너머에 우아한 가면을 쓰고 숨어 있는 그 기모노 차림의 여자….

일 년 전 마키코는 한 가지 결심을 했다. 하지만 그 결심을 실행에 옮길 계기를 찾지 못해 "헤어질 수 없어"라는 말로 여태까지 예전과 똑같은 관계를 유지해왔을 뿐이다.

"미안한데, 아무래도 시즈코가 걱정이라서."

거울 속에서 오른쪽 어깨가 처진 등짝이 귀찮다는 듯 그렇게 중얼거렸다.

"걱정이라니, 뭐가?"

"일주일 전에 갑자기 끌로 자기 목을 찌르려고 했다고 얘기했지? 싸움도 뭣도 한 적이 없고 나는 그냥 신문을 읽고 있었는데 느닷없이…."

"정말로 죽을 생각이었으면 당신 앞에서 그럴 리가 있어? 그냥 연기한 거야."

마키코는 슈헤이의 등을 뚫어져라 노려보면서 말했다.

"게다가 그렇게 걱정스러우면 여긴 왜 왔어? 항상 똑같은 시간이잖아. 여기 오는 건 진즉부터 다 알던 일이야."

슈헤이의 등짝은 침묵했다. 머리칼이 아직 젖어 있다. 택시를 탈 테니 에기쿠보 집에 도착할 때까지 마를 리가 없다. 입으로는 걱정이라면서 마키코와 잠을 잔 증거를 그대로 머리에 남긴 채 가는 것이다. 일부러 그러는 것처럼.

"사실은 걱정시키려는 거지? 일부러 양쪽을 오락가락하면서 당신은 내심 즐기고 있지? 여자를 괴롭히는 게 그렇게 재미있어?"

"나도 괴로워."

마키코의 손끝에 분노가 내달렸다. 떨리는 손으로 향수병을 집어 들고 슈헤이 앞으로 갔다.

"그래? 그럼 좀 더 괴롭혀줄게."

슈헤이의 어깨를 휘감고 그 귓불에 병의 가느다란 구멍으로 치익치익 향수를 뿌렸다. 부유한 인상이라고는 없는 얄팍한 귀에서 재스민 향수 방울이 목의 툭 불거진 뼈를 타고 옷깃 안으로 사라졌다.

마키코는 농담처럼 비웃었지만 슈헤이가 말없이 시선을 돌려버렸을 때, 이제 더 이상 기다릴 수 없다, 라고 생각했다. 일 년을 기다렸지만 이제 기다릴 수 없어. 달리 방법이 없어….

그런 마키코의 속마음은 알지도 못하는지 아니면 알면서 모르는 척하는지, 슈헤이는 평소와 다름없이 무표정한 얼굴로 현관문을 나섰다.

베갯머리의 재떨이에 슈헤이의 담배꽁초가 남아 있었다. 한 개비는 흰 연기가 이미 저물어가는 저녁 어스름에 섞여 아직 다 타지 못했다. 그 연기를 끊듯이 마키코는 전화기에 손을 내밀어 다이얼을 돌렸다.

다행히 귀에 익은 남자의 나지막한 목소리가 대답했다.

"나야. 오늘 밤에 와줄래?"

"아니, 오늘은 좀…, 다른 일이 있어서."

목소리의 느낌으로 어떤 다른 일인지 짐작이 갔다.

"괜찮아, 올 수 있을 걸? 8시에 우리 집으로 와."

상대의 대답도 듣지 않고 마키코는 수화기를 내려놓았다. 어스레한 탓에 새끼손가락 손톱에만 남은 빨간 매니큐어가 녹슨 것처럼 보였다. 손톱은 아직도 분노로 파르르 떨렸다. 더 이상 기다릴 수 없다. 이제 달리 방법이 없는 것이다. 그 두 사람을 파묻는 것밖에….

대문 틈새로 들여다보니 주르륵 놓인 징검돌 너머로 현관문이 반쯤 열렸고 웬 여자의 등이 보였다.

"어머, 부인이 남편 분보다 한 살 많아요? 전혀 그렇게 보이지 않는데? 부럽네요, 정말 젊어 보이세요."

"남편이 너무 나이 들어 보여서 그렇지요."

현관 마루에 무릎을 짚고 앉아 시즈코는 입 끝으로만 미소를 짓고 있었다. 슈헤이는 대문을 밀며 안으로 들어갔다.

"앗, 오셨네."

여자는 작은 소리로 부르짖더니 시즈코에게 주민소식지를 건네고 소나무 분재 옆에 멀뚱히 서버린 슈헤이에게 잠깐 고개를 숙이고 급히 밖으로 나갔다. 슈헤이가 현관으로 들어서자 시즈코의 얼굴에 작은 변화가 일어났다. 짧은 순간 표정이 일그러지더니 고개를 쓱 돌리고 정원 옆의 긴 복도를 건너 안쪽 욕실로 갔다. 바람도 없는데 향수 냄새가 시즈코의 코끝까지 날아간 모양이다.

거실에는 탁자 위 스탠드 불빛이 금속 꽃을 은빛으로 비추고 있었다. 시즈코는 몇 년째 취미로 조금彫金 공예를 하고 있다. 예리한 빛을 반사하는 끌의 칼날이 꽃잎 테두리를 깎아내는 중이다. 이 꽃 공예는 친구에게서 주문을 받은 것이라고 들었다. 상복으로 맞춘 검은색 무지 원피스를 평상복으로도 입을 생각이니 거기에 적합한 장식을 만들어달라고 한 모양이다.

"은으로 하면 오히려 더 장례식처럼 허전하지 않나?"

일주일 전에 그런 얘기를 했었다. 시즈코는 아무 대답도 않다가 잠시 뒤 슈헤이가 읽던 신문을 접는 것과 동시에 느닷없이 끌을 움켜쥐고 자신의 목을 찌르려고 했다. 마키코의 말처럼 실제로 죽을 생각은 아니었을 것이다. 신문을 접을 때까지 기다렸다가 끌을 움켜쥔 것이다. 그리고 자신의 목이라기보다 슈헤이의 마음을 찌르려 했다. 최근 몇 년을 두 여자 사이에서 어떤 결정도 내리지 않고 오락가락 떠도는 슈헤이의 마음속을 날카로운 칼날의 빛이 쿡 찔렀다. 반사적으로 덤벼들어 가는 팔에서 끌을 낚아채자 시즈코는 탁자에 엎어졌다. 금속 꽃 위에 엎드린 시즈코의 입에서 나온 거친 숨에 은가루 먼지가 피어올랐다. 시즈코의 가슴속에서 몇 년 동안 깎아낸 감정 부스러기가 숨과 함께 터져 나온 것 같았다.

"목욕하세요."

상의를 벗고 있는 슈헤이의 등에 말을 건네고 시즈코는 다시 금속 꽃에 몸을 숙인 채 망치로 끌 자루를 두드리기 시작했다.

목욕물이 데워질 때까지 슈헤이는 마루 끝에 앉아 황혼 빛에 저물어가는 널찍한 정원을 내다보았다. 겨울 저물녘이라고는 생각되지 않을 만큼 온화하고 바람도 없다. 그런데도 마루 한구석 푼주(아가리가 넓고 밑이 좁은 모양의 도자기나 옹기 그릇) 물 속에 남천촉 열매가 떨어지는 게 보였다.

남천촉은 조릿대 뒤에 숨어 있어서 그 잎사귀 그늘에서 어둠이 작고 빨간 결정체가 되어 또르르 굴러 나온 것 같았다. 빨간 열매는 저녁 어스름의 탁한 물속에 소리도 없이 빨려들었다.

정적 속에 울리는 시즈코의 끌 두드리는 소리가 나뭇가지의 열매를 떨어지게 하는 듯한 마음이 들었다. 실제로 소리가 높아질수록 빨간 열매가 거칠게 투두둑 떨어졌다. 몇 개쯤은 푼주 테두리를 치고 마루로 굴러왔다. 소리는 없었지만 우박처럼 튀는 것에서 분노 같은 게 느껴졌다. 일주일 전에 자칫하면 시즈코의 목에서 흘렀을 피가 이런 환영의 핏방울로 튀고 있다…. 슈헤이는 그런 감상에 사로잡혔다.

좀 더 괴롭혀줄게…. 마키코의 그 말은 슈헤이를 향한 것인가 아니면 시즈코를 향한 것인가. 하지만 그런 말을 하는 마키코 자신도 괴로워하고 있다. 이 삼각관계로 세 명이 세 가지 방식으로 괴로움에 빠졌지만, 돌이켜보면 각자의 고뇌 간에는 신기한 균형이 있었다. 두 여자의 어느 쪽과도 관계를 끊을 용기가 없어 계속해서 바늘 끝으로 찔리는 듯한 괴로움을 느끼면서도 그런 고뇌의 균형에 은근히 만족스러운 점이 있었다. 슈헤이는 아직 한동안 이 관계를 더 유지해나가면 된다고 생각했다. 일 년 전에 마키코에게 헤어지자는 말을 꺼냈을 때도 반쯤은 본심이었지만 나머지 반쯤은 "헤어질 수 없어"라는 마키코의 대답에 안도감을 느꼈다. 오늘 마키코가 뿌린 향수를 닦지 않고 이 집에 돌아온 것도 그 괴로움의 균형을 무너뜨리고 싶지 않았기 때문이다. 마키코가 괴로워하는 만큼 지금 끌을 두드리는 다른 한 여자도 괴로워해야 한다. 마음 한 귀퉁이에 스스로도 설명이 되지 않는 그런 감정이 있었다.

하지만 이런 균형이 언제까지고 유지될 리는 없다.

자신과 아내와 애인 사이에서.

세 사람 중 누군가의 괴로움이 부쩍 무거워지면 삼각관계는 위험한 각도를 그리며 무너지고, 세 사람 다 무시무시한 파멸의 늪으로 빠져들 것이다. 그리고 현재로서는 그 균형을 깰 가능성이 높은 것은 자신이 아니라 두 여자 중 하나다. 연기였다고 해도 위험한 흉기를 휘두른 시즈코 쪽일까. 아니면 마치 지난 몇 년을 참아온 눈물처럼 자신의 몸에 향수를 마구 뿌린 마키코 쪽일까.

"목욕물, 다 찼을 텐데."

시즈코는 끌 두드리는 소리를 멈추지 않고 중얼거리듯이 말했다. 슈헤이는 귀찮은 듯 "아, 응"하는 소리를 내며 욕실로 향했다.

욕조에 들어앉자 향수 냄새와 함께 수증기가 자욱하게 피어올랐다. 냄새의 농밀함에 슈헤이는 아찔하게 현기증이 나서 눈을 꾹 감았다. 냄새가 코를 찔렀다. 이런 강렬한 냄새로 마키코가 호소하려고 했던 말은 무엇이었을까.

수증기와 함께 뭔가가 살갗을 건드렸다. 눈을 뜨자 목욕물의 파도를 타고 붉은 알갱이들이 턱 밑을 덮쳤다. 부연 김에 흐릿해져서 끈끈한 색깔처럼 보였다. 슈헤이는 흠칫 놀라 저절로 몸을 일으켰다. 목줄에서 갈비뼈가 도드라진 허여멀건 가슴팍으로 몇 알의 남천촉 열매가 핏방울처럼 흘러 떨어졌다.

작업용 앞치마 주머니에서 남천촉 열매를 꺼내 시즈코는 그 빨간빛을 가만히 들여다보았다. 저절로 입가에 미소가 번졌다. 그 미소를 머금은 채 은 꽃의 오목한 곳에 두 알 세 알 떨구고 한 알씩

끝의 칼날 끝으로 짓이겼다. 진홍빛 껍질이 터지면서 하얀 즙이 흘러나왔다. 비릿한 냄새가 코에 엉겨든다. 구역질로 목이 울컥했지만 시즈코는 아직도 웃고 있었다. 고역스러운 이 냄새만이 현관 앞에서 맡은 그 여자의 향수 냄새를 지워줄 것 같았다.

올겨울에 대체 얼마나 많은 남천촉 열매를 이렇게 짓이겼을까. 작년 겨울에도, 재작년 겨울에도.

겨울이 되면 지나치게 넓은 이 집은 정적으로 얼어붙는다. 거의 이틀에 한 번 꼴로 시즈코는 그 정적 속에 두 시간씩 홀로 남겨졌다. 슈헤이의 발소리가 현관을 떠나는 순간부터 다시 그 발소리가 돌아오기까지 기다리는 시간…. 지난주에 끌로 목을 찌르려고 해봤지만 그래도 두 시간의 외출은 멈추지 않았다. 오늘은 평소처럼 머리칼이 젖은 것뿐만 아니라 평소보다 더 강한 향수 냄새까지 달고 왔다. 마치 좀 더 괴롭혀주겠다는 듯이. 그리고 정말로 끌로 목을 찌르기를 기다리듯이.

하지만 지난주의 일은 그냥 연극이었어. 시즈코는 다시금 힘껏 남천촉 열매를 짓이겼다.

죽을 마음 따위 전혀 없다. 왜 내가 죽어야 하는가. 마키코라는 그 여자가 죽으면 다 해결되는데.

"그 여자도 괴로워하고 있어."

언젠가 슈헤이가 변명처럼 그렇게 말했다. 아직 나이도 어리고 얼마든지 젊은 사람을 사귈 수 있는데도 아버지뻘이나 나이 차가 나는 남자를 정말로 사랑하는 것이라면, 그래서 괴로운 것이라면, 그 여자야말로 죽어버리면 되겠네. 정말로 사랑 따위 할 리가 없다. 오로지 돈이다. 다달이 들어오는 돈다발에 미련이 있어서 헤어지지 못하는 것뿐이다….

전화가 울렸다.

시즈코는 손을 멈추고 대들보 색깔과 똑같이 낡아버린 괘종 시계를 올려다보았다. 오후 6시였다.

사실은 시계를 볼 필요도 없었다. 그 은행원은 시간을 칼같이 지켜서 녹슨 소리를 내는 괘종시계보다 훨씬 더 정확하게 전화벨을 울린다.

"금요일에 남편이 그 여자 집에서 자고 올 거야. 6시에 전화해."

그저께 호텔 앞에서 헤어질 때 시즈코는 그에게 그렇게 말했다.

"도토은행 직원입니다."

한구석에 놓인 전화 수화기를 들자 귀에 익은 목소리가 흘러나왔다. 침대 위에서의 거친 동작과는 딴판으로 신경질적이고 가는 목소리다. 하긴 이 목소리는 남청색 양복을 일 센티미터의 빈틈도 없이 차려입은 늘씬한 모습에 잘 어울린다. 누가 봐도 한눈에 은행원이라고 알 수 있는 남자로, 침대에서 거칠게 굴 때만 딴 사람이 된다.

"아, 미안하지만 남편이 들어왔어. 내일 4시, 시간 되면 항상 가는 그 호텔로 와."

"알겠습니다. 그럼 내일 4시에 뵙겠습니다."

직장에서 전화한 것이리라, 공손한 영업용 말투로 둘러대고 전화를 끊었다. 하지만 영업용인 것은 통화 때만이 아니다. 아무리 젊게 보인다지만 열여섯 살이나 연상인 여자를 일주일에 두세 번씩 만나주는 건 2억 엔의 정기예금과 매달 2백만 엔의 적금 때문이다. 아무리 거칠게 탐할 때도 그 젊은 욕망의 이면에는 예금

액 할당량을 냉정하게 계산하는 은행원의 얼굴이 있었다. 하지만 그런 건 처음부터 잘 알고 있었다. 아직 청년인 남자가 하는 연기에 맞춰 자신도 굶주린 중년 여자인 척 연기하며 과장된 환성을 올리는 것뿐이다. 속이고 있는 건 오히려 시즈코 자신 쪽이다.

그녀가 동생이나 아들 같은 나이의 젊은 애를 만나는 이유는 단 한 가지, 마키코라는 여자에 대한 복수 때문이다.

이 년 전쯤부터 시즈코는 비밀리에 흥신소에 마키코라는 여자의 뒷조사를 의뢰했다. 그런 젊은 여자가 슈헤이 같은 늙은이만으로 만족할 리가 없다, 틀림없이 슈헤이 몰래 누군가 젊은 남자와 관계가 있을 거라고 생각했다. 그리고 일 년 반이 지나 이번 여름에 드디어 예상했던 대로 결과가 나왔다.

상대 남자의 이름은 후루하시 데쓰오, 올봄에 우연히 마키코가 일하는 클럽에 술을 마시러 갔다가 친해졌다. 물론 마키코는 슈헤이와의 관계를 데쓰오에게는 알리지 않았다. 흥신소 보고서에는 두 사람이 상당히 뜨거운 사이라고 적혀 있었다.

시즈코는 하지만 마키코의 배신을 슈헤이에게 말하지 않았다. 그에게는 입을 다문 채 일주일 뒤, 은행에 다닌다는 데쓰오에게 전화를 걸었다.

"아는 분에게서 소개를 받았어요. 2억 엔쯤 정기예금을 하고 싶은데 좀 도와줄래요?"

그리고 돈을 건넬 장소로 호텔 방을 정해주었다. 2억 엔은 물론 슈헤이 모르게 다른 은행에서 인출했다.

데쓰오는 처음부터 뻔히 짐작한 모양이었다. 호텔 방에서 만나자 의미심장한 눈빛으로 시즈코를 마주보았다. 1억 엔이 든 소형 캐리어에 그가 내민 손을 가로막으며 시즈코는 말했다.

"이걸 열기 전에 나부터 열어주는 건 어때?"

"다도코로 부인께서 소개하셨습니까?"

"응, 미국 여행을 떠나기 전에 소개해주던데."

시즈코는 그렇게 거짓말을 했다. 다도코로라는 대기업 섬유 회사 중역 부인과 데쓰오가 예금을 매개로 관계를 가졌다는 것은 흥신소 보고서로 알았지만, 물론 다도코로 부인이라는 여자는 본 적도 없다. 약간 사무적이고 익숙한 손놀림으로 데쓰오가 옷을 벗자 시즈코는 잠깐 기다리라고 말하고 돈다발을 남자의 몸에 힘껏 내던졌다. 돈다발은 채찍 같은 소리를 내며 데쓰오의 맨살을 후려치고 공중에 흩어졌다. 차례차례 지폐를 던지면서 시즈코의 손은 분노로 바들바들 떨렸다. 남자는 그저 시즈코가 이상한 성벽性癖이 있다는 정도로만 생각했는지 천장에서 쏟아지는 돈더미 속에서 천박한 웃음을 지으며 덮치듯이 시즈코를 침대에 쓰러뜨렸다. 시즈코는 과장된 신음 소리를 내며 두 몸을 뒤덮은 지폐가 낙엽처럼 버석거리는 소리를 차가운 귀로 내내 듣고 있었다….

그게 마키코라는 여자에 대한 복수였다. 그리고 또한 슈헤이에 대한 복수이기도 했다. 그날 밤, 시즈코는 지폐의 마른 냄새와 데쓰오의 체취가 뒤섞인 몸을 슈헤이에게 안아달라고 했다. 그날 밤만이 아니라 슈헤이가 마키코를 찾아가는 두 시간 동안, 시즈코는 데쓰오를 호텔이나 집으로 불러들였다. 오늘까지 벌써 오 개월 동안.

욕실에서 물소리가 들려왔다. 추운 어둠을 야금야금 녹이는 그 소리는 미적지근하게 들렸다.

지금 욕조에 들어앉은 남자의 몸은 두 여자 사이에서 흔들리고 있다. 데쓰오도 두 여자 사이를 오락가락하고, 마키코라는 여자도 두 남자를 받아들였다. 저마다 누군가를 배신하고 있었다.

하지만 이 셋 중에서 가장 강력하게 배신한 사람은 나야….

시즈코는 다시금 입술에 미소를 띠면서 이전보다 높은 소리로 끌을 두드리기 시작했다.

8시 정각에 데쓰오는 마키코의 맨션 현관문을 열었다. 벨을 눌러도 응답이 없어서 손잡이를 돌려봤더니 그대로 문이 열렸다.

집 안은 어둠에 감싸였고 침실 문 밑으로 연한 불빛이 새어 나왔다.

"안에 있어?"

그렇게 말을 건네며 문을 열다가 데쓰오는 저도 모르게 비명을 지를 뻔했다. 슬립 한 장 차림으로 침대에 누워있는 마키코가 죽은 것처럼 보였기 때문이다. 긴 다리를 아무렇게나 내던진 흐트러진 자세로 묘하게 고요히 정지해 있었다.

"안아줘, 지금."

마키코는 들어온 데쓰오는 쳐다보지도 않고 차가운 옆얼굴로 말했다.

"무슨 일이야?"

"아무 말 말고."

목소리는 분노로 떨리고 있었다. 그 소리에 자신의 의지가 꼼짝 못 하고 끌려가듯이 데쓰오는 침대에 쓰러졌다. 슬립 끈을 내리다가 베갯머리의 작은 테이블에 놓인 재떨이를 보았다. 담배꽁초가 몇 개 남아 있었다. 마키코는 담배를 피우지 않는다.

남자다….

데쓰오는 그렇게 직감했다. 자신이 오기 전에 누군가 남자가 이 방에서 마키코를 품은 것이다. 차가운 옆얼굴에 흐트러진 머리칼도 살갗에 번진 노곤함도 그 남자가 남긴 것이다. 그자의 체취가 스며든 몸을 마키코는 일부러 내게 떠안기고 있다.

놀라거나 화가 나기보다 오히려 자극이 되었다. 데쓰오는 거칠게 그녀의 머리칼을 움켜쥐고 정신없이 그 입술에 자신의 입술을 댔다. 혀끝에 담배 맛이 섞인 듯한 느낌이 들었다.

마키코에게 남자가 있다는 것은 처음부터 짐작했었다. 6월에 상사를 따라갔던 긴자의 클럽에서 만났고 당장 그날 밤에 함께 잤다. 차로 맨션까지 데려다주는 길에 술에 취한 채 이 침실로 밀고 들어왔던 것이다.

"다른 남자는 없어. 당신뿐이야."

마키코는 항상 그렇게 말했지만 아무리 일류 클럽에 다닌다 해도 그 월급만으로 이런 생활을 꾸려갈 수 있을 리 없다. 밍크코트, 다이아 반지, 고급 브랜드 향수, 그리고 무엇보다 마키코의 뽀얀 살갗에서 불쑥불쑥 느껴지는 다른 남자의 흔적….

처음에는 데쓰오 쪽에서도 잠깐 즐기자는 생각이었기 때문에 마키코에게 딴 남자가 있건 말건 별로 신경도 쓰지 않았다. 예금 할당량 때문에 가토리 시즈코라는 중년 여자와 몸을 섞어야 하는 울분을 마키코의 싱싱한 몸으로 풀어보려 했을 뿐이다. 그 여자는 전혀 오십이 다 된 나이로는 보이지 않았지만, 데쓰오의 욕망과 균형이 맞을 만큼 젊지는 않았다. 심한 나이 차를 다양한 노력으로 메우지 않으면 안 되었다. 시즈코 쪽은 만족했는지 모르지만 데쓰오의 흥분은 어디까지나 연극이었다. 시즈코에게 다 쏟아내지 못한 욕망의 앙금을 젊은 마키코의 살로 씻어냈다.

처음에는 단지 그것뿐이었는데 만남이 거듭되는 사이에 데쓰오는 마키코의 몸에 점점 빠져들었다. 몸뿐만이 아니다. 마키코라는 존재 자체에 사슬처럼 강력하게 자신의 마음이 꽁꽁 묶이는 것을 느꼈다. 출세에만 몰두하고 돈 계산에만 집중했었는데 마키코를 만나지 못하는 날이 며칠 이어지면 허기진 것처럼 일이 손에 잡히지 않았다. 그녀를 독점하고 싶은 욕심이 생기고, 언뜻언뜻 비치는 딴 남자의 그림자가 자꾸 신경이 쓰였다.

"정말로 나 말고는 아무도 없어?"

"없어."

"그럼 결혼하자."

"결혼은 싫어. 이런 관계로, 좋잖아?"

마키코는 여태껏 딴 남자의 존재를 분명하게 부정해왔다. 그런 마키코가 오늘 돌연 남자가 있다는 증거를 자신에게 내보인 것이다.

질투가 흥분으로 뒤바뀐 데쓰오의 거친 애무에 몸을 꿈틀거리며 마키코도 여느 때 없이 격한 반응을 보였다.

평소보다 더 깊은 절정에 달한 뒤 데쓰오는 천천히 마키코의 몸을 벗어났다. 바닥에 벗어던진 상의에서 담배를 꺼내 불을 붙였다. 만족감과 노곤함이 하얀 연기에 엉겨 천장의 불빛을 타고 올라갔다. 밤바람이 창문을 치고 방 안 공기는 차갑게 식었다. 그 냉기에 얼어붙은 듯 마키코는 데쓰오의 어깨에 얼굴을 묻은 채 가만히 있었다.

담배를 비벼 끄려다가 데쓰오는 흠칫 손을 멈췄다. 재떨이에 남겨진 누군가의 꽁초는 외제 로스만이었다. 한 달 전쯤이었나, 시즈코가 데쓰오에게 가슴 애무를 받으며 말했었다.

"내 몸에서 담배 냄새가 나지? 남편이 항상 침대에서 로스만을 피운다니까. 보디샴푸로 박박 문질러도 그 냄새만은 빠지지 않는 거 같아."

시즈코의 남편에게 질투심 따위는 없어서 단순히 짜증 나는 얘기라고 생각했을 뿐이지만, 공교롭게도 눈앞의 재떨이에 남은 꽁초도 로스만이다. 게다가 매번 보던 베갯머리 시트 곳곳에 담뱃재의 흔적이 있었다. 오늘 이 침실에 있었던 남자도 마키코와 자면서 로스만을 피웠다….

퍼뜩 아까 마키코가 은행으로 전화를 걸어 했던 말이 생각났다. 시즈코 쪽에서 오늘 저녁 남편이 외박을 할 테니 집으로 오라고 했었기 때문에 데쓰오는 마키코의 청을 거절하려고 했다,

하지만 마키코는 "괜찮아, 올 수 있을 걸?"이라고 마치 시즈코 남편의 외박이 취소되는 것을 알고 있는 듯한 말투였다. 아니, 이제야 생각해보니 분명 마키코는 미리 알고 있었던 것이다.

데쓰오는 저절로 몸을 홱 돌려 마키코의 눈을 들여다보며 뭔가 말하려고 했다. 하지만 그 전에 마키코의 입이 먼저 움직였다.

"가토리 시즈코와는 언제 또 만나기로 했어?"

"어, 어떻게 그걸…."

데쓰오는 파르르 떨리는 시선으로 차갑고 무표정한 마키코의 얼굴을 보았다.

"두 달 전에 당신이 그 여자와 호텔에서 나오는 걸 우연히 봤어. 나, 화 안 낼 테니까 말해봐. 당신, 그 여자와 어떤 관계야?"

데쓰오는 잠시 할 말을 잃었지만 마키코의 노려보는 시선에 더 이상 견디지 못하고 그간의 일들을 간단히 설명했다.

"근데 난 그 여자한테 어떤 감정도 느낀 적 없어. 그냥 비즈니스 같은 관계일 뿐이야."

"그 여자…." 마키코는 쓸쓸한 듯한 목소리로 중얼거렸다. "역시 그랬구나, 그 여자하고."

"너한테 매번 미안했어. 최대한 빨리 관계를 끊을 생각이었는데…."

"아무한테도 미안해할 거 없어. 그 여자한테도, 그녀의 남편한테도, 나한테도…. 당신은 그 여자에게 어떤 감정도 느낀 적이 없다지만 그건 그쪽도 마찬가지야. 그 여자, 자기 남편과 나한테 앙갚음을 하려고 당신에게 접근한 것뿐이야. 이번 여름에 누군가 내 뒷조사를 했더라? 바로 그 여자였어. 당신과 그 여자가 호텔에서 나오는 걸 봤을 때부터 분명 그럴 거라고 생각했어. 당신, 그 여자 남편 이름 알아?"

"가토리 슈헤이. 예금이 모두 그 남편 명의로 되어 있어."

마키코는 입 끝으로 피식 웃었다.

"그 사람과 나, 벌써 오래된 관계야."

역시 그랬구나. 마키코의 살갗에도 그 중년 여자와 똑같은 남자의 담배 냄새가…. 데쓰오는 혀를 차며 진한 한숨을 내쉬었다.

"나는 그냥 피에로 역할이었네. 너도 그 여자도 모든 걸 다 알면서 나를 갖고 놀았어."

"피에로라는 건 다들 마찬가지야. 나도 그 여자의 앙갚음인 걸 알면서 당신을 계속 만났고, 가토리 슈헤이도 그 여자에게 딴 남자가 있다는 거, 이미 눈치챘을 거야. 나와 당신의 관계까지는 모르겠지만. 당신도 나한테 딴 남자가 있다는 거, 느꼈었지? 모두 똑같이 연극을 했던 거야."

데쓰오는 고개를 저었다.

"너에 대한 내 마음은 연극이 아니야. 그 여자의 남편과 관계가 있더라도 너와 헤어질 생각은 없어."

"나도 그럴 생각 없어. 하지만 당신과 헤어지지 못하는 것처럼 그 사람과도 헤어질 수가 없어."

"왜 못 헤어져?"

"헤어지자고 하면 나를 죽일 걸. 작년 겨울, 정확히 일 년 전에 헤어지자고 말했더니 칼을 들고 덤볐어. 여기 이 상처."

오른쪽 젖무덤 아래 푸르죽죽하게 남은 흉터는 이미 데쓰오도 눈에 익었다. 전에 물어봤을 때는 잠깐 다쳤다고 했었는데 그런 이유가 숨어 있었던 것이다. 한 번도 본 적이 없는 가토리 슈헤이라는 중년 남자가 어둡고 음습한 얼굴로 데쓰오의 머릿속을 덮쳤다.

"다음에 또 헤어지자고 하면 진짜로 죽인다고, 무서운 눈으로 말했어. 그냥 위협으로 하는 말이 아냐. 당신과의 일도 혹시 들키면 무슨 짓을 할지…. 게다가 당신도 그 여자와 쉽게 헤어질 수 없잖아."

마키코의 말은 데쓰오가 내심 중얼거린 말과 똑같았다. 나도 그 중년 여자와 헤어질 수 없다…. 가토리 슈헤이는 죽이겠다는 말로 마키코를 위협했지만 시즈코 역시 지난번에 그런 협박 비슷한 말을 내뱉었다.

"내가 싫증 날 때까지 이 관계는 지속되어야 해. 혹시라도 네가 먼저 끝내자는 말을 꺼낸다면 지금까지 어떻게 예금 상품을 팔아왔는지 모두에게 까발려버릴 테니까."

시즈코의 잦은 호출에 지쳐서 이제 슬슬 핑곗거리를 만들어 관계를 끊어야 한다, 라는 속내가 아무리 조심해도 표정이나 태도에 드러났던 것이리라. 마침 목구멍까지 올라온 "헤어지자"는 말을 틀어막듯이 시즈코는 그렇게 말했다. 말보다 데쓰오를 빤히 노려보는 그 눈빛에서 단순한 위협이 아니라는 게 오싹할 만큼 느껴졌다.

마키코의 고백으로 자신이 이용당한 것을 깨닫고 데쓰오는 시즈코라는 여자에게 새삼 증오감이 들었다. 2억 엔의 예금액을 돌려주고 그걸로 일이 끝난다면 당장 그렇게 하고 싶었다.

하지만 이미 때늦은 일이다. 시즈코는 2억 엔으로 데쓰오의 몸뿐만 아니라 장래까지 그 악랄한 손아귀에 움켜쥐었다.

"어떻게 하지…?"

데쓰오는 멍하니 혼잣말처럼 중얼거렸다.

"그러게, 방법이 없어."

마키코는 새끼손가락 손톱 끝으로 데쓰오의 가슴팍을 짚었다. 그 손톱에만 빨간 매니큐어가 칠해져 있었다. 빨간 손톱은 데쓰오의 살갗에 글씨를 썼다.

"딱 한 가지밖에…."

마키코는 그렇게 말을 덧붙이고 데쓰오를 빤히 바라보았다.

긴 속눈썹으로 그늘진 눈 속에 어두운 빛이 있었다.

빨간 손톱은 다시 한번 데쓰오의 가슴팍에 한 획씩 새기듯이 죽음이라는 글씨를 썼다.

슈헤이가 칼을 들고 덤볐다는 얘기는 거짓말이다. 가슴의 흉터는 자신이 칼을 들고 그은 것이다. 일 년 전, 슈헤이가 헤어지자는 말을 꺼낸 날 밤이었다.

칼을 부르쥐었을 때는 실제로 죽을 작정이었다. 가토리 시즈코가 지난주에 했던 그런 연기가 아니었다. 하지만 흐르는 피를 남의 것처럼 멀거니 바라보는 사이에 마음이 바뀌었다. 지금 자신이 죽으면 그 두 사람만 신이 날 것이다. 어이없는 삼각관계가 드디어 깨끗이 정리됐다고 안도하면서. 왜 내가 희생양이 되어야 하는가…. 분노가 활활 타올라서 당장 의사를 불렀다.

슈헤이에게도 욕실에서 넘어졌다고 거짓말을 했다. 그런 뻔한 거짓말도 알아차리지 못하고 슈헤이는 건성으로 넘어갔다. "덜렁이 같지?"라고 웃으면서 말하는 마키코의 눈 속에 한 가지 결심이 어두운 빛으로 서린 것도 물론 알아차리지 못했다. 그렇다, 그때 결심했던 것이다. 그때부터 이미 방법은 한 가지밖에 없다는 건 알고 있었다. 고통을 받아야 하는 건 그 두 사람 쪽이다. 젊은 마키코의 몸을, 인생을, 엉망으로 망가뜨린 늙은 남자와 시즈코라는 우아한 이름에서는 상상도 못할 만큼 냉혹하고 잔인한 그 여자.

데쓰오를 사랑한다고 말한 것도 거짓이다. 올여름, 불현듯 쓸쓸함이 몰려와 우연히 마주친 남자를 받아들였을 뿐이다. 데쓰오 쪽에서는 점점 진지해졌지만 마키코는 단 한 번도 그에게 애정을 느낀 적이 없다. 다만 몇 번째인가에 "결혼하자"라는 말을 들었을 때, 어쩌면 이 남자의 사랑을 이용할 수 있겠다고 생각했을 뿐이다. 어렴풋한 상상이 분명한 계획이 된 것은 두 달 전, 우연히 데쓰오와 시즈코가 호텔에서 나오는 모습을 목격했을 때부터였다. 마키코는 역시나 크게 놀랐지만 곧바로 자신을 향한 그 여자의 복수라는 것을 알았다. 호텔 프런트에 돈을 쥐여주고 두 사람이 언제부터 호텔에 드나들었는지 물어보니 마침 흥신소 사람이 몰래 뒷조사를 하던 무렵이었다. 게다가 데쓰오가 2억 엔짜리 큰 예금 건을 따냈다고 좋아했던 것도 그 무렵이었다. 마키코에 대한 복수를 위해 젊은 남자에게 접근해 그의 몸을 갖고 노는 그 여자는 흐트러진 머리칼을 쓸어올리며 만족스러운 미소를 짓고, 아무것도 모르는 젊은 남자는 비열한 웃음으로 그런 여자를 올려다보고 있었다.

마키코는 데쓰오의 웃음을 떠올리며 자신의 계획에 그를 끌어들여 공범으로 만들기로 마음먹었다. 그의 비열함, 그리고 출세를 위해서라면 자신보다 열여섯 살이나 나이 많은 여자와도 자는 현실주의인지 뭔지에 걸어보자고 생각했다.

그리고 그 도박은 성공했다.

"간단한 방법이 있어."

마키코의 말에 데쓰오는 망설임 없이 고개를 끄덕이며 되물었다.

"어떤 방법?"

너무도 간단히 동의해주는 것에 놀라면서도 방금 전에 시즈코의 이름을 말했을 때 데쓰오의 눈이 고통으로 일그러졌던 게 생각났다. 이 남자도 그 여자를 증오하는지도 모른다. 관계를 끊고 싶은데 끊을 수 없어서 뭐든 방법만 있다면 아예 죽여도 좋다고 생각한 적이 있는지도 모른다.

"어떤 방법인데?"

다시 한번 묻는 데쓰오에게 마키코는 주방에서 와인 병을 가져와 그에게 보여주었다.

"고가의 수입 와인이야. 도쿄에서도 웬만해서는 구입할 수 없어. 그 두 사람, 가토리 슈헤이와 시즈코는 잠들기 전에 이 와인을 마신다고 했어. 지금도 둘은 한 이불 속에서 자니까. 그게 도저히 용서가 안 돼서 포도주에 수면제를 타서 건네주려고 했어. 아직 그 사람을 사랑한다고 착각하던 때의 일이지만.”

“왜 수면제를….”

“하룻밤이라도 좋으니 그 여자를 잊게 하고 싶었거든. 결국 건네주지는 않았지만 지금도 수면제는 들어 있어. 원래대로 새 코르크와 봉인을 붙이느라 고생 좀 했지. 지금 생각해보면 바보 같았지 뭐야. 그래도 이게 뭔가 도움은 될 것 같아.”

“수면제로는 안 죽을 텐데?”

마키코는 눈으로만 차갑게 웃었다.

“두 사람은 11시경에 와인을 마시고 잠자리에 들어. 근데 슈헤이 혼자 이불 속에서 2시쯤까지 책을 읽다가 스토브 불을 끄고 자는 거야. 그 침실 스토브는 내 방의 저 스토브와 똑같아. 경보기가 딸려서 마음 놓고 있다가 전에 몇 번 불 끄는 걸 깜빡 잊어버리고 잔 적이 있다고 했었어. 수면제 와인을 마시면 분명 스토브 불을 끌 새도 없이 잠들겠지? 그 불을 끌 수만 있으면 돼. 그러면 가스가 새서 사고나 자살로 위장할 수 있으니까.”

“하지만 어떻게? 한밤중에 그 집에 몰래 들어가서 끄고 오라고?”

“그 집은 문단속이 철저한 편이라서 안 돼. 하긴 그게 오히려 살인 혐의를 지워주긴 하겠지? 아무튼 걱정 마. 내가 간단한 방법이 있다고 했잖아.”

그렇게 마키코는 오래 전부터 생각해둔 계획을 상세하게 데쓰오에게 풀어놓았다.

말없이 마키코의 눈만 바라보며 듣고 있던 데쓰오는 그녀가 말을 마치자 한숨을 내쉬었다.

“괜찮을 것 같긴 한데….”

"응, 괜찮아, 잘 될 거야."

마키코는 데쓰오의 품에 안겨들어 입술을 맞댔다. 혀가 데쓰오의 혀에 닿았다. 그 혀가 조금씩 뜨거워지는 게 느껴졌다. 그가 진심으로 자신을 사랑한다면 이 혀의 감촉은 무시하지 못할 것이다. 틀림없이 "알았어"라고 대답해줄 것이다.

"알았어…."

서른한 살의 은행원은 한참 만에야 겨우 입술을 떼며 대답했다. 그리고 몇 초 침묵한 뒤, 업무의 연장처럼 사무적인 목소리로 덧붙였다.

"빨리 움직이는 게 좋겠다. 내일 오후 4시에 다시 그 여자와 늘 가던 그 호텔에서 만나기로 했으니까."

괘종시계가 4시를 치자 슈헤이는 현관문과 대문을 잠그고 집을 나왔다. 오늘도 아침 일찍부터 끌을 두드리던 시즈코는 3시쯤에 서둘러 옷을 갈아입더니 행선지도 알리지 않고 외출해버렸다.

"잠깐 다녀올게요. 좀 늦어질지도 모르겠네."

종종걸음으로 복도를 건너가는 시즈코의 허리끈에 노란색 장미꽃 무늬가 있었다. 한 번도 본 적이 없는 기모노였다. 최근에 샀는지 새 옷의 광택이 있었다. 등과 함께 흔들리며 멀어져가는 선명한 꽃 색깔을 지켜보며 시즈코에게 남자가 있는지도 모른다, 라고 슈헤이는 퍼뜩 생각했다. 그것도 연하의 젊은 남자가. 요즘 들어 외출이 잦고, 나갈 때마다 기모노 무늬가 바뀌었다. 게다가 기모노 색깔이며 화장이 점점 더 화려해지는 것 같다. 하지만 만일 그런 남자가 있다면 그게 오히려 나을 것이다. 두 여자와 자신이 위험하게 기우뚱거리며 아슬아슬한 균형을 유지하는 관계를 그 남자의 존재가 안전하게 지탱해줄지도 모른다. 그런 생각을 하며 마루에 앉아 어제처럼 남천촉 빨간 열매를 바라보고 있는데 전화가 울렸다. 마키코에게서 온 것이었다.

"어제 그제 밤새 한숨도 못 잤어. 또 불면증이 도졌나 봐. 지난번처럼 당신 친구 의사에게서 수면제 일주일 분, 받아다 줄래?"

몹시 피곤한 목소리였다.

코트를 걸치고 현관에서 구두를 신다가 구두코에 진흙이 튄 것을 보았다. 이제야 발견했지만 비가 내린 게 며칠 전이었으니까 그때부터 여태까지 시즈코는 구두를 닦아놓지 않은 것이다. 깔끔한 성격이라서 매일 아침, 슈헤이가 외출하지 않는 날에도 시즈코는 정성스레 구두를 닦아두었다. 구두에 회색으로 달라붙은 진흙을 보며 시즈코는 틀림없이 남자가 생긴 거라고 실감했다. 하지만 그뿐, 더 이상 깊이 생각하지 않았다.

큰길로 나와 택시를 잡아타고 고교 동창이 경영하는 병원에 들렀다. 차를 병원 앞에 대기해둔 채, 항상 지어주는 약을 받았다. 동창 친구는 걱정스러운 목소리로 너무 많이 복용하면 안 된다고 주의를 주었다. 지난 일 년 사이에 대여섯 번 수면제를 타오면서 슈헤이는 자신이 불면증인 것처럼 얘기해왔다.

택시로 마키코의 맨션에 도착해 벨을 누르자 네글리제 차림으로 문을 열었다. 머리가 헝클어지고 눈이 충혈되었다. 초췌하기 짝이 없는 얼굴이었다. 슈헤이는 그 얼굴에서 시선을 돌린 채 약부터 건네주었다.

마키코는 홍차 한 잔을 내주고는 몸을 돌렸다.

"약 먹고 잘 거니까 오늘은 그냥 가요. 클럽도 이삼일 쉴 거야."

어서 빨리 침대에 눕고 싶은 눈치였지만 슈헤이가 침실을 나서자 퍼뜩 생각난 듯이 말했다.

"아, 미안하지만 스토브 상태 좀 봐줄래요? 점화가 잘 안 돼."

슈헤이가 점화 스위치를 몇 번 돌려봤지만 딱히 고장은 없었다.

"그래? 어젯밤에는 잘 안 켜졌는데. 그쪽 스토브는 괜찮아요?"

마키코가 무심히 물었다. 그쪽 스토브라는 게 무슨 말인지는 금세 알아들었다. 작년 겨울, 시즈코가 안방이 춥다고 해서 스토브를 구입해줄 때 경보기 달린 안전한 상품이라서 마키코에게도 똑같은 것을 사주었다. 물론 양쪽 모두에게 입을 다물었지만, 어려도 눈치는 빠른 마키코는 처음 켠 스토브의 파란 불꽃을 지켜보며 혼잣말처럼 중얼거렸다.

"에기쿠보 집에도 똑같은 스토브 샀지? 양쪽 침실에서 똑같은 불이 타겠네."

일 년 전에 들은 그 말을 슈헤이는 이번 겨울에도 스토브를 켤 때마다 문득문득 떠올리곤 했다.

"뭐, 괜찮은 거 같아."

대충 얼버무리고 슈헤이는 방을 나왔다. 문을 닫아주면서, 마키코가 스토브가 고장이라고 한 건 거짓말이 아닐까, 단지 또 한 개의 스토브가 고장인지 아닌지 확인해보려던 게 아닌가, 하는 느낌이 들었다.

차창 너머로 롯폰기의 밤이 스쳐 간다. 네온 불빛의 흐름에 비친 운전석 데쓰오의 얼굴이 평소보다 단정하게 보였다. 이 젊은 애는 정말로 나를 사랑하는지도 모른다…. 오늘 호텔에서 가진 격렬한 정사, 레스토랑에서 이따금 내보인 다정한 눈빛. 처음에는 이해타산이었지만 이제는 정말로 사랑하기 시작했는지도 모른다. 그리고 나도….

아니, 아냐. 시즈코는 마음속에서 고개를 내저었다. 이런 젊은 애 따위, 사랑하지 않는다. 그냥 연기일 뿐이다. 그 젊은 년에 대한 복수다. 잠시 술기운에 취한 모양이다. 오늘 밤 이 젊은 애가 너무 다정했기 때문에.

어느 길모퉁이에 데쓰오가 갑자기 차를 세웠다. 유명한 수입 잡화점 앞이었다. 운전석의 데쓰오가 지갑을 꺼내 2만 엔을 시즈코에게 내밀면서 말했다.

"죄송하지만, 제가 운전 중이라서 부탁 좀 드릴게요. 그랑 페랑이라는 와인 있잖습니까. 그중 가장 비싼 걸로 두 병만 사다주십쇼. 로제예요. 두 병 다 포장지도 박스도 필요 없으니까 병째로 달라고 하시면 됩니다."

시즈코는 무슨 일인지 의아했지만 잠깐 차에서 내려 잡화점으로 갔다.

다시 돌아와 와인을 건네자 데쓰오는 장갑을 낀 채 술병을 잡고 연한 핑크빛 액체를 들여다보았다.

"이건 왜?"

"아무것도 아니에요."

데쓰오는 뒷좌석 가방에 술병 두 개를 넣고 다시 차를 몰았다. 시즈코가 매일 밤 잠자리에 들기 전에 슈헤이와 함께 마시는 것과 똑같은 와인이다. 단순한 우연이 아니라는 느낌이 들었다.

하지만 왠지 화난 듯 입을 꾹 다문 데쓰오의 옆얼굴을 향해 캐물을 수도 없어서 시즈코는 조용히 카스테레오에서 흘러나오는 로맨틱한 음악에 귀를 기울였다.

"아, 저기서 내려줘."

집 근처 어둑어둑한 곳에 차를 세우라고 했다. 데쓰오는 뒷좌석에 팔을 뻗어 어둠 속에서 부스럭부스럭 뭔가를 찾더니 이윽고 와인 병 하나를 꺼내 차에서 내리는 시즈코의 손에 단단히 쥐여주었다.

"오늘 밤부터 남편 분과 이걸 드십쇼."

"엇, 어떻게 알았어? 우리가 이 와인을 밤마다 마시는 거."

"남편분의 필명이 사가미 이치로잖아요. 이번 주간지에 실린 글에 잠자리에 들기 전에 아내와 함께 이 와인을 마신다는 얘기가 있더라고요. 정말 훌륭한 술인데 혼자서 잠자리에 들 때는 별로 맛이 없다고…."

"그래? 그런 얘기를 썼었구나. 내가 그 사람이 쓴 글은 읽어본 적이 없어서."

그게 어떻다는 거냐고 시즈코가 눈빛만으로 묻자 그는 서글픈 표정으로 말했다.

"오늘부터는 이걸로 드세요. 마시던 와인이 남았다면 그건 내버리시고. 제 돈으로 산 이 술로 드셔야 합니다. 앞으로도 와인이 떨어지는 대로 얘기해주세요. 제가 사드릴 테니까."

"왜?"

"오늘부터 나도 잠들기 전에 똑같이 이 와인을 마시려고요. 남편이 아니라 나와 함께 마신다는 마음으로 드셔주시면 좋겠어요."

어둠 속에서 젊은 눈빛이 초롱초롱했다. 분노가 담긴 눈빛이다. 너, 질투하는 거야? 저절로 입 밖에 튀어나오려는 말을 시즈코는 꿀꺽 삼켰다. 질투하는구나, 아직 만나본 적도 없는 슈헤이를. 잠들기 전에 술을 함께 마시는 것에서 특별한 사랑의 행위를 감지한 모양이다. 역시 나를 사랑하는 것이다. 시즈코의 가슴속에 말할 수 없는 쾌감이 솟구쳐 입가에 미소로 번져갔다. 좋아, 오늘 밤부터 이걸 마실게. 너와 함께 마신다는 마음으로. 하지만 너를 위해서가 아니야. 슈헤이에게 앙갚음을 하기 위해….

"알았어. 약속할게."

그렇게 대답해주고 시즈코는 차에서 내려 차창 너머로 손 인사와 미소를 던진 뒤 집으로 가는 길을 총총걸음으로 내려갔다.

겨울밤을 봉인한 대문을 밀려다가 시즈코는 그 손을 목덜미 뒤로 가져갔다.

뒷머리를 가다듬는 게 아니라 일부러 흐트러뜨리려고.

문을 열기 전에 데쓰오는 장갑을 벗고 손목시계를 들여다보았다. 8시 27분. 계획대로 거의 정확하게 시간을 맞췄다. 초침의 정확한 움직임에 데쓰오는 안도감을 느꼈다.

마키코는 거실에서 헝클어진 머리를 빗으며 데쓰오를 기다리고 있었다. 그녀의 눈앞에 와인 두 병을 내려놓고 모든 게 잘 진행되었다고 알려주었다. 차 안에서 시즈코에게 했던 얘기는 물론 미리 짜놓은 계획대로 주절거린 것이다. 어젯밤부터 오늘 아침까지 마키코와 둘이 침대에서 세세하게 음미해가며 준비한 대사였다. 시즈코에게 건네준 술병은 뒷좌석 가방에 미리 숨겨둔 수면제가 든 와인이다. 가방에서 꺼낼 때 슬쩍 바꿔치기했다.

마키코도 차질 없이 해냈다면서 수면제 봉지를 내보였다. 일곱 봉지였다. 시즈코에게 건넨 와인 병에 탄 것과 똑같은 양이다.

데쓰오는 시즈코에게 와인을 사 오게 했고, 마키코는 그 여자의 남편에게 수면제를 받아오게 했다. 경찰이 나중에 조사하더라도 와인도 수면제도 본인들이 입수한 것으로 나와서 자살 혹은 사고로 처리될 것이다. 수입품 잡화점의 점원은 고가의 와인을 포장도 안 하고 구입해 간 시즈코를 또렷이 기억할 것이고, 의사도 슈헤이가 오늘 오후에 수면제를 받으러 왔었다고 증언해줄 테니까.

"틀림없이 약이 든 와인 병을 건네줬지?"

"당연하지, 틀림없어."

마키코가 고개를 끄덕이며 말했다.

"이제 남은 건 한 가지뿐이야."

역시나 긴장했는지 미소가 굳어 있고 긴 속눈썹 그늘 아래 눈동자가 어두웠다. 마키코는 망설이듯이 머뭇머뭇 말을 이어갔다.

"지금이라면 이 계획, 그만둘 수 있는데…."

"아니, 그건 아니지."

데쓰오는 조금 부루퉁한 목소리로 마키코의 말을 가로막았다. 여기까지 왔는데 그만둘 수는 없다. 일단 결정하고 행동에 나선 이상, 예정에 차질이 생기는 건 용납할 수 없다. 데쓰오의 머릿속에는 어젯밤에 짠 시간표대로 움직이는 것밖에 없었다. 입을 꾹 다문 채 연거푸 손목시계를 들여다보았다. 스스로도 믿어지지 않을 만큼 침착한 기분이었지만 때때로 초침이 고장 난 게 아닌가 하는 이유 없는 불안에 휩싸였다. 은행에 취직하면서부터 벌써 몇 년째 초침 소리와 함께 살아왔다. 초침의 정확성만을 유일하게 옳은 것으로 인정하는 인생이 되었다.

손목시계가 10시 정각을 가리키자 자리를 털고 일어나 맨션을 나왔다. 현관문을 닫는 참에 마키코가 말없이 눈빛으로만 고개를 끄덕여주었다.

자가용을 범죄 현장 근처에 세워두면 위험하기 때문에 지하철을 이용했다. 10시 42분에 내려서 아까 차를 타고 지나갔던 길을 이번에는 도보로 걸어서 십사 분 뒤에 그 저택 앞에 도착했다.

겨울밤은 사방을 어둠 속에 집어삼키고 집 왼편 끝 침실 창문에만 불이 밝혀져 있었다. 데쓰오는 슈헤이가 외출하고 없는 동안에 몇 번이나 이 집에 드나들어서 구조는 잘 알고 있었다. 쥐 죽은 듯 조용한 가운데 두툼한 커튼에 가려진 흐릿한 불빛을 보니 벌써 그 안의 두 사람이 죽어버린 듯한 느낌이 들었다.

삼 분 뒤, 전등을 끄고 스탠드를 켰는지 한 부분만 밝히는 침침한 불빛으로 바뀌었다. 슈헤이가 이불 속 독서를 위해 켜둔 것인가. 아니면 아내를 품기 위한 것인가. 어느 쪽이건 잠자리에 들기 전에 그 와인을 마셨다면 오 분 뒤에는 깊은 잠에 떨어질 것이다.

데쓰오는 정확히 십오 분을 기다렸다가 집 뒤편으로 들어가 낮은 돌담을 넘어 컴컴한 정원에 내려섰다. 주방 창문 앞으로 바짝 다가가 호주머니에 넣어둔 소형 손전등을 꺼냈다. 연한 불빛이 어둠을 벗겨내고 창문 밑 벽을 타고 내려온 가느다란 관을 드러냈다. 그 중간에 불룩 튀어나온 사각형이 있었다. 가스 개폐장치다.

데쓰오는 다시 호주머니에서 스패너를 꺼내 잠금 쪽으로 바짝 조였다. 이제 집 안으로 흘러가는 가스가 멈춘다. 잠시 기다린 뒤에 다시 열림 쪽으로 돌렸다.

그 두 번의 작은 동작으로 집 안에서 타던 스토브 불길은 일단 꺼졌다가 다시 가스를 방출하게 된다. 만일 오늘 밤에도 침실에 스토브를 켰다가 끄지 않고 잠들었다면 삼십 분 만에 경보기가 울린다. 하지만 곯아떨어진 슈헤이와 시즈코의 귀에 그 소리는 들리지 않을 것이다…. 도박이라는 건 데쓰오도 알고 있었다. 날이 밝으면 어떤 결과가 나올지는 알 수 없다. 만일 오늘 밤 침실에 스토브를 켜지 않았다면, 만일 시즈코가 약속을 어기고 그 와인을 남편과 함께 마시지 않았다면….

하지만 계획대로 풀리기만 하면 마키코도 자신도 자유를 손에 넣을 수 있다. 도박에 나서볼 만한 가치가 충분하다. 게다가 혹시 실패해서 시즈코가 수면제가 든 와인에 대해 추궁하더라도 어젯밤에 마키코가 했던 말을 흉내 내 "단 하룻밤이라도 남편분이 시즈코 씨의 몸을 잊어버리게 하고 싶었기 때문"이라고 둘러대면 된다.

손목시계의 야광 바늘이 11시 22분을 가리켰다. 예정보다 칠 분이 빠르다. 데쓰오는 머릿속 시간표에 맞춰 움직임을 조정하듯이 느릿느릿 담장을 넘어 역까지 어두운 밤길을 구둣발로 한 발 한 발 찍으며 걸었다.

마키코의 맨션에 돌아온 것은 밤 12시 20분이었다.

침대에 앉아 있던 마키코는 마시던 술잔을 내려놓고 그 유리잔의 빛을 품은 눈동자로 데쓰오를 올려다보았다.

"정확히 해치웠어."

데쓰오의 말에 마키코는 유리잔에 와인을 따라 내밀었다.

"수고했어. 이거, 방금 딴 거야."

데쓰오의 잔에 자신의 잔을 쨍그랑 마주치며 마키코는 미소를 지었다. 맑은 소리가 그 미소에 여운을 남겼다.

데쓰오는 단숨에 핑크색 액체를 들이켰다. 달콤한 향기가 목을 타고 흘러가 위 속에 뜨거운 불꽃을 피웠다. 그 불꽃으로 휘몰아치듯이 마키코를 침대에 눕혔다. 그리고 추위에 새파랗게 언 입술로 정신없이 그녀의 몸을 탐했다. 살갗이 얼음처럼 차가웠지만 그런 건 신경쓰지 않을 만큼 거친 욕망이 데쓰오의 온몸을 꿰뚫었다.

"잘 될 거야…."

마키코의 입에서 목소리가 새어 나왔다.

"응."

데쓰오는 짧게 답했다. 결과는 아침이 되어봐야 알 수 있다. 만일 계획대로 잘 풀린다면 지금쯤 그 침실의 두 사람에게 시시각각 죽음이 덮쳐들고 있을 것이다. 하지만 데쓰오는 아무것도 생각하고 싶지 않았다. 지금은 오로지 이 여자의 몸에 빠져들고 싶다. 고통처럼 거센 불꽃 같은 욕망을 토해내는 데만 집중하고 싶다.

"아침이 되면 두 사람의 사체가 발견되겠지. 그러면 경찰에서는 사고나 자살이 아니라 타살이라고 생각할 거야."

"타살이라고?"

"경찰이 조사해보면 우리 네 사람의 관계는 간단히 밝혀져. 그리고 두 사람이 다른 두 사람을 방해물로 여기고 죽였다…. 틀림없이 그렇게 생각해주겠지."

데쓰오는 천천히 그녀의 살갗에서 입을 뗐다. 마키코의 말이 의식에 침투하기까지 잠시 시간이 필요했다. 아니, 목소리는 분명하게 귀에 들어왔지만 그 의미를 알 수 없었다.

"무슨 말이야?"

마키코는 자신의 몸을 덮은 데쓰오를 향해 미소를 지으려고 했다. 하지만 미소 대신 문득 그 눈에 눈물이 고였다. 잠깐 사이에 눈물은 큼직한 방울이 되어 뺨을 타고 흘렀다. 마키코의 얼굴은 슬픔으로 일그러졌다. 갑작스럽게 울음을 터뜨린 그 얼굴이 데쓰오에게는 지금 처음 보는 타인처럼 낯설게 느껴졌다.

"죽는 건 우리 두 사람이야…."

마키코는 그렇게 중얼거렸다. 목소리는 다시 냉랭해져 있었다.

"당신이 시즈코에게 건넨 술병에는 처음부터 수면제가 없었어. 그 약을 탄 것은 저 테이블 위의 술병이야. 아까 당신이 돌아오기 전에 내가 탔거든."

데쓰오는 테이블을 돌아보았다. 아니, 돌아보려고 했다. 다음 순간, 돌연 뭔가에 눌린 것처럼 머리가 툭 떨어졌다. 내가 마키코를 껴안으려고 한다, 라고 생각했다. 잠이 탁류처럼 의식을 삼키고 있었다. 뭔가 소리를 지르려고 했지만 이미 입술이 움직여지지 않았다. 그저 귀에 남은 약간의 의식이 가까스로 마키코의 목소리를 포착했다.

"아침에 우리 사체가 발견되면 경찰에서는 그 두 사람을 체포할 거야. 이 와인도, 술병에 탄 수면제도, 모두 그 두 사람이 구입했으니까. 나는 그들을 용서할 수 없어. 둘이서 여태까지 나를 쓰레기처럼 취급했어."

느닷없이 초침 소리가 높아지고 어둠이 그것을 삼켜버리기 전에 데쓰오는 마키코의 마지막 목소리를 들었다.

"슈헤이의 아내는 나인데…."

그건 마키코가 남편과 그 애인에게 한 복수였다. 일 년 전 겨울밤, 가슴에서 흐르는 피를 가만히 지켜보며 죽자는 마음을 접었던 이유였다. 내가 죽어봤자 그 두 사람은 혹을 떼어낸 듯 후련하게 생각할 뿐이다. 그걸 깨달은 순간, 마음이 바뀌었다. 죽는 건 언제라도 할 수 있다. 언제든 죽어버리면 된다. 내 죽음을 이용해 두 사람에게 복수를 하자. 그 두 사람을 매장시켜 버리자. 그렇게 결심했다. 그리고 두 달 전, 그 여자가 데쓰오와 호텔을 나서는 모습을 목격했을 때, 머지않아 그날이 닥칠 것이라고 예감했다.

그 여자는 나에게서 슈헤이를 빼앗아간 것으로도 부족해 데쓰오까지 제 손아귀에 넣었다. 내가 슈헤이의 아내라는 이유만으로 나를 미워하고 나에게서 모든 것을 빼앗아갔다. 마키코는 분노에 휩싸여 아예 그 자리에서 시즈코를 죽이고 싶은 심정이었다. 하지만 가해자가 되는 것만은 싫었다. 죽이는 건 간단하지만 내 손을 더럽힌다면 내가 겪은 오랜 세월의 고통을 아무리 호소해도 사람들은 살인자의 말을 들어주지 않는다. 오히려 피해자를 동정하고 나를 비난하리라. 그렇다면 내가 피해자가 되어 그 두 사람의 손을 더럽히게 해야 한다. 실제로 오늘날까지 피해자는 분명 마키코 쪽이었다. 그런데도 사람들은 모두 마키코만 나무랐다.

"잘못한 건 마키코, 너야. 왜 언제까지고 그런 사람에게 매달려서 살아? 위자료 받아내고 냉큼 이혼해."

마키코의 고통 따위, 전혀 이해해주지 않았다. 진짜 가해자는 그 두 사람이고 내가 피해자인데. 오늘까지 지난 몇 년에 걸친 세 사람의 진짜 관계를, 그 두 사람이 가해자고 내가 피해자라는 걸, 세상 사람들 모두가 알아야 한다. 그리고 그게 이번 사건을 일으키기로 결심한 가장 큰 이유였는지도 모른다. 오늘까지의 진짜 관계를 살인사건이라는 형태로 보여준다면 사람들은 그제야 알아차릴 것이다. 그 두 사람이 얼마나 끔찍한 인간들인지, 오늘까지 내가 얼마나 비참하게 살아왔는지, 마침내 온전히 이해해줄 것이다.

사실 지난 몇 년 동안 그 두 사람은 마키코를 죽음보다 더 잔인한 형태로 갖고 놀면서 고통 속에 빠뜨렸다.

육 년 전, 마키코는 처음 가게에 찾아온 초로의 손님과 관계를 맺고 결혼식을 올렸다. '결혼'이라는 말을 먼저 꺼낸 건 남자 쪽이었다. 남자는 "결혼을 생각한 건 처음"이라고 말했다. 막대한 재산 덕분에 유유자적 살아온 남자는 그 나이까지 결혼은 단지 방해가 될 뿐이라고 생각했던 것이다. 남자는 이 맨션을 매입해 마키코와 신혼 생활을 시작했다. 에기쿠보의 오래된 전통가옥은 지나치게 넓어서 젊은 마키코의 마음에 들지 않을 거라고 생각했기 때문이다. 그 낡은 집은 곧 매물로 내놓기로 했었다. 처음 한동안 마키코는 행복했다. 누가 뭐라고 떠들든 마키코는 아버지 같은 남편을 사랑했고 남편도 마키코에게 다정했다. 하지만 그 행복은 반년도 가지 않았다. 남편이 이 결혼은 실수라고 깨달은 것이다. 남편의 나이에 마키코는 너무 어린 것이다. 함께 살기에는 너무 어리다, 내 나이에 잘 어울리는 여자 쪽이 좋다, 그렇게 생각하게 되었다. 그 생각대로 남편은 한 살 연상의, 죽은 친구의 미망인과 관계를 가졌다. 남편은 그 여자와 에기쿠보 저택에서 딴살림을 차렸다. 그리고 다시 반년이 지나 결혼한 지 일 년이 된 무렵에는 처지가 완전히 뒤바뀌었다. 남편은 그 여자가 있는 에기쿠보 집에 들어가 살고, 이따금 생각난 듯 찾아와 원래 결혼 생활의 터전인 이 맨션의 벨을 눌렀다.

시즈코는 마치 자신이 슈헤이의 진짜 아내인 것처럼 굴었다. 이웃들에게 슈헤이를 남편이라고 소개했다. 슈헤이의 재산 관리에 참견을 하고, 슈헤이와 젊은 아내의 관계에까지 이러니저러니 지시를 내렸다. 이혼하지 않는 건 단지 당신 돈을 노리기 때문이다, 클럽을 관두지 않는 건 남자들과 시시덕거리고 싶기 때문이다, 요즘 젊은 여자들은 대체 무슨 생각으로 사는지 모르겠다···. 그런 말을 슈헤이에게 퍼부었다. 시즈코는 자신이 오히려 피해자인 것처럼 굴었다. 슈헤이를 진심으로 사랑하는 척하고 괴로워서 자살이라도 할 것처럼 연극을 했다. 실제로 마키코는 그저 어린 여자일 뿐이었다. 마키코의 젊음으로는 어머니뻘 나이의 여자와 싸워봤자 결국 질 게 뻔했다. 그런 헛된 싸움을 마키코는 사 년을 계속해온 것이다. 그리고 사 년 뒤, 남편에게서 결국 그 말이 나왔다. 헤어지자, 1억 엔은 줄 테니.

그 여자는 끝끝내 마키코의 유일한 무기인 아내라는 지위조차 빼앗으려 한 것이다. 실제로 슈헤이의 재산을 탐낸 것은 그 여자 쪽이다. 그 가면에 속아 넘어가 슈헤이조차 그걸 알아차리지 못했다. 슈헤이뿐만이 아니다. 데쓰오도 그 거짓말에 넘어가 그 여자가 슈헤이의 아내라고 믿고 있었다. 정말이지 어떻게도 해볼 수가 없었다. 마키코는 클럽에 다니고 있고, 이 맨션보다 에기쿠보의 집이 훨씬 더 넓고, 그 넓은 저택에서 시즈코는 자신의 자리를 확실히 점유하고 슈헤이의 스물네 시간의 생활 대부분을 수중에 넣어버렸다. 그런 그 여자야말로 명백한 가해자였다.

마키코는 침대에 엎어진 채 깊은 잠이 든 데쓰오를 반듯하게 눕혔다. 마키코가 지금 자신의 목숨을 던져 저지르려는 범죄의 공범자가 된 남자는 그저 성실하기만 한 영업용 얼굴로 자고 있었다. 이 남자는 마키코를 사랑했는지도 모르지만, 그녀 쪽에서는 한 조각의 애정도 없었다. 단지 두 달 전 이 남자와 시즈코의 관계를 알았을 때, 그도 함께 죽음으로 데려가면 시즈코의 죄가 가중될지 모른다고 생각했을 뿐이다. 인생을 돈으로 계산하는 은행원과 마키코 사이에는 젊다는 것 외에 아무런 공통점도 없었다. 한때는 이런 자신을 사랑해주는 그에게 모든 계획을 털어놓으면 함께 죽어줄지도 모른다고 생각하기도 했다. 하지만 결국 아무것도 모르는 채 데려가는 쪽을 택했다. 타인의 목숨은 희생양으로 삼아도 자신의 목숨을 희생할 수 있는 남자가 아니다. 단지 아무 죄도 없는 그에게 죽음의 동반자 역할을 떠맡긴 건 역시나 잔인하다는 마음이 들었다.

그런 꺼림칙함 때문에 오늘 밤 데쓰오에게 가공의 범죄를 저지르게 했던 것이다. 슈헤이도 시즈코도 스토브를 켜둔 채 잠들 만큼 경솔한 사람들이 아니다. 하지만 데쓰오를 시험해볼 좋은 기회였다. 데쓰오가 살인을 저지를 만큼 악한 인간이라면 죽음의 동반자 역할을 떠맡겨도 거리낄 게 없다고 생각했다. 실제로 데쓰오는 아무 망설임 없이 살인에 동의하고 실행에 옮겼다. 가스 본선을 개폐하는 것은 아무 의미도 없는 짓이었지만 그 짧은 동작으로 데쓰오는 확실하게 자신이 악한 인간이라는 것을 증명했다.

맨션에 돌아온 데쓰오가 무표정한 얼굴로 "정확히 해치웠어"라고 말했을 때, 마키코의 마음속에서 그에 대한 죄책감은 말끔히 사라졌다.

마키코는 마지막 눈물이 마르기를 기다려 수화기를 들었다. 긴자의 주점으로 걸어 마담을 호출했다. 마담에게는 여태까지 네 사람의 관계를 숨김없이 애기했었다. 마키코는 일부러 신이 난 목소리를 냈다.

"언니, 미안해. 오늘 클럽 쉰 거, 실은 그저께 남편과 대판 싸웠기 때문이야. 나를 죽이겠다는 말까지 하더라고. 충격 받아서 내내 누워 있었어. 근데 오늘 9시쯤에 남편이 와서 미안하다고 사과하더라. 그래서 남편이 가져다준 와인 한 잔 마시고, 지금 함께 자려는 참이야. 응? 아냐, 남편이 아니라 데쓰오 씨하고. 너무 웃기는 게 데쓰오 씨도 그 여자와 대판 싸웠다지 뭐야. 그 여자는 헤어지고 싶다는데 데쓰오 씨는 헤어지지 못하겠다고 했대. 우습지? 나와 데쓰오 씨, 서로 비슷한 처지잖아. 나도 데쓰오 씨도 그 두 사람에게는 방해만 되는 인간이겠지. 근데 앞으로도 우리 방해꾼 둘이서 잘 지내볼 생각이야…. 응, 내일은 꼭 클럽에 나갈게. 그때 또 자세히 얘기해줄게."

마키코는 수화기를 내려놓고 욕실에 들어가 눈물의 흔적을 씻어냈다. 그런 다음에 천천히 와인 잔을 들었다. 핑크빛 액체는 이윽고 온몸 구석구석 스며들었지만 얼어붙을 듯한 추위는 누그러들지 않았다.

마키코는 네글리제 옷자락을 손수건 대신 잡고 스토브 스위치를 돌려 불꽃 없는 가스를 나오게 했다. 스위치에는 어제저녁에 대충 둘러대서 슈헤이의 지문을 찍어두었다. 이 지문과 방금 마담과의 통화 내용이 그 두 사람을 분명하게 파멸로 몰아넣으리라. 경찰에서는 와인을 선물하고 간 남편이 한밤중에 다시 돌아와 이 스토브를 조작했다고 생각할 것이다. 슈헤이는 이 맨션에 언제든 마음대로 드나들 수 있다. 왜냐하면 이곳이 바로 슈헤이의 진짜 집이니까.

이제 됐다. 이제 모든 게 끝났다. 몇 년에 걸친 괴로움이 모두…. 이걸로 나는 마침내 저 마흔일곱 살의 여자를 이길 수 있다….

침대에 올라 이미 죽은 듯한 남자 옆에 지친 몸을 눕혔다.

천장의 불빛이 평소보다 눈부셨다.

암흑이 찾아오기 전에 마키코는 스스로 눈을 감았다.

대역

代役

1

3시 46분, 히카리호는 한 치의 어긋남도 없이 정시에 신오사카역 플랫폼을 떠났다.

세 시간 십 분 뒤, 즉 6시 56분에 도쿄 도착이다.

역 플랫폼 시계로 정시 발차라는 건 확실했지만, 나는 다시 한번 손목시계를 들여다보았다. 초침도 역시 다음 일 분을 향해 처음 몇 걸음을 달리기 시작했다.

계획이 시간표대로 정확히 움직였다. 내심 안도했지만 동시에 불안감 비슷한 것도 느껴졌다. 마음속 어딘가에서 신칸센이 늦어져 계획이 물거품이 되기를 바랐는지도 모른다. 내 불안감을 반영하듯이 차창에는 오사카 거리를 바탕에 촘촘히 깔고 해 질 무렵처럼 어두운 회색 구름이 퍼져갔다. 나는 담배를 피우며 그 연기와 함께 가슴에 모락모락 피어나는 불안을 토해내려고 했다. 전혀 걱정할 거 없다. 계획은 완벽하다. 나는 여태껏 이 연예계에서 훨씬 더 위험한 다리를 건너온 사람이다. 어떤 도박이든 반드시 이겨냈다. 따라서 이번에도 실패할 리가 없다.

신칸센 맨 끝의 자유석은 승객 몇 명이 앉아 있을 뿐 한산했다. 이 정도면 아무도 내 얼굴을 알아볼 염려는 없다. 아니, 설령 승객으로 혼잡했어도 한쪽 구석에 넝마 조각 같은 작업복을 걸치고 웅크리고 있는 남자가 설마 영화와 TV 드라마를 뒤흔드는 인기 배우 하세쿠라 슌인 줄은 아무도 모를 것이다. 대체 누가 알까, 매주 금요일 골든타임 드라마에서 브랜드 정장을 차려입고 긴 다리로 악당을 일격에 쓰러뜨리고, 몰려드는 미녀들에게 나지막하고 달콤한 목소리로 이별을 고하며 차갑게 등을 돌리는 그 하세쿠라 슌이 이런 거지 같은 차림으로 자유석 한구석에 앉아 있다는 것을. 또한 불과 두 달 전에 TV 예능프로에서 아내와 함께 화목하게 살아온 결혼 10주년 기념일을 축하했던 그 하세쿠라 슌이 아내를 살해하기 위해 도쿄로 돌아가고 있다는 것을. 게다가 하세쿠라 슌의 트레이드마크가 된 야수처럼 위험하고 소년처럼 나이브한 회색빛 눈까지 평소보다 짙은 선글라스로 가리고 있다.

차내 판매원이 이쪽 칸으로 들어왔다. 그녀의 폭탄 머리와 뺨의 큼직한 점이 기억 속에 떠올랐다. 보름 전쯤인가, 역시 똑같은 히카리호를 타고 도쿄로 돌아가는 참에 내게 달려와 손수건에 사인을 해달라고 청했던 젊은 아가씨다. 그때 손수건을 돌려주며 내가 입가에 지었던, 여자에게는 전혀 관심이 없다는 듯한 차가운 미소는 지금도 이 아가씨의 가슴속에 새겨져 있으리라. 시험 삼아 몇 마디 건네보았다. 판매원 아가씨는 보름 전과는 전혀 딴사람인 것처럼 난폭한 손짓으로 내게 캔 맥주를 건네고 뒤돌아볼 것도 없이 지나갔다. 나는 웃음이 터지려는 것을 씁쓸한 맥주와 함께 꿀꺽 삼켜버렸다. 보름 전 일등석에 흰색 정장 차림으로 앉아 있던 자와 방금 맥주를 구입한 자가 동일인이라고 알려주어도 저 아가씨는 도저히 믿지 못할 것이다. 나 역시 믿어지지 않는다. 보름 전 일등석에서 주위의 시선에 내심 짜증을 내며 멍하니 차창 밖을 바라보았던 내가 설마 아내를 죽이기 위해 이렇게 똑같은 신칸센을 타게 될 줄은 꿈에도 생각하지 못했다.

불과 보름 만에 모든 것이 달라졌다. 이게 모두 그자가 나타난 탓이다. 나와 똑같은 얼굴을 가진 그자가…. 차창 너머 구름이 한층 더 낮아졌다. 해질 무렵처럼 어두어둑한 창문에 내 얼굴이 비쳤다. 나는 화가 치밀어 커튼을 닫아버렸다. 아직도 그자가 신경 쓰이는 건가. 전혀 걱정할 거 없다. 그자는 결국 돈을 탐하는 것뿐이다. 오늘 밤에도 2백만 엔의 돈에 팔려 오사카에서 내가 부탁한 역할을 대신 연기해줄 것이다. 실제로 돈이라면 무슨 짓이든 할 인간이다. 게다가 돈을 받은 이상, 그자는 나와 공범이다. 전혀 걱정할 것 없다. 잠시 눈을 붙이는 게 좋다, 전혀 걱정할 것 없다. 모든 게 잘 풀릴 것이다….

그런데도 눈을 감으면 곧장 그자의 얼굴이 떠올랐다. 그자의 얼굴, 인기 스타 하세쿠라 슌의 얼굴이자 내 얼굴. 아까 오사카의 호텔에서 나는 그자에게 수고료의 반절인 1백만 엔을 건네고, 나와 그자는 완전히 비즈니스 관계만 남았다. 그런데도 왜 나는 여전히 그자가 신경이 쓰이는 것인가. 왜…. 그자가 나와 똑같은 얼굴이라는 단지 그것뿐인 이유로, 왜….

2

LA에 사는 케리 부인이 그 남자에 관한 편지를 보내준 것은 삼 개월 전, 올봄 끝물이었다. 케리 부인은 내가 결혼한 이듬해에 미일 합작 전쟁영화에 출연하기 위해 미국에 건너갔을 때, 반년 가까이 생활 전반을 도와준 젊은 여성이다. 일찍 남편과 사별하고 혼자 살고 있었다. 아내 료코도 그 사이에 두세 번 LA에 놀러 왔었기 때문에 케리 부인과 무척 친해져서 그 뒤에도 일 년에 두세 번은 편지를 주고받았다.

'이번 4월에 재즈하우스에 자주 드나드는 손님 중에서 슌을 꼭 닮은 남자를 만났다. 말을 해보고서야 다른 사람인 것을 알았지만, 다 알면서도 이따금 슌과 함께 있는 듯한 착각이 들 정도다.

그걸 계기로 그 사람과 교류하게 되었는데, 실은 그가 곧 일본에 돌아가기로 했고 뭔가 적당한 일자리를 찾고 있다. 오랫동안 일본을 떠나 있었고 친척이나 친구도 거의 없어서 과연 일자리가 있을지 걱정하고 있다. 그를 위해 적당한 일자리를 찾아주었으면 한다. 그는 미국 영주권을 따려고 하는데 그 수속을 위해서는 목돈이 필요하다. 지금 미국에서는 그만한 돈을 벌기가 힘든 상황이라서 한동안 일본에 돌아가 벌어오겠다고 한다….'

다른 때와 똑같이 사무적인 타이프 글씨로 그런 내용을 적어 보낸 편지였다.

"그쪽 사람들은 동양인 얼굴이 다 똑같아 보인다잖아. 그렇게 꼭 닮은 사람이 어디 있겠어."

케리 부인과는 몇 번이나 정사를 즐겼기 때문에 내 얼굴의 작은 주름까지도 기억할 거라고는 생각했지만, 아내에게는 그렇게 말했다. 하지만 그 편지에 귀가 솔깃해진 아내는 내 말 따위는 들은 척도 안 하고 즉시 답장을 보냈다. 그 무렵 우리 부부는 특별한 이유로 마침 나를 꼭 닮은 남자를 찾고 있었던 것이다.

케리 부인에게서 곧바로 감사 편지가 왔다.

'마침 좋은 일자리가 생겼다면서 무척 기뻐하고 있다. 그에게 귀국하는 대로 슌의 사무실에 연락하라고 말해두었다….'

편지의 느낌상으로는 당장이라도 LA를 떠나 날아올 것 같더니만 그로부터 한 달 반이 지나도 그 남자에게서는 아무 연락도 없었다. 나는 아내만큼 반색을 했던 건 아니라서 그 편지 일은 금세 잊어버렸다. 하지만 아내는 아직 포기하지 않았는지 올봄부터 내가 일을 핑계로 묵고 있던 호텔에 여러 번 전화를 걸어 아직 그 남자에게서 연락이 없느냐고 물었다. 그 후로 LA에 두 번이나 편지를 보냈는데도 케리 부인에게서 답장이 없는 모양이었다.

"이 얘기는 포기하고 다른 사람을 찾는 게 나을지도 모르겠네."

결국 아내도 그런 얘기를 했었는데 마침 그 무렵에, 정확히 말하면 지금부터 십삼 일 전에, 느닷없이 그 남자가 내 앞에 나타났다.

저녁때쯤이었고 우연히 사무실 직원들이 자리를 비운 참이었다. 누군가 거칠게 노크하는 소리에 나는 문을 열었다. 열린 문 앞을 가득 채우는 큼직한 체구로 그 남자는 서 있었다. 나는 얼핏 그자가 누구인지 알아보지 못했다. 입가에 손을 대고 멍하니 그 얼굴을 바라보았다. 그자는 케리 부인의 소개장을 내게 내밀었다. 일본은 벌써 여름철에 접어들었는데 때 묻은 두툼한 점퍼를 입고 있었다. 서부의 메마른 모래 먼지가 아직 그 점퍼에 배어 있는 것 같았다.

첫 만남 때, 나는 그자와 면접을 치르듯 사무적인 대화를 십오 분쯤 주고받았을 뿐이다.

그자는 다카쓰 신야라고 이름을 밝혔다. 대학을 중퇴하고 한동안 신주쿠의 재즈 카페에서 밴드 활동을 했지만, 본토 재즈를 배우기 위해 미국으로 건너갔다. 처음에는 서해안 재즈부터 시작해 이 년여 만에 뉴욕으로 갔고 거기에서도 성공의 기회를 잡지 못해 여기저기를 전전하다가 이 년 전에 다시 서해안의 LA로 돌아왔다. 그리고 거기서 이번 봄에 케리 부인을 만났던 것이다.

그자는 벽에 붙은 내 포스터 바로 밑에 앉아 있었다. 역시 십여 년 전에 찍은 미일 합작 전쟁영화 포스터로, 국내 홍보용이라서 당연히 내 얼굴이 가장 크게 나왔다. 군모 그늘 아래 우울한 듯

허공을 응시하는 눈빛과 덥수룩한 수염의 그 사진은 내가 가장 좋아하는 얼굴이었다. 그자는 마치 그 사진을 따라 하듯이 내게서 고개를 살짝 옆으로 돌리고 있었다. 분명 꼭 닮았다. 턱선은 나보다 더 뾰족하고 콧날도 나만큼 반듯하지는 않았다. 하지만 눈이 놀랄 만큼 닮았다. 눈은 내 얼굴 전체를 결정할 만큼 개성 있고 매력적인 부분이다. 그 눈이 꼭 닮은 덕분에 전체적인 인상까지 완전히 빼닮은 것처럼 보였다. 나처럼 관리를 하지 않아 전체적으로 군살이 붙었지만, 키까지 거의 비슷해 보였다. 다만 나와는 달리 어딘가 소처럼 둔중한 데가 있었다. 외국 생활을 오래 한 탓일 거라고 생각했는데 T현의 산골 출신이라니까 타고난 것인 모양이다. 시골 사람 같은 투박함이 있고 표정이 뚱한 것이다.

하긴 그 첫 만남 때 내가 그자를 주시한 것은 단 몇 초뿐이고 내내 외면했기 때문에 그건 대화의 말 한마디 한마디에서 받은 인상이다. 그자는 나보다 더 낮은 목소리에 말투는 테이프가 늘어진 것처럼 느렸다. 그런데도 오른쪽 발끝만 대화 중에 규칙적인 리듬으로 바닥을 쳤다.

그게 버릇인 모양이었다. 단조롭고 집요한 두 박자의 리듬이 내 신경을 곤두서게 했다.

남자는 자기 쪽에서는 아무 말도 하지 않았다. 동요하지 않는 눈빛과 묵직해 보이는 입에 모든 표정을 숨긴 채, 자신이 할 일이 어떤 거냐고도 묻지 않았다. 내 쪽에서도 가을부터 촬영에 들어가는 영화에 대역이 필요한 척 슬쩍 내비쳤을 뿐이다. 첫 대면에서 꺼낼 만한 화제가 아니었다.

다만 질문이 끝나고 내가 자리에서 일어섰을 때, 그자는 문득 생각난 것처럼 물었다.

"케리 부인에게 보낸 편지에서 왜 내 혈액형까지 물어봤어요?"

나는 혈액형으로 성격을 알아본다는 식으로 대충 둘러댔다. 내일 다시 연락하겠다고 얘기를 마무리하고 그자를 위해 예약해 둔 호텔을 알려주었다. 한시라도 빨리 그자와 떨어지고 싶었다.

하지만 그자는 냉큼 일어나지 않고 희멀건 얼굴을 허공에 멍하니 쳐들고 있었다. 왠지 으스스해져서 볼일이 있으니 오늘은 그만 돌아가달라고 말했다. 몇 초 동안 뜸을 들인 뒤에 드디어 자리를 털고 일어나 몸을 돌리는가 싶더니 중간에 다시 돌아왔다. 그의 무표정한 얼굴이 내 코앞까지 바짝 다가들었다.

반사적으로 나는 주춤 물러섰다.

"사인 좀 해주시겠습니까?"

느닷없는 부탁이었다. 그제야 마음이 놓여 나는 사인을 해서 건네주었다. 다른 스타들과는 달리 거친 파도처럼 휘날리는 글씨체다. 몇 년 전, 아내 료코가 필적 점이라는 것에 빠져 전문가에게 부탁해 받아온 것이다. 거칠게 갈겨쓰는 게 마음에 들어 그때부터 내내 이 사인을 써왔지만, 그는 제대로 들여다보지도 않고 곧장 호주머니에 쑤셔 넣고 나갔다. 인사도 하지 않았다. 상냥한 데라고는 찾아볼 수 없는 놈이었지만, 그래봤자 유명 인사에게 약한 시골 사람이고 미국에서 자유롭게 살아와서 사람 대하는 방법도 잊어버린 모양이라고 생각했다.

사무실 직원들이 돌아오기 전에 나는 곧장 료코에게 전화했다. 그리고 남자가 예상보다 나를 많이 닮았다는 얘기만 대충 전했다. 수화기 너머 목소리만으로도 료코가 기뻐하는 게 느껴졌다.

"조건이 아주 좋잖아. 국내에 친척도 없고, 목돈만 마련되면 곧바로 미국에 가서 돌아오지 않는다니까. 얼마나 달라고 해?"

"2백만 엔."

"그 정도면 일반적인 시세라고 해야겠지?"

비즈니스처럼 얘기하고는 어쨌든 가능한 한 빨리 일을 성사시키라고 당부하며 전화를 끊었다. 나는 수화기를 내려놓으려다가 나도 모르게 손으로 입을 가렸다. 그자를 처음 봤을 때처럼.

뭔가가 스멀스멀 목구멍으로 올라왔다.

내가 그자의 얼굴을 처음 바라본 순간에 느낀 것은 구역질이었다.

그로부터 나흘 동안 매일 밤 그자를 불러내 바에서 술을 마셨다. 한잔하면서 조금 친해진 뒤에 자연스럽게 얘기를 꺼낼 생각이었다. 바는 사람들의 눈에 띄지 않게 호텔 지하의 한산한 장소로 정했다. 나는 그자에게 선글라스를 선물했다. 눈이 가려지자 덥수룩한 수염이 드러난 턱이며 헝클어진 머리칼로 딴사람처럼 되었다. 술을 상당히 좋아하는 모양이었지만 취해서 흐트러지는 일도 없이 처음 만났을 때와 다름없는 태도였다.

내가 재미있는 영화계의 뒷얘기를 해주면서 미국에서의 일이며 재즈 얘기를 좀 해보라는 몸짓을 보여도 여전히 말하기도 귀찮다는 듯 묵직하게 입을 다물었다. 이따금 내 질문에 한 마디도 대꾸를 하지 않기도 했다.

내 지명도나 인기에는 관심이 없더라도 최소한 자신을 닮은 내 얼굴에 조금쯤은 관심을 보일 법도 한데 그자는 내 얼굴 따위, 아예 쳐다보려고도 하지 않았다.

그래도 선글라스 안의 눈이 이따금 내 론진 손목시계며 다이아 넥타이핀, 가르뎅 넥타이에 지그시 멈춰있는 것을 나는 놓치지 않았다. 돈 쪽에는 매우 관심이 많은 것 같았다. 어떤 일을 해야 하는지도 묻지 않고 일은 언제부터 시작하느냐, 보수는 얼마나 되느냐, 그 일 외에 또 다른 괜찮은 일자리는 없느냐…. 자기 쪽에서 입을 여는 건 죄다 그런 얘기뿐이었다.

하지만 사흘째 되는 날 저녁, 그자가 한 차례 묘하게 찬찬히 내 얼굴을 바라본 적이 있었다.

"그렇게 닮았나?"

내가 물었다.

"…?"

"그렇게 빤히 쳐다보는 건 너무 닮은 게 신기해서잖아."

"아니, 아무리 봐도 닮지 않아서 신기한데?"

이틀째 되는 날부터 그자의 말투는 벌써 그런 식으로 반말이 섞였다.

"진짜로 닮았나…. 미국에서는 별로 그런 얘기를 들은 적이 없어. 당신 미국에서도 얼굴이 꽤 팔렸잖아. 하도 닮았다길래 나도 거울을 들여다봤는데 닮았다는 생각은 안 들었어."

"거울로 들여다 봤자 모르는 거야. 나도 스크린에서 내 얼굴 처음 봤을 때 딴 사람이라고 생각했어. 거울은 원래 좌우가 반대라서 실제 얼굴을 보여주지 못하지만, 우리의 경우는 특히 심한 것 같아. 틀림없이 얼굴 좌우가 극단적으로 다른 모양이지."

나는 농담 삼아 그렇게 말하며 웃었다. 하지만 남자는 시들하게 반응했을 뿐, 그때 마침 옆을 지나간 젊은 여자의 머리끝에서 발끝까지를 선글라스 안쪽에서 노골적으로 훑어보고 있었다.

여자와 돈 외에는 아무 관심도 없는 놈이라면 오히려 안성맞춤이다. 하지만 이렇게 친해지기가 어려워서야 얘기를 꺼낼 수가 없다. 료코는 매일 같이 전화해서 어디까지 진전되었느냐고 물었다.

닷새째 날 밤, 나는 마침내 결심을 하고 어쨌든 얘기라도 해보기로 했다. 그날도 내가 부재중에 료코가 세 번이나 전화를 걸어온 것이다. 게다가 그날 밤, 그자가 묘하게 기분이 좋았다. 다른 때처럼 무뚝뚝하기는 했지만 내 빈 잔에 처음으로 술도 따라주었다.

"케리 부인과는 잤어?"

나는 그런 데서부터 얘기를 시작했다. 나를 사랑했던 케리는 그에게서 내 자취를 찾으려 했을 것이고, 그 역시 케리 같은 미녀를 그냥 두었을 리가 없다.

"응, 나한테 방을 빌려줬거든."

전혀 민망해하는 기색도 없이 그자는 대답했다.

"귀국한 뒤로 이곳 여자와는?"

"아니."

"그렇다면 내가 괜찮은 여자를 소개해줄게. 게다가 이건 비즈니스라서 내가 비용을 댈 거야."

그는 별반 관심도 없다는 듯이 옆얼굴로 담배 연기를 토해내고 있었다.

"당신, 돈 필요하잖아?"

"부부란 참 재미있군. 부인도 똑같은 얘기를 하던데, 돈이 필요하지 않느냐고."

"…?"

"오전에 당신 부인이 나한테 연락했었어. 카페에서 벌써 만났다고."

"료코가?"

"당신이 너무 꾸물거려서 더 이상 기다릴 수가 없다더라고. 비즈니스로 이런 좋은 여자와 잘 수 있고, 나쁜 얘기는 아니지 않으냐고 하던데?"

오후에 료코가 내게 전화한 게 이 얘기를 하려고 했던 모양이다. 분명 지금의 료코라면 그 정도로 마음이 조급할 만도 했다.

"그래서… 어떻게 생각해?"

"분명 괜찮은 여자이긴 한데, 그냥 겉모습뿐이지. 그야 같이 자기에는 좋겠지만…."

"이건 비즈니스 얘기야."

"거절할 이유가 없잖아. 내가 일본에 돌아온 건 돈을 벌기 위해서야. 그나저나 별 이상한 생각을 다 했더군."

나는 대답할 도리가 없었다. 료코가 생각해낸 이 비즈니스를 누구보다 이상하고 불쾌하게 생각한 건 나 자신이었다. 이상하게 생각하지 않는 건 료코뿐일 것이다. 그자가 순순히 일을 받아준 것에 안도하면서도 거절했으면 더 좋았을 텐데, 하는 마음도 있었다. 게다가 나를 빼고 료코와 그자 사이에 일이 정해져버린 것에도 나는 썩 좋은 기분은 아니었다.

"그만 좀 할래, 그 소리?"

나는 짜증이 나서 말했다. 그날 밤에도 그자는 계속 발끝으로 바닥에 단조로운 리듬을 치고 있었다.

3

"이혼하고 싶어."

올 초에 아내 료코가 먼저 꺼낸 얘기였다. 나는 귀찮아져서 그냥 그러자고 대답했다. 실제로 작년에 갑작스러운 교통사고로 외아들 다쓰야를 잃으면서 우리가 부부일 이유는 이제 아무것도 없었다. 아이만 생기지 않았다면 일찌감치 헤어졌을 것이다. 나와 료코의 관계는 십 년 전, 결혼한 첫날부터가 실수였다.

료코를 만난 것은 A현 호숫가의 호텔이었다. 나는 영화 촬영을 위해 그 호텔에 투숙했고 료코는 대학 동창들과 그야말로 재벌가 따님들만의 사치스럽고 따분한 여행을 하던 중이었다. 전망대 레스토랑에서 나는 그 여자들의 사인 공세를 받았다. 당시 첫 주연을 맡은 액션영화가 대 히트를 쳐서 최고의 인기를 구가하던 때였다. 전국의 여성들이 내 브로마이드에 뜨거운 시선을 보내고, 사인을 놓고 서로 다툴 정도였다. 항상 주위에 젊은 여자들이 몰려들었다.

그 여자들도 손수건이며 블라우스에 사인을 해달라고 달려왔지만, 안타깝게도 펜을 가진 사람이 아무도 없었다. 난감해하고 있는데 그중 하나가 핸드백에서 립스틱을 꺼내 약간 거칠게 내 쪽으로 휙 던졌다. 그 립스틱으로 차례차례 사인을 해주고 마지막으로 그 여자에게도 손을 내밀었다. 당연히 그녀도 내 사인을 원하는 줄 알았다. 하지만 그녀는 내가 내민 손을 어이없다는 듯이 바라보더니 시큰둥한 표정으로 고개를 돌려버렸다. 그 옆얼굴의 차가운 아름다움도, 내가 내민 손을 거절하는 여자가 있다는 것도 믿어지지 않아서 나는 바보처럼 손을 쳐든 채 멀뚱히 서 있었다.

"저 친구가 지난달에 실연을 했거든요. 그거 위로해주려고 우리가 여행을 온 거예요. 아무리 하세쿠라 씨라도 지금 저 친구의 눈에는 들어오지 않을 거예요."

여자 한 명이 말했다. 문제의 실연녀는 여전히 옆얼굴을 향한 채였다. 그 시선은 나 아닌 다른 남자를 보고 있었다. 모욕감과 분노로 가슴이 울렁거렸지만 별 관심 없다는 투로 립스틱을 돌려주려고 그녀 쪽으로 몸을 숙였다. 테이블 밑에서 나와 그녀의 손이 스쳤다. 한순간 놀란 듯 내 얼굴을 마주봤지만, 나는 즉각 등을 돌리고 걸음을 옮겼다. 손에는 립스틱을 움켜쥔 채였다. 그녀에게 립스틱을 돌려주지 않은 것이다.

립스틱을 돌려준다는 핑계로 한밤중에 그녀의 방으로 찾아갔다. 그녀는 아무것도 거절하지 않았다. 제 손으로 옷을 벗었다. 단지 한창 정사 중에도 료코는 그전과 마찬가지로 시선을 돌린 채 옆얼굴을 보일 뿐이었다. 맨몸인데도 귀걸이는 그대로 달고 있었다. 포도 방울처럼 섬세하게 보석을 박아 넣은 귀걸이만 나의 애무에 맞춰 차가운 소리로 흔들렸다.

두 달 뒤에 우리는 결혼했다. 결혼을 했어도 예상만큼 내 인기가 떨어지는 일은 없었다. 영화계가 서서히 사양길에 접어들자 나는 발 빠르게 독립해 고층빌딩 한 귀퉁이에 연예기획사를 차렸다. TV 쪽으로 진출해 안방의 주역이 되었다. 그리고 십 년, 사업적으로는 큰 성공을 거두었다.

실수는 결혼 생활뿐이었다. 료코는 대기업 자동차회사 중역의 외동딸로, 돈에 파묻혀 자란 탓인지 매사에 오만하고 주위 사람을 얕잡아보는 데가 있었다. 어떤 사람에게나 싸늘한 막을 치고 자신만의 오만한 성 안에서 살았다. 처음에는 어울리지 못하는 게 실연했다는 남자에 집착하기 때문인가 했지만, 나뿐만 아니라 다른 모든 사람에 대해서도 냉담했다. 모두가 료코의 미모를 칭찬했지만 그 성격에 대해서는 입을 다물었다.

당장이라도 헤어지고 싶었다. 하지만 결혼한 지 이 년 만에 다쓰야가 태어나면서 어쩐지 가정다운 것이 만들어져버렸다.

료코는 다쓰야를 집착하듯이 사랑했다. 사람들에게 쏟지 못한 열정을 모조리 다쓰야의 작은 몸에 쏟아붓는 것처럼 보였다. 너무도 맹목적이어서 몇 번이나 주의를 줬지만 "나도 이런 식으로 키워주셨어"라면서 아랑곳하지 않았다. 하긴 료코의 마음을 다쓰야가 차지하는 그만큼 나는 자유롭게 다른 여자들과 어울릴 수 있었다. 다쓰야가 철이 들 무렵, 우리는 이미 한 침대를 쓰는 일도 없어졌다. 애초에 내 쪽에서도 료코를 사랑해서 결혼했던 게 아니다. 그런 식으로 나를, 인기 스타 하세쿠라 슌을 거부하는 여자라면 어떻게든 나를 받들게 하고 말겠다는 오만한 독점욕으로 아내로 맞이한 것이다. 결혼한 뒤로 료코는 어쨌든 나의 애무에도 응하고 때로는 뜻밖의 치열함으로 자기 쪽에서 원하기도 했지만, 그녀와의 밤은 나한테는 고통일 뿐이었다. 내 귀에는 언제나 첫날밤의 차가운 귀걸이 소리가 들려왔다.

즉 우리는 아이로 이어진 전형적인 쇼윈도 부부였다. 그래서 작년에 일곱 살이 된 다쓰야를 불의의 사고로 잃는 것과 동시에 이 가정은 무너져 내렸다.

"이혼하고 싶어", "응, 그래"라는 남들이 들으면 농담 같은 말을 주고받은 것뿐이지만 우리는 둘 다 그게 최종적인 결정이라고 자각했다. 십 년 동안 서로 아무것도 이해하지 못했는데 이혼이라는 말만은 그 즉시 이해했던 것이다.

다만 료코는 이혼에 생각지도 못한 조건을 달았다. 헤어지기 전에 아이를 갖고 싶다, 아이가 생기면 그 즉시 이혼하겠다, 라는 것이었다. 어이가 없어서 나는 할 말을 잃었다. 이혼하기 위해 아이를 갖겠다니, 상식적으로는 생각할 수도 없는 얘기인데다 내가 더 이상 아이를 만들지 못하는 몸이라는 건 료코도 잘 알고 있었기 때문이다. 료코는 임신이 잘 되는 체질인지, 다쓰야 전에도 한 명을 지웠고 한 명은 유산했다. 일 년 반 사이에 세 번이나 임신한 것이다. 아이는 하나면 된다면서 다쓰야가 생기자마자 내게 정관수술을 받으라고 권했었다.

"내 아이를 갖고 싶다니, 당신에게 아직 그런 애정이 남아 있었어?"

"그게 아냐. 나는 다시 한번 다쓰야를 갖고 싶어. 원래 그대로의 다쓰야를 다시 내 품에 안고 싶은 거야. 안타깝게도 다쓰야는 당신을 닮았었지. 이제는 당신을 닮은 아이를 만드는 수밖에 없어. 그래서 얼마 전부터 길거리에 나가도 당신을 닮은 남자가 있는지, 그것만 찾아보고 있어."

아이의 장래를 생각해 아들로서 인지는 해줬으면 한다, 그렇게만 해주면 곧바로 이혼하겠다, 위자료도 양육비도 필요 없다, 라고 료코는 말했다. 나는 놀랐지만, 다쓰야를 잃었을 때 료코가 얼마나 상심했었는지를 생각하면 아예 말이 안 되는 얘기라고 나무랄 수도 없었다. 지난 몇 년 동안 모성으로만 버텨온 료코는 다쓰야의 죽음으로 더욱 더 아이에 대한 왜곡된 집착에 빠져 있었다. 혹시 다쓰야를 닮은 아이가 있는지 보육원을 돌아다니기도 하고, 매일 밤 꿈꾸듯이 다쓰야를 부르는 그 모습에서는 병적인 것이 느껴질 정도였다. 다쓰야의 대역을 만들기 위해 나의 대역을 찾는다는 무모한 얘기도 료코로서는 필사적으로 찾아낸 마지막 방법인지도 모른다.

"설령 나를 닮은 남자를 찾아낸다고 해도 이런 어이없는 얘기를 받아줄 것 같아?"

"돈만 쥐여주면 누구라도 하겠다고 할걸?"

경제적인 어려움을 알지 못하는 료코는 누구든 돈으로 부릴 수 있다고 믿고 있었다.

"태어난 아이가 딸일 수도 있고 다쓰야를 닮지 않을 수도 있어. 그때는 어쩔 거야?"

"그건 그때 가서 생각해보면 돼. 도박이라는 건 나도 알아. 하지만 다시 한번 다쓰야를 품에 안을 수만 있다면 난 어떤 도박이든 해볼 거야."

반론을 거부하는 강경한 말투여서 나는 더 따지고 들지 않았다. 게다가 나한테도 약점이 있었다. 작년 가을, 아카사카의 클럽에서 기누에라는 여자를 만났고 그 무렵에는 그녀와 결혼하고 싶은 마음이 간절했다. 료코는 나와 기누에의 일을 모두 알면서도 이제 나에 대한 애정이 완전히 식었는지 원망의 말 한마디 입에 올린 적이 없었다. 어쨌든 이혼으로 나에게 기누에를 안겨주는 셈이니까 료코에게도 그에 상응하는 보상은 해주는 게 앞으로의 일을 생각하면 후환이 없을 것이다. 애초에 료코의 그 제안을 나는 그리 진지하게 받아들이지 않았다. 나도 일일이 셀 수 없을 만큼 아내 이외의 여자와 잠자리를 해왔고 연예계에서는 그보다 훨씬 더 기묘한 남녀 관계가 일상다반사였지만, 아이를 낳는 것까지 비즈니스로 하겠다는 료코의 생각에는 선뜻 공감하기 어려웠다.

하지만 내가 별 말이 없는 것을 승낙이라고 생각했는지 료코는 자신의 계획을 실행에 옮겼다. 인기 스타의 닮은꼴을 모집한다는 쇼 프로그램에 문의해보고, 흥신소에 그럴싸한 남자를 알아보라고 의뢰하기도 했다. 나를 닮은 사람은 의외로 꽤 많았지만, 유부남이거나 혈액형이 다르거나 해서 조건에 맞는 남자는 좀체 찾아지지 않았다. 분명 다쓰야가 사망한 뒤로 료코는 정신에 병이 든 것 같았다. 사람을 찾지 못할수록 더욱더 그 기묘한 계획에 집착했다. 나중에는 다쓰야의 대역을 낳겠다는 처음의 목적 따위는 잊어버리고 단지 내 대역을 찾는 일에만 이상할 만큼 열의를 불태우고 있었다.

케리 부인의 편지가 도착한 것은 마침 그런 참이었다. 그자가 그렇게 내 인생에 등장했던 것이다. 료코가 원하는 조건을 완벽하게 갖춘 남자였다. 료코의 다쓰야에 대한 집착이 마침내 운명까지도 바꿔버렸는지 그야말로 절묘한 우연이었다.

하긴 료코는 그런 전후 사정을 그자에게 모두 다 얘기하지는 않았을 터였다. 예전처럼 아이와 셋이 함께하는 행복한 가정을 되찾기 위해서라고 둘러댄 모양이었다.

"당신들이 원하는 조건과 내 조건이 정확히 맞아떨어졌어. 이건 뭐, 좋은 일이겠지?"

그자는 선글라스 안에서 입가를 비틀며 웃었다. 나도 모르게 고개를 돌려버렸다. 그자의 미소는 하세쿠라 슌이 스크린에서 내보이는 냉혹하고 고독한 미소와 똑같았다. 십 년 전, 내가 거울과 격투하며 고안해낸 미소를 그자는 태생적으로 갖고 있었던 것이다.

"어쨌든 료코의 지시에 따르도록 해. 아무리 비즈니스라도 남편인 내 입장이 미묘하다는 건 알고 있지? 요즘 내가 워낙 일이 바빠서 일일이 참견할 수는 없지만."

변명처럼 말하고 자리에서 일어서자 그자가 나를 불러 세웠다.

"지금 긴자 호텔로 돌아갈 거라면 차 좀 태워주지."

"하지만 방향이 반대야."

내가 그자에게 구해준 호텔은 신주쿠 쪽에 있었다.

"부인이 오늘 밤부터 와달라고 했어. 오늘부터 일주일쯤이 마침 좋은 시기라던데? 아무 얘기도 못 들었어?"

나는 놀라서 그자의 선글라스 안의 눈을 들여다보았다. 아무리 그래도 너무 빠른 것 같았다. 료코로서는 이 비즈니스를 얼른 끝내고 싶은 것뿐이겠지만, 나로서는 료코의 말이 진심인지 아닌지 아직 확인도 못한 사이에 일이 척척 진행되는 게 어쩐지 섬뜩한 느낌이었다. 하지만 나는 별 관심도 없는 척하며 고개를 끄덕였다.

"그래? 알았어."

택시에 그자를 태워주었다. 아무리 비즈니스라지만 남의 아내와 자러 가면서 그 남편의 차에 타겠다니, 대체 무슨 생각으로 사는 놈인지 알 수가 없었다.

밤거리에 비가 내렸다. 바람이 세차게 불어 빗발이 거리의 불빛에 선명하게 드러났다. 좁은 택시 안을 짓누르듯이 길게 뻗은 다리로 리듬을 치던 그자는 맨션에 도착할 즈음에는 입을 헤벌리고 불쾌한 숨을 토해내며 잠들어 있었다. 나는 그자를 흔들어 깨워 확인하듯이 말했다.

"아무튼 내 아내가 지시하는 대로 해."

그자는 대답 대신 크게 하품을 하고 택시에서 내렸다. 출입문으로 빨려드는 그 등짝의 허리춤이 그야말로 시골티를 풍풍 풍기는 것 같았다. 나는 3층을 올려다보았다. 창문에 불이 켜져 있었다. 거센 빗발이 그 불빛을 파편으로 깨뜨려 아래쪽으로 흩뿌렸다.

문득 기누에가 너무 보고 싶어서 그녀의 맨션으로 차를 달렸다.

기누에는 마침 클럽에서 돌아온 참이었다.

그녀는 나를 사랑하면서도 아직 료코가 마음에 걸리는지 결혼을 강행하는 건 망설이고 있었다. 기누에의 과거에 대해 나는 자세히는 알지 못했다. 이혼 경험이 있다는 얘기만 들었을 뿐이다. 남편을 젊은 호스티스에게 빼앗겼는데 자신이 그때 받은 고통을 이번에는 거꾸로 남에게 끼치게 된 게 심적으로 힘든 모양이었다.

기누에도 료코 못지않은 미인이다. 이만큼 예쁜 여자인데 클럽 손님들 중에 구애하는 자도 많을 것이다. 나와 결혼을 미적거리는 것은 딴 남자가 있기 때문인지도 모른다고 생각했지만, 기누에는 분명하게 아니라고 부정했다. 게다가 내 사진이며 포스터, 스크랩을 곳곳에 붙여둔 그 집에 다른 남자가 드나들 리는 없었다.

그날 밤, 웬지 다른 때보다 간절하게 기누에를 탐했다. 머릿속에 조금 전 창문의 불빛이 자꾸만 떠돌았다. 그리고 보석 귀걸이의 차가운 소리. 그것에서 도망치듯이 평소보다 깊숙이 기누에를 파고들었지만 그 순간 문득 침대 옆 벽에 붙은 빛바랜 브로마이드가 눈에 들어왔다. 아직 신인 시절의 내가 특유의 미소를 짓고 있었다. 저건 내가 아니야. 아니, 분명 내 사진이 틀림없지만 내 머릿속에서 웃고 있는 건 그자였다.

내 몸은 눈 깜짝할 사이에 식어버렸다.

그날 밤, 처음으로 나는 기누에의 몸에 실수를 했다.

4

다음날, 료코가 호텔에 전화를 걸어왔다.

"틀림없이 어제 하룻밤으로 애가 들어선 것 같아. 정확히 설명은 못하겠지만 분명 실감이 있었어. 다쓰야 때도 느꼈었거든. 그래도 혹시나 해서 일주일 동안 와달라고 얘기했어. 어젯밤에 왔었으니까 이제 여섯 밤 남았어."

날짜를 정확히 해두는 것으로 료코는 비즈니스라는 점을 강조했다.

"그 작자, 진짜 믿을 수 있어? 아이가 생기면 괜히 딴소리 하는 거 아냐?"

"괜찮아, 어떤 얘기를 떠들든 쉽게 증명할 수도 없고, 당신 정관수술은 나와 친한 의사 외에는 아무도 몰라. 게다가 그 사람은 단지 미국에서 먹고살 목돈을 원하는 것뿐이야. 아무래도 케리 부인과 눈이 맞은 것 같아. 하루빨리 미국에 돌아가고 싶은 눈치였어."

나는 전화를 끊었다. 이대로 모든 것을 료코에게 맡기고 두 번 다시 그자와는 만나고 싶지 않았다. 다시 만나면 이번에는 정말 소리를 지르거나 때려눕힐 것 같은 마음이 들었다. 그런데도 삼 일 후, 나는 그자에게 연락해 호텔 쪽으로 와달라고 말했다.

비가 내리는 오후였다. 문을 연 순간, 마치 거울에 부딪힌 듯한 기묘한 충격을 느꼈다. 그자는 수염을 단정히 손질하고 레이번 선글라스에 화려한 블루 양복을 입고 있었다. 내가 작년까지 마음에 들어 자주 입었던 브랜드 정장이다.

"뭐야, 이거? 가능한 한 나와 다른 옷차림을 하라고 말했었지?"

"부인이 입으라고 하던데? 그쪽 지시를 따르라고 했잖아. 맨션에 드나드는 걸 누가 보면 곤란하니까 당신인 척하라고 했어. 멋진 옷이야, 난 마음에 들었어."

그자는 의자에 다리를 쩍 벌리고 앉아 곧장 발끝으로 바닥을 치기 시작했다.

"하지 말라고, 그 발짓!"

나도 모르게 성난 고함을 내질렀다. 내 옷은 그자의 체격에 정확히 맞았다. 그게 몹시 화가 났다. 나한테는 약간 길던 소매도 그자에게는 안성맞춤이었다. 나는 방에 둔 평상복을 가져다 갈아입으라고 말했다. 그자는 나의 동요한 얼굴을 이상하다는 듯이 쳐다봤지만 순순히 양복을 벗었다.

허연 군살이 주름져서 겨드랑이 털 쪽으로 흘러내려와 있었다. 옆구리는 나의 가장 민감한 부분으로 예전에 애무할 때마다 료코는 반드시 그곳을 세게 깨물었다. 이삼일 흔적이 남을 정도였지만 그자의 옆구리에 그런 흔적은 없었다. 료코에게 이제 아무 관심도 없다고 생각했었는데 그래도 나는 안도감 같은 것을 느꼈다.

내가 오라고 했으면서 나는 한시바삐 그자와 헤어지고 싶었다. 급한 볼일이 생겼으니 가달라고 말하자 에이, 라며 빈정 상했다는 듯이 혀를 차고는 느릿느릿 나갔다. 문이 닫히는 것과 동시에 나는 왜 한 대 쥐어패지 않았을까, 후회했다. 구두가 빗물을 빨아들였던 모양이다. 그자의 발자국이 카펫에 눅눅하게 남아 있었다.

삼 일 뒤, 약속한 일주일이 지나고 그다음 날 아침이었다. 료코에게서 전화가 왔다.

메마른 목소리로, 어젯밤으로 계약 기간이 끝났다, 아이는 틀림없이 생긴 것 같다, 그 사람에게 오전 중에 호텔 쪽에 가보라고 말했으니까 약속한 돈을 지불해주라고 말했다.

그자는 10시에 왔다. 이제 끝이라고 생각하면서도 단 일 초라도 그자와 길게 얼굴을 마주하기가 싫어서 즉시 2백만 엔을 현금으로 건네줬다. 그쪽에서도 돈을 호주머니에 쑤셔 넣더니 곧장 자리에서 일어섰다.

"LA로는 언제 출발하지?"

"이삼일 안에 떠날 거야. 비즈니스였으니까 고맙다는 인사는 안 하도록 할게. 혹시 아이가 안 생기면 다시 연락해."

그렇게 말하고는 싱겁게도 냉큼 방을 나갔다. 다만 문을 닫기 직전에 뒤돌아보며 묘한 말을 했다.

"당신 부인, 조심하는 게 좋을 거야."

"무슨 소리야?"

뭔가 말하려던 그자는 순간 입술을 혀로 핥았을 뿐, 곧바로 문을 닫아버렸다. 더 이상 저런 놈은 만날 일도 없다고 생각하니 한결 마음이 놓였다. 하지만 그자의 마지막 얼굴이 묘하게 머릿속에 들러붙어 있었다. 한순간 혀로 내 얼굴을 핥고 간 듯한 느낌이었다. 그자가 내뱉으려다가 꿀꺽 삼켜버린 말도 마음에 걸렸다.

그 탓이리라, 오후 촬영에서 나는 별것도 아닌 일로 젊은 신인 감독과 대판 싸웠다. 감독이 사과하겠다면서 다녀간 뒤에도 화가 가라앉지 않았다. 이렇게 분통이 터지다니, 나 스스로도 설명이 안 되었다. 밤에는 들이붓듯이 술을 마셨다.

기누에에게 전화했지만 아직 집에 없었다. 술에 취한 기세를 몰아 료코를 만나러 갔다. 모든 일이 끝난 다음에야 드디어 료코의 감언이설에 속아 내가 얼마나 어리석은 짓을 했는지 깨달았던 것이다. 어쨌든 료코와 좀 더 확실하게 매듭을 짓자고 마음먹었다.

"웬일이야? 아침에 전화했을 때, 못 온다고 했잖아."

료코는 나를 흘끔 쳐다볼 뿐, 차갑게 옆얼굴을 향했다. 뭔가 말하려고 했지만 뜻밖에도 목소리보다 먼저 나는 팔을 내밀어 료코를 끌어안고 있었다.

"왜 이러는데? 우리 이제 끝난 거 아니었어?"

몇 년 만의 포옹에 료코는 저항했지만 나는 더욱더 힘을 주어 거실 소파에 넘어뜨렸다.

"그래, 알았어. 잠시만 기다려, 샤워하고 올게."

내 몸을 밀쳐내며 소파에 반듯하게 앉더니 등을 돌리고 지퍼를 내려달라고 했다. 항상 냉담하기는 했어도 이런 오만한 태도는 지금까지 보인 적이 없었다. 일주일을 다른 남자와 자는 사이에 료코가 다른 사람이 된 듯한 느낌이었다. 그녀는 재즈 레코드를 걸어놓고 욕실로 들어갔다. 나는 그 레코드를 즉시 꺼버리고 침실로 들어갔다. 재즈는 좋아하지 않는다. 대형 타월을 두른 모습으로 욕실을 나온 료코는 화장대 앞에 앉았다. 콧노래를 부르고 있었다. 나는 거울 속 료코의 얼굴을 보았다. 분명 지금까지의 료코가 아니었다. 그 작은 변화에서 놈의 체취가 느껴졌다. 어젯밤까지의 그놈의 냄새가 아직 이 침실에 배어 있을 터였다.

"얼른 벗으시지? 아, 잊지 말고 손목시계는 벗어줘."

발갛게 달아오른 살갗에 향수를 뿌리며 료코가 말했다. 나는 무슨 말인지 언뜻 알아듣지 못했다. 료코는 잘 알고 있을 터였다, 내가 손목시계를 차지 않는다는 것도, 향수를 싫어한다는 것도.

그리고 다음 순간, 내 시선은 거울 속 료코의 얼굴에서 또 하나의 얼굴로 옮겨갔다. 한 남자가 침대 끝에 지쳐버린 듯 어깨를 떨구고 앉아 있었다. 흐트러진 머리에 블루 정장을 입고.

그놈이었다.

나는 이마에 앞머리를 길게 내리고 나흘 전에 그자가 호텔에 벗어두고 간 블루 정장을 입고 있었다. 그건 내가 아니었다.

료코는 잘못 알았던 것이다. 지퍼를 내려달라고 하고, 재즈 레코드를 걸고, "우리 이제 끝난 거 아니었어?"라고 했다. 료코가 전혀 다른 사람으로 보였던 것은 그녀가 나를 다른 사람으로 봤기 때문이었다.

료코가 내 쪽으로 고개를 돌렸을 때, 나는 반사적으로 방의 불을 껐다. 왠지는 모르지만, 료코가 잘못 본 그대로 있자고 생각했던 것이다.

료코는 스탠드를 켜더니 대형 타월을 벗어던지고 맨몸으로 시트 안으로 기어들었다. 불빛은 눈부실 만큼 뽀얀 여자의 살갗을 띄워 올렸다. 나는 그자의 눈으로 료코의 맨살을 보고 있었다. 십 년 만에 처음으로 나는 그 몸에 욕망을 느꼈다.

스탠드 불을 끄고 덮치듯이 어둠 속에 녹아든 료코의 몸에 빠져들었다.

"오늘, 그 사람한테서 돈 받았지?"

이십 분 뒤, 우리는 어둠 속에서 어깨를 나란히 하고 누웠다. 료코는 아직 아무것도 눈치채지 못했다.

"아무 말도 안 했지? 하세쿠라는 아직 알면 안 돼, 내가 아이를 원했던 진짜 이유."

나는 고개를 돌려 어둠 속에서 료코의 윤곽을 찾고 있었다.

"어쩜 바보 같이 그런 얘기를 정말로 믿더라니까. 다쓰야하고는 아무 관계도 없는데. 내가 아이를 원한 건 하세쿠라와 헤어지고 싶지 않기 때문이었어. 아이를 인지해주기만 하면 내가 이기는 거야. 사랑 따위 눈곱만큼도 없지만, 그 사람의 재산이며 지명도나 유명인의 아내라는 자리는 내버릴 수 없는 매력이거든. 내가 그런 천박한 호스티스 따위에게 빼앗길 거 같아?"

숨을 죽인 채 나는 료코의 목소리를 듣고 있었다.

"하긴 미국에 돌아갈 당신한테는 이런 얘기, 별 재미도 없겠네. 오늘 밤이 진짜 마지막이야, 알았지? 자, 그만 가줄래? 나는 잘 거니까."

료코가 등을 돌리는 기척이 들렸다. 나는 화를 내든 웃어버리든 해야 할 텐데도 그냥 말없이 어둠만 응시했다. 료코에게 감쪽같이 속았다는 것은 알았지만, 악몽이라도 꾸는 것처럼 충격을 받은 나 자신을 어딘가 멀리서 바라보는 듯한 느낌이었다. 이윽고 부스스 몸을 일으켜 옷을 입고 료코의 말대로 그만 돌아가기로 했다.

셔츠를 입으려 했을 때였다. 옆구리에 쿡 찌르는 듯한 통증이 있었다. 스탠드 불을 켜보니 옆구리에 잇자국이 나 있었다. 그 자국은 생생하게 내 살을 깨문 것이었다.

나도 모르게 료코를 돌아보았다. 그녀는 내 몸을 알고 있었던 것이다. 그자의 옆구리는 아무 상처 없이 희멀건 그대로였으니까.

처음부터, 문을 연 처음부터, 료코는 나인 줄 알고 있었다. 알고 있으면서도 일부러 잘못 본 척했다. 일부러 잘못 본 척하면서 조금 전에 내게 그런 고백을 들려준 것이다.

료코는 차가운 등을 향하고 잠들어 있었다. 생중계 무대에서 대사 실수를 했을 때처럼 나는 망연히 선 채로 뭔가 변명의 말 같은 것을 료코의 등을 향해 건네려고 했다.

하지만 결국 아무 말도 못 하고 조용히 방을 나왔다.

뒷손으로 가만가만 문을 닫았다.

다음에 이 문을 열 때는 료코를 죽일 때, 라고 생각하면서.

5

내 차를 몰아 기누에의 맨션에 도착한 것은 자정이 가까운 시각이었다. 엘리베이터가 마침 그 층에서 내려오고 있길래 나는 슬쩍 계단으로 향했다. 다른 입주민과 마주치고 싶지 않았기 때문이다.

기누에의 집 현관문이 살짝 열려 있었다. 의아하게 생각하며 문을 열었다. 현관 너머 거실이 어둠침침했다. 전화기 옆에서 기누에가 검은 슬립 차림으로 망령처럼 우두커니 서 있었다. 바짝 긴장한 얼굴로 나를 노려보더니 불쑥 수화기를 집어 들었다.

"또 왔어? 진짜로 경찰 부를 거야."

목소리가 파르르 떨렸다. 내가 다가가자 기누에는 창백해진 얼굴로 주춤주춤 물러섰다.

"기누에, 왜 그래!"

큰소리로 묻자 겨우 정신이 돌아온 모양이었다. 하지만 내가 안아줘도 여전히 얼굴을 피하면서 주문이라도 외우듯이 몇 번이나 물었다.

"당신…, 정말 당신이야?"

"왜 그러는데, 대체!"

기누에는 소파에 웅크리고 앉아 안 좋은 생각을 떨쳐내듯이 머리를 내저으며 떨리는 입술로 더듬더듬 얘기하기 시작했다.

기누에는 한 시간 전쯤에 집에 돌아왔다. 피곤해서 깜빡 현관문을 잠그는 것도 잊어버린 모양이었다. 샤워를 하고 욕실을 나오자 거실 소파에 한 남자가 옆얼굴로 앉아 담배를 피우고 있었다. 욕실 불빛뿐이었지만 틀림없이 당신이라고 생각했다. 이런 시각에 찾아올 사람은 당신밖에 없고, 옷차림도 얼굴도 평소의 당신이었으니까. 브랜디 잔을 내밀자 그때까지 묘하게 입을 꾹 다물고 있던 남자가 팔을 뻗어 눈 깜짝할 사이에 꽉 끌어안았다. 입술이 목덜미를 타고 어깨로 내려왔다. 그때 비로소 뭔가 다르다고 느꼈다. 얼굴을 슬쩍 뒤로 빼면서 어깨에 파묻은 남자의 얼굴을 보려고 했다. 머리칼에 가려져 있었지만 분명 당신 같았다. 그런데도 뭔가가 달랐다. 오싹해서 저도 모르게 남자를 밀쳐내고 "누구야? 당신, 누구야?"라고 물었다. 그 얼굴은 웃으려고 하는 것 같았다. 비명을 지르자 남자는 등을 돌리고 도망쳤다. 그리고 마치 자리를 바꾸듯이 진짜 당신이 들어왔다….

"그 사람, 진짜 당신이 아니었던 거잖아. 그럼 누구였어, 그 사람? 아, 안 되겠어, 경찰 불러야겠어."

자리에서 일어서려는 기누에를 가로막았다. 지금 우리 관계가 세상에 알려지면 공연히 일이 커질 뿐이다. 게다가 나는 그 남자가 누구인지 알고 있다. 아까 내가 들어올 때 내려온 엘리베이터에 그놈이 타고 있었던 게 틀림없다. 그날 밤, 나는 그놈인 척하며 료코를 품었고, 그자는 나인 척하며 기누에를 품으려 했던 것이다.

현관문을 단단히 잠그고 아무도 들이지 말라는 말을 남긴 채 나는 기누에의 집을 뛰쳐나와 차를 타고 신주쿠로 달려갔다. 그자가 투숙한 호텔 근처에서 프런트에 전화를 걸어봤지만 아직 돌아오지 않았다고 했다.

호텔 현관 근처에 차를 세우고 잠든 듯이 핸들에 얼굴을 묻은 채 나는 머릿속에서 한 가지 계획을 짜고 있었다.

그자가 택시에서 내려선 것은 새벽 2시가 넘어서였다. 호텔 쪽으로 길을 건너려는 순간, 나는 내 차의 라이트를 켰다. 불빛을 온몸에 받으며 그자는 우뚝 멈춰 섰다. 잠시 라이트의 배후를 탐색하듯이 들여다보던 그자는 내 차라는 것을 드디어 알아차린 모양이었다. 어중간한 웃음을 지으며 다가왔다.

그자를 불러 조수석에 앉혔다.

"기누에의 집에는 왜 갔어?"

그자는 미소를 머금은 채 대답 대신 담배를 입에 물었다. 그 담배를 거칠게 그자의 입에서 빼내 버렸다. 그제야 놈은 약간 진지한 얼굴이 되었다.

"다 알아. 료코가 부탁했지?"

"어쩔 수 없었어. 한 가지만 일을 더 해달라고 해서…. 그래서 내가 부인을 조심하라고 얘기했잖아."

"나인 척하고 기누에와 자라고 했어? 얼마 받았어?"

"조금 전에… 죽이려고 했지?"

"뭐?"

"라이트 켰을 때 말이야. 그때 나를 차로 치어 죽이려고 했잖아."

그자의 말은 사실이었는지도 모른다. 내 발이 나도 모르는 사이에 액셀에 올라가 있었다. 하지만 이런 놈을 죽여봤자 아무 소용없다. 이놈은 료코에게 조종당하는 인형에 지나지 않는다. 돈을 위해서라면 뭐든 하는 쩨쩨한 악당일 뿐이다. 나는 안심시키듯이 피식 웃었다. 거울에 웃는 얼굴이 비쳤다. 한순간 나와 그놈, 어느 쪽 얼굴인지 알지 못했다. 거울에서 얼굴을 홱 돌려버렸다.

"얼마 받았냐고."

"20만 엔."

"내가 그 열 배를 줄게."

"…?"

"나도 한 가지 부탁할 게 있어. 내일 내가 오사카에 갈 거야. 모레부터 로케가 있어. 당신도 오사카로 와줘. 별로 힘든 일도 아냐. 오사카에서 작은 일 한 가지만 해주면 되니까. 2백만 엔이야. 어때, 할 수 있지?"

내가 위에서 찍어 누르듯이 그자를 대했던 것은 그게 처음이었다. 그자는 잠시 머뭇거렸지만 이내 고개를 끄덕였다.

"내일 아침에 전화할게. 잘 들어, 지금까지의 일은 모두 잊어버려. 료코는 더 이상 만나지 말라고."

"애초에 그쪽에서도 별로 만나고 싶어 하지 않아. 당신 부인, 내가 당신을 닮았다고 나까지 미워하고 있거든."

차에서 내린 그자는 사이드미러에 얼굴을 비비듯이 인사하며 미소를 지었다. 그것은 분명 내 얼굴이고 내 미소였다.

나는 나 자신을 공범으로 만들려 하고 있었다.

6

그리하여 지금 나는 신칸센을 타고 아내 료코를 죽이기 위해 도쿄로 향하고 있다. 좀체 눈을 붙일 수 없었지만 그래도 나고야를 지날 즈음부터 끄덕끄덕 졸았다. 흠칫 잠이 깼을 때는 벌써 오다와라를 통과하고 있었다. 한숨 푹 자고 난 데다 도쿄가 가까워지면서 환하게 밝아지기 시작한 하늘을 보자 조금 전까지의 불안감은 흔적도 없이 사라졌다. 결국 그자는 돈을 위해서라면 무슨 짓이든 할 인간인 것이다. 한결 맑아진 머리로 나는 오늘 아침부터의 행적에 미비한 점은 없었는지 다시 점검해보았다.

아침에 그자에게 전화를 걸어 오사카에서 묵을 호텔과 서로 만날 시각을 알려주고 나는 한발 앞서 오사카로 향했다. 로케는 내일부터여서 오늘 밤은 오사카에서 촬영 팀이 서로 만나 한잔하기로 했다. 그자가 정말로 오사카에 올지 어떨지, 나는 마지막 도박을 한 셈이었다.

오후의 약속 시간에서 겨우 삼 분이 지났을 때, 그자는 호텔 방을 노크했다. 뒤쪽 직원용 출입구로 들어왔고, 내가 지시한 대로 눈에 띄지 않는 옷을 입고 있었다. 나는 그자에게 내가 입었던 것과 똑같은 정장과 넥타이를 내주었다. 오래 전에 장기 촬영에 대비해 두 벌을 준비해둔 것이다.

그 옷을 입고 오늘 밤 6시 반부터 7시까지 오사카의 '시온'이라는 주점에서 술을 마시라고 지시했다. 물론 나의 대역을 맡긴 것이다. 그자의 존재 가치는 나를 닮았다는 것뿐이다. 시온은 조명이 침침한 주점으로, 몇 년 전에 딱 한 번 갔던 것뿐이라서 내 팬이라고 했던 마담도 속아 넘어갈 터였다. 최근의 나에 관한 정보를 상세히 알려주고 사인을 부탁해올 때를 대비해 사인이 든 손수건 다섯 장도 건네주었다. 그자와 나는 목소리가 약간 다르기 때문에 되도록 먼저 말을 하지 않도록 주의하고, 7시에는 도쿄의 매니저가 전화로 내일 로케 시각을 연락해줄 예정이니 그 전화에도 "알았어"라고만 대답하고 주점을 나오라고 말했다.

"질문 있나?"

"겨우 그런 일에 2백만 엔씩이나 줄 리는 없고, 분명 내가 대역을 하는 동안에 뭔가 당신만의 또 다른 계획을 실행에 옮기려는 거겠지? 하지만 만일의 상황을 위해 나는 아무것도 모른 채 이 일을 받은 것으로 해두지. 뭐, 따로 질문할 건 없어. 괜찮아, 당신이 생각하는 것보다 더 잘 해낼 테니까."

그자는 내 계획을 눈치챈 것 같았다. 눈치를 챘으면서도 돈 때문에 대역을 맡아주겠다는 것이다. 나는 그자에게 우선 1백만 엔을 건넸다. 나머지 1백만 엔과 내일 아침 LA행 비행기 표는 오늘 밤 자정 넘어 1시경에 다시 이 호텔에 왔을 때 주겠다고 말했다. 그자는 별다른 말도 없이 방을 나갔다.

나는 프런트에 내려가 전부터 보고 싶던 영화를 문의한 뒤에 그 극장에 갔다. 매표소 여직원에게 일부러 내 얼굴을 드러낸 뒤, 화장실에 들어가 넝마 같은 옷으로 갈아입고 관객이 들고 나는 혼잡한 때를 틈타 밖으로 나왔다. 그리고 이 신칸센에 올라탔던 것이다. 내 계획은 간단했다. 우리 집 욕실의 타일은 걸핏하면 미끄러진다. 관리인에게도 몇 번 얘기했지만 고쳐주지 않아서 료코는 지금까지 매트를 깐 채 쓰고 있었다. 그 매트를 치우고 료코의 머리를 욕조 가장자리에 힘껏 내리쳐 죽이면 된다. 그런 다음에 옷을 벗기고 목욕 중이던 흔적을 연출해둔다….

분명 사고로 처리될 것이다. 혹시 살인을 의심하더라도 그자가 오사카에서 내 알리바이를 만들어주고 있다. 그자가 "괜찮아, 당신이 생각하는 것보다 더 잘 해낼 테니까"라고 말하며 문을 닫기 전에 안심시키듯이 내보인 미소. 그건 내 인기가 폭발한 드라마 〈방랑자〉의 마지막 장면에서 내가 지었던 미소였다. 방랑자인 내 손으로 총을 쏴서 죽인 연인에게 던진 차가운 미소. 전국의 젊은 여성들의 가슴을 뜨겁게 타오르게 한 미소. 나는 왠지 신경질이 났지만 그래도 그자에게 처음으로 친밀함 같은 것을 느꼈다. 결국 돈을 위해서라면 서슴없이 살인자의 편에 설 만큼 탐욕스럽고 비열한, 즉 조금 불쌍한 사내에 지나지 않았다. 이제 오 분이면 신칸센은 도쿄에 도착한다. 번화한 거리가 왼쪽 차창에 펼쳐졌다. 한 시간만 지나면 모든 게 끝난다. 모든 게 잘 풀릴 것이다. 나는 실패한 적이 없다. 나는 절대로 실패하지 않는다.

하지만 료코의 외출을 생각하지 못한 게 큰 실수였다. 신칸센은 정각에 도쿄역에 도착했고, 나는 7시 15분에 아무도 없는 내 집 거실에 멍하니 서 있었다. 여름이라서 거리는 아직 환했다. 회색 카펫을 불에 지진 것처럼 내 그림자는 검고 길게 늘어져 있었다. 화장대에는 붉은 립스틱이 뚜껑도 닫지 않은 채 뒹굴고 있었다. 집 안 공기는 서늘했다. 남의 집에 몰래 들어온 것 같은 기분이었다. 실제로 이 집에서 지난 십 년 동안 나는 항상 타인이었다. 눈부시게 화려한 투우장에서 거품을 내뿜는 소처럼, 링에서 얻어맞고 쓰러진 복서처럼. 나는 그저 말없이 낭패감을 곱씹을 수밖에 없었다. 아무도 없는 방, 내가 어떤 역할도, 남편 역할도 아빠 역할도 연기할 수 없었던 집. 나는 이번에도 텅 빈 공간을 향해 문을 열었던 것이다.

오 분쯤 기다리다가 포기하고 자리에서 일어섰다. 더 이상 기다려봤자 8시 26분 신칸센 막차 시간에 맞출 수 없다. 계획은 중단할 수밖에 없다. 어차피 내심 안도하고 있기도 했다. 내가 정말로 료코를 죽일 생각이었던 것일까. 어쩌면 살인범 역할을, 이 집에서 단 한 번이라도 료코에게 따끔한 맛을 보여주는 역할을, 연기해보고 싶었던 것뿐인지도 모른다. 다시 오사카로 돌아가 좀 더 현실적인 해결 방법을 찾아보는 게 좋으리라. 그자에게 건네주게 될 2백만 엔은 아무 쓸모없는 지출이 되겠지만, 전별금이라고 생각하면 그리 많은 것도 아니다.

문을 열고 나가려는 참에 집 전화가 울렸다. 잠시 망설이다가 수화기를 들었다. 계획을 중단한 이상, 내가 도쿄에 돌아왔다는 게 누구에게 알려지건 상관없었다.

"당신, 역시 거기 있었구나?"

뜻밖에도 료코의 목소리였다.

"어떻게 여기 있는 줄 알았어?"

"그보다 지금 큰일이 났어. 내가 지금 기누에 씨와 함께 있거든. 지금 바로 여기 맨션으로 와줘."

그 말만 하고 몹시도 조용하게 전화가 끊겼다. 나는 당황해서 급히 기누에의 맨션으로 달려갔다. 료코가 기누에의 집에 쳐들어간 것이다. 방금 전화 목소리의 절박한 느낌을 보면 한바탕 소동이 벌어진 모양이다. 나는 료코를 죽이러 도쿄에 돌아온 것 따위는 이미 잊어버리고 있었다. 의외의 방향으로 전개되기 시작한 현실의 문제를 어떻게 처리하느냐로 머릿속이 복잡했다. 계단을 뛰어 올라갔다. 벨을 눌렀지만 응답이 없었다. 여벌 열쇠로 문을 열자 집 안에는 뜻밖에도, 아니, 어쩌면 이미 어렴풋이 짐작했던 대로, 마치 당연한 일처럼 아무도 없었다. 조금 전 전화로 들은 료코의 목소리의 배경은 이 맨션이 아니라 훨씬 더 조용하고 얼어붙은 듯한 곳이었다.

두 여자가 모두 내가 도착하기 전에 나간 것인가. 아니면 둘이 다른 곳에서 만났는데 료코가 장소를 알려주는 걸 깜빡했던 것인가. 혹은 장소를 알려줬는데도 내가 못 듣고 놓친 것인가. 어쨌든 잠시 기다려보기로 했다. 7시 45분이었다. 나는 매니저에게 전화를 걸어보았다. 이미 무의미한 일이었지만, 그자가 약속대로 대역을 해냈는지 궁금했던 것이다.

"아까 바에 전화해줘서 고마워. 호텔 쪽에 돌아왔는데 아까는 술에 취해서 내일 집합 시간을 잊어버렸어. 다시 알려줄래?"

"엇, 감독님이 쓰러지셔서 내일 로케는 중지됐어요. 이미 부인께 말씀드렸는데요?"

"부인?"

"부인도 오사카에 계시지요? 아까 시온 주점에서 전화 받은 분이 부인이잖아요. 하세쿠라 씨가 술에 취해 못 받는다면서."

"아, 그랬었지…. 응, 미안해."

나는 그렇게 대답하고 전화를 끊을 수밖에 없었다. 처음에는 그자가 누군가 여자를 데리고 바에 갔었나 하고 생각했지만, 매니저가 료코의 목소리를 모를 리가 없다. 그렇다면 료코가 오사카에 가 있는 건가. 그것도 그자와 함께?

현관 벨이 울렸다. 기누에라고 생각하고 나는 서둘러 문을 열었다. 하지만 복도에 서 있는 사람은 생전 처음 보는, 한눈에도 술집 여자라고 알 만한 마흔 넘은 여자였다. 짙은 화장을 한 얼굴이 나를 보며 어리둥절한 기색이었다.

"기누에…, 안에 있어요?"

나는 문 뒤에 얼굴을 감춘 채 작은 소리로 아무도 없다고 대답했다.

"어떻게 된 거야, 아까 오후에는 나랑 긴히 상의할 일이 있다면서 7시 45분에 집에 와달라고 했었는데? 그래서 가게 일도 접고 일부러 왔어요. 아, 저는 기누에의 고등학교 선배, 아쓰코라고 해요. 기누에를 지금 다니는 클럽에 소개한…. 얘기 못 들으셨어요?"

나는 입을 다물고 있을 수밖에 없었다.

"이상하네, 무슨 급한 볼일이라도 생겼나? 저기요, 남편 분이시죠? 한 달 전에 미국에서 돌아온."

오늘 밤은 허를 찌르는 일의 연속이었다. 주위 사람들이 다 미친 것인지, 아니면 내가 미친 것인지, 죄다 영문을 알 수 없는 말만 하고 있었다. 하지만 놀라고 있을 여유는 없었다. 어떻게든 이 자리를 수습하지 않으면 안 된다. 나는 얼굴을 슬쩍 움직였다. 고개를 끄덕인 것인지 도리질을 친 것인지, 나 스스로도 알 수 없었다.

"기누에가 상의하겠다는 것도 그 얘기인 것 같은데…. 재작년에 기누에 혼자 미국에서 돌아온 뒤로 여태껏 진짜 고민 많이 했어요. 남편과 헤어지는 게 낫겠느냐고. 근데요, 기누에는 결국 댁을 사랑하는 것 같아요, 입으로는 헤어진다고 하면서도. 하긴 이렇게 헤어질 거라면 미국에서 팔 년씩이나 함께 살지도 않았겠죠.”

여자는 쓸데없는 말을 해버렸다는 듯이 문득 입을 다물었다. 기누에가 돌아오면 전화해달라는 말을 남기고 돌아가려는 참에 빙긋이 웃으면서 말했다.

“그나저나 정말 배우 하세쿠라 슌을 꼭 닮으셨네. 사진으로 봤을 때도 깜짝 놀랐었는데.”

문을 닫은 나는 잠시 꼼짝도 할 수 없었다. 소리를 지르고 싶었지만 뭘 어떻게 부르짖어야 할지 알 수가 없었다. 누군가 목을 조르기라도 한 것처럼 얼굴이 저절로 일그러졌다. 침실까지 어떻게 걸어갔는지 모른다. 나는 온 힘을 쥐어짜 포스터를 떼어내 갈기갈기 찢었다. 그 벽에는 포스터뿐만 아니라 빈틈이 없을 만큼 내 얼굴이 붙어 있었다. 무수히 많은 내 눈이 나를 보고 있었다. 그 시선이 겹치고 뒤엉켜 나는 금세라도 미쳐버릴 것 같았다. 이 끝에서 저 끝까지 그 얼굴을 하나하나 찢어발겼다. 하지만 아무리 떼어내도 벽에 얼굴이 떠올랐다. 벽을 파고든 손톱에서 피가 흘러도 나는 멈출 수 없었다. 그건 내 사진이 아니었다. 아니, 내 얼굴인 것은 틀림없지만, 기누에가 그 얼굴에서 보고 있었던 것은 다른 남자의 얼굴이었다. 그자였다. 십 년 동안 기누에의 남편이었다는 그놈.

그런 혼란 속에서 내가 어떻게 시간을 의식했던 것일까.

8시 3분 전에 맨션을 뛰쳐나와 도쿄역에서 발차 직전의 신칸센에 올라탔다.

어두운 차창에 머리를 들이대고 나는 계속 생각했다.

단 한 가지, 분명한 사실이 있었다. 기누에가 사랑했던 것은 내가 아니라 그놈이었다. 두 사람은 십 년 전에 결혼하고 미국으로 건너갔다. 두 사람의 결혼 생활은 그자의 말과 행동거지를 생각해보면 그다지 행복한 것은 아니었다. 그래도 그 결혼 생활이 팔 년이나 이어진 것은 기누에의 참을성 강한 성격 덕분이었으리라. 하지만 이 년 전에 끝내 파국이 찾아왔다. 기누에는 혼자서 귀국했다. 그리고 두 가지 우연이 겹쳐졌다. 연예인이 자주 드나드는 아카사카의 클럽에서 일하기 시작한 기누에는 우연히 나를 만났고, LA에 혼자 남았던 그녀의 남편도 우연히 케리 부인을 만났다. 게다가 케리 부인은 아무것도 모르는 채 그자를 내게 소개하고 말았다. 한 달 전에 돌아온 그자가 곧장 내 앞에 나타나지 않았던 것은 기누에와의 문제가 있었기 때문이었다.

어젯밤에도 분명 두 사람은 기누에의 집에서 말다툼을 했다. 그자가 뛰쳐나가고 그 직후에 내가 이 맨션에 도착했다. 기누에는 남편의 존재를 들키고 싶지 않아 거짓말을 둘러대며 대충 넘어갔다. 엘리베이터로 아래층에 내려간 그자는 현관에서 내 차를 발견했다. 내가 맨션을 떠나자 다시 위층에 올라가 기누에에게 어떻게 둘러댔는지 물었을 것이다. 나중에 나를 만났을 때, 그 거짓말에 맞춰 그자도 다시 거짓말을 했던 것이다.

그리고 오늘 밤, 대체 무슨 일이 일어난 것인가. 료코는 그자와 내 알리바이를 증명해줄 자리에 나타났다고 한다. 그 료코는 전화로 기누에와 함께 있다고 말했었다. 그렇다면 기누에도 오사카에 갔다는 것인가.

뭐가 뭔지 알 수 없었지만, 그자와 내가 어디선가 뒤섞여버린 듯한 기묘한 느낌이 들었다. 최소한 우리가 사무실 문 너머로 서로의 얼굴을 처음 마주하기 한참 전부터 그자는 기누에의 남편으로서 맨션 침실 한 칸의 무수한 스크랩 사진 속에, 내 얼굴 속에,

등장했던 것이다.

“저기, 미안한데 그 발소리 좀 멈춰주실래요? 자꾸 신경이 쓰여서 잠을 못 자겠어요.”

옆 좌석의 중년 여자가 말을 건넸다. 그게 나한테 하는 말이라는 것을 얼른 알지 못했다. 여자의 신경질적인 안경이 내 발 쪽을 노려보고 있었다.

구두 끝으로 열차 바닥을 두드리고 있었다.

느릿느릿 단조로운 리듬을 새기며….

그자의 발이었다. 구두의 먼지도, 두 박자의 집요한 리듬도, 늘쩍지근한 소리도.

“그 발짓, 당장 그만둬!”

나는 그게 내 몸과 이어진 발이라는 것도 잊고 하마터면 그렇게 소리칠 뻔했다.

오사카의 호텔에 도착한 것은 자정이 넘은 시각이었다. 옷은 호텔 근처 공원에서 갈아입었다. 프런트로 다가가자 뭔가 웃으면서 얘기하던 직원 두 명이 갑자기 얼굴빛이 달라지며 정색을 했다. 그들은 저녁때 1층 레스토랑에서 목격한 어느 남녀의 치정 싸움 얘기를 하고 있었다. 키를 달라고 하자 그중 한 명이 의아한 얼굴로 말했다.

“아까 7시쯤 들어오셨을 때 키를 드렸습니다. 다시 외출하신 줄은 저희도 몰랐는데요.”

나는 별다른 대꾸 없이 엘리베이터에 탔다. 방문 손잡이를 돌렸더니 저절로 안쪽으로 열렸다. 스위치를 누르려던 내 손이 흠칫 멈췄다. 나는 곧바로 그 이변을 알아보았다.

협탁의 스탠드가 침대로 쓰러져 있었다. 전등갓이 벗겨져 알전구가 사체의 배 부분을 무채색 빛으로 핥고 있었다. 꺾인 목은 침대 옆 바닥의 어둠 아래로 늘어졌다. 여자의 사체라는 것도 금방 알아봤지만, 나는 천천히 그쪽으로 걸어갔다. 얼굴을 사각지대로 돌리고 있어서 컴컴한 바닥에 펼쳐진 머리카락만 보였다. 맨살을 드러낸 젖가슴을 보고 기누에라는 것을 알았다. 젖혀진 목이 묘하게 길었다. 기누에의 목 오른편에 작은 점이 있다는 것을 나는 그제야 알았다. 그 목에 감긴 넥타이는 내 것이었다. 지금 내가 매고 있는 넥타이. 촬영 현장에서 뭔가 역할을 연기하고 있는 것만 같았다.

실제로 카메라의 눈 같은 게 느껴져서 나는 뒤를 돌아보았다. 문을 등지고 한 남자가 서 있었다. 나였다. 나와 똑같은 옷을 입고 나와 똑같은 얼굴을 하고 있었다. 나는 더 이상 아무것도 부르짖지 않았다. 모든 것이 너무도 단순한 수식처럼 명료하게 이해되었다. 이렇게 되리라는 것을 처음부터 알고 있었던 듯한 마음이 들었다. 출연 직전에 거울로 내 얼굴을 확인하듯이 나는 또 하나의 나에게 미소까지 건네려 하고 있었다.

그자와 나의 다른 점은 단 한 가지였다.

또 한 명의 나의 목에는 넥타이가 없었다.

7

즉 내가 죽인 것이다. 료코가 아니라 기누에를. 도쿄가 아니라 오사카에서. 나는 6시 반에 오사카에서 아내와 둘이 시온 주점에 갔고, 7시가 넘어서 호텔로 돌아왔다. 상당히 취해 있었다. 기누에는 전부터 내게 결혼을 재촉하며 따라다녔고 이번에는 오사카까지 쫓아왔다. 호텔 로비에서 우리 부부는 기누에와 덜컥 마주쳤다. 1층 레스토랑에서 떠들썩한 치정 싸움을 연출한 끝에 화가 난 아내는 혼자 도쿄로 돌아가버렸다. 나는 기누에를 호텔 방으로 끌고 갔다. 내 마지막 분노가 폭발했다. 나는 아내를 사랑했고 기누에와는 잠깐 바람을 피우는 정도로 생각했다. 그런데도 기누에가 끈질기게 매달리자 거치적거리는 방해물로 여기고 술에 취해 전후 분간을 못하는 상태로 살인을 저질렀다….

그런 스토리로 지금 기누에의 사체가 내 옆에 나뒹굴고 있는 것이다.

나는 사체라는 것도 잊고 기누에의 머리를 껴안고 주저앉았다. 그자가 얘기해준 그대로인 것 같았다. 나는 도쿄로 돌아가지 않고 이 오사카에서 증오하던 기누에를 죽였다….

실제로 내가 도쿄에 갔었다는 것은 아무도 증명해줄 수 없다. 나는 전혀 다른 사람으로 도쿄에 갔던 것이다. 단 한 명, 도쿄에서 나를 목격한 사람은 기누에의 맨션에 찾아온 아쓰코라는 그녀의 선배뿐이다. 나는 놈에게 그 얘기를 했다. 그자는 내 앞에 뻗대고 서서 차가운 눈빛으로 나를 내려다보았다. 내 얼굴에 어두운 그자의 그림자가 덮쳐들었다.

"그래, 그 클럽 선배는 이렇게 증언해주겠지. 7시 반에 나, 즉 기누에의 남편은 틀림없이 도쿄에 있었다고. 그 여자를 기누에의 집에 부른 건 나와 료코였어. 료코가 기누에인 척 마담이 없는 틈에 전화를 했거든."

"함부로 료코, 료코, 하지 마! 겨우 일주일 만났으면서 네가 뭘 안다고?"

나는 그자와 료코가 결탁한 것은 그 일주일 사이라고 생각했다. 어젯밤 차 안에서 오사카에 가서 나의 대역을 해달라고 부탁했을 때부터 놈은 오늘 내가 어떤 일을 할지 알고 있었던 것이다. 내가 놈을 이용해 만든 알리바이를 그대로 자신의 알리바이로 바꿔치기해 기누에를 살해한 것이다.

"료코 이름을 함부로 부르지 말라고? 그건 내가 할 말이지. 당신, 내가 하고 싶은 말만 하더라고. 언젠가도 료코와 자게 해주겠다고 말했지? 그건 정말 내가 했어야 할 대사야. 지난 십 년 동안 내가 당신을 료코와 자게 해준 거라고."

"무슨 말도 안 되는 소리를!"

"십 년 전에 당신들 결혼 기사를 봤을 때 나는 바로 알았어. 료코가 나의 대역과 결혼했다는 거. 오래 전부터 료코는 내 여자였어."

그자는 믿을 수 없는 말을 꺼냈다. 그와 료코가 사귀었던 것은 우리가 A현 호숫가 호텔에서 마주치기 반년도 더 전이었다. 당시 그는 신주쿠에서 밴드 활동을 했고 료코는 그 재즈 카페에서 살다시피 했던 한가한 재벌가 따님들 중 한 명이었다. 나와 료코는 몇 년이 걸렸는데 그와 료코는 처음 한 달 만에 잤다. 허영심 많고 냉담한 료코가 그 앞에서는 노예처럼 행동했다.

하지만 그는 금세 싫증이 나서 료코를 미련 없이 차버렸다. 그러고는 기누에와 결혼해 미국으로 건너갔다. 미국에서 그와 기누에의 결혼 생활은 신칸센 안에서 내가 상상했던 대로 그다지 행복한 건 아니었다. 두 사람은 LA 인근 뒷골목에서 살았지만, 어느 날 그자는 재즈 하우스에서 만난 케리 부인과 관계를 갖기 시작했다. 그뿐만이 아니었다. 그 무렵 미일 합작영화에 출연한 나를 위로한다는 명목으로 미국까지 그자를 쫓아온 료코와도 다시 만났다. 내 눈을 피해 료코는 그자와 LA 변두리 작은 호텔에서 일 년 만에 서로를 품에 안았다. 그리고 아이가 생겼다….

"눈치를 못 챘었나, 내 이름이 다카쓰 신야라는 말을 들었을 때? 료코는 내 이름 글자를 따서 아이 이름을 지었어. 하긴 눈치도 못 챘겠지. 다쓰야는 물론 나를 붕어빵처럼 빼닮았지만 그건 당신과도 닮았다는 얘기니까."

나는 거짓말이라고 소리치려고 했다. 그토록 나를 닮았던 다쓰야, 드라마 주인공 연기를 흉내 내듯이 나와 똑같은 모양의 입술에 반역의 미소를 띠곤 했던 그 다쓰야가…. 하지만 그렇기 때문에 더더욱 다쓰야가 놈의 아이라는 얘기는 설득력이 있었다. 더구나 다쓰야가 놈의 아이라고 한다면 나에게 항상 냉담하고 증오하기까지 했던 료코가 왜 나를 빼닮은 다쓰야는 그토록 아끼고 사랑했는지, 그 이유가 해명이 된다. 나는 결국 아무 말도 하지 못했다. 모든 것이 거짓말이거나 모든 것이 진실이거나, 양극단밖에 없는 선택이었다. 그리고 그중 어느 쪽으로 결론이 난다고 해도 나는 거짓말이라고 부르짖으리라.

케리 부인과 료코 사이에서 관계를 조정하기가 어렵게 되자 놈은 마침 LA에서의 벌이가 시원찮은 것을 계기로 기누에를 데리고 뉴욕으로 달아났다. 뉴욕에서는 육 년을 살았다. 그 육 년 동안 료코는 두 차례나 다쓰야를 데리고 놈을 만나러 갔다. 이윽고 뉴욕에서도 먹고살 길이 막막해지자 다시 LA로 돌아왔고 결국 기누에와는 헤어졌다. 기누에는 홀로 일본에 돌아왔고, 놈은 그 무렵부터 료코와의 관계를 진지하게 생각해보게 되었다. 료코와 그자는 편지를 주고받으며 계획을 짜나갔다. 그리고 올봄, 케리 부인이 보낸 것처럼 위장해 타이프 편지 한 통을 내게 보냈던 것이다.

케리 부인, 항상 금발 머리를 귀찮은 듯 어깨에 늘어뜨린 그 여자가 정말로 사랑했던 것도 실은 내가 아니라 다카쓰 신야였다. 케리 부인이 그자를 만난 것은 나를 만나기 전이었다. 그녀는 여자관계가 복잡하고 아내도 있는 다카쓰 신야를 반쯤은 절망적인 심정으로 사랑했다. 그리고 채워지지 못한 사랑을 당시 우연히 그녀의 집에 머물게 된 나로 채우려 했던 것이다. 마치 기누에가 나에게서 남편의 자취를 찾으려고 했던 것처럼.

다카쓰 신야는 호주머니에서 내 사인이 든 손수건을 꺼내 휙 던졌다.

"이건 안 썼으니까 돌려줄게."

"왜 안 썼어? 사람들에게 나눠주면 나라는 걸 강조할 수 있었을 텐데."

"필요가 없었어. 그 주점에서 내 손으로 직접 사인해서 사람들에게 나눠줬거든. 이 손수건의 사인은 원래 내 필적이었어. 료코가 처음 LA에 왔을 때 내 필적으로 당신 이름을 써달라고 하더라고. 반쯤은 농담처럼 한 일인데 당신, 필사적으로 연습한 모양이지? 이제는 나보다 몇 배나 더 잘 쓰잖아."

나는 더 이상 그자의 말을 듣지 않았다. 벽에 내 그림자가 비쳤다. 아니, 그자의 그림자인지도 모른다. 지독한 혼란에 빠진 채 도움을 청하듯이 그자의 얼굴을 보았다. 놈을 처음 만난 것은 불과 이 주일 전이었다. 하지만 그 훨씬 이전부터, 아마도 십 년 전 북녘 호숫가 호텔 테이블 밑에서 나와 료코가 은밀한 약속처럼 한 개의 립스틱을 주고받으며 말없이 서로를 응시했을 때부터, 줄곧 내 인생에 등장했던 것이다. 료코, 기누에, 그리고 케리 부인. 세 여자의 눈 속에, 추억 속에, 그리고 나에게 주었던 열렬했으나 어딘지 차갑던 사랑 속에.

기누에의 방 벽에 붙은 사진뿐만이 아니었다. 다쓰야의 얼굴에도, 나를 빼닮은 그 작은 주인공의 될 대로 되라는 듯한 미소에도, 내 사인의 옆으로 휘갈긴 듯한 기묘한 필체에도. 내 인생의 갈피갈피마다 놈이 숨어들어 있었다. 그리고 스크린에 비친 내 얼굴 속에도 그자는 감춰져 있었다. 결국 내 인기도 스타로서의 매력도 표정 하나 때문이었다. 여자 따위, 아무 관심도 없다는 듯한 싸늘한 미소. 이미 언제인지도 기억나지 않을 만큼 먼 과거의 어느 날, 거울을 마주하고 나 자신의 매력을 만들어내는 데 몰두하던 나에게 그 미소를 권해준 것은 료코였다.

"입술 오른쪽 끝을 조금만 더 비틀면 좋겠는데? 아냐, 좀 더, 좀 더."

아무것도 눈치채지 못한 채 나는 료코의 지시대로 그자의 미소를 모방했던 것이다. 이 주일 전, 나는 놈을 나의 대역으로 고용했다. 하지만 대역은 바로 내 쪽이었다. 내가, 전국의 수많은 여성 팬에게 사랑받는 내가, 세계적으로도 이름이 알려진 하세쿠라 슌이, 한 인간의, 아무도 알지 못하고 길거리에 나가도 어느 누구의 시선에도 걸리지 않을 그자의 대역을 여태껏 연기해왔던 것이다. 세 여자의 연인 대역. 다쓰야의 아빠 대역. 또한 스크린에서 내가 연기했던 나 자신의 대역. 대중이 갈채를 보낸 것은 내가 창조해낸 미소에서 한 남자를 보았기 때문이었다. 내 미소는 만들어낸 것이었지만 그자의 미소는 태어날 때부터 갖고 있었던 것이니까, 대중은, 무엇에든 열광하고 싶어 하는 어리석은 대중은, 결국 내가 아니라 놈을 원했던 것이다. 그리고 마지막으로 오늘 밤, 도쿄의 기누에의 집에서 나는 그놈 자체를 연기했다.

나는 료코를 죽이기 위해 그자를 이용했다. 하지만 실제로 이용당한 건 내 쪽이었다. 오늘 밤 도쿄의 기누에의 맨션에서 선배 호스티스에게 내 얼굴을 기누에 남편의 얼굴로 목격하도록 하기 위해 나는 여태까지 그자를 닮고 그자를 흉내 내는 훈련을 하며 지난 십여 년을 살아온 셈이었다. 그리고 우스꽝스럽게도 바로 지금 이 순간까지 내가 다른 놈의 인생을 살고 있다는 건 털끝만큼도 깨닫지 못한 채 나 자신의 얼굴을, 나 자신의 매력을, 나 자신의 모든 것을 굳게 믿어왔다.

그자는 가슴팍 주머니에 손을 넣었다. 그가 무엇을 꺼낼지, 나는 알고 있었다. 분명 내가 유럽에서 사 온 브로닝 13연발이리라. 지금 이 집에서 나는 발작적으로 정부情婦를 죽이고 그것을 후회하는 어리석은 남자로서 죽는 것이다. 놈은 예상대로 권총을 꺼내 내게 겨눴지만, 내가 조금도 놀라지 않는 것에 오히려 약간 놀란 얼굴이었다. 나는 죽을 때까지 이제 몇 분, 아니, 이제 몇 초, 내 인생이 얼마나 남아 있는지 알지 못했다. 처형의 순간이 너무도 급하게 찾아왔기 때문에 아무 생각도 할 수 없었다. 아니, 설령 그자가 몇 시간쯤 넉넉히 유예를 준다고 해도 나는 아무것도 생각하지 못했으리라.

"처음에는 당신이 새로 생긴 아이를 인지해주면 그걸로 모두 끝낼 계획이었어. 당신이 인지만 해주면 그때는 막대한 위자료를 받아 챙겨 료코와 둘이, 아니, 아이와 셋이 행복하게 살 생각이었지. 그런데 기누에가 우리 계획을 눈치채고 당신에게 모조리 얘기하겠다고 협박하더라고. 그래서 안타깝지만 이렇게 할 수밖에 없었어."

놈은 이미 나와는 아무 관계도 없는 얘기를 어딘지 변명하는 듯한 투로 말했다. 그자의 발이 바닥을 치고 있었다. 방아쇠를 당길 타이밍을 가늠하듯이. 그자 쪽에서 나를 모방한 것은 그 발 박자뿐이었다. 놈은 나를 짜증나게 하기 위해 일부러 약간은 궁상맞은 나의 그 버릇을 흉내 냈던 것이다. 단조로운 발 박자로 언젠가 나를 최종적으로 짓밟기 위해. 그리고 나는 방금 전까지도 나 자신의 그런 버릇을 깨닫지 못했다. 항상 나 자신을 딴사람인 것처럼 착각하기를 좋아했으니까.

총구가 눈앞으로 다가오는 것도 잊고 나는 그자의 얼굴을 바라보았다. 정말로 꼭 닮았다. 그자가 입술 끝을 살짝 비틀어 올린 것이 너무도 나와 똑같아서 나는 그자를 낯선 사람처럼 느꼈다. 이미 수없이 이런 식으로 거울 속 나 자신의 얼굴을 응시했을 터였다. 촬영장에서, 방송국 대기실에서, 때때로 이런 식으로 거울 속에서 나 아닌 타인의 얼굴을 발견하고 그 또 한 명의 나에게 흠뻑 빠져들곤 했었다. 스크린에 비치는 내 얼굴을 그동안 얼마나 수없이 진짜 내가 아닌 다른 사람인 것처럼 느꼈던가. 그리고 그 이유를 알게 된 지금, 나는 죽으려 하고 있었다. 내 허벅지에 얼음처럼 차가워진 손을 얹은 한 여자의 사체, 창문으로 옛 성벽이 내다보이는 호텔 방, 케리의 집 창문에서 보이던 BAR라는 세 개의 네온사인 글자, 할리우드 촬영장에서 내가 특유의 미소를 지었을 때, 카메라 너머에서 감독이 미치도록 좋다는 듯 부르짖던 탄성, "댓츠 오케이, 하세쿠라, 저스트 오케이!", 오늘 저녁에 도쿄에서 내가 두 번이나 허공을 향해 열었던 문…. 그리고 낯선 한 남자의 얼굴. 그자의 손가락이 방아쇠에 걸렸다. 마지막 혼란 속에서 나는 그자가 이미 오래 전부터 알고 지낸 친구처럼 친숙하고 반갑게 느껴져 손을 내밀려고 했다. 그리고 내 가슴팍에서 리얼한 총성이 터지고 몸이 1미터나 벽 쪽으로 날려가는 참에 나는 허허 웃었다.

이렇게 나와 내 인생은 바닥에 추락했다.

암흑 속으로 떨어지기 직전, 박수 소리 같은 것이 들렸지만 그게 쓰러진 나에게 보낸 갈채인지, 아니면 끝내 나를 쓰러뜨린 또 한 명의 나에게 보낸 갈채인지는 알지 못했다.

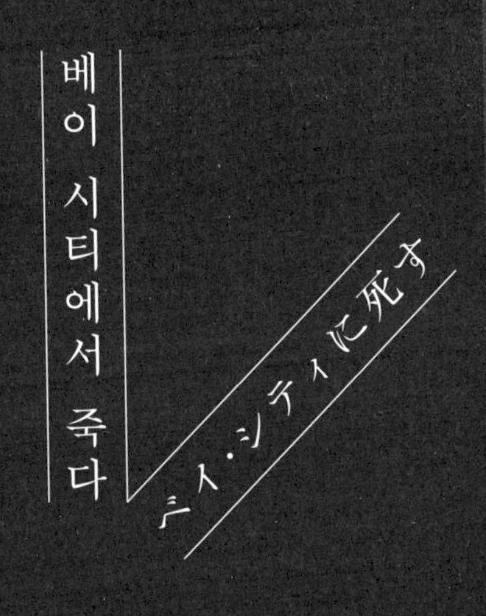
베이 시티에서 죽다
ベイ・シティに死す

비라기보다 안개 같았다.

부두는 망사 장막 너머로 보이는 풍경처럼 온통 회색빛으로 흐려져 있었다. 바다도 하늘도 흠뻑 젖어 하나의 색깔로 녹아들었다.

이따금 비 색깔의 주름을 잡으며 바람이 불어와 바다 위에 정박한 화물선이며 여객선을 모조리 지워버렸다. 무적霧笛이 울리면 그 소리에 호응하듯이 갈매기가 떠들썩하게 날아올랐다. 바다 위를 기어가는 그 날개 빛깔과 저 먼바다에 닿을 것처럼 길게 뻗은 선창에 부딪치는 파도의 물마루만 온통 회색뿐인 경치를 하얗게 찢어냈다.

비와 저녁 어스름 때문만은 아니었다. 이 호텔 창문에서 내다보이는 항구에는 색깔이 없었다. 땅끝 항구도시지만 예전에는 무역항으로 이름이 널리 알려졌던 곳이다. 요즘에도 외국인의 왕래가 잦다. 밤에는 항구에서 불어오는 바람에 곳곳의 네온사인 불꽃이 흔들렸다.

선원을 상대하는 이 호텔도 앞쪽은 번화가를 마주했지만 내가 들어온 방은 뒤쪽이라서 부둣가밖에 보이지 않았다. 먼 수평선 너머는 혼슈였다. 이 항구는 도시의 현관인데도 창문으로 내다보면 도리어 마을의 사각지대처럼 보인다. 한낮에도 그저 똑같이 회색빛이다.

닷새 전 처음 호텔 방에서 눈을 떴을 때, 아직 교도소 방에 갇혀 있는 듯한 느낌이었다. 교도소에서는 한 달 전, 여름 끝물에 나왔다. 하지만 창문 너머 회색 항구는 교도소 중정과 비슷했다. 이렇게 저녁 해 질 녘에 비가 내리면 더욱 그렇다. 하늘은 수평선을 따라 한없이 펼쳐지는데 교도소와 똑같이 보이지 않는 회색 콘크리트 벽에 막힌 것처럼 보인다.

사실 나는 아직도 쇠창살 안에 갇혀 있다. 칠 년의 형기를 육 년 만에 마치고 출소했지만 육 년 전 사건은 아무것도 청산되지 않았다. 그 사건을 매듭짓기 위해 나는 이 도시에 찾아왔다.

아래층에서 휘파람 소리가 들렸다. 점심때 식당에서 만난 흑인 선원이 고국을 떠올리며 불어대는 것이리라. 카우보이 노래였는지 흑인 영가였는지, 멜로디는 기억나는데 제목은 모르는 곡이다. 무적 소리에 중간중간 끊기면서 휘파람 소리는 회색 빗속을 오래도록 떠돌았다.

흑인은 고국을 떠난 지 육 개월째라고 말했다. 그리움과 체념이 뒤섞인 얼굴이었다. 나도 교도소에서 반년 만에 포기했다. 단 한 가지 포기하지 못한 것은 그 사건과 두 사람에 대한 것뿐이다. 아니, 그것조차 일 년쯤 지날 무렵에는 포기했다. 단지 깡그리 잊어버리지는 못했던 것뿐이다.

교도소에서 가장 고통스러웠던 것은 이상하게도 마지막 한 달이었다. 출소가 코앞에 닥친 이번 여름이다. 사바세계의 공기가 그토록 간절했던 것은 육 년 동안에 그때가 처음이었다. 천창으로 쏟아지는 새하얀 빛과 삭신이 노곤해지는 무더위 속에서 나는 두 사람의 얼굴을 떠올리곤 했다. 그 둘의 얼굴이 한시도 머릿속을 떠나지 않았다. 증오한다기보다 그리워하는 것처럼까지 생각되었다. 밤이면 다시 경찰에 체포되는 꿈에 시달렸다. 형사의 얼굴이 다가온다. 경찰차의 사이렌, 수갑…. 내가 죽인 게 아니라고 호소하려는데 목소리가 나오지 않는다. 순찰차 창밖으로 몰려든 행인들의 얼굴. 그 속에서 두 사람의 얼굴이 보였다. 두 사람은 똑같이 딱하다는 듯 먼눈으로 나를 보았다. 나는 여자 쪽의 이름을 부르려고 했지만 이름이 생각나지 않았다. 너무 고통스러워서 눈이 떠지고 잠에서 깨어난다. 하지만 깨어나서도 아직 꿈속인 것처럼 선뜻 여자 이름이 생각나지 않았다….

반드시 두 사람을 만나지 않으면 안 된다. 나는 그들을 쫓아 이 도시에 온 것이다.

휘파람 소리는 아직도 들려왔다. 밤의 기척은 우선 바다 표면부터 검게 물들였다. 여기저기서 불이 켜졌다. 그중 하나가 먼 바다 쪽으로 흘러갔다. 순시선인 모양이다.

방 안은 이미 컴컴했다. 시계를 보려고 침대 옆 작은 스탠드 불을 켰다. 5시 반이었다. 스탠드의 먼지 낀 갓에 앉았던 파리 한 마리가 방 안을 날기 시작했다. 북녘의 항구도시는 초가을이라기보다 이미 겨울에 접어든 것처럼 춥다. 파리는 힘없이 이리저리 날았지만 이윽고 바닥에 점점이 금빛의 물건을 발견하고 내려앉았다. 금 체인이었다. 어젯밤에 데려온 여자가 깜빡 잊고 간 목걸이일 것이다. 바닥에 팔을 뻗었을 때, 전화가 울렸다.

"자기야?"

머리를 붉게 염색한 어젯밤의 그 여자였다. 저녁에 부두 반대편 술집에서 처음 만났을 뿐, 이름은 알지 못한다.

"자기가 찾는 여자가 어디 있는지 알았어. 교회로 올라가는 언덕길 있지? 그 중간에 신항 골목이라고 최근에 새로 들어선 술집 거리가 있어. 거기, '레인보우'라는 가게야. 거기서는 리에라는 이름을 쓰는 것 같아. 한쪽 다리를 조금 절룩거린다고 하니까 틀림없어. 오늘 밤에도 나한테 올 수 있어?"

"오늘 밤은 안 돼. 이삼일 안에 갈게."

목걸이를 잊고 갔다, 라고 나는 말했다.

"일부러 놓고 왔지. 어젯밤 딱 하루로 끝나는 게 싫어서. 마음 내키면 그거 갖다주러 와."

여자는 전화를 끊었다.

나는 다시 한번 시계를 확인했다. 나가기에는 아직 이른 시각이다. 조금 더 밤이 깊어진 다음이 좋다. 육 년을 기다린 것이다. 서두를 필요는 없다.

그래도 마침내 교코를 만난다고 생각하니 가슴이 설레는 게 있었다. 침대 끝에 걸쳐둔 상의를 집어 안주머니에서 총을 꺼냈다. 조금 떨리던 손끝이 권총을 움켜쥐자 가라앉았다. 교도소에 들어간 뒤에는 교코를 떠올릴 때마다 손끝이 조금씩 떨리게 되었다. 떨림을 멈추기 위해 곧잘 손가락만으로 총을 쏘는 시늉을 했다. 같은 방을 쓰는 자가 이곳을 나가면 누군가에게 복수할 생각이냐고 물었다. 나는 아무 대답도 하지 않았다. 다들 나를 말수 적고 음울한 놈이라고 생각했다. 출소하자마자 두 사람의 행방을 찾기 전에 우선 예전 지인을 찾아가 권총부터 구입했다. 총은 그 쇠창살과 콘크리트 벽 안에서 내가 끝내 포기하지 못한 마지막 꿈이었다.

1

육 년 전, 나는 신주쿠의 작은 조직에 소속되어 있었다. 명목상으로는 토건업이지만, 한 마디로 어이없을 만큼 단순한 폭력단이었다. 나는 아직 서른도 안 된 나이였다. 간부는 아니었어도 젊은 놈들 중에서는 최고 선임이었다. 세 살 아래 신입들에게 형님으로 제법 얼굴이 먹혔다.

세이지는 그렇게 나를 형님으로 모시던 놈들 중 하나였다. 나보다 네 살 어리고, 그 무렵 나와 같이 살던 교코와는 동갑이었다. 나는 세이지를 가장 아꼈다. 순수한 바보여서 야쿠자가 되기 위해 태어난 듯한 놈이었다. 지방의 집단 취업 정책에 따라 대도시 도쿄로 나왔고, 밤거리 네온사인 불빛에 혹해 그야말로 흔해빠진 방식으로 제 길을 벗어난 놈이었다. 나는 내가 야쿠자이면서도 야쿠자를 경멸하는 구석이 있었다. 이런 어이없는 세계에서 나 자신을 밑바닥으로 몰아붙이는 것에 쾌감마저 느꼈다. 그리고 그런 나 자신도 경멸했다.

나에 비하면 세이지는 본바탕부터 야쿠자였다. 양복 자락을 펄럭이며 돌아다니고 길모퉁이에서 젊은 여자들에게 껄렁거리고 아마추어에게 시비를 거는 게 자신의 특기라고 생각했다. 혈기가 앞서는 경향이 있었지만 그만큼 정에 약하고 사람 좋은 성품이었다. 조직에서도 머리가 떨어진다고 바보 취급을 했지만 누구도 세이지를 싫어하는 놈은 없었다. 수더분하고 익살스러워서 남들을 웃기는 재주가 있었다. 동물처럼 본능만으로 주위의 낌새를 잽싸게 알아챘다. 나는 그런 세이지가 적잖이 부러워서 어디든 데리고 다녔다. 실제로 세이지는 들개처럼 내 뒤에 딱 붙어 따라다녔다.

나와 교코가 살던 집에도 세이지는 자주 찾아왔다. 둘 다 말수가 적어서 잠자리 때 외에는 관계가 부담스러웠는데 세이지가 오면 집안 분위기가 단박에 환해졌다. 교코가 세이지 앞에서는 웬일로 소리 내어 웃었다. 교코는 세이지를 남동생처럼 귀여워했다. 어린 시절에 죽은 남동생을 닮았다고 말했다. 실제로 빛이 나듯 하얀 피부에 노숙한 어른처럼 우수 어린 표정의 교코와 나란히 놓고 보면 동안의 세이지는 동갑이라도 네다섯 살은 어려 보였다.

교코가 동생이 죽은 얘기를 했을 때, 세이지는 팔뚝으로 눈물을 훔치며 훌쩍거렸다.

세이지는 나와 교코 사이에 자연스럽게 녹아들었다. 여행을 갈 때는 둘 중 누구랄 것도 없이 세이지를 불러 함께 갔다. 내가 바쁠 때는 세이지에게 교코와 함께 영화도 보고 쇼핑도 다녀오라고 지시했다.

그날 저녁에도 세이지와 함께 셋이 요코하마에 나가 밥이나 먹자고 얘기가 되었다. 7시에 조직 사무실에서 세이지를 기다리고 있었다. 잠시 뒤 사무실 유리창 너머로 그가 얼굴을 쑥 내밀었다. 안에 들어오지 않고 손끝으로 유리창을 치며 내게 신호를 보냈다. 골목으로 나갔더니 그가 말했다.

"야자와 형님의 호출이에요."

세이지는 걱정스러운 눈빛이었다. 야자와의 표정이 몹시 안 좋았다고 했다.

야자와는 간부 중 한 명이었다. 조직이라고 해봐야 옛날 야쿠자 기질의 회장님을 중심으로 모두 한 가족처럼 어깨를 맞대고 꾸려가는 작은 업체여서 간부들은 너그러운 편이었다. 하지만 단 한 명, 야자와만은 예외였다. 당시 야자와가 지금의 나와 비슷한 정도의 나이였는데 유난히 형님 행세를 하며 일방적으로 후배들을 몰아붙였다. 걸핏하면 불룩한 광대뼈의 총알 흉터와 전과 3범의 과거를 과시하면서, 우리 조직은 운영 방식이 미적지근하다고 매사를 폭력으로 해결하려 했다.

야자와는 특히 나를 싫어했다. 사소한 일로 시비를 걸고 입버릇처럼 "대학 중퇴랍시고 건방지게 굴어?"라고 고함을 질렀다. 얻어맞은 적도 한두 번이 아니었다.

세이지는 그런 야자와가 또 뭔가 트집을 잡아 나를 괴롭힐까 봐 걱정하는 눈치였다. 나는 그에게 삼십 분 뒤에 야자와의 맨션 현관 앞에서 기다리라고 말했다. 야자와에게 잠깐 들렀다가 집에 돌아가 교코를 픽업해 셋이서 요코하마에 갈 생각이었다.

왜 나를 호출했는지는 대강 짐작이 갔다. 그 전날 밤, 이케부쿠로의 바에 갔다가 우연히 야자와를 목격했었다. 그가 나를 알아보고 흠칫하자 등을 내보인 채 한창 대화 중이던 남자도 내 쪽을 돌아보았다. '신에이카이' 간부 중 한 사람이었다. 나는 아무렇지도 않은 얼굴로 잠시 뒤 자리를 떴지만, 야자와가 우리를 배신하고 신에이카이에 들락거린다는 건 이제 틀림없다고 생각했다. 우리 조직과 신에이카이는 원래 같은 야스카와 파에서 갈라진 조직이지만 이 년 전부터 대로변의 '미사키'라는 카바레를 놓고 구역 다툼을 벌이고 있었다. 신에이카이에서는 새파랗게 어린 야스카와 3대를 끌어들여 미사키를 차지하는 것으로 일을 매듭지으려 했지만 우리로서는 미사키를 빼앗기면 야스카와 쪽에 상납금도 제대로 낼 수 없는 처지였다. 사실상 조직을 거저 내주는 것이다. 다들 어떻게든 조직만은 유지하자는 회장의 뜻을 따랐지만, 단 한 명 야자와가 정면으로 반대 의견을 주장했다.

신에이카이가 야스카와 3대의 마음을 잡고 있는 한, 어쩔 수 없다, 이참에 결단을 내려 미사키를 신에이카이에 내주고 그쪽과 합하는 게 어떠냐는 것이었다. 다른 간부들과 드잡이까지 할 정도였다. 그런데 지난 한 달여를 야자와는 갑작스럽게 아무 말이 없었다. 다들 야자와의 침묵에 뭔가 속사정이 있다고 짐작했다. 야자와는 이쪽 조직은 가망이 없다고 판단하고 신에이카이로 옮겨 갈 생각인 게 분명했다. 그날 느닷없이 나를 호출한 것도 그 증거였다. 야자와는 내 입을 봉할 작정인 것이다.

예상대로 나를 거실로 데려간 야자와는 스탠드 불빛 하나뿐인 어슴푸레한 방에서 콧등에 주름을 잡으며 비굴한 웃음을 지었다. 술을 권하고 간살스런 목소리로 슬슬 내 비위를 맞추면서 어젯밤에 본 것을 아무에게도 말하지 말라고 했다. 그것뿐만이 아니었다.

"신에이카이에서 곧 최후의 일격에 나설 거야. 너도 뻔히 망해버릴 조직에 몸담고 있다가는 병신이 되거나 자칫 목숨까지 위험해져. 이참에 나하고 신에이카이로 가는 건 어때? 너 정도의 기량이면 신에이카이에서 쑥쑥 클 수 있어."

야자와는 그런 식으로 내게 배신을 권했다.

나는 분명하게 거부하는 대답을 했다. 조직을 배신하네 마네 하는 것보다 우선 눈앞의 그자에게 강한 혐오감을 품었다. 말없이 자리에서 일어나자 야자와의 웃는 얼굴이 한순간에 굳어버렸다.

"이대로 고이 보내줄 것 같아?"

그러고는 잽싸게 권총을 꺼내 내게 총구를 겨눴다. 야자와는 농담이 아니라고 말했다. 나는 잠시 총구와 야자와의 눈을 번갈아 보았다. 농담이 아니라는 건 알고 있었다. 놈은 처음부터 그럴 작정이었다. 내가 그런 얘기에 응할 리 없다는 건 이미 알고 있었을 테니까. 그리고 내가 사살되더라도 자신은 잡혀가지 않게 계획도 착착 짜두었을 터였다. 소파에서 일어서던 야자와가 테이블에 무릎을 찧고 주춤했을 때, 나는 덤벼들었다.

뒤로 벌렁 넘어진 야자와를 전력으로 바닥에 찍어 누르고 그 손에서 총을 빼앗으려 했다. 하지만 체력도 힘도 야자와 쪽이 더 셌다. 위아래가 바뀌려는 순간, 뒤엉킨 손안의 권총이 섬광과 총성을 동시에 내뿜었다.

충격을 느낀 것은 내 쪽이었다. 한순간 내가 맞은 줄 알고 저절로 비명이 터져 나왔다. 몇 초 동안 왜 야자와가 널브러져 목에 경련을 일으키는지 알지 못한 채, 가까스로 내 것이 된 권총을 필사적으로 움켜쥐었다. 야자와가 부들부들 떨리는 입으로 뭔가 말하려고 했을 때, 나는 총을 내던지고 방을 뛰쳐나왔다.

맨션 앞에 아직 세이지의 모습은 보이지 않았다. 여름의 찌는 듯한 무더위의 열기를 향해 활짝 열린 밤이었다. 번화가의 소란스러움이 사정없이 덮쳐들었다. 그때처럼 신주쿠의 네온 불빛이 선명하게 느껴진 적은 없었다. 오른손과 하얀 셔츠의 몸통이 피로 물들었다. 뒷길을 골라 교코가 기다리는 집으로 갔다.

뒷손으로 문을 닫았을 때, 교코는 거울을 마주하고 있었다.

"웬일이야, 늦었네? 지금 나가면 요코하마에 9시 넘어서 도착하겠어."

신이 난 듯한 콧노래가 나를 돌아보자마자 딱 멈췄다. 교코는 가슴에 자수 꽃 세 송이가 들어간 화려한 보랏빛 레이스 원피스를 입고 있었다. 립스틱 색깔이 평소보다 진했다. 교코는 미소를 멈추고 내 셔츠의 핏물을 믿어지지 않는다는 얼굴로 멍하니 바라보았다. 그 피가 그날 밤에 예정된 요코하마 외식뿐만 아니라 모든 것을 엉망으로 만들어버린 것을 교코는 그때 미처 깨닫지 못했다. 물론 나도 아무것도 몰랐다. 교코는 내가 다친 줄 알고 어서 의사를 불러야 한다고 말했다.

"그래서…, 야자와는 죽었어?"

전후 사정을 얘기하자 교코는 떨리는 목소리로 물었다. 나는 고개를 저었다. 나도 알지 못했다. 내가 기억하는 것은 바닥에 쓰러진 야자와가 몸을 뒤챌 때마다 스탠드 불빛을 받아 기름처럼 번뜩이며 움찔움찔하던 피범벅의 머리카락뿐이었다. 야자와는 소파 뒤쪽 어둠 속에 쓰러졌고 나는 총알이 그의 몸 어디에 맞았는지도 확인하지 못한 채 그 방을 뛰쳐나왔다.

지금쯤 세이지가 야자와의 맨션 앞에서 기다리고 있을 터였다. 나는 교코를 그쪽에 보내 세이지에게 야자와의 방을 확인해보라고 전했다.

급히 달려갔던 교코는 삼십 분 뒤에 철 계단에 힘없는 발소리를 울리며 돌아왔다. 오른쪽 다리를 절룩거리는 버릇이 평소보다 또렷하게 잡혔다.

교코는 내가 묻기도 전에 말없이 고개를 저었다.

각오했던 일이라서 그리 놀라지는 않았다. 교코를 기다리는 동안, 만일 야자와가 죽었다면 곧바로 조직 사무실에 나가 모든 사정을 얘기하고 경찰에 자수하러 가기로 마음먹었다. 내 행동은 정당방위였다. 증명할 수도 있을 터였다. 격투 흔적이 그 방에 남아 있고 총에 야자와의 지문도 찍혔을 것이다. 게다가 그 총은 야자와 본인의 것이었다.

"걱정할 거 없어."

그렇게 말하고 일어서려는데 교코가 내 팔을 잡았다.

"도망쳐도 돼. 이대로 당신하고 도망쳐도…."

교코는 그렇게 말했다. 중얼거리는 듯한 낮은 목소리였다. 옆얼굴을 긴 머리로 가린 채 내가 아니라 어딘가 먼 곳의 다른 사람에게 말을 건네는 것 같았다. 단지 그 손으로 내 마음까지 붙잡으려는 듯 필사적으로 내게 매달렸다.

"괜찮다니까."

나는 그 손을 뿌리쳤다. 교코는 바닥에 무너졌다. 보랏빛 레이스가 내 시선 밑에서 아름다운 무늬를 펼쳤다. 더 이상 한 마디도 건네지 않고 집을 나섰다.

세이지는 철 계단 밑에서 기다리고 있었다. 발로 철 계단을 텅텅 걷어차고 있었다. 나는 그때 세이지의 오른손에 붕대가 감긴 것을 알았다. 7시에 조직 사무실 뒤쪽에서 얘기했을 때는 손을 다친 건 알지 못했었다. 아마 호주머니에 손을 넣고 있었을 것이다. 물어보니 간밤에 잠깐 싸움이 벌어져 주먹으로 유리를 내리쳤노라고 말했다. 나는 붕대가 풀어질 것 같다고 주의를 줬다. 세이지는 흘끗 손을 쳐다보았을 뿐, 뭔가 할 말이 있는 것처럼 입을 열었지만 내가 묵묵히 걸음을 떼자 조용히 등 뒤에서 발소리를 내며 따라왔다.

회장도 형님들도 진상을 얘기하자 내게 공감해주었다. 잘못은 야자와가 했다, 네 죄가 아니다, 라고 달래주었다. 나는 세이지를 데리고 경찰서에 갔다. 그리고 경찰서 앞에서 헤어졌다. 경찰서 현관을 들어설 때, 뒤를 돌아보자 세이지는 두 손을 호주머니에 찔러 넣고 반쯤 내게 등을 돌리듯이 서서 그때도 구두 끝으로 도로 가장자리를 걷어차고 있었다.

형사에게 사실대로 얘기하고 정당방위를 주장했다. 형사는 납득한 듯 고개를 끄덕이며 말했다.

"분명 정당방위였지. 하지만 그건 처음 쏜 총알 얘기야, 오른쪽 복부를 스친 총알. 근데 또 한 방, 심장에 명중한 총알은 명백히 야자와를 죽일 의도가 있었던 것 같은데?"

"총알이 두 개라고요?"

나는 웃으려고 했다. 내가 쏜 것은 한 방뿐이다. 그때는 아무

정신이 없었지만 그 정도는 분명하게 기억한다. 하지만 형사가 내보인 사진에는 야자와의 벗겨진 몸에 틀림없이 두 방의 총상이 찍혀 있었다. 한 방은 오른쪽 복부를 스쳤고, 또 한 방은 심장에 검은 구멍을 냈다. 배를 스친 총알은 바닥에서 발견되었다고 형사는 메마른 목소리로 말했다. 그게 나와 야자와의 뒤엉킨 손에서 발사된 총알일 것이다. 야자와는 물론 그것만으로는 죽지 않았다. 고통으로 얼굴이 일그러졌을 뿐이다. 그 뒤에 두 번째 총알이 이번에는 확실한 의도를 갖고 야자와의 심장에 발사되었다. 하지만 그건 내가 아니다. 내가 쏜 첫 방은 찰과상 정도에 그쳤기 때문에 경찰은 어느 쪽이 먼저 발사되었는지 파악하지 못한 모양이었다. 하지만 심장에 명중한 게 나중에 발사된 게 명백했다. 즉 누군가 내가 현장을 뛰쳐나온 뒤에 그 방에 들어가 야자와가 쓰러진 것을 발견하고 같은 권총으로 그를 살해한 것이다. 단순한 우연이라고는 생각되지 않았다. 두 번째로 총을 쏜 범인의 의도는 야자와를 살해하는 것보다 내게 누명을 씌우려는 게 아니었을까.

사흘 내내 나는 무죄를 주장했다. 나흘째 되는 날, 형사가 교코와 세이지의 증언을 들려주었다. 두 사람이 똑같이, 현장에서 도망친 내가 "야자와를 죽였다. 총을 두 번 쐈다"라고 증언했다는 것이었다. 나는 형사에게 교코를 불러달라고 수없이 소리쳤다.

"교코를 불러줘! 그년을 불러달라고!"

태어나 처음으로 입 밖에 토해낸 거친 고함이었다.

"교코가 만나고 싶어 하지 않는다"라는 말을 듣고는 완전히 이성을 잃고 주먹을 부르쥐고 형사에게 덤벼들었다. 벽을 쥐어뜯고 머리를 들이박았다. 그날 밤새도록 쇠창살에 머리와 주먹을 내리치며 야수처럼 소리를 질렀다. 그리고 다음 날 아침, 뿌연 빛 속에서 모든 죄를 인정했다.

재판정에서 교코는 두 번, 세이지는 딱 한 번 봤다. 교코는 두 번째 증언 때, 돌연 피고석에 내가 있다는 게 생각난 것처럼 한순간 돌아봤지만 곧바로 시선을 돌리더니 메마른 목소리로 위증을 이어갔다. 세이지는 한 번도 내 쪽을 쳐다보지 않았다. 뻔뻔스러운 그 옆얼굴에서 나는 처음으로 교활한 사내의 얼굴을 보았다. 증인석에서 내려온 세이지는 평소 버릇대로 오른손을 호주머니에 쑤셔 넣었다. 그 손에 이미 붕대는 없었다. 그날 밤 붕대가 풀어질 듯 느슨해졌던 것은 두 번째 총알을 야자와의 심장에 쐈을 때, 무리하게 손가락을 굽혔기 때문일 것이다. 교코가 집에서 뛰쳐나가 다시 돌아오기까지 삼십 분 동안에 두 사람은 모든 것을 결정했다. 그들이 현장에 갔던 것을 알면서도 나는 왜 곧바로 누명을 씌운 범인이 그 두 사람이라는 것을 알아차리지 못했을까. 아니, 어쩌면 알았는지도 모른다. 하지만 그건 결코 인정하고 싶지 않은 일이라서 내 마음을 속였던 것인지도 모른다. 방청석으로 돌아가는 세이지에게 나는 뭔가 말하려고 했다. 변호사가 가로막았지만, 가로막지 않았더라도 결국 아무 말도 못 했을 것이다. 나는 무슨 말을 해야 할지 정말 알 수가 없었다.

첫 번째 총알이 정당방위라는 건 인정받았지만, 두 번째 총알은 착란상태 속에서도 분명한 살의가 있었던 것으로 판정이 나서 칠 년 실형이 떨어졌다.

교도소로 옮겨지고 엿새째 되던 날에 교코가 면회를 왔다. 반드시 한 번은 나를 만나러 올 것이라고 생각했기 때문에 오히려 그 예상이 맞아떨어진 게 신기했다. 나는 벌써 오랜 세월을 못 만났던 것처럼 반가운 눈빛으로 교코를 쳐다보았다. 교코는 노란 블라우스에 진주 귀걸이를 하고 그 진주에 닿을 만큼 머리를 짧게 잘랐다. 나는 그 머리형은 어울리지 않는다고 말했다. 유리판이 두 사람을 가르고 있었다. 둘 다 거의 아무 말도 하지 못했다.

나는 한 가지만 물어보았다.

"세이지하고는 언제부터 눈이 맞았어?"

교코가 얼굴을 들었다. 그런 건 중요하지 않다는 듯한 쓸쓸한 눈빛이었다.

"그때 도망쳐도 된다고 했지? 나를 배신하기로 작정했으면서 왜 그런 말을 했어?"

"모르겠어…. 하지만 그게 진심이었으니까."

결국 마지막에 교코가 했던 말은 그것뿐이었다. 면회 시간이 반이나 남았을 때 떠나버렸지만 자리에서 일어서기 전에 불쑥 오른손을 내 쪽으로 내밀어 손바닥을 유리판에 댔다. 그리고 몇 초 동안 그대로 있었다. 손바닥의 맥을 따라 한 줄기 검은 줄이 그어져 있었다. 혈흔처럼도 보였지만, 단지 때가 묻은 거라고 생각했다. 손끝의 은색 매니큐어가 반짝거리고 귀에서 진주가 빛을 냈다. 눈물은 없었지만 우는 것보다 더 슬픈 눈으로 나를 보고 있었다. 짙은 화장이 무색해질 만큼 창백하고 적막한 얼굴이었다. 몸가짐도 조용했지만 그 조용함의 뒤쪽에서 무너지려는 것을 유리판에 댄 손바닥으로 필사적으로 버티는 것처럼 보였다.

그런 아름다운 여자는 본 적이 없었다. 내 몸이 조금 교코 쪽으로 움직였다. 나는 그때 내 손으로 눈앞의 교코를 죽이고 싶다고 생각했다. 그리고 그것과 똑같은 정도로 그녀를 내 품에 꼭 끌어안고 싶다고 생각했다. 교코가 나가자 간수가 일어섰지만 나는 면회 시간이 끝날 때까지 이곳에 앉아 있게 해달라고 말했다.

그날 밤에 교코와 세이지가 어딘가로 도망쳤다는 것은 열흘째에 면회를 왔던 신입에게서 들었다. 나는 전혀 놀라지 않았고 아무 대답도 하지 않았다.

교코가 다녀간 그다음 날부터 나는 지나치게 조용한 수인이 되었다. 말수를 줄이고 이따금 생각난 것처럼 손가락으로 방아쇠를 당기는 연습을 했다.

출소하고서도 두 사람의 행방은 얼른 알아낼 수 없었다. 조직은 내가 교도소에 들어간 그해 연말에 결국 신에이카이의 수중에 떨어졌고 일 년 뒤에 회장은 암으로 세상을 떠났다. 예전의 얼굴 아는 몇몇 동료들은 세이지를 이미 죽은 사람인 것처럼 얘기했다. 모두가 기억하는 세이지는 항상 어깨를 말고 호주머니에 손을 찌른 채 비겁하게 뒤로 숨고, 그런 주제에 끊임없이 사냥감을 노리듯 눈을 번뜩거리는 굶주린 떠돌이 개 같은 놈이었다. 사냥개처럼 위세 좋고 난폭하고 눈물 많은 순수한 바보였던 세이지를 기억하는 자는 없었다. 세월이 흐르면 인간은 왜곡된 진실만을 기억에 남기는 법이다. 한 달 뒤, 마지막으로 찾아간 구미라는 여자에게서 그들이 이 도시에 산다는 것을 알아냈다.

구미는 예전에 교코와 같은 술집에서 일하던 여자였다. 아무것도 모른다고 했지만 뭔가 수상쩍어서 우격다짐으로 캐묻자 그림엽서 한 장을 보여주었다. 나도 잘 아는 북녘 항구도시는 그림엽서가 그려낸 파란 하늘 아래 가공의 마을처럼 보였다. 삼 년 전의 엽서로, 지금 돈에 쪼들리고 있으니 5만 엔만 보내줄 수 없겠느냐고 적혀 있었다. 자신의 발소리처럼 작은 글씨를 질질 끄는 버릇은 예전과 다름없었다. 돈을 보낼 곳으로 역 안의 우체국을 지정했다. 구미는 교코의 주소는 알지 못하고, 돈도 결국 보내지 않았다고 말했다. 5만 엔쯤은 보내줄 수도 있었지만 괜히 힘든 일에 휘말리고 싶지 않았다고 했다. 나는 구미를 때렸다. 구미는 오른손으로 뺨을 감싸면서 말했다.

"당신, 아직도 교코에게 홀렸어? 이제는 예전의 그 교코가 아닌데? 육 년이 지났어. 당신도 예전 그 사람이 아니잖아."

그건 나도 알고 있었다. 아무 말 없이 구미의 방을 나왔다. 교코가 지금도 그 도시에 있는지 어떤지는 알 수 없었지만, 다음 날 나는 도쿄를 떠나 바다를 건넜다.

밤의 해협은 단지 검은 물결이 넘실거릴 뿐이었다. 파도에 삼켜져 버릴 것처럼 별이 낮게 떨어져 있었다. 가을이 이제 시작된 참이었지만 밤하늘은 얼어붙은 듯 차갑고 별은 그 차가움의 물방울 같았다. 나는 오랜 시간 갑판에 서서 밤바다를 보고 있었다.

바닷바람은 내 몸을 꿰뚫고 지나갔다.

육 년 전, 교코도 이 한없는 어둠뿐인 세상을 바라보았을까. 육 년 전에 교코가 대체 어떤 심정으로 이 바다를 건넜는지 생각해보려고 했다. 하지만 아무것도 알 수 없었다. 세이지와 둘이 즐겁게 웃었을 것 같기도 하고, 혼자서 모든 것을 잊기 위해 밤바다를 바라보았을 것 같기도 했다.

내가 알고 있는 것은 육 년 전까지 내가 행복했다는 것, 그리고 그 행복을 한 여자가 배신했다는 것뿐이었다.

2

밤은 이제 충분히 어두워졌다. 항구의 불빛이 부옇게 보여서

아직도 안개비가 내리는 것을 알았다. 9시였다. 나는 다시 가슴 안주머니의 권총을 확인한 뒤에 상의를 걸치고 호텔을 나섰다.

빗속에 잠시 운하를 따라 걷다가 지나가던 택시를 잡았다. 운전기사는 '레인보우'라는 술집을 알고 있었다. 최근에 새로 생겼지만 아가씨들이 하나같이 미인이라 꽤 인기가 있다고 말했다.

"리에라는 여자, 알아요?"

"글쎄요, 손님들을 모셔다드리기만 했지 내가 안에 들어가 본 적은 없어서."

운전기사가 흘끗 룸미러를 들여다보며 물었다.

"손님도 조직 사람이에요?"

"조직이라니, 폭력단 말입니까?"

"예에, 이 일대는 마쓰오파가 관리하는 구역이거든요. 레인보우도 그렇죠. 우리 택시 회사가 그 사무실 바로 옆이라 매번 이용해주니까 레인보우에는 자주 갑니다."

운전기사는 조직 사람들과 잘 통하는 모양이었다. 후루카와 세이지라는 이름을 들은 적이 있느냐고 물어보았다. 이 동네에서도 세이지는 조직원으로 활동할 게 틀림없다고 생각했다. 야쿠자가 되는 것밖에는 살아갈 방도가 없는 놈이다.

"후루카와라면 서른두세 살에 마른 편이고 무표정 눈빛의 그 사람? 작년에 간부 됐잖아요. 그이라면 대여섯 번 태워준 적이 있어요. 레인보우에 간 적은 없지만 밤늦은 시간에 호텔에서 호출이 와요. 항상 여자가 달라지고, 민망한 꼴을 보인다니까, 그 자리에서…."

내가 입을 다물고 있자 운전기사는 쓸데없는 말을 했다고 생각했는지 사과하듯 꾸벅 머리를 숙이고는 핸들을 오른쪽으로 꺾었다. 도로는 완만한 오르막에 접어들었다. 상점들이 돌바닥의 언덕길 양옆에 줄줄이 이어졌지만 이미 불도 꺼지고 셔터를 내린 채 고요히 가라앉아 있었다. 차의 불빛을 거슬러 돌바닥을 타고 흐르는 안개비에 이윽고 네온 불빛이 섞였다. 운전기사는 그 불빛 아래로 차를 몰더니 곧 멈춰 섰다. 온갖 색채와 이름을 내건 네온사인이 빽빽이 들어차 있었다. 안개비는 색채의 소란을 다독거리듯이 소리도 없이 내렸다. 빗속을 뚫고 차량 불빛이 차례차례 밀려오고 있었다. 택시에서 내려 올려다보자 빨간 네온 불의 레인보우라는 영어 글씨가 읽혔다. 비에 번진 빨간색은 눈을 뗀 뒤에도 얼른 사라지지 않았다. 나는 청동 같은 묵직한 문을 열었다.

이름과는 어울리지 않게 술집 안은 어둠침침했다. 예상했던 것만큼 넓지는 않았지만 안쪽에 큼직한 창문이 있어서 그리 좁아 보이지는 않았다. 창문이 없었다면 움막처럼 답답한 공간이었을 것이다. 박스석은 모조리 손님으로 차 있었다. 밖에서 안개가 흘러든 것처럼 겹겹이 얇은 층을 이룬 담배 연기를 이따금 깔깔거리는 웃음소리가 깨뜨렸다. 어두워서 손님도 여자 얼굴도 분명하게는 알아볼 수 없었다. 입구 옆 짧은 돌계단이 위층으로 향했다. 위층이라고 해도 발코니 같은 목재 난간이 아래층 한 부분을 덮으며 튀어나온 것뿐이다. 내가 그 밑의 카운터 구석에 앉아 바텐더에게 술을 주문하자 검은 비단 손수건이 떨어져 내려왔다. 고개를 들자 목재 난간 뒤 그늘에서 보랏빛 하이힐이 반들거리는 게 눈에 들어왔다. 교코인지도 모른다고 생각했지만 이윽고 손수건을 집어달라고 얼굴을 내민 것은 다른 여자였다. 단골손님인지 얼굴을 확인해보려고 한 것뿐이었다.

술집 안을 울리는 시끄러운 음악 소리에 귀를 닫아걸듯이 웅크리고 앉아 그저 유리잔을 이따금 생각난 듯 입에 옮겼다. 긴 시간이 흘러갔다. 손님이 들고 나고 그때마다 여자들이 요란한 소리로 인사를 했지만, 시끄러운 음악으로 각 소리의 특징은 귀에 잡히지 않았다. 이윽고 유리잔이 빈 것을 깨닫고 바텐더를 부르려 했을 때였다.

누군가 내 등 뒤에서 무너지듯이 몸을 기댔다. 여자였다. 그녀는 내 오른쪽 어깨에 얼굴을 묻었다. 머리칼이 내 왼쪽 팔에 떨어졌다. 술에 취해 선 채로 내 어깨에 매달리듯이 가만히 있었다. 갑작스러웠지만 나는 놀라지 않았다. 누군지 확인하려고도 하지 않고 그저 빈 유리잔만 보고 있었다. 술 냄새에 섞여 향수 냄새가 감돌았다. 육 년 전과는 다른, 진하고 천박한 향수였다. 머리칼의 감촉과 잠든 듯이 조용한 숨결이 내 목덜미에 닿았다. 내 어깨에 묻은 그녀의 머리에 나도 머리를 기댔다. 스물세 살 때, 조직에 들어가 첫 싸움을 벌였을 때의 일이 생각났다. 상처를 입고 땅바닥에 내동댕이쳐졌을 때, 흙냄새에서 느꼈던 그 평온함을 교코의 머리칼 냄새에서 느꼈다. 우리는 오랫동안 가만히 그렇게 하고 있었다. 지칠 대로 지쳐 그저 잠들기만을 기다리듯이.

이윽고 등 뒤에서 껴안은 교코의 팔이 내 가슴팍에서 엇갈렸다. 손톱이 새빨갰다. 육 년 전 교코가 너무 싫다고 했던 색깔이었다. 그 손은 상의 안주머니의 권총을 더듬었다. 권총이라는 것을 알았을 텐데도 교코의 손끝은 조용한 그대로였다. 날숨과 함께 낮은 목소리가 내 등에 닿았다.

"세이지를 죽여줘…."

목소리가 그렇게 중얼거린 것 같았다. 육 년 전 내게 도망치자고 말했을 때와 똑같은 목소리였다.

내가 입을 다물고 있자 교코는 내게서 떨어지며 말했다.

"안으로 들어와."

나는 그 등 뒤를 따라 깊숙한 안쪽 자리로 갔다. 술에 취했는지 교코의 검은 슬립 같은 드레스의 등이 조금 휘청거렸다. 오른쪽 다리를 절룩거리는 건 예전과 변함없었다. 교코는 나를 만나기 전에 일 년에 한 번은 자살에 실패했었다. 차에 뛰어들었을 때의 부상이 오른쪽 다리에 남았다. 우리는 창가 좌석에 마주하고 앉았다.

교코는 내 눈을 피하듯이 머리칼로 옆얼굴을 가리고 창밖을 내다보았다.

"알고 있었어?"

아무 대답 없이 교코는 멍하니 바깥을 보았다.

"뭘?"

한참 지난 뒤에야 겨우 내 목소리가 들린 듯이 머리칼을 쓸어올리며 나를 돌아보았다. 내가 눈앞에 있다는 것도 이제야 알아차린 것처럼 흠칫 놀란 얼굴이었다.

"알고 있었어? 내가 이 동네에 와 있는 거…."

"응, 구미가 편지로 알려줬어, 당신이 왔었다고. 근데 그거 아니라도 아까 바로 알아봤을 거야. 당신은 뒤에서 보면 오른쪽 어깨가 묘하게 기울었으니까."

"구미가 네 주소 알고 있었어?"

"응. 동네 이름까지는 얘기했으니까 얼른 도망치는 게 좋다고…."

"왜 도망치지 않았어?"

"어디로?"

"…."

"어디로 도망쳐?"

"어딘가 내가 쫓아가지 못할 만큼 먼 곳이 있겠지. 어딘가 먼 곳. 이 동네에 너희가 없다면 나는 포기할 작정이었어."

"그렇구나. 세이지라면 이번에도 함께 도망쳐줬겠지, 당신과는 다르게. 내가 도망치자고 말만 하면. 하지만…."

교코가 체념한 듯한 작은 미소를 띠었다.

"하지만 도망칠 수 없는 건 마음이야. 당신은 육 년 동안 나를 내내 쫓아왔어, 교도소 안에 있으면서도."

나는 교코에게 육 년 전보다 말랐다고 말했다. 좀 말랐고 머리를 갈색으로 염색했고 짙은 화장으로 눈 밑의 그늘을 감추려 하고 있었다.

교코는 바텐더의 등 뒤에 걸린 그림으로 시선을 옮겼다. 외국의 항구를 그린 것이었다. 석양이 항구와 바다를 물들였고 먼바다 쪽에는 돛대의 그림자를 길게 끌며 배 한 척이 떠 있었다.

"여기 아가씨들이 내기를 해. 저 배가 항구에서 나가는 배인지 아니면 항구로 들어오는 배인지, 손님이 어떤 쪽으로 대답하느냐는 걸로."

나한테는 둘 중 어느 쪽으로도 보이지 않았다. 그 배는 돌아갈 항구도 가야 할 도시도 없다. 그곳에 정박한 채 단지 황혼에 물든 파도 위에 떠 있을 뿐이다. 교코는 나와 똑같은 눈빛으로 한참이나 그 배를 보고 있었다.

"그래도 도망칠 수 있었을 텐데, 어디로든."

나는 다시 한번 말했다. 교코는 고개를 저었다.

"나는 당신을 기다렸는데? 도망칠 마음은 없었어."

교코는 자리에서 일어나 바텐더에게서 자신의 핸드백을 받아들고 왔다. 핸드백 안에서 은색 덮개의 립스틱을 꺼내더니 문득 그 손을 멈추고 말했다.

"육 년 전, 도쿄를 떠나기 전날 밤에 우리는 우리 나름대로 의리는 지켰어."

의리 따위는 문제가 아니다, 나는 이미 그 세계 사람이 아니다, 라고 대답했다. 교코는 립스틱 뚜껑을 열려다가 마음을 바꾼 듯 다시 핸드백에 넣고 다른 립스틱과 손거울을 꺼내 입술에 새로 발랐다.

"내가 이 도시에 찾아온 건 그런 것 때문이 아니야."

나는 안주머니에서 총을 꺼내 손에 움켜쥔 채 테이블에 올려놓았다.

"알아. 그러니까 세이지를 죽여달라고 말했지."

"나를 배신한 건 세이지만이 아니야."

교코는 립스틱 바르기를 멈추고 싸늘한 침묵에 잠긴 시선으로 거울을 들여다봤지만, 이윽고 그 립스틱을 핸드백에 챙겨 넣고 얼굴을 들었다. 술에 취했어도 눈 속에는 나를 정면으로 응시하는 빛이 있었다. 교코는 생각난 듯이 고개를 끄덕였다.

"육 년 전, 우리의 위증을 당신이 인정했다는 말을 들었을 때, 이미 알았어. 당신이 자기 손으로 우리를 죽일 생각이라는 거…. 그래서 기다렸다고 했잖아."

"순순히 살해되어도 괜찮다는 거야?"

"그날 저녁, 내가 도망치자고 했었지? 정말로 당신하고 도망칠 생각이었어. 어디까지든 도망치다가 마지막에 함께 죽을 생각이었어."

"하지만 실제로 네가 선택한 상대는 세이지였어."

"맞아. 세이지에게 당신을 배신하고 도망치자고 먼저 얘기를 꺼낸 건 나였어."

교코는 몹시 지친 듯 창문에 머리를 기대고 밖을 내다보았다. 항구의 야경은 비에 젖어 바다로 흘러내리고 있었다. 선창가의 어둠은 밤을 깊숙이 파내고 그 밑바닥에서 두 가지 색깔의 불빛으로 갈라져 흐릿하게 번졌다. 거리의 극채색과 선창가에 뜬 배의 하얀 불빛이다. 이 아름다운 밤은 우리 두 사람에게는 어울리지 않는다. 우리 둘은 배신한 여자와 배신당한 남자라는 전혀 다른 처지였지만 실은 꼭 닮았다. 둘 다 육 년 전 사건으로 전부를 잃었다. 나는 지금도 교코가 필요하다고 말할 수도 있었고, 그건 아마 실제 내 마음일 것이다. 서로 입을 다물고 있다 보니 그걸 잘 알 수 있었다. 총을 움켜쥐고 교코를 죽이려고 하는 마음 쪽이 오히려 거짓말처럼 생각되었다. 하지만 내가 그 거짓말 쪽을 따르리라는 것도 똑같이 잘 알고 있었다.

가게 안에 와하하 웃음소리가 일었다. 교코는 그것을 흉내 내듯이 옆얼굴 그대로 웃음소리를 냈다. 자기 자신을 경멸하는 듯한 웃음소리였다. 자신을, 나를, 세이지를, 모든 것을 웃었던 것이리라. 교코가 나를 기다렸다는 건 정말일 것이다. 눈앞의 여자는 완전히 자신을 내버리고 있었다. 그것만이 나와 다른 점이었다. 나에게는 아직 한 가지, 이 여자와 세이지를 향해 권총의 방아쇠를 당기는 순간이 남아 있었다.

교코는 다시 한번 웃었다. 양초 불이 녹아 꺼져가고 있었다. 불꽃 그림자는 교코의 목을 연한 검은색으로 태웠다. 그림자는 우리의 육 년 동안의 마지막 페이지를 태우려는 것 같았다. 나는 오늘 밤 안으로 결판을 내고 싶다고 말했다.

"오늘 밤은 안 돼. 세이지가 지금 다른 여자랑 살고 있어. 내일 5시에 제3잔교로 와. 내일 조직 사무실에 가서 세이지를 꼭 데려갈게. 세이지는 아직 당신이 이곳에 와 있는 건 모를 테니까."

"세이지한테 버림받았어?"

교코는 아무려나 상관없는 일이라는 듯이 얼굴을 돌려버렸다.

"그렇겠지, 아마도."

남의 일처럼 말했다.

"버림받았어. 작년에 간부가 되자마자 다른 여자를 얻었어. 지금은 세 번째 여자…. 하지만 지금도 우리는 이따금 만나서 당신을 배신하고 있어. 세이지도 나도 최악이지. 너무했어, 우리."

교코는 다시 한번 웃었다.

"그래서 나한테 세이지를 죽여달라는 거네. 왜 그런 놈을 선택했을까. 육 년 전에 너는 그놈을 선택했지?"

"응." 교코는 고개를 끄덕였다. "나한테는 세이지가 있는 곳으로 나를 떨어뜨리는 게 당신의 세계로 나를 끌어올리는 것보다 더 편했으니까. 야자와는 당신이 똑똑한 척한다고 했었지? 그거, 사실이었어."

나는 자리에서 일어섰다. 나는 그런 대단한 사람이 아니다, 최악인 것은 세이지가 아니라 나다, 나를 배신한 자를 용서할 수 없어서 죽이려는 것뿐이다, 라고 말했다. 가슴 안에 총을 챙겨 넣으려는 내 손을 갑작스럽게 교코가 잡았다.

"이 총에 총알이 몇 발이나 들어 있어?"

"두 발. 내가 죽이고 싶은 건 두 사람뿐이야."

"한 발 더 넣어둬. 세 발로."

나는 실수할 염려는 없으니 두 발이면 충분하다고 말했다. 교코는 고개를 저었다. 눈을 가리듯이 내려온 앞머리가 흔들렸다. 눈빛은 흔들림이 없었다. 나를 올려다보고 있었다. 오늘 밤, 처음으로 내보인 호소하는 듯한 눈빛이었다.

"누구 몫이지?"

"야자와 몫이야."

"야자와?"

교코는 말없이 고개를 끄덕였다. 나는 무슨 얘긴지 알 수 없었다. 야자와는 육 년 전에 세이지의 손에 걸려 죽었다. 나는 억울하게 그 죄를 덮어쓰고 육 년간 교도소살이를 했다. 진범을 내 손으로 죽일 권리를 손에 넣기 위해 말없이 헛된 육 년의 시간을 지불했다. 내가 물어보려고 하자 교코는 고개를 저었다.

"아무것도 묻지 말고 약속해줘. 세 발을 준비하겠다고. 그러면 나도 반드시 약속을 지킬게. 내일 5시, 제3잔교…."

교코는 제3잔교라는 말을 꿈속에서 하는 말처럼 두 번 반복했다. 나는 고개를 끄덕여주고 그 술집을 나왔다. 차들이 대기 중이었지만 언덕길을 걸어서 내려왔다. 교코와의 재회는 쓸모없었다. 우리는 중요하지 않은 얘기를 주고받았을 뿐이다. 교코가 나를 기다렸다는 것도, 모든 것을 경멸하듯 웃음소리를 올리는 것도 나는 이미 알고 있었다. 나는 오로지 교코와 세이지를 죽이기 위해 이 도시에 찾아왔다. 죽이려는 여자에게 최후의 말을 건네봤자 아무 의미도 없다.

비는 이미 잦아들어 안개와 구분이 되지 않았다. 역시 교코를 만나지 말고 조용히 오늘 밤 안으로 결판을 냈어야 했다. 그렇게 하지 못한 것은 아마도 이 안개 같은 비 때문일 거라고 생각했다.

3

다음 날, 오후 5시 조금 전에 나는 호텔을 체크아웃했다. 주인에게 방에 떨어져 있었던 금 목걸이를 건네고 그저께 데려왔던 여자가 오면 돌려주라고 부탁했다.

주인은 그 여자를 기억하지 못했다. 나도 얼굴을 잊어버렸다. 단지 빨간 머리의 여자라고만 말했다. 제3잔교는 어디냐고 묻자 내 방 창문에서 보이는 가장 먼 잔교라고 말했다. 석탄 산에 가려져 끄트머리밖에 보이지 않는 잔교였다. 주인은 백발에 가려진 얼굴을 찌푸리며 말했다.

"그 근처는 걸핏하면 폭력단이 죽기 살기로 싸움판을 벌이는 곳이니까 조심하는 게 좋아."

나는 고맙다고 인사를 건네고 마지막 돈으로 방값을 냈다. 어제의 흑인 선원이 마침 휘파람을 불며 계단을 내려왔지만 나는 아무 말 없이 호텔을 나왔다.

운하 두 개를 건너 긴 창고를 따라 걸었다. 석탄 산을 빠져나가자 항구가 펼쳐졌다. 호텔 창문에서 정확히 반대 각도에 자리한 항구였다. 이곳에서 보는 게 항구도 내해도 훨씬 널찍하게 보였다.

어젯밤 잦아들었던 비는 결국 말끔히 걷히지 않은 채 조용한 빗소리로 오늘도 온종일 도시를 적셨다. 얇은 비구름은 해 질 녘 다운 빛을 투과하며 혼슈로 건너간 바람의 흔적처럼 수평선을 향해 흘러갔다.

교코는 잔교에 서 있었다. 혼자뿐이고 그밖에 사람의 자취는 없었다. 하얀 레인코트를 입고 머리 색깔과 비슷한 갈색 스카프를 둘렀다. 등을 돌린 채 바다를 보고 있었다. 말을 건넬 때까지 내가 다가간 것을 알아차리지 못했다. 이쪽을 돌아보더니 비에 젖은 이마의 머리칼을 쓸어올렸다. 립스틱을 바르지 않은 입술은 회색이 두드러졌다.

"세이지는 곧 올 거야. 오늘 밤에 도쿄 손님을 접대할 예정이 있어서 그 전에 오겠대. 저기 창고 안에서 기다리라고 했어."

"세이지에게는 뭐라고 얘기했어?"

"거짓말을 했어. 당신이 옛날 일은 다 잊고 그냥 우리를 보고 싶어서 일부러 찾아왔다고."

"그런 거짓말을 놈이 믿었어?"

"응, 세이지가 무척 반가워했어. 당신이 옛날 일은 하나도 원망하지 않는다고 말했더니. 당신도 알 거야, 세이지가 어떤 거짓말이든 믿어버리는 바보 같은 사내라는 거. 육 년 전 야자와의 집에서도 내가 정말로 좋아하는 사람은 세이지라고 했더니 간단히 믿어줬어."

다리를 다쳐 굽이 낮은 구두를 신는 교코는 예전처럼 내 어깨높이에서 나를 올려다보았다. 비가 빛의 방울이 되어 얼굴에 튕기고 있었다. 나는 등을 돌려 창고 쪽으로 걸어갔다.

창고 문은 조금 열려 있었다. 어쩌면 교코가 거짓말을 했고 이미 그 안에 세이지가 잠복 중인지도 모른다고 생각했지만 나는 망설임 없이 문을 열었다. 그렇게까지 교코가 나를 배신한다면 살해되어도 좋다고 생각했다.

안에는 아무도 없었다. 하물이 사방에 쌓여 있고 어둠의 냄새가 났다. 빗소리가 들려올 뿐, 조용했다. 출입문에서 회색의 빛이 띠가 되어 콘크리트 바닥에 흘러들었다. 나는 어두운 하물 뒤쪽에 몸을 기대고 담배를 피웠다. 귀에 익은 발소리로 교코가 다가오더니 나와 나란히 짐 더미에 기대서서 내 어깨에 머리를 기댔다.

"세이지를 먼저 해치워. 그도 권총을 갖고 있으니까. 가까이 다가오면 바로 쏴야 해."

그 말만 하고는 잠들듯이 눈을 감았다.

나는 한쪽 팔로 교코의 몸을 감았다. 몇 분 뒤에 이 손으로 그녀를 죽인다는 것이 나 스스로도 믿어지지 않았다. 교코도 일 분 뒤의 일조차 생각하지 못할 만큼 지쳐버려 최소한 마지막 평안을 잠시만이라도 좋으니 내 어깨에서 찾으려는 것처럼 보였다.

십 분이 지났다.

"늦네."

나는 드디어 중얼거렸다.

"그래도 틀림없이 와."

"정말 혼자 오는 거지?"

"응, 반드시 혼자 와달라고 다짐을 했으니까."

교코의 그 말이 끝나기도 전에 밖에서 차가 달려오는 기척이 들렸다. 호주머니 속에서 권총을 움켜쥐었다. 차는 창고 바로 옆에 멈춰서고 차 문이 열리는 소리가 났다. 구둣발이 물웅덩이를 철벅철벅 걷어차며 다가오더니 사람이 나타났다.

그 그림자는 출입구에서 어깨의 빗물을 털고 큰소리로 교코를 부르며 안으로 들어왔다. 세이지의 목소리였다. 바닥의 빛 속에 그림자를 길게 늘이며 다시 좀 더 안으로 들어왔다. 짐 더미 뒤의 우리를 알아차리지 못해 몇 번이고 교코를 불렀다.

나는 드디어 빛 속으로 발을 내디뎠다. 세이지는 갑작스럽게 나타난 나에게 놀라 주춤 발을 멈췄다. 나와 세이지는 몇 걸음 떨어져 있었다. 내 구두 끝이 세이지의 머리 그림자에 닿았다.

세이지는 팔을 꿰지 않은 채 코트를 어깨에 걸쳤고 아래는 흰색 정장 바지였다. 호화로운 자리에 나가는 길에 잠깐 들른 차림새였다. 가슴팍에 진짜인지 인조인지 카네이션 장식을 달고 있었다. 살이 좀 쪄서 어깨 폭이 넓어졌다. 나와 비슷한 나이로 보였다. 머리 길이만 예전과 똑같았다.

내 쪽도 달라졌다. 세이지는 일순 내가 누군지 알아보지 못한 듯 의아한 표정으로 쳐다봤지만 이윽고 반가운 목소리를 냈다.

"형님!"

두 팔을 펼치며 다가오려고 했다. 나는 권총을 꺼내 총구를 겨눴다.

세이지는 흠칫하며 한 걸음을 내딛은 그대로 멈춰버렸다. 그때 교코가 내게로 바짝 다가와 내 어깨에 조금 전과 마찬가지로 머리를 기댔다. 교코는 입술에 희미한 미소를 지으며 세이지를 보고 있었다. 그 눈빛은 낯선 타인이나 오래 전에 잊어버린 남자를 바라보는 것 같았다.

"쏴."

교코가 귓가에서 속삭이듯이 말했다.

작은 소리였지만 그건 분명하게 세이지의 귀를 의식한 말이었다.

세이지는 얼굴을 일그러뜨리며 웃으려고 했다. 뭔가 실수한 것을 깨닫고 살살 좀 봐달라는 듯한 미소였다. 나는 세이지의 오른쪽 눈 밑에 점이 있는 것을 처음 알았다.

세이지는 뭔가 입을 열려다가 그대로 굳어버렸다. 나와 교코, 어느 쪽의 이름을 불러야 좋을지 모르겠는 기색이었다. 한순간, 나와 교코의 얼굴을 번갈아 보았다. 교코가 배신한 것을 알면서도 그걸 차마 믿지 못하고 있었다. 세이지는 변명을 하려는 듯이 한 손을 내 쪽으로 내밀며 다가오려고 했다. 이거, 농담이지, 라고 말하는 듯한 웃는 얼굴이었다. 결국 세이지는 별로 변하지 않았다. 예전과 똑같이 웃는 얼굴이었다. 예전에 내가 동생처럼 아꼈던 그 아이였다. 나도 웃으면서 세이지, 라고 부르려고 했다. 하지만 나는 방아쇠를 당겼다.

세이지의 몸은 뒤로 몇 걸음 밀려나 바닥에 털썩 쓰러졌다. 나는 천천히 세이지의 몸으로 다가갔다. 바닥에 쓰러진 세이지는 예전처럼 마르고 작게 보였다. 세이지는 마지막 눈으로 나를 올려다보았다. 고통으로 얼굴이 일그러졌고 그런데도 웃으려고 했다. 정말로 바보, 어떻게 해볼 수도 없이 바보 같은 놈이었다. 내 이름을 부르려 했지만 소리가 되지 않는 사이에 머리가 바닥에 떨어졌다. 빗소리만 남았다.

총알은 세이지의 심장에 명중했다. 피는 가슴팍에 장식한 진홍 꽃에서 흘러나오는 것 같았다. 단지 그 색깔만이 이 타고난 야쿠자 사내의 훈장이었다.

내게 달라붙어 차갑게 사체를 내려다보던 교코는 퍼뜩 생각난 듯 내 손에서 권총을 낚아채 세이지에게로 한 걸음 다가가더니 방아쇠를 당겼다. 총알은 사체의 상의에 구멍을 냈지만 복부를 스쳤을 뿐이다.

교코는 옆얼굴을 머리칼로 가린 채 고개를 숙였다.

그 머리칼 틈새로 목소리가 새어 나왔다.

"나는 지금 야자와에게 총을 쏜 거야."

"야자와?"

"육 년 전, 세이지는 방금 내가 했던 대로 했었어. 죽은 야자와의 몸에 총을 쐈으니까. 오른쪽 복부를 스치듯이. 세이지가 했던 건 그것뿐이었어."

내가 움직이려고 하자 교코는 몸을 돌려 총구를 내게로 향했다. 조용한 얼굴이었다.

"내 말을 들어봐. 이 총에는 아직 한 발이 남았어. 그걸로 나를 쏴주면 돼. 하지만 그 전에 세이지 대신 내가 사실대로 얘기해두고 싶어."

교코의 지나치게 조용한 얼굴은 분노를 닮아 있었다. 교코는 말했다.

"육 년 전, 야자와를 죽인 건 당신이었어. 야자와는 당신이 쏜 첫 번째 총알에 죽었어."

4

육 년 전 그날 밤, 야자와의 집에 달려간 교코는 맨션 현관 앞에서 따분한 듯 기다리고 서 있는 세이지를 발견했다. 교코는 세이지에게 사정 얘기를 하고 둘이서 야자와의 집으로 올라갔다. 문이 살짝 열려 있었다. 두 사람은 발소리를 죽여 안으로 들어갔다. 야자와는 거실에서 위를 향한 채 쓰러져 있었다. 심장에 구멍이 났고 이미 죽어 있었다. 내가 격투 때 당긴 방아쇠는 단번에 야자

와의 목숨을 부숴버렸던 것이다. 세이지는 그 옆에 떨어진 권총을
집어 들고 한참 동안 권총과 야자와의 얼굴을 번갈아 보았다. 드
물게도 화가 난 듯한 얼굴이었다.

교코가 돌아가자면서 팔을 붙잡자 세이지는 난폭하게 뿌리
치며 말했다.

"이대로 놔둘 수는 없어."

그리고 손에 든 총으로 야자와의 사체에 발사했다. 일부러
빗나가게 해서 총알은 사체의 복부를 스쳤다. 세이지는 총을 쏜
충격으로 교코 쪽으로 무너지려고 했다. 무슨 짓을 했는지 몰라
스스로도 놀란 얼굴이었다.

"왜? 세이지가 왜 그런 짓을 했어?"

"당신 대신 죄를 뒤집어쓸 생각이었어. 자신이 야자와를 죽
인 것으로 하고 자수할 생각이었다고."

"내가 물어본 건 왜 또 한 발을 쐈느냐는 거야. 나 대신 자수
할 거라면 총의 내 지문을 닦아내고 자기 지문을 찍어두면 됐을
텐데."

교코는 딱하다는 듯이 나를 쳐다보았다.

"그랬다면 당신이 받아들였을까? 순순히 당신 대신 세이지
를 교도소에 보냈을까? 당신은 그런 비겁한 사람이 아니지. 분명
세이지를 뜯어말리고 자신의 죄는 자신이 직접 갚겠다고 했을걸.
당신이 그런 사람이라는 걸 누구보다 잘 알고 있었던 게 세이지
야. 바보 같은 사람이지. 하지만 그 바보 머리로 필사적으로 생각
한 거야, 어떻게 하면 당신에게도 경찰에게도 들키지 않게 야자와
를 자신이 죽인 것으로 할 수 있는지. 그것 때문이야, 세이지가 두
번째 총을 쏜 것은…."

야자와의 심장을 꿰뚫은 한 방뿐이라면 그건 틀림없이 내가 쏜 것이 되고 만다. 그래서 세이지는 자신이 한 방을 더 쏴서 두 개의 총알로 범인을 바꿔치기하려고 했다. 내가 쏜 총알은 야자와의 복부를 스쳐 두 사람이 야자와의 거실에 도착했을 때는 아직 살아 있었다, 그런 야자와를 내가 죽였다…. 세이지는 그렇게 경찰에 얘기할 작정이었다. 경찰이 아니라 바로 나를 위해서. 장본인인 내가 스스로 저지른 죄를 알지 못하게 하기 위해서.

그날 세이지는 우연히 오른손에 붕대를 감고 있었다. 그 붕대를 풀어 총에 자신의 지문을 찍으려는 것을 교코가 옆에서 말렸다. 교코는 "너한테 이런 짓을 시키고 싶지 않아"라고 말했다. 그리고 "그 사람을 배신하고 우리 둘이 도망치자"라고 말했다. 그 반년 전부터 두 사람은 내 눈을 피해 관계를 가졌다, 라고 교코는 말했다.

"세이지는 거절했어, 그렇게 형님을 배신할 수는 없다면서. 세이지에게는 당신 모르게 나하고 자는 것만으로도 끔찍한 배신이었어. 항상 당신에게 미안한 마음이 있었어. 그래서 자기가 대신 죄를 덮어쓰려고…. 세이지는 나를 좋아했지만 똑같은 만큼 당신도 좋아했어. 항상 얘기했었어, 형님은 정말 훌륭하다고. 언젠가 이쪽 세계에서 큰 인물이 될 거라고."

그런 세이지가 마지막 결단을 내린 것은 교코의 말 때문이었다.

"내가 사랑하는 건 너야."

세이지는 입술을 깨물며 금세라도 울음이 터질 듯한 얼굴로 마침내 고개를 끄덕였다. 눈을 슬쩍 치켜뜨고 도움을 청하듯이 교코를 쳐다보며.

위증을 하라고 설득한 것도 교코였다. 세이지가 나를 구하기 위해 쏜 두 번째 총알은 반대로 나를 궁지에 몰아넣는 단서가 되었다. 두 번째 총알 때문에 나는 야자와를 죽인 게 정당방위라고 해명할 수 없었다. 세이지가 처음에 의도했던 것이 어떤 의미에서는 이루어진 셈이었다. 그의 생각대로 나는 야자와의 심장을 꿰뚫은 것은 세이지라고 지난 육 년 동안 굳게 믿어왔다.

"그걸 왜 어제 말하지 않았어…."

"말해도 믿어주지 않았겠지. 세이지를 총으로 쏴버린 다음이 아니면. 당신이 믿게 하기 위해서는 세이지를 총으로 쏘는 수밖에 없었어."

"그 이유만으로 세이지에게 총을 쏘라고 했어?"

교코는 고개를 저었다.

"작년에 세이지는 나를 배신했어. 하지만 훨씬 전부터, 이 도시로 흘러왔을 때부터, 우리는 이미 끝났었어. 이곳에 도착했을 때부터 나는 당신이 찾아올 날을 기다렸어."

"어차피 너희 둘은 나를 배신했어."

나는 말했다. 그리고 어쩌면 그건 교코가 하고 싶었던 말이라고 생각했다. 어차피 우리는 당신을 배신했어…. 교코는 고개를 끄덕였다. 그래도 아직 총구를 내게로 겨누고 있었다. 쓸쓸한 듯이, 정말로 쓸쓸한 듯이, 교코는 나를 보고 있었다. 총구가 삼켜버린 구멍보다 더 허탈한 눈빛이었다.

결국 교코는 나를 쏘지 않았다. 남겨진 건 자신을 위한 총알이라는 것을 교코는 나보다 더 잘 알고 있었던 게 틀림없다. 교코는 방아쇠를 당기지 않았다. 하지만 내게 총을 겨누고 쓸쓸한 듯 나를 바라본 그 몇 초 동안에 교코는 분명 나를 쏴버린 것이었다.

교코는 내 생명의 가장 소중한 부분을 향해 분명 방아쇠를 당겼다. 너무도 쓸쓸한 눈빛으로.

교코의 입술에서 한숨이 새어 나왔다. 모든 것이 끝났다는 신호였다.

교코는 스카프를 집어 총을 닦아내고 다시 한번 꽉 움켜잡았다. 그리고 스카프에 둘둘 싸서 총을 내 손에 쥐여주었다. 경찰에 이 사건이 나와는 관계없이, 교코 자신이 세이지를 죽이고 자살해 버린 것으로 위장하기 위해서였다.

교코는 두 팔로 내 목에 매달리듯이 품에 안겼다. 스카프 위로 잡은 권총 끝이 교코의 가슴을 파고들었다. 더욱더 몸을 바짝 대면서 교코는 내 귓가에 아까와 마찬가지로 속삭였다.

"쏴."

교코는 내 어깨에, 나는 그 머리칼에, 서로의 얼굴을 묻고 있었다. 교코의 머리칼은 달콤하고 부드럽고, 어젯밤과 똑같이 내가 먼 옛날에 맡은 흙냄새가 났다. 나는 방아쇠를 당겼다. 총성이 창고의 어둠 속에 울려 퍼졌다. 하지만 나에게는 이미 아무 소리도 들리지 않았다.

다만 한순간에 교코의 얼굴이 뒤로 젖혀졌기 때문에 내가 틀림없이 방아쇠를 당겼다는 것을 알았다. 나는 반사적으로 무너지려는 교코의 몸을 끌어안았다. 줄줄 흘러내리는 몸을 온 힘을 다해 끌어올려 껴안았다. 교코의 머리칼에 얼굴을 묻고 나는 두 번 그 이름을 큰 소리로 불렀다. 나는 마침내, 육 년 만에 마침내, 교코를 껴안은 것이었다.

빗소리가 조금씩 내 귀에 되살아났다. 교코의 몸은 내가 그 생명의 마지막 온기를 모두 빨아들인 것처럼 차가워졌다.

교코를 세이지 옆에 붙이듯이 나란히 놓았다. 그런 짓을 해봤자 아무 의미도 없었다. 교코의 눈은 죽은 뒤에도 세이지를, 나를, 모든 것을, 거부하듯이 어둠으로 돌려져 있었다. 결국 교코는 두 개의 꿈에 실패했다. 나와 그리고 세이지. 육 년 전에 나와 세이지가 각각 쏘았던 두 발의 총성은 야자와의 몸이 아니라 교코의 꿈을 깨부숴버렸다.

나는 교코의 눈을 감겨주었다. 그때 교코의 호주머니에서 뭔가 빠져나온 것을 알았다. 출입구에서 비쳐드는 빛은 그새 어두워져서 그것은 어스름한 은빛을 내고 있었다. 어젯밤에 교코가 핸드백에서 한 차례 꺼냈던 그 립스틱이었다.

뚜껑을 열자 약 냄새를 풍기는 솜에 손가락 하나가 감싸여 있었다.

어젯밤에 그 립스틱 안을 들여다보며 교코가 의리라고 중얼거렸던 게 떠올랐다. 그리고 도쿄를 떠났던 마지막 날 오후, 면회실 유리판에 교코가 맞댔던 오른쪽 손바닥의 검은 흔적.

그건 역시 피였다. 세이지의 피였다. 교코는 도망치기 전에 세이지의 손가락을 자르게 하고 그 피를 나에게 보내는 유일한 사죄로 삼았던 것이다.

립스틱을 바르지 않은 교코의 입술은 창백했다. 나는 문득 나를 만나기 전 해에 교코가 왜 죽으려고 했었는지를 생각했다. "자동차에 뛰어든 적이 있어"라고 말했던 교코에게 나는 단 한 번도 그 이유를 물은 적이 없었다. 하지만 생각해봤자 의미도 없는 일이었다. 죽은 교코의 입술에 그 이유는 영원히 가로막혀 있었다. 내가 아는 것은 단지 교코가 나와 세이지를 만나기 전에 이미 뭔가에 걸었던 꿈에 실패했다는 것뿐이었다. 교코가 용서할 수 없었던 것은 나나 세이지가 아니라 누구보다 그런 자기 자신이었던 것이리라.

립스틱을 호주머니에 챙겨 넣고 나는 세이지의 한쪽 손에서 장갑을 벗겼다. 생각했던 대로 새끼손가락이 없었다. 옅은 어둠에 상아색으로 떠오른 얼굴은 아직도 내 이름을 부르듯이 반쯤 입을 벌리고 있었다. 바보 같은, 어떻게 해볼 수도 없이 바보 같고 단순한, 천생 야쿠자 사내였다. 세이지와 교코와 나, 세 사람 중에서 하지만 가장 바보는 나였던 것이리라. 육 년 전, 야자와의 거실에서 울린 두 발의 총성 중에 이미 죽은 뒤에 발사된, 의미도 없이 사체의 복부를 스쳤을 뿐인 한 발의 총성이 나라는 인간과 비슷했다. 권총에서 교코의 지문을 닦아내고 새로 내 지문을 찍기 위해 단단히 움켜잡았다.

그러고는 밖으로 나왔다. 선창가는 이미 검은 밤이 바짝 다가와 있었다. 아직도 비는 계속 내렸다. 오늘 밤도 비라기보다 안개 비슷한 것이었다.

잔교 끝까지 걸어가 조금 전 교코가 기다리던 곳에 가서 섰다. 거기에서는 아무것도 보이지 않았다. 단지 바다만 한없는 공백처럼 펼쳐졌다. 바다 색깔은 저녁 어스름이 찾아와 불이 켜지기 직전의 교도소 벽 색깔을 닮았다고 생각했다.

회색 벽이 다시 나를 기다리고 있다. 그 벽에 갇혀 이번에야말로 나는 완전히 말수 적은 수인이 될 것이다.

립스틱을 바다에 던지고 순시선 불빛이 지나가기를 기다리며 나는 마지막 자유로운 손으로 담배를 피웠다.

열린 어둠
ひらかれた闇

1

미즈키 마사가 그 전화를 받은 것은 퇴근할 준비를 하고 아무도 없는 교무실을 막 나서려고 할 때였다.

"마더? 큰일 났어요, 살려주세요!"

수화기를 찢을 듯한 날카로운 목소리는 지난달에 품행 불량을 이유로 퇴학당한 미야베 노리코의 것이었다. 마사는 학생들의 음성에는 매우 민감했다. 사립 세이에이聖英고등학교, 라고 하면 듣기에는 그럴싸하지만 이름과는 전혀 어울리지 않게 도내에서도 최저 성적의 학생들이 우글거리는 학교의 음악 교사이기 때문이다.

'마더'는 학생들이 그녀에게 붙여준 별명이다('마사アサ'는 영어 '마더mother'의 일본어 표기 '마자マザ'와 유사하다.). 하긴 이것도 영 번지수를 잘못 짚은 게 마사는 작년에 대학을 졸업하고 처음 부임한 초짜다. 게다가 몸집도 작고 동안이라서 사복 입은 여학생들 틈에 섞이면 막내 여동생으로 잘못 볼 정도였다. 도저히 '마더'라고 할 만한 인물이 못 된다.

"노리코? 너, 지금 나보다 한 옥타브는 높은 소리를 냈어. 얘, 지금이라도 늦지 않아. 음대에 들어가 정식으로 공부해보는 게 어때? 전직 폭주족 카르멘이라면 아주 잘 먹힐 거 같은데."

"마더, 농담할 상황이 아니에요, 진짜 큰일 났다니까요!"

실제로 노리코의 목소리는 여느 때 없이 절박했다. 이런 진지한 목소리는 처음 들었다. 작년에 마사가 부임하자마자 자살 미수 사건을 일으켰지만, 문병을 갔을 때도 "참 내, 왜 살려냈는지 모르겠네"라고 천연덕스러운 목소리로 투덜거렸다.

"지금 어디야?"

"오쿠타마의 아저씨네 별장이에요. 마더, 지금 당장 달려가서 지하철을 타세요. 8시에 X역 개표구에서 기다릴 테니까."

"무슨 일인데? 너, 지금 혼자야?"

"만날 만나는 멤버들하고 함께 있죠. 제발 부탁이니까 지금 당장 와주세요. 아무한테도 말하지 말고 혼자."

"살인사건이라도 터진 것처럼 야단이네?"

"…."

연발총의 총알이 갑자기 떨어진 듯한 침묵이었다. 설마…. 하지만 이 아이들은 항상 설마 라고 할 만한 일만 저질러왔다.

"알았어, 바로 갈게. 노리코, 침착하게 기다려야 돼. 수업 때 가르쳐준 '우리에게도 내일은 있다'라는 노래라도 흥얼거려봐."

전화를 끊고 교문까지 냅다 뛰었다. 교문 뒤쪽에 서 있던 남자 둘이 속닥속닥 하던 얘기를 딱 멈췄다. 형사구나, 분명 그저께 그 사건을 조사하고 있네…. 마사는 아무 일도 없는 것처럼 꾸벅 인사를 건네고 마침 눈에 띈 택시를 잡았다. 타기 직전에 아직 교정에서 열심히 달리고 있는 축구부원들의 모습이 얼핏 보였다.

똑같이 달리는 것이라도 자신의 발과 오토바이로 달리는 건 가닿는 꿈이 다른 건가….

그런 생각을 해가며 택시 운전기사에게 "이케부쿠로역!"이라고 말한 목소리가 저절로 전투 개시의 신호처럼 용맹한 부르짖음이 되었다. 말 그대로 전투 개시였다. 노리코가, 그 패거리가, 큰일이 났다고 한 것이다. 천재지변까지는 아니어도 살인사건 한두 가지쯤은 각오해야 할 것이다.

하지만 이케부쿠로역에서 지하철을 타고 한 시간, 목적지가 가까워질수록 차창을 가득 칠한 만추의 싸늘한 어둠이 마사의 마음속에 스며들면서 점점 더 불안을 키웠다.

정말로 무슨 큰일이 난 건가.

퇴학이 결정되었을 때는 "우린 상관없걸랑요?" "괜찮아요, 마더. 그보다 마더 일이나 걱정하세요. 교무회의에서도 학부모회의에서도 혼자 우리 퇴학시키는 거 반대하며 싸웠다면서요. 그러다 교장한테 미운털 박혀요"라고 아무렇지도 않게 도리어 마사를 위로해줬지만, 역시 퇴학이라는 게 큰 충격이었을까.

그야 불량 중에서도 최고 불량 남학생 세 명과 여학생 두 명, 도합 다섯 명의 속수무책 아이들이다. 하지만 그래도 다들 근본은 착한 것이다. 마사가 교사가 되었을 때 이미 다섯 명이 블랙호크스라는 폭주족 그룹 비슷한 것을 결성한 상태였다. 기특하게도 결석 없이 학교에는 꼬박꼬박 나왔다. 하지만 교실에서 시너를 흡입하고 화투를 치고 다른 학생을 나이프로 위협하고 새내기 교사인 마사에게도 매사 반항적인 태도를 보였다. 그랬는데 어느 날 수업중에 리더 격인 다카기 아키오가 나이프를 들이대는 통에 너무 화가 나고 아니꼬워서 "이것들이 사람을 물로 보나? 이래봬도 늬들 나이 때는 '면도날 마사'라고 하면 웬만한 데서는 다 알아주던 사람이야. 야, 용기 있으면 다 덤벼!"라고 죽을 각오로 한바탕 욕을 퍼부었다.

나중에 교장에게 "그거, 다 지어낸 얘기예요"라고 거듭 머리를 숙여야 했지만, 그게 뜻밖에도 효과가 있어서 그 뒤로 마사를 바라보는 시선에 존경의 빛까지 담기기 시작했다. 걸핏하면 마더, 마더, 해가면서 이런저런 상담거리를 들고 왔다. 감기로 결근했을 때는 하숙집 창문 앞 골목까지 오토바이를 몰고 떼 지어 찾아와서는 창문으로 얼굴을 내민 마사에게 사과 하나를 던져주었다. 퍼렇고 시디신 사과였다. "아이구, 늬들 아직 한참 덜 컸다. 좋아, 내가 빨간 사과로 잘 키워주마"라고 잘난 소리를 던지고 어쩌고 하던 참에 퇴학 소동이 일어났다.

이유는 운동장에서 다른 학생들과 이판사판 대결을 연출했기 때문이다. 얘기를 들어보니 이놈들 쪽에도 정상을 참작해줄 만한 점이 있었기 때문에 교무회의에서 잔 다르크처럼 교사 전부를 적으로 돌린 채 용감하게 일장 연설을 해봤으나 아무 소용이 없었다.

역시 퇴학을 당한 게 안 좋았던 것이리라. 리더 다카기는 2년이나 낙제를 하면서도 학교에 딱 들러붙어 있지 않았던가. 노리코도 근본은 착하고 여려서 상처 입기 쉬운 아이다. 한번은 하숙집에 불러들여 여자들끼리 베개를 나란히 하고 속 깊은 얘기를 나눴는데, 애초에 불량 학생이 된 것은 초등학교 때 반 친구가 잃어버린 지갑의 도둑으로 자신을 의심했기 때문이라고 했다. 그녀는 범인이 누구인지 알고 있었지만 그 친구가 가난한 집 아이여서 끝까지 입을 다물었던 것인데 선생님에게 끈질기게 추궁을 당하다 보니 점점 마음이 무너져 자신이 훔쳤다고 인정해버렸다고 한다.

다들 나름대로 괜찮은 아이들인 것이다. 그렇게 생각하고 보니 하나같이 순수한 눈빛을 하고 있었다. 순수한 만큼 현실을 마주하기가 두려워 그런 식으로 시선이 비뚤어지고 만 것이다.

그나저나 대체 무슨 일이 일어난 것일까.

살인…?

그런 뒤숭숭한 단어가 묵직하게 덮쳐든 것은 그저께 사건이 아직 생생히 마음속에 똬리를 틀고 있는 탓일 것이다.

그저께 일요일, 마사보다 3년 선배인 체육 교사 아카자와 다케시가 살해된 것이다. 가족의 증언으로는 저녁 5시 반에 "방금 학생한테서 전화가 와서 나가봐야 한다"라면서 차를 몰고 나갔고, 그로부터 네 시간 뒤에 집에서 한 시간쯤 떨어진 공원 뒷골목에 주차된 그 차의 운전석에서 칼에 찔린 사체로 발견되었다. 나이프로 심장을 단숨에 찔렸다.

경찰에서는 전화로 불러낸 학생이 범인일 가능성이 있다고 보고 교내에서 은밀히 탐문 수사를 하고 있었다. 학교 측은 평소와 똑같이 수업을 했지만 여느 때와 다름없는 평온한 공기의 밑바닥에는 그 살인사건이 어둡게 가라앉아 있었다.

갑작스럽게 노리코에게서 걸려온 전화는 그 답답한 공기를 가르며 울린 것이다.

그 아이들은 퇴학을 당했으니 아카자와 다케시 선생이 살해된 사건과는 아무 관계도 없을 것이다, 라고 생각하면서도 마음에 걸리는 것은 작년 말에 딱 한 번, 시내 유흥가를 아카자와가 다카기와 어깨를 나란히 하고 걸어오는 것을 우연히 목격했기 때문이었다. 교사라면 무턱대고 반항적인 태도를 보이던 다카기가 아카자와 선생에게만은 묘하게 순종적이고 친근하게 말을 건네곤 했다.

조금 전 노리코가 말했던 '큰일'과 그저께 아카자와가 살해된 사건을 자꾸만 연결 짓게 되는 것은 그때의 다카기의 미소가 떠올랐기 때문이다. 극채색 네온사인 불빛에 감싸여 다카기의 웃는 얼굴이 묘하게 불그레했던 것은 뭔가가 부끄러웠기 때문일까, 아니면 아카자와와 함께 어울려 술이라도 마셨던 것일까.

그런 생각을 하면서 지하철 차창의 어둠에서 시선을 돌리자

맞은편 자리에 앉은 여자의 다리가 눈에 뛰어들었다. 늘씬한 다리에 빨간색과 검은색의 굵은 줄무늬 망사 양말을 신고 있었다. 뭔가 불길한 배색이다.

빨강과 검정…. 아카자와赤沢와 블랙호크스….

안 좋은 예감에서 달아나려고 고개를 들었더니 이번에는 차내 주간지 광고의 '살인'이라는 큼직한 글자가 뛰어들었다.

오카야마 현 이장 살인사건(1948년)의 진범이 나타났다! 삼십 년간 옥중에서 무죄를 주장하던 다카하시 씨가 사망한 뒤에야

불행하게도 마사의 안 좋은 예감은 항상 딱 들어맞는다.

X역에서 내려 개표구로 나가자 그 즉시 노리코가 눈에 익은 진홍빛 오토바이를 끌고 다가왔다. 마사보다 1.5배는 큰 몸집에 핑크색 점프슈트, 평소에 리본으로 묶어두던 긴 머리를 오늘 밤에는 어깨까지 늘어뜨린 채 우중충한 얼굴로 말했다.

"마더, 얼른 타요. 누군가 다카기를 죽였어요."

"뭐야? 언제, 어디서? 누가, 왜, 어떻게?"

마사는 기관총처럼 질문을 퍼부으며 스커트라는 것도 잊고 허벅지를 드러내며 급히 뒷자리에 걸터앉았다.

"조용히 좀 해요, 별장에 도착할 때까지. 가보면 다 아니까."

노리코는 긴 머리를 휘둘러 마사의 뺨을 철썩 쳐가며 운전석에 앉더니 힘껏 액셀을 돌렸다. 일곱 살이나 어린 여학생에게서 이런 지시까지 받을 필요는 없는데.

발밑에는 탁류처럼 엄청난 기세로 흘러가는 한밤의 도로, 돌풍처럼 들이치는 바람, 금세 벗겨질 듯한 구두째로 다리까지 온통

빨려들 것 같은 타이어의 급회전, 귀를 찢는 굉음….

마사도 고향에 시트로엥 차가 있어서 스피드광처럼 씽씽 달려본 적도 있지만, 그것도 차체의 보호를 받기 때문에 가능한 일이었다. 사방이 활짝 트인 오토바이는 오로지 무섭기만 해서 마사는 자신이 지금 가는 곳이 살인 현장이라는 것도 잊고 노리코의 지시대로 찍소리도 못한 채 입을 앙다물 수밖에 없었다.

2

노리코가 말했던 대로였다.

거대한 전나무가 크리스마스트리처럼 하늘의 별을 가지에 걸고 있는 깊은 산중, 하얀 벽의 별장에 도착한 지 오 분 만에 마사는 모든 상황을 알게 되었다.

블랙호크스 5인조는 퇴학 후에도 일주일에 두어 번씩 만나 폭주를 즐겼던 것인데 어젯밤에도 7시에 신주쿠에서 집합한 뒤 밤새 오토바이로 고슈가도로 내달려 오늘 새벽 6시 반에 이 별장에 도착했다. 노리코의 작은아버지인 제약회사 사장이 여름철에만 이용하는 이 별장을 올가을 초부터 블랙호크스의 아지트로 삼아온 것이다.

자세한 전후 사정은 다음과 같다.

오전 7시경, 다카기가 혼자 2층에 올라갔는데 곧바로 카세트테이프리코더를 가지러 아래층으로 내려왔다가 이번에는 노리코와 함께 2층으로 갔다. 아래층에 있던 가챠, 스즈타, 오사요까지 세 사람은 시너를 흡입하기 시작했다. 이 세 사람도 흥분 상태가 끝나자 그대로 깊은 잠에 빠졌는데 그게 오전 8시경이었다. 이윽고 오후 4시쯤에 우선 가챠가 잠에서 깨어나 아직 머릿속이 멍한 상태로 계단을 올라 다카기의 방에 들어갔다가 그의 사체를 발견했다….

즉시 다른 세 사람을 두들겨 깨워 넷이서 주르륵 가봤고 당황했고 슬퍼했고, 대책을 강구한 끝에 어쨌든 경찰보다 우선 마사를 부르기로 했다는 것이었다.

“이것 참, 영광이네, 경찰보다 나를 더 신뢰해주다니.”

“칫, 경찰을 어떻게 믿어요? 우린 분명히 제한속도를 지켰는데도 무조건 곤봉으로 때리고 보는 자들인데.”

가챠가 역삼각형의 턱을 더욱더 뾰족하게 늘어뜨리고 침이라도 뱉을 듯이 말했다. 다섯 명 중에서 가장 몸집도 작고 아무 생각 없이 그저 멤버들을 따라 어깨너머로 못된 척하는 꼬맹이다. 야쿠자 흉내를 내고 싶었는지 눈썹을 싹 밀어버렸지만 동글동글한 눈 때문에 오히려 더 어린애 같아 보였다.

“건방진 소리 하고 있네, 경찰이라는 한자도 제대로 못 쓰는 놈들이. 게다가 나는 폭주족입네 하고 날마다 자랑치고 다녔던 게 누구지? 폭주라는 건 제한속도를 지키지 않는다는 거야. 아니지, 그보다 우선 다카기가 살해된 방으로 안내해!”

스즈타가 턱 끝으로 오두막집처럼 자작나무 손잡이가 달린 계단을 가리킬 뿐, 아무도 선뜻 움직이려 하지 않아서 마사는 선두에 서서 2층으로 걸음을 뗐다. 스즈타는 가챠의 두 배는 될 정도의 체격만 보면 이런 검은 가죽 점프슈트보다 야구 유니폼이 더 어울릴 것 같은 녀석이다. 중학교 때까지는 축구를 했다는데 공에 걸었던 꿈을 어쩌다 골인으로 이끌지 못했는지 안타깝기만 했다. 유명한 레스토랑의 외아들로 부잣집 아들다운 얼굴이지만 눈빛만은 조각상처럼 회색으로 써늘하고 덤덤해서 그가 모래 연기를 피우며 오토바이로 내달리는 장면을 보면 폭주족에도 미학인지 철학인지가 있구나, 하고 마사는 매번 감동하곤 했다. 얘, 나도 아직 한창 젊은 나이의 미혼 여성이란다…. 바로 코앞의 늘씬한 스즈타의 허리선에 마사는 살짝 설레는 마음을 느끼면서 2층으로 올라갔다. 2층은 복도 좌우에 방문이 각각 세 개씩 나란히 이어져 있었다.

오른편 맨 끝 방만 문이 열려 있어서 복도의 어둠으로 그 불빛이 흘러나왔다. 스즈타의 뒤를 따라 그 방에 들어선 마사의 눈에 가장 먼저 뛰어든 것은 사체였다. 학교 교실의 반절 정도 크기의 방 한쪽에 침대가 있고 그 침대에서 굴러떨어진 것처럼 다카기는 얼굴을 위로 향한 채 바닥에 쓰러져 있었다. 솔직히 슬프다기보다 엄청 무서웠다. 하지만 마사는 여차하면 침착해지고 배짱이 두둑해지는 성격이다. 오토바이의 진동에 시달려 아직도 얼얼하게 감각이 없는 발을 힘껏 내디뎌 사체 옆으로 다가갔다.

원래부터 신경질적일 만큼 피부가 하얗던 남학생이었지만, 이제는 하얗다기보다 밀랍으로 굳힌 것처럼 파르스름해졌다. 걸핏하면 휘두르던 나이프처럼 길쭉하고 날카롭던 눈은 이미 어둠조차 볼 수 없는 유리알이었다. 눈에 익은 청바지에 반소매 티셔츠를 입었고 갈색 가죽점퍼만 침대 위에 벗어 던져져 있었다. 흰색 바탕의 티셔츠가 피에 물들고 그 심장에 나이프가 꽂혀 있었다. 핏물은 벌써 거무죽죽 말라붙었다.

티셔츠에 인쇄된 미국 대통령의 얼굴이 반쯤 멍이 든 채 웃고 있었다.

다카기가 죽었다니….

도무지 실감이 나지 않아서 마사도 묘하게 덤덤한 기분이었다. 마음속으로만 두 손을 합장하며 명복을 빌었다.

"왜 자살이라고는 생각할 수 없는 거지?"

문 옆에 다닥다닥 서 있는 네 사람을 돌아보며 마사가 물었다.

"격투 흔적이 있었고, 게다가 자살할 것 같은 낌새도 전혀 없었어요."

분명 의자와 스탠드가 나뒹굴고 한쪽 구두는 벗겨져 창가까지 날아갔다. 구두 옆에 잡아 뜯은 것처럼 은 체인이 떨어져 있었다. 이런 모양새로 자살할 사람은 일단 없을 것이다.

"격투를 했다면 상대는 남자일 텐데…."

"꼭 그렇지만도 않아요." 가챠가 말했다. "다카기는 우리보다 두 살 많아서 리더로 모셔줬지만 우리 다섯 명 중에 가장 약하거든요. 언젠가 오사요와 재미 삼아 맞붙었을 때 금세 엎어치기를 당했을 정도예요. 자신이 약하다는 걸 잘 아니까 걸핏하면 나이프부터 휘둘렀죠."

얘기에 나온 오사요가 노리코의 어깨 밑에서 작은 얼굴을 내밀며 말했다.

"그리고 다카기는요, 오늘 아침에 여기 오는 길에 넘어져서 발목을 삐었어요. 8시쯤에 계단 올라갈 때 본 게 마지막이었는데 그때도 발목이 아픈지 절룩절룩했어요."

"살해된 시각, 알 수 없을까? 벌써 꽤 지난 것 같은데."

다들 고개를 저었지만, 잠시 뒤 오사요가 퍼뜩 생각난 듯 멤버들을 둘러보며 말했다.

"그때 다카기가 2층에 올라갔다가 금세 내려와 카세트테이프리코더를 가져갔잖아. 11시에 록 음악방송 녹음해놓고 잘 거라면서. 그때 노리코가 같이 2층에 올라갔었지? 녹음을 했는지 아닌지로 대략 시간을 알 수 있지 않을까?"

분명 침대 베갯머리에 카세트테이프리코더가 있었다. 가챠가 들여다보더니 고개를 저었다.

"테이프는 없어졌는데? 그때 다카기가 가져갈 때는 틀림없이 테이프가 들어 있었어. 누구, 테이프 어디 있는지 아는 사람?"

다들 고개를 저으며 모른다고 하자 이번에는 스즈타가 입을 열었다.

"아 참, 다카기가 아래층에서 테이프 넣으면서, 지난주에 여기 왔을 때 일기장 잊어버리고 갔는데 그게 없어졌다, 누군가 본 적 없느냐, 라고 물어봤었어."

"그렇다면 카세트테이프와 일기장, 두 가지 물건이 없어진 거네?"

마사는 이 사건이 생각보다 훨씬 더 복잡할 듯한 예감이 들었다.

"경찰은 못 믿겠다는 너희들에게는 미안하지만, 일단 신고하는 수밖에 없겠다. 다카기의 사체를 여기 이대로 놔둘 수도 없고…."

"아뇨, 그건 안 돼요, 마더!"

일제히 안 된다고 나서는 가운데, 단 한 사람 노리코만 한숨을 내쉬며 힘없는 목소리로 말했다.

"네, 신고할 수밖에 없겠네요."

다른 세 사람은 당황한 듯 노리코에게 시선을 던지고는 그뿐, 입을 꾹 다물어버렸다.

아이들과 함께 아래층으로 내려가 마사는 소파 옆의 전화기에 손을 내밀었다.

"마더, 잠깐만요!"

갑작스럽게 오사요가 절박한 얼굴로 마사의 팔을 잡으며 말했다.

"경찰이 출동하면 노리코는 당장 잡혀갈 거라고요."

"응? 왜 노리코가 잡혀가?"

수화기에서 손을 떼고 마사는 소파에 앉아 있는 노리코를 돌아보았다.

"아무래도 내가 범인인 것 같아요…."

노리코는 마사의 시선을 피한 채 시무룩한 목소리로 말했다.

"범인인 것 같다니, 그건 또 무슨 말이야?"

"저는요, 절대 죽이지 않았어요. 근데 상황적으로 저 말고는 범인이 없어요. 동기도 있었거든요. 마더, 내가 다카기와 사귀는 사이라는 건 알고 있죠? 근데 그건 어제까지였어요. 어제 오후에 우리가 자동차극장에 갔을 때, 다카기가 갑자기 자기는 옛날부터 따로 좋아하는 사람이 있다, 이제 너하고는 헤어졌으면 좋겠다, 라고 주절거리더라고요. 그래서 크게 싸웠죠. 별것도 아닌 다툼이었는데 내가 좀 심하게 말했어요. 너 같은 놈은 죽여버릴 거라고 소리를 지르고 커피를 끼얹고…. 그거, 자동차극장에 있던 사람들이 다 봤을 거예요."

그때는 스즈타와 멤버들이 달래서 서로 화해했지만, 오늘 아침 8시쯤에 다카기와 함께 2층에 올라갔을 때, 다시 그의 방에서 말다툼이 벌어졌다. 다카기는 진짜로 화가 나서 노리코를 때렸다. 노리코는 울면서 침대에 누워버렸고 그대로 잠이 들었다는 것이다.

"4시에 가챠가 깨우는 소리에 화들짝 일어났을 때까지 쭉 자고 있었어요. 그러니까 난 알리바이가 없어요. 그뿐만 아니라 다카기의 가슴에 꽂힌 나이프, 내 거예요. 잠들기 전에 점프슈트를 벗을 때는 분명 호주머니에 들어 있었는데…. 그리고요, 마더도 봤는지 어떤지 모르겠는데, 다카기의 꽉 움켜쥔 오른손에 핑크색 천 조각이 삐져나온 게 살짝 보여요. 그것도 오늘 아침까지 내 머리를 묶었던 리본이에요. 그리고 구두 옆에 떨어진 팔찌도. 둘 다 내가 잠들기 전에 빼놨었는데…. 어때요, 마더, 내 말이 거짓말 같이 들리죠? 경찰이 내 말을 절대 믿어줄 리가 없어요. 내가 말하면서도 어쩐지 거짓말 같아서 실제로 내가 죽였나 싶을 정도라고요."

"노리코, 너 아침에 잘 때, 문은 잠갔어?"

머리칼을 출렁이며 노리코는 고개를 저었다.

"그렇다면 그 사이에 누군가 몰래 들어와 나이프와 리본을 훔쳐다 사체 옆에 놓고 노리코에게 누명을 씌우려고 했을 수도 있겠네. 노리코가 정직하게 말한 거라면, 다카기를 죽이고 노리코에게 그 죄를 씌우려고 한 사람은 여기 세 사람 중 한 명이야. 외부에서 누가 몰래 들어와 우발적으로 다카기를 죽였다고 생각하기는 어렵잖아. 범인은 꼼꼼하게도 노리코에게 누명을 씌우려고 이런 저런 소소한 작전까지 썼어. 노리코가 범인이 아니라면 틀림없이 이 세 명 중의 누군가야."

"미안하지만 우리는 알리바이가 확실한데요?"

가챠가 등 뒤에서 털썩 소파에 앉으며 말했다.

"8시에 여기 1층에서 다들 시너에 뽕 가서 흐느적흐느적했거든요. 그대로 쓰러져 서로 포개져서 잠들었어요. 서로 시너 흡입하는 것도 다 봤고."

"셋이 한 봉투로 흡입했어?"

"아뇨, 각자 따로 했어요."

오사요가 대답했다.

"그럼 누군가 한 사람은 비닐봉지에 시너가 아니라 물을 넣고 뽕 간 척했는지도 모르잖아."

"지금 이 별장은 물이 한 방울도 안 나와요."

노리코가 미간을 찌푸리며 말했다.

"9월에 처음 여기 왔던 바로 그다음 날부터 고장이 났어요."

"꼭 물이 아니더라도 캔 음료 중에 투명한 것도 있잖아."

마사는 테이블이며 바닥에 수십 개씩 어질러진 빈 캔을 살펴보았다. 그 숫자만으로도 그들이 얼마나 자주 이곳에 들락거렸는지 알 수 있었다.

"그리고 시너 흡입하고 이상하게 흥분해서 별 의미도 없이 살인을 저질렀다는 쪽도 생각해볼 수 있겠지. 현재로서는 알리바이 따위는 아무 의미도 없어. 나는 부검 전문가가 아니라서 다카기가 정확히 몇 시쯤에 죽었는지도 모르겠고."

"하지만 나 말고는 다들 다카기를 죽일 만한 동기가 없어요."

노리코가 힘없는 목소리로 중얼거렸다. 오토바이를 탈 때는 믿음직스럽던 큰 키가 지금은 작게 오그라든 것처럼 보였다.

"아무 동기도 없이 살인사건이 일어나는 시대야. 너희는 그런 부조리한 시대를 뚫고 내달리는 게 멋있어서 폭주족이 된 거였잖아?"

짐짓 화난 척 노리코의 머리에 꿀밤을 먹였다. 침울해진 노리코에게 용기를 줄 생각이었지만, 그 순간 마사는 문득 이상한 냄새를 맡았다. 처음에는 시너 냄새가 남았나 했는데 그게 아니었다. 노리코의 목덜미쯤에서 나는 냄새였다. 가죽 냄새와 섞인 새콤하고 비릿한 이 냄새는 어린애가 아닌 여자의 냄새였다. 아, 이 아이도 벌써 어른이구나. 열일곱 살이지만 나보다 훨씬 더 남자를 잘 아는 여자….

그 냄새에서 문득 노리코의 도전 같은 것을 감지하고 마사는 자리에서 일어나 차갑게 이 여학생을 내려다보았다.

이 아이는 지금 힘없는 척 연기를 하는 것뿐인지도 모른다. 실제로 다카기를 죽였으면서 마치 자신이 억울한 누명을 쓴 척….

"하지만 노리코, 네 말을 전적으로 믿는 건 아니야. 네 말을 믿어준다면 다른 세 사람을 의심해야 하잖아. 퇴학을 당했어도 나는 아직 너희들 선생님이야. 네 사람을 공평하게 대하는 건 교사로서 최소한의 규칙이지. 너희들 누구도 일단 믿지 않는 걸로 할게. 나는 너희들 누구도 의심하고 싶지 않으니까."

마사는 팔짱을 척 끼고 공언한 대로 네 명에게 공평하게 시선을 던지며 말했다.

"지금부터 한 시간만 더 생각해보자. 그 시간이 지나도 아무것도 밝혀지는 게 없다면 그때는 경찰에 신고하기로 할게."

벽에 걸린 뻐꾸기시계가 마사의 선언을 기다렸다는 듯이 그 순간, 9시를 알렸다.

3

하지만 삼십여 분을 다 함께 고민해봐도 별다른 수확이 없었다.

죽은 다카기는 자동차회사 중역의 아들이다. 3형제 중 막내였다.

마사가 그 아버지에게서 들은 얘기로는, 다카기가 방황하기 시작한 것은 중학교 때 부모와 셋이서 겨울 산에 다녀온 뒤부터였다. 어린 중학생과 함께하는 등산이었으니까 그리 험한 산은 아니었을 텐데, 도중에 매서운 눈보라가 덮쳐 자칫하면 세 사람이 한꺼번에 조난을 당할 상황에 몰렸다. 당시 언론사에도 실렸을 정도다. 그때 다카기의 부모는 중턱의 등산객 피난소에 다카기를 혼자 남겨두고 하산했다. 부모 입장에서는 이대로 셋이 함께 동사하는 것보다 어른 둘이 죽을 각오로 산을 내려가 곧바로 구조대를 보내 홀로 남겨둔 아들을 구해내자는 마음이었다. 실제로 그 덕분에 다카기도 무사히 구조되었다. 하지만 다카기는 부모가 자신을 내팽개쳤다고 생각했다. 게다가 그 뒤 얼마 지나지 않아 부모가 이혼을 하는 바람에 다카기만 아버지를 따라 도심 가까운 맨션의 최상층으로 옮겨가게 되었다. 그리고 그때 이미 다카기는 완전히 불량학생의 길로 내달리고 있었다.

급기야 다카기는 방이 열두 개나 있다는 아버지의 호화 맨션을 뛰쳐나와 학교 근처에 원룸을 얻었다. 회사 일로 바쁜 아버지는 아들에 대한 사랑을 고교생에게는 지나치게 많은 용돈으로 대신 지불해주고 있었다. 길을 잘못 들어설 요소를 모조리 갖춘 셈이었다. 고교 2학년과 3학년을 내리 낙제해서 퇴학을 당할 때는 벌써 열아홉 살이었다.

“그래도 괜찮은 친구였어요. 그야 힘도 없는 주제에 나이 좀 들었다고 잘난 척은 많이 했죠. 근데 언젠가 내가 차 한 대는 꼭 갖고 싶다고 말했더니 면허 딸 나이만 되면 자기 차를 준다고 했어요. 아버지가 폭주족은 제발 관두라면서 면허 따기 전부터 그 회사 최고급 차를 사줬는데 다카기는 어차피 운전면허 딸 생각도 없다면서…. 아버지가 싫다고 그 회사 차까지 싫어했거든요. 아버지 맨션 주차장에 그대로 처박아둔 모양이에요. 다카기란 놈, 평생 폭주족 할 거라고 했는데….”

가챠가 절절한 어조로 말했다. 늦가을 밤은 냉기가 스멀스멀 몸에 스몄다. 샹들리에 불빛과 2층 계단참 불빛이 소파에 앉은 아이들의 그림자를 잔뜩 어질러진 테이블 위에 끌어모았다. 팔짱을 끼고 침묵하고 있는 스즈타의 그림자만 길게 튀어나왔다.

새삼 아이들의 얘기를 들어보니 다카기는 마사가 상상했던 것과는 전혀 다르게 예민하고 외로움 타는 내성적인 소년이었다. 교실이나 다른 사람들 앞에서는 유난히 폼을 재며 거들먹거렸지만 멤버들끼리 있을 때는 말수도 적고 자신에 대한 얘기는 거의 꺼내지 않았다고 한다. 커플이던 노리코까지도 다카기가 사실은 어떤 애인지 잘 모른다는 것이다. 아마도 그 미지의 부분에 마음이 끌렸던 것이리라.

“그러니까 난 아니야. 다카기가 죽으면 내가 차를 못 받잖아.”

“지금 그런 차원의 얘기가 아니잖아.”

오사요가 옆에 앉은 가챠를 흘겨보며 말했다. 가챠는 그런 오사요를 달래듯이 어깨를 슬며시 안았다. 목덜미를 쓰다듬는 가챠의 손끝이 아주 익숙했다.

어라, 하고 마사는 생각했다. 이 둘도 사귀는구나. 노리코와 다카기, 가챠와 오사요, 그렇다면 스즈타만 외톨이인가. 그룹 안에서도 스즈타만 항상 동떨어진 것처럼 보였던 게 키가 크기 때문만은 아니었다. 여자애들이란 지나치게 잘생긴 남자는 아무래도 멀리하는 건가.

스즈타는 담배를 피우고 있었다. 연기 너머로 그의 눈빛이 평소보다 조용하고 차갑게 보였다.

"제발 담배 좀 참아줄래? 게다가 시너까지! 애들아, 좀 자연적인 걸 흡입해주면 안 되겠니?"

마사는 한바탕 꾸짖은 뒤에 말을 이어갔다.

"너희는 어젯밤 7시에 만났고, 오늘 아침까지 함께 있었다고 했지? 그동안에 다카기가 뭔가 평소와 다른 점은 없었어? 노리코와 다퉜다는 건 제외하고."

"아, 그러고 보니." 오사요가 몸을 쓱 내밀며 말했다. "다들 그거 생각 안 나? 다카기가 그 사건에 대해 중요한 사실을 알게 됐다, 그러니까 경찰에 가서 말하지 않으면 안 된다, 라고 했던 거."

"그 사건이라니?"

"학교에서도 지금 난리 나지 않았나요? 붉은 수염이 살해된 사건 때문에."

"붉은 수염이라니, 아카자와 선생님 말이야?"

빨강과 검정. 역시 그저께의 사건과 관계가 있는 모양이다.

"너희도 아카자와 선생님이 살해된 사건을 알고 있었어?"

스즈타가 바닥에 어질러져 있던 신문 몇 장을 마사 쪽으로 휘익 던져주었다.

"다카기가 어젯밤과 오늘 아침에 역에 들러 신문을 샀어요. 그 사건에 엄청 관심이 있는 것 같더라고요. 코가 맞닿을 만큼 들여다봤어요. 그러고는 아까 오사요가 했던 그 얘기를 혼잣말처럼 중얼거려서 내가 대체 뭘 알고 있느냐고 물어봤죠."

"그랬더니 다카기가 뭐라고 대답했어?"

"그건 아직 말 못해, 라고…."

"괜히 아는 척했던 거 아냐?" 가챠가 말했다. "다카기가 원래 그런 면이 있잖아."

아니, 분명 뭔가를 알고 있었던 것이다. 빨강과 검정에는 틀림없이 연결고리가 있다.

마사는 신문을 들여다보았다. 어제 조간신문에는 검게 그을린 야구 홈베이스 같은 얼굴 윤곽에 콧수염을 기른, 체육 교사라기보다 세련된 청년 귀족 같은 얼굴 사진이 실려 있었지만, 어제 석간과 오늘 자 조간에는 그 뒤의 수사 과정만 전하고 있었다.

사망 추정 시각은 부검을 통해 6시부터 7시까지로 밝혀졌지만, 아마도 6시 반 이전에 살해되었을 가능성이 높다. 5시 반에 집을 나올 때 아카자와는 노트 같은 것을 들고 있었다. 그의 손가락 사이에 범인의 것인 듯한 머리칼 두 올이 남아 있었다. 그리고 자동차 조수석 밑에 지포라이터가 떨어져 있었으나 아카자와는 담배를 피우지 않기 때문에 범인의 물건인 것으로 보인다, 라는 내용이었다.

마사는 아직도 담배를 피우는 스즈타의 왼손을 보았다. 손에 쥔 것은 성냥갑이었다. 하지만 그게 스즈타 아니었던가, 분명 누군가 지포라이터를 가진 걸 봤었는데…. 하긴 다섯 명이 죄다 담배를 피우니 그게 누구였는지 확실하게는 생각나지 않았다.

신문에는 그 밖에도 작년 여름쯤부터 아카자와가 이따금 밤늦게 귀가하곤 했다고 나왔다. 하지만 가족들은 아무도 아카자와가 그 시간까지 무엇을 했는지 알지 못한 모양이었다. 아카자와는 사근사근한 성격이었지만 이상하게 교사들 중에는 친한 사람이 없었다.

"얘들아, 다카기가 다른 선생님들에게는 죄다 반항적인 태도였는데 아카자와 선생님에게만은 다르지 않았어?"

"아뇨, 붉은 수염도 엄청 싫어했을 걸요?"

스즈타가 연기와 함께 메마른 목소리를 토해냈다.

"근데 작년 연말에 다카기가 아카자와 선생님과 아주 친하게 얘기하는 걸 내가 봤어. 다카기의 웃는 얼굴이 처음이라서 똑똑히 기억나."

"말도 안 돼, 거짓말이죠?"

노리코가 놀란 듯 돌아보며 말했다. 머리카락 끝이 마사보다 훨씬 더 불룩한 가슴 위에서 출렁였다. 다른 세 사람도 믿어지지 않는다는 얼굴이었다.

"마더 선생님하고만 친하게 지내기로 우리끼리 협정을 맺었걸랑요." 가챠가 말했다.

"노리코, 넌 어때? 너는 다카기에게서 아카자와 선생님 얘기, 들은 적 없어?"

노리코는 반사적으로 고개를 저었다. 그렇게 봐서 그런지 얼굴이 바짝 긴장한 것 같았다. 마사는 멤버 전원의 얼굴을 둘러보았다.

"너희들 아카자와 선생님 사건과 관계없다는 거, 정말이지?"

하나같이 무표정하게 고개를 끄덕였다. 하지만, 이라고 마사는 생각했다. 누군가 단 한 명에게는, 그 무표정이 마음의 동요를 감추는 가면인 게 아닐까.

"아무튼 그저께 6시부터 7시까지의 알리바이를 확인할게. 신문 기사에는 범인이 남자일 것이라고 나왔지만, 일단 너희들 모두 대답해줬으면 좋겠어."

"왜요? 우리가 왜 아카자와 선생님을?"

"가챠, 잔소리 말고 대답이나 해."

가챠는 칫, 혀를 차며 잠시 부루퉁해졌지만 금세 입을 열었다.

"그저께는 7시에 스즈타와 이케부쿠로에서 만나기로 약속해서 6시 40분쯤에 집을 나왔어요. 7시 15분까지 역 앞에서 기다렸는데 결국 스즈타가 바람을 맞히는 바람에…."

"난 6시 반까지 혼자 길거리를 돌아다녔어요. 근데 비가 쏟아지길래 가챠하고 약속은 날려버리고 영화관에 갔어요. 그 정도로 비가 쏟아지면 분명 가챠도 안 나왔을 거 같아서."

"그럼 둘 다 알리바이가 없는 거네?"

"난 없는 게 아니죠."

가챠가 불만스럽게 중얼거렸지만 마사는 일단 무시하고 넘어갔다.

여학생 두 명은 정확히 6시에 신주쿠에서 만나 거리를 휘적휘적 돌아다니다가 6시 반쯤부터 비가 내려서 얼른 헤어졌다고 한다.

"그럼 네 명 모두 6시부터 7시까지의 완벽한 알리바이는 없잖아."

"하지만 신문 기사에는 붉은 수염이 살해된 건 6시부터 6시 반까지라고 했어요. 그렇다면 우리 둘은 알리바이가 있는 셈이죠."

오사요가 부루퉁한 얼굴로 말했다.

"사망 추정 시각은 6시부터 7시까지야. 6시 반까지라는 건

가능성을 얘기한 거고."

마사가 설명했다.

길가에 방치된 아카자와의 차가 9시 반에 발견되었을 때, 사체는 상당량의 비를 맞은 상태였다. 운전석도 조수석도 창문이 열린 채여서 비가 들이친 것이다.

갑작스럽게 비가 쏟아진 게 6시 반쯤부터였다. 비가 내리면 당연히 창문을 닫았을 테니까 그 비가 내린 6시 반에는 아카자와가 이미 살해된 상태였다, 라고 경찰에서는 생각하는 것이다.

하지만 그건 어디까지나 가능성일 뿐이다.

"마더." 노리코가 걱정스러운 듯이 말했다. "왜 마더는 붉은 수염 살해 사건과 다카기의 죽음을 연결해서 생각하는 거예요?"

마사는 9시 45분을 가리키는 뻐꾸기시계에 시선을 던지며 말했다.

"그건 노리코가 범인이 아니라면 다카기가 살해된 것은 어쩌면 '그 사건에 대해 중요한 사실을 알게 됐다, 그러니까 경찰에 가서 말하지 않으면 안 된다'라고 했던 것 때문이 아닌가 싶어서야. 어젯밤 그렇게 말했는데 당장 오늘 살해됐잖아."

천천히 네 사람의 얼굴을 둘러보며 마사는 말을 이어갔다.

"즉 아카자와 선생님을 죽인 범인이 다카기가 그 일과 관련해 뭔가 알고 있다고 생각하고 그의 입을 막기 위해 죽였다, 라는 거야."

4

스즈타가 못마땅하다는 듯이 뭔가 말하려 했지만 그전에 마

사는 자리를 박차고 일어섰다.

"실은 너희들 모두 앞에서는 물어볼 수 없는 게 있어. 한 사람씩 잠깐 밖으로 나왔으면 하는데…. 그래, 스즈타부터 할까?"

"추운데 굳이 바깥에 나갈 거 없어요. 욕실에서 얘기하면 말소리가 전혀 안 들리니까."

스즈타는 그렇게 말하더니 곧장 자리에서 일어나 안쪽으로 걸음을 옮겼다. 다들 앉아 있는 거실에서 경계도 없이 이어진 복도의 바로 모퉁이가 욕실이다. 회색 문을 열고 안으로 들어가는 스즈타의 등 뒤를 따라가면서 마사는 남아 있는 세 사람을 슬쩍 살펴보았다.

가챠와 오사요는 목소리를 낮춰 뭔가 속닥거리고, 노리코는 혼자 걱정스러운 듯 마사 쪽을 돌아보고 있었다. 아카자와의 이름이 나온 뒤로 노리코의 기색이 아무래도 수상쩍다. 뭔가 새로운 걱정거리가 생긴 것처럼 얼굴이 잔뜩 흐려져 있었다.

별장 전체의 크기를 감안하면 욕실은 좁은 편이었다. 앞의 탈의실은 두 사람이 들어서면 가득 찰 정도였다.

스즈타의 몸집이 마사를 삼켜버릴 듯 위압적이었다. 남성적인 왁스 냄새가 물씬 풍겼다. 학생이라고 해도 남자와 단둘이 욕실에 갇히는 건 첫 경험이다. 마사는 가슴이 두근두근하는 느낌이었지만, 스즈타 쪽은 아무 상관 없다는 듯 썰렁한 얼굴이었다.

나는 전혀 여자로 의식하지 않는 건가.

그게 아니면….

"얘, 스즈타, 여학생들 앞에서는 하고 싶지 않은 얘기인데…, 혹시 아카자와 선생님과 다카기가 특별한 관계였던 거 아닐까?"

"특별한 관계라뇨?"

"그러니까 그게, 뭐랄까, 일반적이지 않은, 남자와 여자 사이에 생기는 스파크가 남자들끼리도 일어났던 게 아닌가 싶어서."

"난 그런 건 몰라요."

한 박자, 대답이 너무 빠른 느낌이 들었다.

"그래? 그럼 너와 아카자와 선생님은?"

마사의 말투도 스즈타를 따라 싸늘하게 튀어나왔다.

그 순간 스즈타의 옆으로 비껴갔던 눈의 초점이 마사의 얼굴에 그대로 꽂혔다. 때리려는 건가, 하고 순간적으로 어깨를 움츠릴 뻔했다. 하지만 스즈키는 변성기가 지난 젊은 아이 특유의 낮은 목소리로 되물었을 뿐이다.

"그런 걸 왜 묻는데요?"

"응, 나도 잘은 모르지만… 네가 너무 멋있게 생겨서 여학생뿐만 아니라 남자들도 끌렸을 거 같아서. 아카자와 선생님의 성적 취향이 그쪽이라는 거, 나한테도 언뜻 털어놓은 적이 있거든."

마사는 아카자와와는 얘기해본 적도 없기 때문에 이건 거짓말이다. 유도신문이랍시고 슬쩍 던져본 것이었지만, 스즈타는 아무런 반응도 보이지 않았다.

"이럴 거면 경찰을 부르는 게 낫겠네요. 경찰이라면 그런 어이없는 질문은 안 할 걸요?"

"그런가? 경찰에서도 그런 쪽으로 충분히 생각할 것 같은데…. 아카자와 선생님이 저항한 흔적도 없이 살해된 걸 보면 범인이 잘 아는 남자일 가능성이 있어. 차는 공원 뒷길에 주차되어 있었고, 거기가 연인들끼리 차를 세워놓고 즐기는 곳으로 유명하잖아."

스즈타는 잠시 침묵했다. 열린 가슴팍 지퍼 사이로 젊은 피부가 검게 반들거렸다. 은제 펜던트 끝에서는 십자가가 그림자와 함께 희미하게 흔들렸다.

"역시 경찰을 부르죠."

"그러면 그 즉시 노리코는 체포돼. 아까부터 묻고 싶었는데 너, 노리코의 말을 믿어?"

"믿죠, 하지만…."

"거짓말, 믿을 리가 없지. 너희들, 서로 믿지 못하고 있어. 그룹이라고 해봤자 결국 따로따로 외톨이들이니까."

스즈타의 조용했던 눈에 분노의 불꽃이 피어났다. 십자가가 심장의 고동에 맞춰 물결쳤다.

"어라, 네가 그런 생생한 눈빛을 보이는 건 처음인데? 자, 그럼 좀 더 생생하게 만들어줄까? 스즈타, 지포라이터를 잃어버린 건 언제지? 어디서 잃어버렸어?"

이것도 넘겨짚은 것이었지만, 간단히 걸려들었다.

"그딴 거, 생각도 안 나요!"

스즈타는 분노로 입술을 파르르 떨었다.

"나, 마더 선생님이 점점 싫어지네요."

"그러니? 실은 나도 아까부터 나 자신에게 짜증이 난다. 다른 선생님들처럼 너희를 그냥 못 본 척 내팽개치고 냉큼 경찰 손에 넘겨버렸으면 좋았을 걸."

"그러고 싶으면 그러시든가."

"마치 얼른 경찰에 연락했으면 하는 말투구나."

홱 돌아서서 문을 열던 등이 흠칫 멈췄다. 이상하다, 라고 마사는 생각했다. 그저 무심코 튀어나온 말이었는데. 방금 던진 말이 스즈타의 검은 가죽 등짝에 찰싹 달라붙은 듯한 느낌이었다.

하지만 그것도 한순간이었다. 스즈타는 욕실을 나서더니 아무 일도 없었다는 듯 거실로 돌아가 긴 다리는 내던지고 소파에 털썩 앉았다.

"노리코는?"

모습이 보이지 않아서 마사가 물었다. 오사요가 시들하게 응했다.

"글쎄요, 방금 2층에 올라가는 거 같던데."

마사는 "그래?"라고 중얼거리고 천천히 계단을 올라갔다.

노리코의 방은 죽은 다카기의 옆방이다. 살짝 문이 열려 있었다. 그 틈새로 들여다보니 스탠드 불빛 속에 테이블 의자에 웅크리고 앉아 노트를 들여다보고 있었다. 글씨를 따라가는 눈매가 무척 진지했다.

마사는 노크 없이 벌컥 문을 열었다. 노리코는 앗, 하고 작게 부르짖으며 반사적으로 노트를 뒤로 감췄다.

"뭘 보고 있었어? 이리 줘봐."

노리코는 거칠게 고개를 저었다. 힘으로는 여자 프로레슬러처럼 몸집이 큰 노리코에게 당할 수 없다는 걸 잘 알면서도 마사는 왈칵 덤벼들어 온 힘을 다해 팔을 붙잡았다. 노리코도 저항하며 마사를 밀쳐냈고 그 바람에 노트가 바닥에 툭 떨어졌다. 마사 쪽이 한순간 먼저 집어 들었다.

노리코는 포기했는지 한숨을 내쉬며 벽에 몸을 기댔다.

"다카기의 일기장이에요."

마사는 검은 가죽 표지의 일기장을 펼쳤다. 첫 장에 12월 6일이라고 날짜가 적혀 있었다. 아마도 작년 말일 것이다. 그 첫 장에서부터 벌써 A라는 이름이 등장했다. 마사는 한 장 한 장 넘겨보았다. 넘길수록 A라는 이름이 많아졌다.

'나는 A를 사랑한다.' 'A를 생각하면 가슴을 칼로 긋는 듯한 기분이다.' '나에게는 A밖에 없다'

올해 7월의 내용부터는 A뿐만 아니라 S라는 이름도 빈번하게 등장했다.

'S는 아직 나와 A에 대한 것은 전혀 눈치채지 못했다.' '사실 A는 S를 더 좋아하는 것이다. 입 밖에 내지는 않았지만 S를 향한 눈빛을 보면 안다. 예전에 나를 바라보던 것과 똑같은 눈빛이다.'

마지막 페이지는 이 주일 전 날짜였다. 내용은 단 한 줄뿐이었다.

'마침내 S가 알아버렸다.'

마사는 탁 소리 나게 일기장을 덮었다.

"노리코, 아까 아카자와라는 이름을 듣고 어쩌면 이 A가 아카자와 선생님일 거라고 생각했던 거지? 그래서 걱정이 되어서 확인하러 왔구나?"

노리코는 얼굴을 돌려버렸다.

"다카기가 설마 붉은 수염 같은 사람하고…."

"너였구나, 다카기가 지난번에 깜빡 잊고 간 일기장을 훔친 게…."

"아뇨, 훔친 거 아니에요. 오늘 밤 7시 넘어 마더를 데리러 나가려고 잠깐 이 방에 들렀을 때, 내 베개 밑에 누군가 쑤셔 넣어놨더라고요. 진짜 내가 훔친 거 아니에요."

"그럼 왜 그걸 바로 얘기하지 않았어?"

"말해도 믿어주지 않을 거 같아서요. 괜히 점점 더 나를 의심하겠죠. 이 일기장에는 노리코 따위는 방해가 될 뿐이다, 내가 정말로 사랑하는 건 A뿐이다, 라고 적혀 있어요."

"테이프는? 넌 테이프가 어디 있는지는 몰라?"

노리코는 고개를 저었다.

"나는 사건 현장인 다카기 방의 물건은 아무것도 손대지 않았어요."

"정말이지?"

노리코는 고개를 끄덕이려다가 퍼뜩 생각난 듯이 말했다.

"창문은 손을 댔는데…. 찬바람이 들이쳤어요, 다카기가 죽어서도 추울 것 같아 내가 닫았어요."

"아, 잠깐. 그럼 4시에 사체가 발견되었을 때, 그 방 창문이 열려 있었어? 아침 8시에 너희 둘이 싸웠을 때는 어땠는데?"

"그때도 열려 있었어요. 내가 춥다고 창문 닫자고 얘기했는데 다카기는 나한테 완전히 화가 나 있어서 곧바로 쫓겨났어요…. 근데 왜 그런 걸 물어요?"

"물어볼 게 한 가지 더 있어. 수돗물이 안 나온다고 했는데, 처음 여기 왔을 때부터 그랬어? 그렇다면 별장 주인인 작은아버지가 겨울철에는 쓰지 않는 집이라 수도의 밸브를 잠가두고 도쿄로 돌아간 건가?"

"아뇨, 처음 온 날 저녁때는 물이 나왔어요. 근데 그다음 날 아침부터 갑자기 안 나와서…."

"그럼 한밤중에 누군가 몰래 밸브를 잠갔다고 봐도 되겠네. 수도관이 어딘가에서 망가진 거라면 몇 달씩이나 그대로 놔둘 리가 없잖아."

"하지만 누가 그런 짓을 하죠? 왜요?"

"아, 잠깐잠깐, 입 좀 다물어봐."

저도 모르게 마사는 교단에서의 말투가 튀어나왔다.

“그래, 이제야 알겠어.”

마사는 혼잣말을 중얼거리며 팔짱을 낀 채 방 안을 빙빙 돌기 시작했다. 바닥에서 아래층의 깊은 정적이 전해져왔다. 그 정적을 짓밟으며 마사의 발소리가 저벅저벅 울렸다.

“그만해요, 마더.”

노리코가 겁에 질린 소리를 냈다. 발소리가 벽을 뚫고 옆방에까지 퍼져 다카기의 사체를 되살아나게 할 것만 같았던 것이다.

하지만 마사는 그 말소리도 들리지 않는 것처럼 눈을 반쯤 감고 한 발 한 발 짚으며 생각에 잠겼다.

“아무리 그래도… 설마 그런 이유로 사람을 죽이다니.”

이윽고 마사는 그렇게 중얼거렸다. 그리고 퍼뜩 정신을 차린 듯 발을 멈췄다.

“아래층으로 내려가자. 다들 기다리고 있어.”

노리코를 따라 아래층으로 내려가는데, 때마침 뻐꾸기시계가 10시를 알렸다. 뻐꾸기 울음소리에 맞춰 마사는 천천히 계단을 내려갔다. 입을 꾹 다문 채 긴장한 눈빛을 던지는 일층의 세 사람에게로 다가갔다.

“10시야. 경찰에 신고하자.”

일단 수화기를 들었지만 다시 제자리에 내려놓고 마사는 아이들을 돌아보았다.

“아, 그 전에 해두고 싶은 게 있어. 앞으로 십 분만.”

“뭔데요?”

오사야가 네 사람을 대표하듯이 물었다.

"다카기의 장례식. 경찰이 오기 전에 우리끼리 애도하는 시간을 가졌으면 좋겠어. 경찰이 도착하면 그 순간부터 다카기는 단지 사체로 취급될 거야."

"맞아요, 경찰 쪽 사람들은 진짜…."

말을 하려다가 가샤는 모두의 진지한 얼굴을 깨닫고 소리를 꿀꺽 삼켰다.

"어떻게 하는 건데요?"

스즈타의 질문에 마사는 작은 미소를 건넸다.

"전등을 끄고 어둠 속에서 두 사람씩 짝을 지어 춤을 추는 거야. 그러다가 누군가와 부딪히면 짝을 바꾸고."

"왜 그런 걸…."

"그게 다카기에 대한 가장 좋은 애도가 될 것 같아서야. 흠, 독경도 찬미가도 영 재미없고, 그래, '올드 랭 사인', 작별이라는 졸업식 노래가 좋겠다. 다카기에게 가장 잘 어울리는 노래야…. 다카기의 장례식만이 아니라 너희들의 졸업식, 아니, 퇴학식도 아직 못했잖아. 그리고 블랙호크스의 해산식이야. 알겠니? 이따가 전등이 다시 켜지면 너희는 더 이상 폭주족이 아니야. 그냥 친구로서 지내는 거야."

"둘씩 짝을 지으면 한 명이 남아요."

"다카기가 있잖아. 남겨진 한 명은 다카기를 파트너로 춤을 추면 돼. 노리코, 거기 전등 좀 꺼줄래?"

벽에 기대고 서 있던 노리코가 마사의 지시대로 스위치를 달깍 눌렀다. 거실은 어둠에 휩싸이고 모두가 희미한 그림자가 되었다.

"무서워…."

오사요인 듯한 목소리가 들렸다. 마사는 용기를 불어넣듯이 큰소리로 노래하기 시작했다.

"오랫동안 사귀었던 정든 내 친구여…."

처음에는 멀뚱히 서 있던 아이들도 이윽고 누구랄 것도 없이 마사를 따라 노래를 불렀다. 마사는 손으로 더듬으며 걸음을 옮겨 마주친 상대를 끌어당겨 춤추기 시작했다. 춤이라고 해도 그냥 껴안고 발을 움직이는 것뿐이다.

처음에는 어색했지만 잠시 뒤에는 어둠 속에 흐름이 생겨나고 모두가 차례차례 파트너를 바꾸며 춤을 추었다.

"라라라라, 라라라라, 라라라라라라…."

다들 가사를 모르는지 중간부터는 스캣이 되었다. 하지만 합창은 어둠 속에서 점점 커졌다. 발소리가 바닥에 어지럽고, 노리코인지 오사요인지 여학생의 노래에 흐느낌이 섞였다. 마사 혼자만 정확한 가사로 모두의 노래를 리드해나갔다. 이렇게 하나로 단결된 합창은 학교 음악실에서는 들어본 적이 없다. 목소리만으로도 모두가 진지해졌다는 것을 알았다.

이윽고 혼자가 되어 다카기의 영혼과 춤추던 마사의 어깨가 한 그림자와 부딪혔다. 목소리와 감촉으로 곧바로 누군지 알았다. 마사는 그 그림자를 마음먹고 힘껏 자신 쪽으로 끌어당겼다. 그림자는 약간 조심스러운 듯 그 손을 마사의 허리에 둘렀다. 이 손이었어, 다카기를 죽인 것은….

"작별이란 웬 말인가, 가야만 하는가…."

처음으로 다시 돌아와 노래하던 마사는 그 부분에서 목소리를 높였다.

"어디 간들 잊으리오, 두터운 우리 정…."

바로 그 말이었다, 죽은 다카기에게 들려주고 싶었던 것은. 다카기를 보내는 데 이토록 적절한 말은 없는 것이다. 누군가의 노래 소리가 끊기고 흐느낌으로 바뀌었다. 마사도 눈물이 쏟아질 것 같았다. 파트너도 목소리가 가늘게 떨리고 있었다.

"도망쳐…."

그림자의 귀에 입을 대고 마사는 속삭이듯이 말했다.

그 순간, 그림자는 움직임을 멈추고 마사에게서 벗어나려고 했다.

"아니, 이대로 조용히 춤을 춰."

그림자의 손을 움켜쥐고 마사는 그 뻣뻣해진 몸을 리드했다.

"도망쳐…. 너희는 진짜 엉망진창이니까 나도 지금 이 순간만은 엉망이 되어줄게. 네가 원하는 곳으로 도망쳐. 도망칠 수 있는 데까지 도망쳐…. 오토바이를 타고 네가 좋아하는 곳으로 가. 지금이라면 아무도 모를 테니까."

"왜…."

"단 하루만이라도 자유로운 날을 주고 싶어. 경찰에게 잡히기 전에. 진심으로 하는 말이야, 선생님은."

입으로는 그렇게 말하면서도 마사는 그 그림자를 단단히 끌어안았다. 그림자도 마사에게 두른 팔에 한껏 힘을 주었다. 그 손은 마사에게 매달리며 도움을 청하고 있었다. 아직 어린애구나, 사람을 죽인다는 게 무엇인지도 모르는….

"진심이야, 선생님은."

그림자는 마사의 어깨에 얼굴을 묻고 크게 고개를 저었다. 마사는 그 머리를 감싸주듯이 끌어안고 말없이 춤을 추었다.

"라라라라, 라라라라…."

누군가와 부딪혀 마사는 파트너를 바꾸었다.

다음에 다시 파트너를 바꾸게 되었을 때, 마사는 팔을 들어 손뼉을 쳤다.

"이제 그만 끝!"

마사는 손으로 더듬더듬 벽의 스위치를 찾아 불을 켰다.

샹들리에 불빛 아래 네 사람이 뿔뿔이 흩어져 있었다. 아무도 도망치지 않았다. 네 명 모두 눈이 불그레하게 부어 있었다.

스즈타는 전화기 바로 옆에 서 있었다. 마사가 전화기에 시선을 던지자 그가 수화기를 집어 마사에게 내밀었다.

"아니, 스즈타, 네가 전화해줄래? 우리는 폭주족이고, 아지트 별장에서 살인사건이 일어났습니다. 범인은 아무래도 우리 친구들 중의 미야베 노리코인 것 같습니다, 라고."

노리코가 엉엉 울음을 터뜨리며 소파에 엎드렸다. 오사야가 뛰어들어 그 어깨를 껴안았다.

"마더." 가챠가 긴박한 목소리로 자리에서 일어섰다. 하지만 마사는 그런 소란을 무시하고 오로지 스즈타만 지그시 바라보았다. 스즈타도 수화기를 내민 채, 머나먼 어딘가를 바라보듯이 눈을 가늘게 뜨고 마사의 시선을 자신의 시선에 묶어두고 있었다.

"그렇지, 스즈타? 너는 사체가 발견되었을 때부터 계속 경찰에 신고하고 싶어 했잖아."

"그건 분명 그렇지만, 경찰에 신고하는 건 마더가 해주셨으면 해요."

그리고 스즈타는 천천히 말을 이어갔다.

"이렇게 말해주세요. 내가, 스즈타가, 다카기를 죽였다고."

5

마사가 기다린 것은 바로 그 말이었다. 스즈타에게서 받아든 수화기를 다시 제자리에 조용히 내려놓고 입도 뻥긋하지 못한 채 멍해져 있는 세 사람을 돌아보았다.

스즈타는 아까 마사와 춤출 때 마음을 정했는지 막다른 궁지에 몰렸는데도 전혀 흐트러짐 없이 평소와 똑같은 얼굴이었다. 이런 멋진 아이가 왜 그런 어리석은 짓을….

스즈타가 소파에 앉아 담배에 불을 붙였다. 마사는 나무라지 않았다. 지금 이런 판국이 아닌가, 담배쯤은 용서해야지….

“마더는 모두 다 알고 있겠지만… 붉은 수염과 나의 일은 내가 직접 너희들에게 얘기할게.”

“굳이 말 안 해도 돼. 단지 **어떤 일** 때문에 너도 다카기도 아카자와 선생님을 죽일 수밖에 없는 동기가 있었다, 라는 것만 알면 되니까.”

삼각관계. 아마도 다카기(D)는 아카자와(A)를 사랑했고, 아카자와는 스즈타(S)를 사랑했던 것이리라. 하지만 그건 일반적으로 말하는 사랑이나 욕망 같은 생생한 것이 아니었던 게 틀림없다. 아카자와는 두 아이에게 다정함이라는 먹이를 던져주었고 정에 굶주린 두 아이는 그걸 덥석 물었던 것뿐이다. 다만 다카기는 그 관계에서도 폭주해버렸다. 질투, 라기보다 독점욕 때문에 다카기는 아카자와도 스즈타도 증오했다. 스즈타 쪽에서는 아카자와가 다카기와도 관계가 있다는 걸 알았을 때부터 아카자와와 헤어지려고 했다. 그래서 그저께 아카자와에게 전화를 걸어 불러냈던 것이다.

"스즈타, 네가 아카자와 선생님 차에서 내린 게 몇 시였지?"

"6시 반이에요. 그때 마침 비가 쏟아지기 시작했어요."

"그렇구나." 마사는 말했다. "아카자와 선생님을 찌른 나이프도, 유류품인 머리카락도 라이터도 모두 스즈타, 네 것이었어. 차 안에 아마 네 지문도 남아있을 거고."

"스즈타가 아카자와도 죽였다니…."

노리코는 아직도 눈물에 젖은 목소리로 중얼거렸다.

"왜? 노리코, 왜 네가 그런 식으로 생각하지? 너만은 차 안에 온통 스즈타의 흔적투성이라도 범인은 스즈타가 아닐 수도 있다고 생각해야지. 그렇잖아, 다카기가 살해된 이곳 현장의 유류품은 모두 다 네 물건이었어. 그런데도 너는 다카기를 죽이지 않았잖아."

"그럼 스즈타가 아카자와를 죽이지 않았다는 거예요?"

오사요가 물었다.

"그래, 맞아. 범인은 두 사람이 탄 차를 계속 쫓아갔고, 스즈타가 차에서 내린 뒤에 그 차에 타고 아카자와 선생을 죽인 거야. 내 생각으로는 아카자와 선생이 살해된 것은 비가 본격적으로 쏟아질 때였어. 즉 6시 반 이후야. 그러면 한 가지 모순이 생기지? 비가 내리는데도 왜 차창이 열려 있었는가. 그래서 나는 이렇게 생각해봤어. 범인은 어쩌면 폐소공포증이 있는 게 아닐까, 라고."

"좁고 닫힌 공간을 무서워한다는 그…."

"응, 그거야. 내가 그렇게 생각한 것은 너희들 중에 그렇다고 생각할 수밖에 없는 사람이 한 명 있었기 때문이야. 날씨가 이렇게 추운데도 방 창문을 열어두는 사람."

"다카기…?"

노리코가 혼잣말처럼 중얼거렸다.

"맞아. 다카기가 여태껏 혼자만의 비밀로 해왔기 때문에 노리코뿐만 아니라 다른 친구들도 전혀 눈치채지 못했겠지? 노리코가 오늘 아침 다카기의 방에서 쫓겨난 것은 싸움 때문이 아니라 노리코가 창문을 닫으려고 했기 때문이었어. 그 밖에도 또 있어. 다카기가 아버지의 초고층 맨션으로 이사했다가 곧바로 그 집을 뛰쳐나온 건 꼭대기 층까지 날마다 엘리베이터를 타고 오르내려야 했기 때문이야. 이 별장에 처음 온 날 밤에 수도 밸브를 잠가버린 것도 다카기였어. 욕실이나 화장실을 쓸 수 없게 하려고. 문을 열어두지 않고서는 그런 곳에 드나들 수 없다는 것을 아무에게도 들키고 싶지 않았겠지. 그리고 또 한 가지가 더 있어. 다카기가 폭주족이 된 이유야."

"그건 또 뭔데요?"

"가챠는 다카기가 아버지를 싫어해서 회사 차까지 싫어했다고 말했지만, 사실은 그 반대였어. 차가 싫어서 아버지까지 싫었던 것이지. 스피드광인 다카기가 열아홉 살이 되어서도 운전면허를 따지 않는다거나 국내 최고급 차를 가챠에게 주겠다고 말한 것은 자동차라는 밀실을 견뎌낼 수 없었기 때문이야. 그런 증상에 시달리게 된 것은 중학교 때 눈보라로 산속 피난소에 갇혀버린 충격 때문이겠지? 다카기는 자신의 약점을 결코 남에게 내보이지 않는 성격이라서 가족에게도 너희에게도 털어놓지 못한 채 혼자 괴로워했던 거야. 다카기가 평생 폭주족을 하겠다고 말했던 그 속마음을 생각하면 나는 너무 슬퍼. 아버지는 오토바이는 위험하다면서 차를 사줬는데, 사실은 닫힌 벽도 틀도 아무것도 없는 오토바이만이 다카기에게는 유일하게 안심할 수 있는 장소였어. 그 증상에서 달아나기 위해서는 오토바이로 폭주하는 수밖에 없었던 거야…."

마사는 깊은 한숨을 내쉬었다.

'작별이란 웬 말인가, 가야만 하는가.'

다카기도 인생이라는 비좁은 방을 벗어나 자유로운 먼 길을 향해 떠났을까.

"범인이 폐소공포증이라는 추리를 했을 때부터 나는 아카자와 선생은 스즈타가 죽인 게 아니라는 것을 알았어. 내가 한 사람씩 얘기하자고 했을 때 스즈타가 먼저 저 좁은 욕실로 들어가자고 말했으니까. 어쨌든 그런 힘든 증상도 있었고, 또 다른 다양한 이유에서 다카기는 아카자와 선생을 죽이기로 마음먹을 만큼 막다른 궁지에 몰려 있었어. 다만 여기서 중요한 문제는 자신이 죽인 뒤에 그 죄를 스즈타에게 덮어씌우려고 했다는 거야. 스즈타의 나이프를 사용하고, 스즈타의 머리카락을 사체의 손에 쥐여주고, 몰래 훔쳐둔 스즈타의 지포라이터를 떨어뜨려 놓고…. 그리고 그것 때문에 이번에는 자신이 스즈타에게 살해되는 처지가 됐어."

"그럼 스즈타는 다카기가 자신을 배신한 것을 용서할 수 없었던 건가요?"

가챠가 물었다.

"앙갚음이었다고? 그래, 그것도 있었겠지. 하지만 스즈타가 다카기를 살해한 건 그것과는 약간 다른 목적 때문이었어."

마사는 스즈타를 돌아보았다. 그는 마치 주위에 아무도 없는 것처럼 평소와 똑같이 회색빛 눈으로 담배 연기만 좇고 있었다.

"아까 내가 아카자와 선생을 죽인 범인이 그 비밀을 들키는 바람에 다카기를 죽였다고 말했었지? 즉 범인은 아카자와 선생을 죽였기 때문에 다카기도 죽였다고 했던 것인데, 그게 완전히 반대였어. 스즈타는 아카자와 선생님을 죽이지 않았기 때문에 다카기를 죽일 수밖에 없었던 거야."

6

"스즈타의 목적은…." 마사는 뭐가 뭔지 모르겠다는 얼굴의 세 사람에게 몸을 쓰윽 내밀며 말을 이어갔다. "다카기를 죽이는 것보다 노리코에게 혐의를 씌우는 것이었어."

"엇, 왜요?" 오사요가 포니테일을 흔들면서 물었다. "스즈타가 노리코를 미워했던 거예요?"

"아니야. 사실은 꼭 노리코가 아니어도 상관없었어. 오사요를 죽이고 가챠에게 혐의를 씌웠어도, 노리코를 죽이고 오사요를 범인인 것으로 꾸몄어도…. 스즈타는 단지 누구라도 좋으니까 살인사건의 용의자를 만들어내고 싶었을 뿐이야. 용의자를 만들어내기 위해서는 사건을 일으키지 않으면 안 되겠지. 그게 스즈타가 다카기를 죽이게 된 동기였어. 단 최종적으로 스즈타가 다카기와 노리코를 선택한 데는 두 가지 이유가 있어. 어젯밤 두 사람이 우연히 심하게 다퉜기 때문에 노리코를 용의자로 만들기가 쉬웠던 것, 그리고 또 하나는 방금 가챠가 말했던 대로 다카기에 대한 앙갚음이라는 것도 있었어."

마사는 노리코에게로 시선을 돌렸다.

"하지만 노리코, 스즈타를 원망해서는 안 돼. 스즈타는 비겁한 아이가 아니야. 단지 일시적으로 너를 용의자로 만들기로 마음먹은 것뿐이야. 네가 경찰에 잡혀가면 곧바로 실제 범인은 자신이라고 밝히고 나설 생각이었으니까. 현장에서 사라진 테이프, 거기에는 스즈타가 다카기를 살해하기 전후의 상황이 모두 녹음되어 있었어. 물론 스즈타가 스스로 녹음한 거야. 자신이 범인이라는 증거로 경찰에 제출하기 위해."

"왜 그런 바보 같은 짓을…."

가챠가 멍해진 얼굴로 중얼거렸다.

"자신이 아카자와 선생님을 죽이지 않았다는 것을 증명하기 위해서였어. 그래, 정말로 바보 같은 짓이지, 스즈타는 자신이 아카자와 선생을 죽이지 않았다는 것을 해명하기 위해 다카기를 죽였어. 이 바보, 무죄를 증명하기 위해 살인을 저지르다니…."

스즈타는 침묵하고 있었다. 하지만 그 침묵은 명백히 마사의 추리를 긍정하는 것이었다.

"알겠니? 처음에 내가 미심쩍게 생각한 것은 두 살인사건의 범인의 유류품이 흡사하다는 점이었어. 양쪽 다 흉기는 나이프였지? 거기에 라이터와 팔찌, 머리카락과 리본이야. 그래서 내 나름대로 추리를 해봤어. 아카자와 선생 사건으로 경찰에 쫓기고 있는 용의자도 노리코처럼 단지 누명을 쓴 것은 아닐까, 라고. 어때, 노리코, 너라면 꼼짝없이 아카자와 선생 살해범으로 몰리게 된 스즈타의 절박한 심정을 이해할 수 있겠지? 나에게는 아카자와 선생을 죽일 만한 결정적인 동기가 있었다, 상황도 증거도 모두 나를 범인이라고 지목하고 있다, 알리바이도 없다, 게다가 나는 폭주족이다…. 그래서는 아무리 스즈타가 사실대로 주장해도 경찰이 믿어줄 리가 없잖아."

"네, 진짜 그 심정…, 이해가 돼요."

노리코가 스즈타 쪽을 바라보며 말했다.

"어떻게든 무죄를 증명할 방법이 없을까…. 고민 끝에 스즈타는 대담한 수를 쓰기로 했어. 재판에 판례라는 게 있어. 서로 흡사한 사건에는 동일한 판결이 나올 가능성이 높다는 거야. 스즈타가 생각한 게 그것과 비슷해. 아카자와 선생과의 관계는 극비였기 때문에 자신의 이름이 수사선상에 오를 때까지 상당히 시간이 필요하겠지. 그전에 경찰이 실수로 애먼 용의자를 체포하는 경우가 있다는 선례를 만들어두려고 한 거야. 스스로도 어이없는 생각이라는 건 알고 있었지만, 우연히 절호의 기회가 찾아왔어. 노리코가 다카기와 싸우면서 죽이네 마네 떠들어댄 거야. 말하자면 그 싸움으로 스즈타의 계획에 엔진이 걸려버렸다고나 할까. 그다음은 폭주하는 수밖에 없었어…. 노리코가 체포된다면 아카자와 살인범으로 자신이 지목되기를 기다렸다가 경찰에 진실을 얘기할 작정이었어. '노리코는 무죄다. 그러니 나도 무죄다'라고…. 그래, 스즈타는 형사 앞에서 그 한 마디를 하고 싶다는 일념 때문에 한 사람을 죽이고 말았어."

"스즈타, 너 대체 왜…." 가챠가 얼굴을 일그러뜨렸다. "경찰에 어떻게든 무죄를 주장하면 조금쯤은 믿어줄 거라는 생각은 대체 왜 못했어? 이런 바보짓을 하는 것보다는…."

"무슨 소리야, 가챠? 너였잖아, 경찰은 믿을 수 없다, 제한속도를 지켜도 무조건 곤봉으로 때리고 보는 자들이다, 라고 했던 거…. 아, 그래, 그때 바로 알아차렸어야 했어. 이번 사건의 가장 큰 발단은 스즈타가 경찰을 믿지 못했다는 점이었어. 하긴 그럴 만도 하지. 요즘 삼십 년이나 옥중에서 무죄를 주장해온 사람이 결국 사망한 뒤에야 무죄라는 게 밝혀진 사건 때문에 한창 시끄럽잖아. 하지만…."

마사는 교사의 얼굴로 돌아왔다.

"너희가 믿지 않은 것은 경찰도 어른들도 아니고 너희 자신이야. 자기 자신을 믿었다면 이런 사건은 결코…."

교사라기보다 어머니의 얼굴이었다. 다들 폭주족도 학생도 아닌 어린아이의 얼굴로 잔뜩 풀이 죽어 있었다.

이윽고 노리코가 눈물을 글썽이며 얼굴을 들었다.

"한 가지 아직 알 수 없는 게 있어요. 스즈타는 왜 다카기의 일기장을 내 방에 감췄지요? 어때, 스즈타, 그것도 네가 한 거야?"

"내가…." 스즈타가 대답했다. "그 차에서 내릴 때, 아카자와가 자신의 일기장을 봐달라면서 억지로 내 손에 쥐여줬어. 그걸 우리 집에 감춰뒀는데 만일 그 일기장까지 발견된다면 나는 더욱 더 궁지에 몰리겠지. 그래서 노리코에게도 똑같은 상황을 만들어 본 거야…."

마지막 담배 연기를 토해내더니 스즈타는 노리코를 마주 보았다.

"노리코, 용서해라. 그냥 며칠 동안만 견뎌줬으면 했던 것뿐이야."

노리코가 고개를 끄덕이자 스즈타는 그 눈을 천장으로 향했다. 마침 다카기의 방 바로 아래쪽이라서 그 조용한 눈빛은 "용서해라"라는 똑같은 말을 어둠 속에 누워있는 사체를 향해 중얼거린 것처럼 보였다.

"마더."

스즈타가 자리에서 일어섰다.

"경찰에 전화해주세요. 출동하면 내가 모두 다 숨김없이 얘기할 테니까요."

"그래, 그러자. 근데 스즈타, 걱정 마. 내가 퇴학 건은 교무 회의에서 패해버렸지만, 이번에는 전국을 상대로 싸워서라도 반드시 이겨낼 거야. 이런 어이없는 범죄를 저지르게 한 진짜 책임이 누구에게 있는지…."

스즈타는 고맙다는 듯이 슬쩍 고개를 숙이고 등을 돌려 현관 쪽으로 걸음을 옮겼다.

"어디 가?"

스즈타는 뒤돌아보면서 장난스러운 얼굴로 지퍼를 바지 아래까지 내리는 시늉을 했다.

"여기 화장실은 못 쓰잖아요. 다들 밖에서 볼일을 봐요."

그렇게 말하고 현관문을 열고 나갔다.

마사가 수화기를 들려고 했을 때, 돌연 정원에서 엔진을 켜는 요란한 소리가 울렸다.

"스즈타, 도망치려나 봐!"

그런 가챠의 말을 마사는 제지했다.

"아니, 스즈타는 그런 비겁한 아이가 아닌데? 아, 그래. 분명 죽을 생각으로…."

혼잣말처럼 중얼거리다가 마사는 수화기를 내동댕이치며 저도 모르게 소리쳤다.

"애들아, 뭘 꾸물거려? 당장 쫓아가! 늬들이 스즈타의 목숨을 구해야지! 반드시 여기로 다시 데려오라고!"

이십사 년을 살아오면서 마사가 내지른 가장 큰 목소리였다.

열린 어둠

초판 1쇄 발행 2022년 12월 21일
초판 7쇄 발행 2023년 2월 6일

지은이 렌조 미키히코
옮긴이 양윤옥

편집인 이기웅
책임편집 김혜영
편집 주소림, 안희주, 양수인, 한의진, 오윤나, 이현지, 이원지
디자인 6699프레스
표지그림 미키킴(miki kim)
책임마케팅 정재훈, 김서연, 김예진, 김지원, 박시온,
류지현, 김찬빈, 김소희, 배성원
마케팅 유인철, 이주하
경영지원 김희애, 박혜정, 최성민
제작 제이오

펴낸이 유귀선
펴낸곳 ㈜바이포엠 스튜디오
출판등록 제2020-000145호(2020년 6월 10일)
주소 서울시 강남구 테헤란로 332, 에이치제이타워 20층
이메일 odr@studioodr.com

ISBN 979-11-92579-31-3 (03830)

모모는 ㈜바이포엠 스튜디오의 출판브랜드입니다.